우리말 글쓰기 사전

글로 걸어온 길,

1982년부터 2019년까지

글을 쓰며 말을 짓고 살림을 가꾸는

사랑으로 숲을 노래하고 싶은 사전

우리말 글쓰기 사전

숲노래 기획
최종규 글 · 사진

스토리닷

요즈음 '사전'이란 이름이 붙은 책이 제법 나오지만, 아직 사전스러운 사전이란 옷을 입지는 못한다고 느낍니다. 적잖은 '사전'은 이름을 사전으로 붙였되, 막상 '단어장'이기 일쑤입니다.

> 단어장(單語帳) : 1. 단어와 그 뜻, 발음 따위를 적은 공책 2. 단어를 일정한 차례로 엮어서 간단히 풀이한 책

우리는 이제 '단어장' 아닌 '사전'이 있어야 한다고 느낍니다. 옛날 '국민학교 전과'나 오늘날 '학습 참고서'가 아닌 '사전'을 쓰고 읽고 나누고 가꾸고 손질하고 새로지으면서 생각하고 살림하고 사랑하고 삶을 슬기롭게 지피는 길을 갈 수 있으면 즐거운 일이라고 느껴요.

> 사전(事典) : 여러 가지 사항을 모아 일정한 순서로 배열하고 그 각

각에 해설을 붙인 책

사전(辭典) : 어떤 범위 안에서 쓰이는 낱말을 모아서 일정한 순서로 배열하여 싣고 그 각각의 발음, 의미, 어원, 용법 따위를 해설한 책

한국말사전에서 '사전'이란 말을 살피면 두 낱말이 나옵니다. 한자를 달리 적는 낱말인데, 뜻풀이가 그리 꼼꼼하지는 않습니다. 사전은 "해설을 붙인 책"이나 "해설한 책"이라고만 할 수 없어요. 사전은 "풀이를 하고 풀이를 밝힐" 뿐 아니라, "어떻게 쓰고 보고 가꾸고 나아가고 살리고 북돋으며 배울 만한가를 들려주면서, 스스로 이야기를 지어서 펴도록 상냥하게 이끄는 책"이라고 느껴요. 그저 "해설하는 책"이라면 '해설서'나 '설명서'일 뿐입니다.

그러고 보면 아직 '단어장'이나 '설명서'에 그치는 사전이 참 많습니다. 이제는 단어장이나 설명서란 틀을 넘어서는 사전을, 사전스러운 사전을, 지은이가 이야기를 들려주고 읽는이가 스스로 새길을 찾아나서도록 이끄는 사전을 쓰고 읽을 때라고 느낍니다.

《우리말 글쓰기 사전》은 단어장이나 설명서 아닌 '사전'이 되기를 바라면서 엮습니다. 어느 꼭지를 놓고서 '이것은 이렇습니다' 하고 풀이하면서 그치는 길이 아닌, 어느 꼭지를 놓고서 어떤 이야기가 삶에서 피어나 글쓰기로 거듭나는가 하는 삶을 담으려고 합니다. 글쓰기 이야기를 사전처럼 풀어내어 차근차근 돌아보도록, 또 틈틈이 이 꼭지 저 대목을 찾아보도록 엮으려고 합니다. 이를테면 '김치'를 생각해 보기로 해요.

여느 사전풀이라면 '김치'는 중국말에서 왔다고 밝힐 테고, 어느 해 무렵부터 담가서 먹는다든지, 고춧가루가 들어온 때부터 확 달라졌다든지, 포근한 남녘에서는 예부터 초피알을 가루로 내어

담갔다든지, 이런 풀이말을 달겠지요. 그러나 "우리말 글쓰기 사전"은 '김치'라는 낱말을 놓고서 어떤 삶이나 살림이나 사랑이 흘러서 이야기꽃이 피어나는가 하는 흐름을 보여주려고 해요. '글'이나 '책'이란 꼭지를 놓고서도, "글은 이렇다"나 "책은 이와 같다"가 아닌, 온삶으로 마주하면서 받아들인 이야기꽃을 풀어내어, 저마다 다르게 보고 겪고 살아낸 이야기를 스스로 풀어내도록 북돋우는 흐름을 잡고자 합니다. 먼저 '이야기'가 될 알맹이를 죽 펼치고서, 끝자락에는 '낱말풀이'를 엮어 보았습니다. 끝자락에 붙이는 '낱말풀이'는 여느 사전풀이하고 사뭇 다릅니다.

글을 잘 쓰는 사람이 생기기보다는, 누구나 제 삶을 즐겁게 글로 담아내어 도란도란 나눌 수 있을 적에 아름다운 마을로 거듭난다고 느껴요. 말을 잘 하는 사람이 나오기보다는, 누구나 제 살림을 기쁘게 말로 펼쳐서 두런두런 나눌 수 있을 때에 사랑스러운 보금자리로 나아간다고 느껴요.

'글 잘 쓰기'하고 '말 잘 하기'를 내려놓으면 좋겠습니다. 그저 신나게 '글쓰기'하고 '말하기'를 함께하면서 손을 맞잡고 어깨동무를 하고 덩실춤 한마당을 펴면 좋겠습니다.

계속 혼자였다.
하지만 나를 발견해 준 사람과,
나를 이끌어 준 사람 덕분에,
내가 알지 못했던 세계로 갈 수 있었다.
더 즐거운 세계로 가자. 즐거운 세계에서 놀자.

《마메 코디 4》(미야베 사치/이수지 옮김, 소미미디어, 2019) 128~129쪽

만화책을 즐겨읽는 사람으로서, 만화책 한 자락에서 찡하게 읽은 대목을 옮기며 머리말을 씁니다. 열아홉 해 + 열아홉 해, 그러니까 서른여덟 해 글살림을 갈무리하는 "우리말 글쓰기 사전"입니다. 참 싱겁습니다. 서른여덟 해 발걸음이 "우리말 글쓰기 사전"이라니 말이지요. 서른여덟 해란 나날이라면 집을 거뜬히 지어낼 만한 나날이요, 보금자리숲을 곱게 일굴 만한 나날이지 싶습니다. 그렇지만 인천이란 고장에서 나고 자라며 숲을 마주하기 어려웠고, 숲을 노래하는 어른을 만나지 못했습니다. 아마 다 핑계입니다. 그러나 이 핑계를 핑계로 여기고 싶지 않아, 시멘트랑 아스팔트로 뒤덮인 인천에서, 매캐한 공장바람이 늘 온통 하늘을 덮던 인천에서, '인천 벗어나기'가 아니라 '인천이 숲으로 거듭나기'를 꿈꾸고, 이 인천을 떠나 시골자락 한켠에서 네 사람이 보금자리숲을 마음에 품는 오늘에 이르도록, 어떤 길을 걸어야 할까 하는 글을 적었습니다.

'길'하고 '글'은 말소리가 그냥 비슷하지는 않다고 여깁니다.

'글'하고 '그림'도 말꼴이 그냥 비슷하지는 않다고 여기고요. 살아가는 길을 살아가는 글로 담습니다. 사랑하는 글을 사랑을 그리는 마음으로 여밉니다. 저는 한국말사전을 새로 쓰는 길을 가면서, 날마다 숱하게 갖은 말을 되새기는데, 이렇게 되새기는 동안, 무엇보다 살림꽃을 살림꽃답게 가꿀 적에 살림말을 살림말답게 지피는구나 하고 깨달아요. 우리 사전에 아직 '손없는날'이란 낱말이 없으나, 이 말씨를 어른들이 꽤 써요. 동무나 이웃하고 "네가 '비는 날'에 만나기로 하자" 하고 으레 말하는데, '비는날'도 막상 사전에 없어요. 사전에 '공일'이란 한자말은 있습니다.

언젠가 어느 이웃님이 저한테 "'동시'라는 이름을 좋은 한국말로 새로 지을 수 없을까요?" 하고 물으셨어요. 저는 바로 대꾸했어요. "'시'란 그냥 말이나 글이 아닌, 이야기를 가락에 담아 나누는 말이나 글이니, '노래'라 할 만해요. 이 가운데 '동시'라면 어린이부터 누구나 즐기고 나누는 이야기가락일 테니, '노래 + 꽃', 이렇게 '노래꽃'이란 이름을 지으면 어울리지 싶습니다." 이 말을 들은 이웃님은 "'노래꽃'이란 이름을 어디에선가 쓰는 듯하던데요?" 하고 물으시네요. 그래서 다시 대꾸했지요. "저는 이웃님이 물으셔서 이 자리에서 '노래꽃'이란 이름을 생각했는데, 제가 모르는 다른 어느 곳에서 누가 '노래꽃'이란 이름을 쓰신다면, 무척 놀랍고 반가운 일이에요. 서로 마음이 만난다는 뜻이거든요. 이런 마음으로 우리 나름대로 즐겁게 말을 하고 글을 쓰면 무척 기쁘겠구나 싶고요, 이웃님도 이렇게 스스로 즐겁게 새말을 가슴에 품어 보시면 좋겠어요."

한 열 해쯤 되었지 싶은데, 둘레에서 '브런치'란 영어를 참 쉽게 씁니다. 그동안 이 영어를 그냥그냥 흘려듣다가 엊저녁에 '새참'하고 '샛밥'이란 말이 찾아들었어요. 어릴 적부터 '새참'하고 '샛밥'은 늘 들었어요. 저는 시골에서 나고 자라지 않았으니 '곁두리'란 말은 못 듣고 살았습니다. 무슨 소리인가 하면, 영어 '브런치'는 한국말로 옮기면 '새참'이나 '샛밥'이나 '곁두리'입니다. 우리는 이런 오랜 말을 새롭게 살려서 얼마든지 신나게 쓸 만해요.

글쓰기란 무엇인가 하면, 남들이 일으키는 바람에 휩쓸리지 않으면서 스스로 한 걸음씩 내딛는 신나는 놀이살림이지 싶습니다. 처음에는 놀이살림이고, 나중에는 일살림이자 사랑살림으로 거듭나요. 우리는 구태여 '잘난 글'이나 '잘나가는 글'이나 '잘 보일 만한 글'을 쓸 까닭이 없어요. 우리가 쓸 글이라면 '우리 스스로 사랑을 마음에 씨앗으로 심어서 서로 어깨동무하는 꿈'을 담은 이야기이면 넉넉하리라 봅니다.

《우리말 글쓰기 사전》은《우리말 동시 사전》하고 어깨를 나란히 해보려는 이야기꾸러미입니다. 다 같이 누려 주시고 즐겨 주시면 좋겠습니다. 우리가 쓰는 모든 말이 사랑어린 날갯짓으로 피어나는 글이 되어 사전이라는 꾸러미로 새옷을 입는, 멋스러운 마실길을 함께 나아가기를 바라요. 이 길에서 너른 벗님으로 만나요. 사전을 엮는 밑글이나 바탕글을 날마다 글종이로 500자락, 그러니까 원고지로 500장 남짓 쓰고 고치고 다듬은 지 스무 해가 넘었습니다. 아마 어느 누구보다 글을 많이 써야 한, 하는, 하려는 길이겠지요. '사전이란 글'을 쓰니까요. 아무쪼록 새롭게 홀가분하게 신나게 곱게 따스하게 읽어 주시면 좋겠어요. 즐거운 글나라에서 같이 놀아요. 고맙습니다.

'사전 짓는 책숲, 숲노래'에서
글쓴이 적음

| 벼리 |

다루다
잘 다루지 못했어
종이접기가 안 됐지
— 예전이라니, 언제?
어릴 적에는 말야
연필 다루기가 어려워서
새 나무 꽃은 못 그렸지
— 어릴 적이라고? 언제?
피리
가늘게 닿는
키높이 뽕나무 가지는
까치발 서서 영차영차
뽕잎 똑똑 따는데

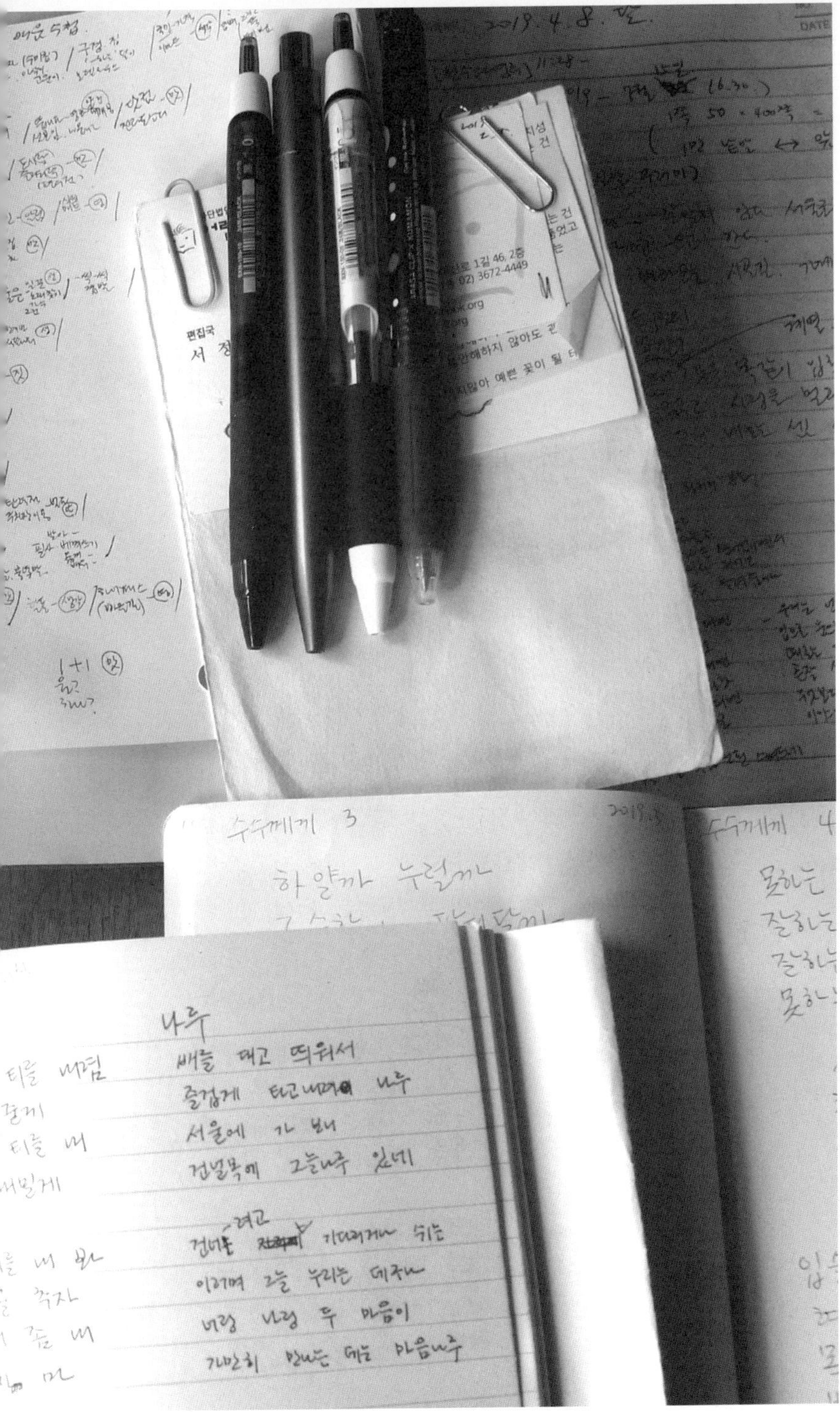
DATE
2019. 4. 8.
편집국
수수께끼 3
수수께끼 4
나루

내가 글을 어떻게 쓰는지, 내 '글쓰기 걸음'을 밝힌다. 나는 다음처럼 글을 쓴다.

바탕

㉠ 산다. 살아간다. 살림한다. 사랑한다.

㉡ 삶을 지켜보고, 살림을 돌아보고, 사랑을 헤아린다.

㉢ 삶을 누리고, 살림을 맛보고, 사랑을 나눈다.

㉣ 삶을 새로 짓고, 살림을 새로 가꾸고, 사랑을 새로 펴는 길을 찾는다.

㉤ 새로 찾은 삶길·살림길·사랑길을 즐겁게 노래하며 씩씩하게 걸어간다.

㉥ 하루하루 걸어가며 무엇을 느끼거나 겪거나 치르거나 맞이하는지 생각한다.

㉦ 느끼고 겪고 치르고 맞이한 대로 생각하면서 글종이에 적어

본다.

ⓞ 글종이를 되새기고는 셈틀을 켜서 글판을 두들겨 새롭게 옮긴다.

ⓩ 새롭게 옮겨 셈틀에 담긴 글자락을 입으로 소리내어 읽는다.

ⓒ 입으로 소리내어 읽으면서 손질하고 가다듬고 뜯어고치고 보탠다.

ⓚ 이제 다 되었나 싶으면, 마음속으로 읽으면서 마무리한다.

ⓣ 누리그물로 들어가서 내 누리글집에 글을 띄운다.

ⓟ 누리글집에 띄우지 않고 책 한 자락 부피가 될 때까지 조용히 모으기도 한다.

ⓗ 책 한 자락 부피가 될 즈음 맞춤한 출판사를 알아보고서 슬며시 여쭌다.

붙임

㉠ 글을 쓸 적에, 내 글에 나오는 모든 낱말을 사전에서 다 찾아본다.

㉡ 내가 겪거나 맞이한 일을 다른 사람은 어떻게 겪거나 맞이하는지 살펴본다.

㉢ 맞춤법이나 띄어쓰기는 국립국어원 틀을 따르되, 국립국어원 틀이 엉성하다든지 아직도 올림말이 안 된 낱말이 있다면, 내 깜냥껏 가다듬어서 쓴다. '책읽기'나 '곁님' 같은 말은 사전에 없지만, 나는 즐겁게 붙여서 새말로 삼는다. 새말로 삼기로 하니까 붙여서 쓴다. '글쓰기'하고 맞물리는 '글읽기'랑 '책쓰기'이니 이런 낱말도 새말로 삼아 붙여서 쓴다. '헌책방'은 오래된 올림말이니, 맞물리는 '새책방'도 붙여서

새말로 삼고, 살짝 손질해서 '헌책집 · 새책집'도 붙여서 쓴다. 또 즐겁게 삶을 가꾸고 싶은 마음으로 '책집마실' 같은 말을 지어서 쓰고, '이웃마실'이나 '저자마실' 같은 말도 넌지시 지어서 쓴다. '육아' 같은 한자말만 있을 까닭이 없으니, '아이돌보기'도 새말로 삼아서 붙여쓴다. "한 쪽"이란 말을 안 쓰고 "한 장張"이나 "한 페이지page"로 쓰는 사람이 있는데, 그러거나 말거나, 내 나름대로 오래된 말씨를 새롭게 가다듬어서 "한 자락"이나 "한 꼭지"나 "한 대목"을 쓰기도 한다. 이를테면 "그림 한 자락"이나 "사진 한 자락"이나 "책 한 자락"이라 해보고, "이야기 한 꼭지"나 "이야기 한 대목"이라 해본다. 예전에는 "해 보다"로 띄어서 썼는데, 가만히 보니 무척 많은 이웃님이 "해보다"로 그냥 붙여서 쓰더라. 곰곰이 생각하니 '시도試圖'라는 한자말이 '해보다'를 가리키겠더라. '시도하다'는 단출히 '하다'라고만 고쳐써도 되는데 '해보다'로 고쳐쓰니 한결 낫더라. 그래서 '해보다'란 낱말을 신나게 쓰기로 한다. '즐겨찾기'는 올림말이 되지만, 막상 다른 즐길거리는 영 올림말이 안 된다. 나는 읽기도 쓰기도 짓기도 즐기는 터라 '즐겨읽기'나 '즐겨쓰기'나 '즐겨짓기'를 신바람을 내면서 새말로 삼는다.

㉣ 얼핏 본다면 '새말짓기'이지만, 정작 '새말짓기'라고는 하기 어렵다. 입으로 흐르는 말결을 글로 옮길 뿐이다. "난 국수를 즐겨먹어요"처럼 말을 한다. "난 국수를 즐겨 먹어요"처럼 "즐겨 먹어요" 하고 띄어서 말하는 사람이 있을까? 없다. '말하는 대로 글쓰기'를 하는 셈이다. '입으로 말하는 대로 글쓰기'를 한다고 하면 어울린다. 아이들한테 다음처럼

얘기해 보자. "오늘 무얼 하며 놀까?" "바다놀이! 숲놀이! 연극놀이! 인형놀이! 책놀이! 잡기놀이! ……." 어떤 놀이를 하고 싶든 모두 '붙여서 말한'다. 그렇다고 글을 쓸 적에 다 붙이기는 어려운데, 알맞게 살펴서 붙일 만한 말은 그대로 붙인다. 입으로 말하는 결을 되도록 고스란히 살려서 새말을 짓듯 붙여서 쓰는 셈이다. 이렇게 새말짓기를 하듯 입으로 말하는 결을 그대로 살리고 보면, "글쓰기 = 말하기"인 줄 쉬 눈치챌 만하겠지. 글을 쓰기 어려운 이웃님이 있다면 "셈틀을 켜지 말고 손전화를 켜서 소리를 담으면 좋다"고 여쭙고 싶다. 굳이 글판을 두들겨야 하지 않고, 글종이에 연필을 사각거려야 하지 않는다. 입으로 말한 이야기를 나중에 글로 옮겨도 된다. 이렇게 해보면 글맛을 살리는 길을 스스로 알아낸다.

㉤ 입으로 말할 적에는 어느 누구도 띄어쓰기를 생각하지 않는다. 소리를 알아듣기 좋도록 알맞게 끊을 뿐이다. 글에서 띄어쓰기란 '입으로 말할 적에 끊어서 소리를 내기'로 여기면 된다. 그래서 나는 글을 쓸 적에 늘 입으로 말한다. 다만, 언제나 입으로 소리를 다 내지는 않는다. 쓰는 글을 모조리 입으로 소리내면 옆에서 시끄러워하니까. 웬만한 글은 그냥 입만 벙긋하면서 소리를 내는 척하면서 쓴다. 아주 바쁘게 써야 하면 주절주절 수다를 떠는 내 모습을 눈앞에 그리면서 입을 꾹 다물고 마음으로 떠드는 채 글을 쓴다. 소리를 내든 소리를 안 내든, 입으로 어떻게 말하는가를 생각해서 글을 쓴다. 그리고 이 말을 누구한테 하는가를 더 생각한다. 나는 열 살 어린이하고 이야기를 한다고 여기면서 말을 한

다. 열 살 어린이가 알아들을 수 있기를 바라는 말을 하는데, 열 살 어린이가 아직 못 알아들을 만한 새말이 있으면, '새로 쓴 말이 어떤 결이나 뜻이나 쓰임인가를 다음 글자락에서 살며시 풀어내어 밝히'곤 한다.

ⓑ 글을 손으로만 안 쓰고 입으로 함께 쓰는 터라, 글을 쓸 적에 물을 잔뜩 마신다. 목이 타니까. 나는 글을 쓰는 하루를 보내면서 하루에 물 5~6 *l* 는 너끈히 마신다. 어느 만큼 글을 썼다 싶으면 집안일을 반드시 한다. 집안일을 하고서 마당에 내려서서 해바라기를 하고, 우리 집 풀이며 꽃이며 나무하고 속삭인다. 글판을 두들긴 손을 풀려고 꽃송이랑 풀잎이랑 나무줄기를 쓰다듬는다. 글판을 두들기느라 힘쓴 팔을 쉬려고 하늘로 죽죽 뻗고 춤을 춘다. 몸을 골고루 보살피려고 풀밭에 맨발로 서서 폴짝폴짝 뛰거나 팔굽혀펴기를 한다. 아이들을 이끌고 숲마실이나 들마실을 다녀오고, 자전거를 달려 우체국으로 가서 손글월을 부친다. 글을 대단히 많이 써야 하는 날이라면, 물을 8 *l* 쯤 마시기도 한다. 물만 마시고 어떻게 사느냐 물을 이웃님이 있을 텐데, 물을 이렇게 마시면 딱히 배고프지 않고, 몸이 매우 반기기도 한다.

ⓢ 글을 쓰는 바탕이 되는 책이 있다면 기꺼이 장만해서 읽고 새긴다. 나는 사전을 짓는 길에 그러모은 온갖 책으로 2007년부터 책숲(도서관)을 열었다. 내 책숲은 열린 도서관이요, 이곳에 그러모은 책은 누구나 찾아와서 손으로 만지면서 읽을 수 있다.

우리말 글쓰기 사전

| 일러두기 |

ㄱ. 한국말사전을 새로 쓰는 길을 걷는 사람으로서 글이란 무엇인가를 곰곰이 삶으로 돌아보면서 이야기를 엮는다. 먼저 말마디 하나를 놓고 '풀이'를 짧거나 길게 붙이고, 이 말마디하고 얽힌 살림이나 사랑이란 무엇인가를 글쓴이 나름대로 살아낸 나날을 바탕으로 이야기를 붙인다. 글쓴이가 1982년부터 2019년까지 겪은 삶을 '말풀이'하고 '이야기'로 엮어서 들려주는 얼거리이다.

ㄴ. 모두 161 갈래 이야기를 묶는다. 여러 해에 걸쳐 여러 이야기가 있으면 날에 따라 자리를 매긴다.

ㄷ. 맞춤법이나 띄어쓰기는 국립국어원 틀이 아닌, 이야기를 풀어내는 결에 맞추어 가다듬는다.

ㄹ. 1982년부터 2019년 사이에 쓴 글을 묶은 터라, 글결을 여러모로 손질하기는 했어도, 꼭지에 따라 살짝 어긋날 수 있다.

ㅁ. 때때로 '덧말'을 붙인다. 나중에 생기거나 겪은 일을 '나중 눈길'로 붙인다.

ㅂ. 글쓴이는 '-다'로 끝맺는 말씨를 안 좋아하지만, 《우리말 글쓰기 사전》은 모두 '-다'로 끝맺는 말씨로 엮는다.

ㄱ

1

2013.11.19. 신문다운 신문은 얼마나 있을까. 신문은 어떤 이야기를 글로 써서 담는가. 신문에 나오는 이야기는 우리들 살아가는 이야기나 우리 이웃 꿈과 사랑이라 할 만한가. 신문은 제도권 정치와 사회 얼거리를 우리한테 옴팡 뒤집어씌워서 쳇바퀴 도는 톱니바퀴가 되도록 내몰지 않는가. 신문사도 잡지사도 방송사도, 어느 날 기자가 되어 들어가면 제도권 일꾼, 이른바 톱니바퀴가 되는구나 싶다. 그래서 나는 이런 벼슬아치나 쳇바퀴 기자가 아닌, 싱그럽고 씩씩한 삶지기가 되어 스스로 일구는 삶을 조곤조곤 적바림하는 '1인 신문'이 되자고 생각한다. 내 글쓰기를 '1인 신문'과 같이 일구어, 날마다 조금씩 이야기를 빛내자고 다짐한다. 제도권 신문에서 다루는 정치와 사회와 경제와 문화와 스포츠와 연예인 이야기가 아닌, 사람이 사람답게 살아가는 이야기를 조그마한 마을 테두리에서 쓰자고 곱씹는다. 누구나 스스로 이녁 삶을 일구는 삶지기이다. 누구나 스스로 이녁 삶을 조곤조곤 들려줄 때에 이야기

가 태어난다. 사건이나 사고는 뭘까? 이야기가 아닌 그저 사건이나 사고일 뿐이다. 이야기란, 사람들이 얼크러지며 이루는 꿈과 사랑이 깃든 노래요 빛이다. 그러니 사람들이 제도권 신문을 내려놓고서 저마다 '1인 신문'을 다 다른 마을에서 다 다른 삶으로 일구어 선보일 수 있다면, 이 나라는 사뭇 새롭게 태어나리라 본다. 지구별에는 푸르게 싱그러운 바람이 불리라 생각한다.

2017.2.3. 마을책집에서 이야기꽃을 펴는데 어느 분이 묻는다. "독립책방이 늘고 1인출판물이나 1인잡지 이야기가 많이 나도는데 어떻게 생각하시나요?" "이제는 큰 출판사를 바라보지 않고 스스로 이야기를 지어서 스스로 이웃을 사귀려는 분들이 차츰 눈을 뜨는구나 싶어 무척 재미있어요. 저는 1994년부터 그 1인출판물이나 1인잡지를 냈어요. 그때에는 사람들이 시큰둥할 뿐 아니라 뜬금없다고, 게다가 뭔 1인소식지를 이레마다 몇 가지씩 척척 찍어내느냐고들 했어요." "네? 1994년부터 1인출판물을 내셨다고요?" "네, 1994년부터 이레마다 두어 가지씩 손수 글을 쓰고 엮고 학교 도서관에서 종이로 뽑은 뒤에 복사집에서 복사한 다음에 돌렸어요. 제가 낸 1인출판물이라고 할 만한 작은 꾸러미라면 얼추 1000가지쯤 됩니다." "헉! 독립출판물의 원조 아니에요?" "하하하, 그건 모르는 소리예요. 혼자서 모든 일을 다해서 낸, 이른바 독립출판물 원조라면, 《성서조선》을 펴낸 김교신 님이라 할 수 있습니다. 그리고 노평구 님이 엮은 《성서연구》가 있어요. 저는 헌책집을 다니다가 《성서연구》를 만났는데요, 깜짝 놀랐어요. 그 《성서연구》를 보면서 제 1인소식지, 그 1인출판물을 더 씩씩하게 낼 수 있었어요. 이 작은 '독립출판물'인 《성서연구》는 1946년부터 쉰 해 남짓

500호가 나왔다지요. 그토록 엄청난 땀방울로 어마어마한 '독립출판물'을 낸 어른이 계셨으니, 이러한 발자취를 돌아보면서 제가 걸어가는 길에 더 기운을 내었습니다."

1000

2000.10.7. 출판사 영업부 일꾼으로 일하며 때가 되거나 날이 되면 책꾸러미를 짊어지고 길바닥에 책걸상을 놓고서 길장사를 하곤 했다. 국제도서전이나 유아도서전 같은 책잔치에서도 책장사를 한다. 이런 길장사를 나간 첫날 백만 원이 살짝 안 될 만큼 팔고 돌아왔다. 책을 너무 적게 팔았다고 여겼으나 나처럼 길장사로 책을 많이 파는 사람이 없다고 하더라. 놀랐다. 좋은 책을 냈다면서 길장사로 책을 팔 적에 하루 백만 원도 못 팔면서 나더러 많이 팔았다니, 말이 되는가. 다음 길장사에서는 가볍게 백만 원 남짓 팔았고, 그다음 길장사에서는 이백만 원 넘게 팔았다. 출판사에서는 새내기 막내일꾼이 회사 기록을 세웠다면서 혀를 내두른다. 그러나 나는 너무 모자라다고 여겼다. 이내 사백만 원, 오백만 원을 길장사로 팔았다. 그리고 국제도서전 자리에서는 하루 1000권을 넘게 팔기도 하고, 3000만 원어치를 팔기도 했다. 어떻게 책을 그렇게 팔 수 있느냐고 묻는다면, 길은 하나이다. 지나가는 사람을 그냥 지나가도록 하지 않는다. 그렇다고 억지로 붙잡지는 않는다. 지나가는 사람 숨결을 바로바로 읽으면서 그분한테 어울릴 만한 책을 딱 한 가지만 떠올려서, 그 책을 그분한테 아주 짧으면서도 서두르지 않으나 늑장부리지도 않는 말씨로 또박또박 얌전히 들려준다. 이를테면 이렇다. "동화책이란 어린이한테만 읽히는 책이 아닙니다. 동화책은 어린이로 자라 어른이 된 우리가 아이들을 새롭게 사

랑하는 길을 배우면서 아이들이 스스로 삶을 짓는 슬기를 스스로 배우도록 북돋우는 이야기예요." 같은 말을 들려준다. 이런 말을 바탕으로 어떤 동화책이 있고, 어떤 그림책이 있는가를 풀어내고 책을 판다. 책을 5만 원 남짓, 또는 다섯 권 넘게 사신 분한테는 덤을 하나씩 드렸다. 덤이란 무엇인가 하면, 유통과정에서 겉그림이 긁히거나 제본이 살짝 잘못되어 출고할 수 없는 책이다. 이런 책은 2000권을 찍을 적에 으레 100권 남짓 나오고 거의 다 '파기 처분'을 한다. 모든 책 가운데 5%는 아예 빛을 못 보는 채 종이쓰레기(파지)로 버려진다. 이 5%를 손질해서 덤으로 주었다. 버려질 책을 손질한대서 출판사에 돈이 될 턱이 없지만, 나는 5%나 되는 책이 가엾게도 사랑을 못 받고 버려지는 꼴을 두고볼 수 없었다. 그래서 일부러 내 쉴틈을 따로 빼어 책손질을 했고, 책손질을 마친, 새 책으로 팔 수 없는 책을 이웃한테 선물로 드리거나, 길장사에서 덤으로 얹어 주곤 했다. 아침 아홉 시 반부터 저녁 여섯 시 반까지 낮밥을 거르면서 쉬잖고 책이야기를 들려주면서 책을 팔자니, 하루 천 권이나 삼천만 원어치 책을 새로운 이웃님한테 이어드릴 수 있었다. 길장사를 할 적에 나는 내가 읽은 책만 팔았다. 새내기 막내 일꾼인 나는 내가 일하던 출판사에서 펴낸 책을 거의 몽땅 읽고서 줄거리를 꿴 채로 신나게 팔았다.

가을

2010.11.9. 도시에서는 가을을 맞이하더라도 가을인 줄 느끼기 힘들구나. 이 좋은 가을에, 이 고운 가을에, 이 맑은 가을에, 이 멋진 가을에, 이 기쁘며 슬픈 가을에, 도시에서 살아가며 무슨 빛과 그늘을 느낄 수 있는가. 가을이 없으니 도시를 멀리 떠나서 숲을 시

골을 찾고, 봄도 여름도 겨울도 없으니까 철 따라 방학이나 휴가 때 겨우 새숨을 마시려고 시골을 찾는구나. 새숨을 쉬지 않으면 답답할 뿐 아니라 메말라 버리는 줄 몸으로 느끼면서도, 왜 철을 잊는 데에서 그냥 머물면서 그토록 복닥복닥 해야 하나.

갑질

2019.4.2. 어른들이 '갑질'거리니 아이들도 이 말씨를 따라서 쓴다. 그런데 아이들은 '갑 을 병 정'이 뭔지 알까? 아이들은 이런 말씨를 둘레에서 듣고 따라쓸 만할까? 바보스러운 짓을 한다면 '바보짓·바보질'이라 하면 된다. 멍청한 짓을 한다면 '멍청짓·멍청질'이라 하면 된다. 막된 짓을 한다면 '막짓·막질'이라 하면 된다. 아이들은 어른들 몸짓에다가 말씨까지 고스란히 배운다. 너랑 나 사이가 아닌 터라, 이를 갑이나 을이란 이름으로 가르니까 '갑질'이 되는데, 너랑 나를 아끼는 사이라면 '너나들이'가 되고 '동무'로 지내니, 바야흐로 '어깨동무'를 한다. 막짓이나 막질은 힘센 쪽에서 한다고들 여기는데, 힘센 쪽이라기보다 돈줄을 쥔 쪽에서 한다고 해야 옳지 싶다. 가게에서 누가 막짓이나 막질을 할까? 때로는 '손님'이란 '-님'이 붙은 이가 한다. 때로는 '가게임자'라고 하는 '-임자'가 붙은 이가 한다. 어느 한쪽에서만 막짓이나 막질을 하지 않는다. 서로 고운 님이요 임자로 여기지 못하는 마음에서 이런 짓이 퍼진다. 님이자 임자가 아닌, 놈이나 년으로 여기니 막짓에 막질이 된다. 나도 님이고 너도 님이다. 서로 님이다. 남남으로 갈라 년놈으로 삿대질하기에 막짓에 막질이요, 너랑 나랑 사이좋게 하루를 지으면 어깨동무하는 이웃이다.

강의

2015.1.22. 들을 사람은 듣도록 하고, 읽을 사람은 읽도록 한다. '강의'는 들을 사람이 듣도록 하는 말이다. '글쓰기'는 읽을 사람이 읽도록 한다. 교수나 교사나 강사가 나와서 떠들기에 강의가 되지 않는다. 누구라도 언제 어디에서나 늘 '들을 이야기를 듣도록 밝힐' 때에 강의라고 한다. 작가나 지식인이나 학자가 이런 신문이나 저런 잡지에 이것저것 휘갈기거나 싣는다고 해서 글이 되지 않는다. 누구라도 언제 어디에서나 늘 '읽을 이야기를 읽도록 밝힐' 때에 글이라고 한다.

겹말

2016.9.22. 나날이 겹말이 늘어난다고 느낀다. 지난날에는 겹말을 오늘날처럼 마구 쓰지는 않았다고 느낀다. 지난날에도 '초가집'이나 '처갓집' 같은 겹말을 썼고, '역전 앞' 같은 겹말이 있었다고 하지만, 요즈음은 뜬금없다 싶은 겹말이 어마어마하게 나타난다. 글을 쓰는 사람이 늘면서, 아니 말을 찬찬히 배우지는 않거나 못하는 채 글을 쓰기만 하는 사람이 늘면서, 얄궂은 겹말이 엄청나게 나타나지 싶다. 글이란 언제나 말이고, 말이란 언제나 마음을 짓는 생각인데, 이 얼거리에서 말뜻을 차근차근 못 짚거나 못 다루기에 겹말이 나타난다. 한국말과 한자말과 영어가 무엇인지 제대로 짚거나 다룬다면 겹말이 나타날 일이란 없다. 힘주려고 하는 말씨하고, 얼거리를 모르는 채 쓰는 말씨는 다르다.

곁님

2013.11.1. 한국말은 바탕이 어깨동무이다. 한국말은 위아래로 가

르려 하지 않는다. 섬기거나 아끼는 마음은 있되, 위아래 아닌 어깨동무로 나아가려 한다. 이 얼거리를 안다면, 가시버시 사이가 되든, 어른하고 아이 사이가 되면, 어떤 말씨를 짓거나 가꾸어야 슬기롭고 사랑스러운가를 깨달을 수 있다. 나는 예전부터 '아내'란 이름이 몹시 거북했다. '아내'는 일본 한자말 '내자內子'를 고스란히 옮긴 말씨일 뿐이다. 예전에는 이를 '안해'라 했고, 요새는 '아내'로 적는데, "안에 있는 사람"을 가리킨다. 가시버시 가운데 '가시(각시)' 쪽은 집안에 머무는 사람이라는 뜻을 나타내니, 한국말하고는 안 어울린다. 어떤 이름을 써야 좋을까 하고 헤매다가 2004년에 그물코 출판사 책지기님이 쓰는 '옆지기'가 퍽 좋아 보여 그 말씨를 배워서 쓰기로 했다. 그러나 '옆지기'는 썩 혀에 안 붙어서 힘들었다. 이제 오늘부터 '곁님'이란 이름을 새로 헤아려서 쓰려 한다. '옆'하고 '곁'은 느낌이나 뜻이나 결이 살짝 갈린다. 어린이가 해님이나 꽃님이라 말하듯, 곁에 있는 이를 '곁이' 아닌 '곁님'이라 이르고 싶다. 서로 아끼고 서로 돌보는 마음을 '님'이란 말끝에 실으려 한다. 사내도 가시내한테 곁님이요, 가시내도 사내한테 곁님이다. 어깨동무하는 이름이다.

골짜기

2015.7.18. 골짜기로 자전거를 몰고 나들이를 가면, 먼저 신을 벗고 낯이랑 손발을 씻는다. 아이들도 신을 벗도록 하고 낯이랑 손발을 스스로 씻도록 한다. 이러면서 내 고무신하고 아이들 신을 헹군다. 잘 헹군 신은 볕이 드는 곳에 놓고 말린다. 이러고 나서 두 시간쯤 골짜기에서 놀다 보면, 아이들은 더위를 잊고, 나도 숲바람을 듬뿍 쐬면서 새로운 마음이 된다. 오늘 이곳에서 누리는 모든 바람

이 차근차근 이야기로 피어나서 글 한 줄로 태어난다.

교과서

2017.1.31. 교과서는 우리 삶터에서 사람들이 알아야 할 것을 간추려서 담는 책이라고도 하지만, 내가 교과서를 읽어 보기로는 좀 다르구나 싶다. 교과서는 사람들한테 사회살이를 시키도록 길들이려는 지식을 채운 책은 아닐까. 스스로 서고 스스로 짓는 살림하고는 동떨어진 정보만 있는 책이 교과서가 아닐까. 교과서 공부를 달달 하는 사람일수록 생각이 막히기 일쑤라고 느낀다. 교과서 공부를 잘하는 나머지 교과서 아닌 책에 흐르는 이야기에는 눈을 감는 사람이 꽤 많지 싶다. 교과서에 파묻힌 탓에 삶에서 읽는 이야기하고는 멀어지는 사람이 퍽 많구나 싶다. '생각하는 힘을 키우거나 북돋울' 때에 비로소 '책'일 텐데, 교과서는 '생각하는 힘을 막거나 끊거나 억누르'니까, 교과서는 '책'이라고도 할 수 없다고 본다.

구름

2018.8.3. 아침에 택시를 불러서 타고 나오다가 하늘을 넓게 덮은 구름을 본다. 집에서도 구름을 잔뜩 볼 수 있지만, 우리 집뿐 아니라 옆마을하고 옆고장 하늘까지 널따랗게 덮은 구름을 즐겁게 바라보는데, 아침해를 감싼 구름더미를 보다가 '별이 새로 태어나는 모습'을 찍은 사진을 떠올린다. 별이 새로 태어날 적에 밑에는 시커먼 구름 같은 먼지가 드리우고, 위쪽에는 번개처럼 반짝거리는 빛이 가득한데, 커다란 구름이 감싼 듯이 보이는 아침해가 꼭 새별이 돋는 우주 같다. 그런데 별이 새로 태어나는 모습을 찍은 사진을 본 적이 없다면 이렇게 생각할 수 있었을까. 햇빛에 별빛이 어

리고, 별빛에 햇빛이 감돈다. 구름빛에 별누리가 겹치고, 별누리에 구름빛이 맞물린다.

국민학교

1995.8.15. 국민학교라는 이름이 얼마나 엉터리인가 하는 뜻을 여러 어른이 밝혔다. 그러나 나라에서는 좀처럼 이 뜻을 안 받아들이려 했다. 참으로 많은 어른들이 나라하고 싸워서 '국민학교'라는 허울 가득한 '일본 우두머리 사슬'이 가득한 이름을 걷어치웠다. 그런데 나라는 사람들 뜻을 제대로 받아들이지 않았다. '국민학교'를 걷어치워야 한다고 밝힌 어른들은 '어린이배움터'로 바꾸자고, 엉터리 이름을 갈아치우는 마당이라면 '학교'라는 이름이 너무 딱딱하니 이 이름도 어린이가 부드럽게 받아들여서 즐겁게 배울 수 있는 뜻을 곧바로 알아차리도록 확 바꾸자 했다. 나라에서는 사람들 뜻을 받아들이기보다 벼슬아치짓을 했다. '초등학교'로 바꾸었지. 더 헤아려 보면, 국민학교 이름 하나는 바꾼 벼슬아치이지만 "국민 여러분"이란 말을 버젓이 쓴다. 미친 나라 아닌가?

2005.8.15. '국민학교'란 이름을 걷어냈는데, 사람들은 어느새 스스로 잊는다. "국민 여동생"이란다. "국민 배우"에 "국민 가요"란다. 이렇게 철철 찌드는구나. 종살이 버릇을 못 버리는구나.

국어사전

1994.3.1. 고등학교를 다니던 1991년부터 1993년까지 국어사전을 두 벌 읽었다. 첫 낱말부터 끝 낱말까지 모조리. 이때에 두 가지를 느꼈다. 첫째, 이 나라 국어사전에 웬 영어하고 일본말이 이렇

게 많지? 둘째, 이 따위로 사전을 엮고도 국어사전이란 이름을 붙인다면 차라리 내가 쓰겠노라고.

2001.1.1. 《보리 국어사전》을 짓는 편집장이자 자료조사부장 일을 맡기로 했다. 나는 이 일을 안 하려 했다. 지난해, 그러니까 1999년 8월 1일부터 영업부 일꾼으로 일하다가 2000년 6월 30일에 그만두었는데, 뜻있다는 출판사에서 기쁘게 일을 했지만, 이곳에서도 슬픈 저지레가 잔뜩 보여서 '사표'란 종이를 집어던졌다. 책마을이란 곳에 신물이 나서 골방에 틀어박혀 책도 안 읽고 멍하니 하늘바라기만 하던 어느 날, 윤구병 님이 찾아와 나를 살살 꾀었다. 술 한잔 사겠다고 하면서 나한테 "종규야, 다른 애(편집부 일꾼)들은 머리에 똥이 너무 많이 들어서 새로운 사전을 만드는 일을 맡길 수 없어. 새로운 사전을 만들어야 하는데 머리에 똥이 가득 들었으니 어떻게 하겠니? 그런데 내가 보기에 너는 머리에 아직 똥이 덜 든 듯해. 너 같은 젊은이가 나서서 새로운 사전을 만들면 좋겠는데, 어떠니?" 하고 이야기했다. 윤구병 님이 들려준 이야기가 맞구나 싶었다. 내가 잘났다(?)는 소리가 아니라, 나이 있는 분들은 머리에 똥이 너무 차서 참말로 새로운 사전을 짓는 일에는 안 어울리겠다고 느꼈다. 윤구병 님한테 몇 가지를 걸었다. 이 몇 가지를 받아들이시면 얼마든지 하겠다고. "윤 선생님, 윤 선생님 말씀대로 그렇지요. 새로운 사전은 새로운 마음으로 젊은 넋이 되어야 쓸 수 있어요. 그런데 이 일을 하자면 몇 가지는 지켜 주시면 좋겠어요." "뭔데? 이 일 하겠다는 뜻이지?" "아니요. 하겠다는 뜻이 아니라, 몇 가지를 먼저 말씀드려야겠다는 얘기입니다." "그래, 뭐냐?" "윤 선생님, 첫째로는 예전 출판사에서처럼 12개월 수

습에 62만 원 월급 받고는 이제 도무지 일을 못 하겠습니다. 다른 출판사는 3개월 수습이던데 어떻게 12개월씩이나 수습을 시키나요? 노동착취입니다. 게다가 윤 선생님이 저를 데려가서 일을 맡기려 하시니까, 저는 수습을 할 까닭이 없겠지요. 월급은 적어도 100만 원은 받아야겠어요. 저도 먹고살아야지요." "그래. 또?" "다음으로, 사전을 지으려면 제가 모든 일을 다 해야 하기는 하지만, 혼자서는 일손이 모자라요. 잔심부름을 맡되, 제가 바라거나 시키는 대로 군소리 하나 없이 그대로 따라 줄 심부름꾼이 있어야 해요. 그렇다고 아무 일이나 시킨다는 뜻이 아니라, 낱말풀이나 올림말이나 보기글을 뽑을 적에는 토씨나 받침 하나도 틀리면 안 되기 때문에, 제가 바라거나 시키는 대로 참말로 백이면 백 그대로 해줄 수 있는 착한 심부름꾼이 있어야 해요." "야, 당연하지. 그런 일꾼은 꼭 있어야겠다. 그리고?" "아시겠지만, 사전을 제대로 지으려면 자료를 제대로 갖춰야 해요." "암, 그렇지." "우리는 처음부터 맨손으로 새로운 사전을 짓기로 하잖아요." "그래." "그러니까 모든 자료를 몽땅 새로 갖춰야 하니까요, 새로운 자료를 사들이는 돈을 아끼지 않으면 좋겠어요. 제가 새로운 자료를 사들이는 돈, 자료구입비를 다달이 적어도 200만 원은 써야겠다는 어림이 나와요." "200만 원이면 될까? 적지는 않니?" "아니요. 그만큼이면 됩니다. 사전 지을 자료는 헌책집에서 많이 사야 할 텐데, 헌책집 사장님들은 제가 나중에 국어사전 쓰는 일을 하기로 해서 자료를 잔뜩 사들여야 할 적에 기꺼이 싸게 팔아 주신다고 했어요. 그렇다고 헌책집 사장님들이 너무 싸게 주시려 하면 웃돈을 얹어 드릴 생각입니다만, 다달이 200만 원씩만 쓰려 해요. 왜냐하면, 한꺼번에 너무 많이 자료를 사들이면 다 살피기 어렵거든요. 우리는 세 해 동안 기획검토와 자료조사와 자료정리를 하기로 했으니, 세 해 동안 다달이 200만 원씩 자료를 갖추면 비로소 사전 짓는 바탕은 다 되리라 봅니다." "알았어. 또?" "이렇게 받아들여 주시면 할 수 있어요. 오늘은 술을 마시느라 일을 못하고, 이튿날부터 할 수 있습니다." "그래, 하겠다는 뜻이지?" "네. 할게요." "이 녀석, 그럼 처음부터 하겠다고 하지, 뭘 뜸을 그렇게 들이니? 네가 하겠다고 하면 어떤 조건을 말하든 그 조건을 다 들어주면 되잖아. 아이구야." 2001년 1월 1일, 새로운 국어사전 짓는 첫걸음을 떼는 날, 윤구병 님하고 며칠 앞서 주고받은 말을 옮겨 놓는다.

2013.7.30. '읽을 만한 국어사전이 없다'고 느껴, '언젠가는 내가 스스로 국어사전을 만들어야겠어' 하고 생각한 지 한참 지났다. 어느덧 스무 해 흐른다. 2013년 한여름, 올 한글날에 내놓을 '어린이 우리 말 이야기책'에 넣을 '낱말풀이'를 한참 달다가 밤이 지나고 새벽이 밝는다. 벌써 이렇게 흘렀나 싶어 부랴부랴 일을 마무리짓는다. 곁님이 미국으로 배움마실을 떠났기에 홀로 집일을 건사하면서 아이들이랑 놀며 지내야 하는데, 밤을 지새우고 새벽까지 잠들지 않으면, 아침이 힘들다. 낮에 더 일하기로 하고 잠자리에 들려 한다. 그런데 '낱말풀이 새롭게 붙여서 쓰는' 일이 아주 재미있어서 한 시간이고 두 시간이고 아주 빠르게 흐른다. 쓰고 싶은 글을 쓰고, 하고 싶은 일을 하기 때문일 테지. 스무 해 동안 벼르면서 꿈꾸던 일을 비로소 붙잡기 때문일 테지. 스무 살 적에 마흔 살이 언제 다가오는가 하고 손꼽으면서, 마흔이 되는 날까지 씩씩하게 한길을 달리자고 생각한 대로 스무 해를 살았다. 지난 스무 해에 걸쳐 한국말을 익히고 가다듬은 결을 살려 '어린이 첫 한국말사

전' 하나를 기쁜 웃음꽃 피우면서 신나게 쓰자. (덧말 : 이 책은 2014년에 《숲에서 살려낸 우리말》이란 이름으로 태어났다)

2013.9.1. 《보리 국어사전》 짓는 일을 그만두기로 하면서 이 나라 책마을에 대단히 신물이 났다. 어른이라는 분들은 왜 이렇게 거짓말을 할까? 어른이라는 분들은 왜 그렇게 일을 헤살놓거나 망치려 할까? 2003년 8월 31일에 사전 편집장 이름을 내려놓기로 하면서 열 해 동안 속이 쓰린 채로 살았다. 이러던 어느 날 철수와영희 출판사 대표님이 넌지시 한말씀 한다. "종규 씨, 옛날 일은 이제 그만 얘기하기로 해요. 옛날 일로 받은 상처가 있으면 종규 씨가 새로운 사전을 써서 그 상처를 지워 보세요. 우리는 새로운 걸음을 내딛어야 하잖아요? 자꾸 옛날 일로 아파하면 앞으로 걸어갈 수 없습니다. 종규 씨가 예전에 쓰려고 하다가 못 쓴 사전 있잖습니까, 우리 출판사가 작고 모자라고 힘도 없지만, 우리가 내 보면 어떨까요? 다만, 우리 출판사 규모가 작기 때문에 한꺼번에 많이 찍거나 널리 홍보하지는 못합니다. 그래도 사람들이 제대로 된 사전을 만나면 입소문을 알아주고 사 줄 테니, 천천히 빛을 볼 겁니다." 이 이야기를 듣고 볼을 타고 주르르 눈물만 흐를 뿐 아무 대꾸를 할 수 없었다. 울면서 술 몇 잔을 기울인 끝에 대꾸한다. "네, 고맙습니다. 그래요, 새로운 사전을 써야겠네요. 그런데 새로운 사전은 새로운 이름이어야겠어요. 아시는지 모르겠는데 '국어사전'은 틀린 이름, 아니 엉터리 이름입니다. '국민학교'란 이름을 '초등학교'로 바꿨잖습니까. 왜 바꾸었느냐 하면 '국민'은 일제강점기에 천황이란 이름으로 이 나라를 짓밟고 억누르면서 붙인 이름, 우리를 그들 종으로 삼으려고 붙인 이름이에요. 그런데 '국민'만이 아니에요. '국(國)'이

란 한자가 붙은 모든 한자말이 그때 그런 이름이에요. '국어사전'에서 '국어'도 '일본 우두머리를 하늘처럼 섬기면서 따르는 종이 되려는 사람들이 쓰는 말'이란 뜻입니다. 무시무시하지 않나요? 비록 사람들은 왜 국어사전 아닌 '한국말사전'이란 이름을 쓰느냐고 고개를 갸우뚱할 테고, 낯설어하며 핀잔도 하겠지요. 그러나 새로운 사전은 참말로 새로운 이름이어야지 싶어요. 갈아엎어야지요. 오래 걸리거나 더디더라도 제걸음을 가야지요. 기쁘게 기꺼이 할게요. "새롭게 살려낸 한국말사전"을 쓰겠습니다." (덧말 : 이렇게 얘기하고 다짐한 책은 2016년에 드디어 마무리를 지어 《새로 쓰는 비슷한말 꾸러미 사전》이라는 이름으로 태어났다)

권정생

2005.6.7. 경상도 안동에서 오늘 하루도 두 끼니만 먹으면서 조용하게 살아가는 권정생 할아버지는 우리들한테 이야기한다. "동화 몇 편 썼다고, 그거 대단하다고 보면 안 돼요." 하고. 이 말을 제대로 곰삭여 들을 수 있는 사람이 몇이나 있을는지 모르겠다. 또 하나. 권정생 할아버지는 이녁을 찾아오는, 이른바 '(학교) 선생님'이나 '(큰 신문사) 기자'나 '(글깨나 쓴다는) 작가'들한테도 한 마디 한다. "나보고 건강하게 오래 살라고 하는 건, 죽으라는 이야기보다 더 나쁜 이야기예요. 나 대신 아파 주면 좋겠어요." 하고. 이 말 또한 얼마나 알아들을까? 아마 거의 알아듣지 못하리라. 그저 '늙은이가 이제 노망까지 들었나? 주책이야, 원!' 하고 생각하는 분이 제법 많더라. '권 선생님이 너무 아프니, 이런 말까지 다하시는구나' 하고 생각하는 분도 퍽 많고. 권정생 할아버지는 '선생님·기자·작가'한테 두 가지 이야기를 대뜸 한단다. 이런 말씀을 하는 할아

버지 곁에서 빙그레 웃으며 대꾸한다. "그러게요. 다들 참 너무 몰라요. 이 쉬운 얘기를 왜 알아들으려고 하지 않을까요? 어쩌면 알아듣기 싫어서 모르는 척하지는 않을까요?" 안동에서 권정생 할아버지를 뵙고서 무너미마을로 돌아온다. 이오덕 어른이 남긴 글하고 책을 갈무리하는 한밤에 문득 두 마디 이야기를 낱낱이 풀어서 적어 보자는 생각이 든다. 뒤엣말을 먼저 생각하겠다. "나 대신 아파 달라"는 이야기가 무슨 뜻인가? 이는 바로 "아픈 사람 마음이 되라"는 뜻이다. "아픈 사람처럼 작은 목숨, 작은 일도 고맙게 고이 여기며 낮은 목소리로 조촐하고 조용하게 살자는 이야기"이다. 그리고 스스로 제발 아파 보라는 뜻이다. 스스로 모질게 아파 보지 않고서 섣불리 '오래 살라'는 말 좀 그만하라는 뜻이다. 생각해 보라. 아픈 채 오래 살면 기쁠까? 날마다 끔찍하게 아프면서 헉헉대는데, 이 삶을 오래오래 이으라고 하는 말이란, 아픈 사람이 듣기 좋은 말이 될까? 참 많은 사람들이 입에 얹는 "어린이 마음이 되어야 하늘나라에 가고, 어린이처럼 깨끗한 사람이 없다"는 이야기가 있다. 그렇지만 이런 말을 입에 얹더라도 이 말뜻을 속속들이 짚지는 않는 듯하다. 왜냐하면 '어린이처럼 사는' 사람이 아주 드무니까. 지식만으로 살아가는 길이 대단히 아찔한 줄 뻔히 아는 사람들조차 '지식이 아닌 경험'과 '지식이 아닌 마음과 생각'을 고이 여기지 않기 일쑤이다. 가난하고 힘겹게 사는 사람들하고 '한마음 한몸'이 되지 않고서는 돕는 손길을 내밀 수 없다. 아니, 돕는 손길이 아니라 어깨동무하는 손길이 못 된다. 그저 불쌍해서 동전 몇 닢 던져 주는 사람은 잘난 멋에 딱하게 볼 뿐, 참으로 함께하는 손길이 아니다. 한결같이 몸과 마음 모두 아늑하고 폭신한 자리에 있으면서 입과 말로만 시끄럽게 '가난한 이를 돕자'는 소리만 떠들면 무엇하겠는가? '환경을 지키자'는 이야기를 목소리로만 외치지 말자. 알찬 환경책을 읽자고 추천하지 말자. 이런 말 하나 내세우기보다는, 우리 스스로 숲사람이 되어 살아가면 된다. 스스로 숲이 되어 살면 넉넉하다. 자가용을 장만해서 몰 생각보다는, 바람이 되어 훨훨 날아다닐 생각을 할 노릇이다. 고속도로를 더 놓아야 한다는 생각보다는, 홀가분히 바람으로 날아다니면 넉넉한 줄 알 노릇이다. 더 빠른 길이 아닌, 다 같이 즐거운 길을 헤아릴 노릇이다. 자가용을 몬대서 나쁘지 않다. 이 하나를 알 노릇이다. 자가용 모는 즐거움처럼 버스나 기차를 타는 즐거움이 있고, 자전거를 달리거나 걷는 즐거움이 있으며, 텃밭을 일구는 즐거움이 있고, 숲길을 맨발로 거닐거나 드러누워 하늘바라기를 하는 즐거움이 있다. 이 뭇즐거움이 고루 어우러져야 참말로 즐거운 삶 아닐까? 앞엣말을 생각하자. "동화 몇 편 썼다고 대단히 보지 말라"는 이야기는 헛된 이름에 놀아나지 말라는 소리이다. 헛된 이름과 감투에 눈이 멀어서, '이름도 감투도 없는 낮고 여린 사람 목소리와 삶'을 놓치거나 쉬 지나치거나 얕보거나 깔보는 못된 버릇을 버리라는 소리이다. 이 땅에서 가장 알뜰하고 훌륭하며 사랑스러운 이야기는 바로 헛된 이름과 감투에 눈이 멀고 머리가 빈 사람들이 가장 깔보고 짓밟고 비웃는 '못 배우고 더러운 일을 하는 사람'들 삶자리에서 태어나곤 한다. 왜 그럴까? 왜 짓밟히거나 깔보이거나 얕잡히는 삶자리에서 참으로 사랑스러우며 아름다운 이야기가 꽃으로 피어날까? 가만 보면 바로 권정생 할아버지가 쓴 숱한 글이 이렇다. 다만 누구나 권정생 할아버지처럼 글을 쓸 까닭은 없다. 어느 자리에 있든 제 손으로 살림을 짓는 따사롭고 넉넉한 마음으로 이 하루를 그대로 글로 옮기면 된다. 위에서 내려다보는 눈빛이 아닌, 어깨동무하면서 같이 앞길을 바라보는 눈썰미로 거듭나면 된다. 권정생 할아버지는 마음으로 넌지시 얘기한다. '여보게, 훌륭한 스승은 먼 데 있지도 않고 하늘나라에 있지도 않으며 바로 그대들 가까이에, 옆에 있는데, 왜 못 보고들 그리 사는가? 그대가 바로 그대 스승인 줄 아는가, 모르는가?' 하고.

그림책

2015.6.16. 그림책 속종이에 시를 쓴다. 그림책을 아이들하고 읽다가 속종이에 시를 쓴다. 속종이에 쓰는 시는 내가 시골에서 아이들하고 지내는 마음. 이 시를 아이들이 읽어 주면, 아이들은 시골에서 뛰노는 바람 같은 마음. 재미나게 노는 하루를 싯말로 엮는다. 신나게 어우러지는 하루를 노랫말로 그러모은다. 오늘 하루를 함께 짓자. 오늘 우리한테 찾아온 삶을 함께 가꾸자. 우리가 쓰고 읽는 모든 글에 사랑을 담자.

2019.1.19. 그림책을 어른도 읽는다지만, 누구보다 어린이하고 아이가 먼저 즐긴다. 그런데 이 그림책을 쓰는 이는 거의 어른이요, 그림책을 엮는 이는 몽땅 어른이다. 그림책을 사서 어린이한테 건네는 이도 어른이겠지. 나라밖 그림책을 한국말로 옮긴다면 어린이가 스스로 옮길 일이란 없이, 모조리 어른이 옮긴다. 이때에 생각해 볼 노릇이다. 어른한테 익숙한 말씨로 그림책을 쓰거나 엮거나 옮기는가, 아니면 어린이가 배울 만한 말씨를 헤아리면서 그림책을 쓰거나 엮거나 옮기는가? 또는 어린이가 쉽게 받아들이면서 삶을 새로 배우도록 북돋우는 말씨로 그림책을 쓰거나 엮거나 옮기는가? 어른만 읽는 문학이나 책을 쓰거나 엮거나 옮기는 이라면

함부로 그림책 글을 건드리지 않기를 빈다. 어린이 눈높이를 떠나, 어린이 삶과 꿈과 사랑을 헤아리지 않는 이들은 부디 그림책 글을 손질하지도 만지지도 않기를 바란다.

2019.4.5. 그림으로 엮고 짓기에 그림책일 텐데, 이 그림책이란, 아기부터 함께 보는 책이다. 새로운 길을 밝히는 걸음으로 아기한테는 무럭무럭 자라나는 길을 밝히고, 어린이한테는 새롭게 배우는 길을 밝히고, 젊은이한테는 씩씩하게 나서는 길을 밝히고, 할머니 할아버지한테는 슬기롭게 빛나는 길을 밝히고, 아저씨 아주머니한테는 살림을 사랑하는 길을 밝히는 책이다. 촛불이나 등불처럼, 또는 별빛이나 햇빛처럼 환하면서 따스한 이야기로 줄거리를 엮어서 그림으로 보여주는 그림책이다. 몇 마디 말을 넣어도, 아무런 말이 없어도, 오롯이 그림으로, 때로는 글하고 어깨동무를 하면서, 우리 삶이며 살림이란 언제나 노래처럼 피어난다고 하는 기쁜 숨결로 눈빛을 초롱초롱 밝히는 책이다.

글

1993.11.7. 글이 예술이라면 삶이 예술이라는 뜻. 글이 아름답다면 삶이 아름답다는 뜻.

1995.8.3. 술술 흘러나올 적에 써야 글이다. 머리를 쥐어짜면 언제나 쥐어짜기가 되어, 이런 글은 읽어 주는 사람부터 벅차다. 쓰는 사람이 신나게 노래하듯 술술 넘치는 글을 써야, 이런 글은 읽어 주는 사람도 나란히 홀가분하면서 즐겁다.

1999.4.20. 이오덕 어른을 만나뵙고 온 일을 돌아본다. 어른이 계신 과천집은 온통 책밭이었다. 적어도 이쯤 되는 책은 읽어야 '읽었다'고 할 수 있구나. 내가 쓴 글은 많이 허술했을 텐데, 어른은 딱 두 가지만 짚어 주었다. '가끔씩'은 겹말이니 '가끔'이라고만 쓰라고, 또 하나는 '부르다'는 사람을 보면서 말할 적에만 쓴다고. 어른이 나한테 왜 두 가지만 짚어 주었을까 하고 생각하면서 신문을 돌린다. 내가 이오덕 어른 같은 분이면서 새파란 젊은이를 마주한다면, 나는 젊은이한테 무엇을 어떻게 짚어 주는 사람이 될 만할까? 어른은 그냥 어른이 되지 않는구나.

2006.2.6. 스스로 어떻게 살아갈 적에 즐겁게 노래를 하는 살림인가를 생각하는 길이라면, 우리가 입으로 읊는 모든 말은 곧 글이 된다.

2008.10.25. 잘 써야 하는 글이 아니다. 못 써도 되는 글이 아니다. 삶을 고스란히 적으면 될 글이다. 사랑하는 마음, 살아가는 마음, 살림하는 마음, 생각하는 마음, 이 모두를 그대로 옮기면 될 글이다. 꾸미려 하면 글이 아닌 꾸밈거리일 뿐. 잘 보이려고도, 감추려고도 할 까닭이 없다. 있는 대로 쓰고, 사는 대로 쓴다. 아픈 대로 쓰고 기쁜 대로 쓴다. 무엇보다도 내가 나를 마음으로 오롯이 보는 대로 쓴다.

2010.5.21. 덧없는 글을 써서 스스로를 갉아먹기보다는 입을 다물고 가만히 있을 때가 한결 낫다만, 덧없는 글을 쓰는 사람이 대단히 많은 오늘날이다. 아니, 덧없는 글을 쓰는 사람들은 스스로

덧없는 글을 쓰는 줄 모른다. 스스로 덧없는 삶을 꾸리며 덧없는 넋으로 덧없는 말잔치를 벌이는 줄 모른다. 고운 삶에서 고운 넋이면서 고운 말이다. 얕은 삶에서 얕은 넋이면서 얕은 말이다. 겉훑기 글쓰기로 살아가는 사람은 돈을 벌거나 이름을 얻거나 힘을 누릴 수 있을 터이나, 날마다 차근차근 스스로를 좀먹을 뿐 아니라 머리속에 똥이 가득 차오르는 줄을 깨닫지 못한다.

2013.6.23. 글을 많이 쓰기에 책을 많이 읽지는 않는다. 책을 많이 읽기에 글을 잘 쓰지는 않는다. 생각이 있는 사람이 글을 쓴다. 생각을 사랑하는 사람이 책을 읽는다. 마음을 움직여 글을 쓴다. 마음을 곱게 아끼면서 책을 읽는다. 글쓰기는 삶쓰기이기에, 삶을 돌볼 줄 안다면 글매무새를 곱게 돌볼 수 있다. 책읽기는 삶읽기이기에, 삶을 사랑할 줄 안다면 책빛을 환하게 밝힐 수 있다. 삶은 어렵지도 않고 쉽지도 않다. 글쓰기는 쉽지도 어렵지도 않으며, 책읽기 또한 쉽지도 어렵지도 않다. 그저 삶이듯, 그저 글이요 책이다. 꾸밈없이 누리면서 가꾸는 삶이듯, 꾸밈없이 누리면서 쓰는 글이고, 꾸밈없이 누리면서 읽는 책이다. 삶을 아름답게 북돋우고 싶다면, 글을 아름답게 북돋운다. 삶을 사랑스레 살찌우고 싶다면, 책을 사랑스레 쓰다듬으며 가슴에 품는다.

2015.1.5. 글을 어떻게 쓸 수 있는가 하고 묻는다면, 늘 새롭게 쓰려 하기에 쓸 수 있다고 말할 만하다. 사진을 어떻게 찍을 수 있는가 하고 묻는다면, 늘 새롭게 찍으려 하기에 찍을 수 있다고 말할 만하다. 새로운 마음이 되기에 글도 쓰고 사진도 찍는다. 그리고 새로운 마음이 되니 밥도 짓고 옷도 짓는다. 새로운 마음이 될

적에 살림을 새롭게 가꾸고, 말을 새로 빛내며, 이야기를 새삼스레 주고받는다. 그러니까 새로운 마음으로 스스로 거듭날 적에는 글을 비롯해서 모든 삶과 살림을 손수 곱게 가꾼다. 새로운 마음으로 스스로 거듭나지 못할 적에는 글뿐 아니라 어떤 삶과 살림도 이루지 못한다.

2018.3.9. 살아온 결대로 모두 쓸 수 있다. 걱정하면 못 쓰지만, 걱정하지 않고서 우리 삶길을 가만히 돌아보면 이 길에 남긴 자취를 낱낱이 돌아보면서 글결을 살릴 수 있다. 쓸거리는 생각하지 않아도 된다. 살아온 날대로 무엇이든 쓸 수 있으니까. 헤매면 못 쓰지만, 헤매더라도 우리 살림길을 곰곰이 되새기면 이 길에 디딘 자국을 찬찬히 되새기면서 글빛을 밝힐 수 있다. 살아온 땀이 거름이다. 살아온 사랑이 거름이다. 살아온 마음이 거름이다. 누구한테나 골고루 글거름이 있다. 손수 거름을 내어 꽃을 피우고 남새를 거두며 나무를 가꾸면 된다. 우리는 모두 글숲이다.

2018.6.4. 글쓰기가 어렵다면 글쓰기를 어렵게 생각한 탓이다. 말하기가 어렵다면 말하기를 어렵게 여긴 탓이다. 밥짓기가 어렵다면 밥짓기를 어렵게 본 탓이다. 밥먹기가 어렵다면 밥먹기를 어렵게 하는 탓이다. 아이를 보고 물어보자. 얘야, 너 걷기 어렵니? 너 달리기 어렵니? 너 놀기 어렵니? 이 물음을 고스란히 받아들여 보자. 우리 스스로 물어보자. 살기 어려운가? 살림 꾸리기 어려운가? 사랑하기 어려운가? 어렵다면 어려운 그대로 털털하게 털어놓으면 된다. 어렵지 않다면, 또는 쉽다면 어렵지 않거나 쉬운 그대로 수수하게 담아내면 된다. 내 길을 내 다리로 걸어간다. 내 삶을 스

스로 바라보고 가꾸면서 나아간다. 내 길이란 내 삶이면서 내 글이다. 내 글이란 내 살림이면서 내 사랑이다. 글이 되는 길이요, 길이 되는 글이다.

2019.3.13. 글이란 "그리는 길"이지 싶다. 살아갈 꿈을 생각에만 담지 않고, 늘 코앞에서 지켜보면서 되새길 수 있도록 읽어내리며 그려낸 소리에 이야기를 담으니, 글이지 싶다.

글손질

2016.11.20. 곧 새로 나올 책을 인쇄소에 넘기기 앞서 '글쓴이 글손질'을 다섯 벌째 한다. 이제 막 이 일을 마친다. 살짝 손질해야 하는 곳을 세 군데 찾아낸다. 출판사로 누리글월을 띄운다. 비로소 홀가분하다. 더는 글손질을 할 곳이 없으리라 여기면서, 아이들을 이끌고 바깥바람을 쐬러 나갈 수 있네 하고 생각한다. 겨울을 앞둔 십일월 끝자락인데, 볕이 참 좋다. 남녘에서는 이즈음 유자를 샛노랗게 익도록 해 주는 멋진 늦가을볕이다.

2018.7.9. 내가 쓴 글을 매체에 보낼 적마다 토를 살짝 붙인다. 부디 내 글을 고치시려거든 다음에 맞게 고쳐 주십사 하고. 나는 내 글을 한 군데도 손을 안 대고 그대로 싣기를 바라는 사람이 아닌 터라, 고칠 곳이 있으면 제발 알려주고서 고쳐 주십사 하고. "ㄱ. 제가 쓴 한국말을 한자말로 바꾸지 마셔요 ㄴ. 제가 쓴 한국 말씨를 번역 말씨나 일본 말씨로 바꾸지 마셔요 ㄷ. 제가 쓴 한국말을 영어로 바꾸지 마셔요" 이 세 가지를 지킬 수 있다면 글손질이 나쁘다고 여기지 않는다. 이 세 가지를 어기면서 내 글에 일부러 한

자말이나 번역 말씨나 일본 말씨나 영어를 끼워넣으려 한다면, 참으로 안타깝다. 무엇을 배우거나 얻으려고 이 세 가지조차 안 지키면서 내 글을 받으려 하는가? 나는 한국말다운 한국말로 이야기를 펴려는 사람이니, 내가 쓰는 한국말에서 아직 나 스스로 모르거나 틀린 대목을 짚어 줄 적에는 반가우나, ㄱㄴㄷ 세 가지를 어기는 이들을 보면, 그들이 무엇을 얻거나 배울는지 하나도 알 수 없다.

글쓰기

1995.11.17. 고등학교 1학년이던 무렵 시라고 하는 글을 쓰고 싶었으나 가르칠 만한 어른을 만나지 못했다. 고등학교 문학 교과서에 나온 시를 읽고, 헌책집에 찾아가 오래된 시를 찾아서 읽고, 새책집에 나들이를 해서 새로 나온 시를 살펴서 읽는다. 누가 가르치지 않으니, 또 배울 만한 어른이 없으니 그저 다른 시나 시집을 찾아 읽으면서 스스로 생각한다. 마음에 와닿는 시는 쉽게 알아보았다. 시를 쓴 사람이 그분 삶을 스스로 생각하면서 그분 말씨대로 쓴 시가 마음에 와닿는다. 그분 삶이 아닌 딴 사람 삶을 어깨너머로 구경하면서 쓴 시는 마음에 안 와닿는다. 멋을 부리려고 한자를 집어넣거나 영어를 섞는 시도 마음에 안 와닿는다. 아이들한테 귀염짓을 하듯 말장난을 하는 동시도 마음에 안 와닿는다. 마치 어른끼리 다 안다는듯 어린이를 내려다보는 동시도 마음에 안 와닿는다. 그렇구나. 잘나든 못나든 내가 살아가는 대로 쓸 노릇이구나. 내가 살지 않는 모습을 쓰려니 꾸며야 하고, 내가 사는 모습을 고스란히 쓰니 꾸밀 일이 없다. 내가 살지 않는 모습을 쓰려니 맞춤법이나 띄어쓰기 같은 겉모습에 마음을 빼앗기고, 내가 사는 모습을 그대로 쓰니 맞춤법이나 띄어쓰기가 틀린 글이어도 마음을 찡

하게 사로잡는구나. 저잣거리 아재나 할매가 투박하게 흘려쓴, 이러면서 맞춤법도 띄어쓰기도 틀린, 이넉 바구니 앞에 놓은 수수한 글씨야말로 시요 노래요 고운 글이다.

2012.7.24. 글을 싣는 자리가 있기에 글을 쓰지는 않는다. 글을 싣는 자리가 있으나 마음속에서 우러나오는 이야기를 스스럼없이 나타낼 수 없으면 글을 쓸 만하지 않다. 글을 싣는 자리는 마음속 이야기를 담는 삶자리와 같다. 글을 싣는 자리는 내가 짓는다. 누가 글을 써 달라고 하기에 쓰는 글자리는 아니다. 글을 싣는 자리는 내 글에 담는 꿈을 빛내어 서로 즐겁게 거듭나는 믿음자리요, 글을 싣는 자리는 저마다 가장 좋은 생각으로 가장 아름다운 삶을 일구는 사랑자리라고 느낀다.

2012.8.19. 새벽에 조용히 일어나서 글을 쓰면 개운하다. 아이들이 그만 아주 일찍 깨어서 아침을 맞이할 때 글 한 조각 제대로 여미지 못하면 속이 답답하다. 그러나, 새벽이나 아침에 못 쓴 글은 낮이나 저녁에 쓸 수 있다. 또는 밤이나 이튿날 새벽에 한꺼번에 쓸 수 있겠지. 며칠 늦출 수 있을 테고, 몇 달이나 몇 해 늦어지기도 하리라. 조바심을 낼 까닭이 없다. 흐르는 삶은 내 넋을 저버리지 않을 테니까. 나는 언제나 마음이 고이 이어갈 수 있도록 다스리면 된다. 꿈을 생각하면서 사랑을 글에 살포시 싣는 매무새를 예쁘게 추스르면 된다. 어느 날은 새벽 아닌 아침에 글을 쓰고, 어느 날은 낮이나 저녁에 글을 쓴다. 어느 날은 도무지 한 줄조차 쓰지 못한다. 글을 쓰는 때는 따로 없다. 글을 잘 쓸 만한 때 또한 딱히 없다. 내가 마음을 다스리지 못하면 언제라도 글을 못 쓰고, 내가

마음을 가다듬을 줄 안다면 언제라도 글을 쓴다. 마음이 있을 때에 어떤 글을 쓰면 즐거울까 하는 생각이 떠오르고, 마음이 싱그러울 때에 어떤 글을 쓰면 빛날까 하는 생각이 샘솟는다.

2014.10.1. 면소재지 고등학교 푸름이와 만난 자리에서 '글쓰기'를 이야기한다. 글쓰기를 할 적에, 그러니까 글을 쓸 적에, 내가 마음에 새기는 다짐이라고 하면 무엇이 있는지 들려준다. 어떤 글을 쓰든 내가 세우는 잣대는 꼭 하나인데, 이 글쓰기 잣대는 "열 살 어린이가 읽어서 알아들을 수 있도록 한다"이다. 어떤 글을 쓰든 이 잣대는 늘 같다. 열 살 어린이한테 내 글을 맞춘다. 이러면서 네 가지를 생각한다. "ㄱ. 즐겁게 쓴다 ㄴ. 아름답게 쓴다 ㄷ. 사랑스럽게 쓴다 ㄹ. 착하게 쓴다" 스스로 우러나올 적에 쓰기 때문에 스스로 즐거운 마음이 되어야 글을 쓴다. 겉으로 보기에 이쁘장하게 쓰는 글이 아니라, 마음과 생각과 넋이 모두 아름다울 수 있기를 바라면서 글을 쓴다. 내가 읽고 이웃이 있는 글인 만큼, 서로 사랑을 나누면서 꿈을 북돋울 수 있기를 바라면서 글을 쓴다. 스스로 착한 사람으로 거듭나는 길을 걷는다는 마음으로 글을 쓴다.

2015.6.19. '훔친 글(표절)' 이야기가 불거질 적마다 자꾸 들여다본다. 굳이 들여다보아야 할 일이 없을 텐데 자꾸 눈길이 간다. 왜 눈길이 갈까 하고 며칠째 헤아려 본다. 아무래도 내가 글을 쓰는 일을 하기 때문일까? 그동안 여러모로 '내 글을 훔친 이가 있기' 때문일까? 그런데 내 글을 훔쳐간 이가 있은 지 며칠이 지나고 몇 달이 지나며 몇 해가 지나고 보면, 다 아무것이 아니다. 글을 훔쳐간 녀석을 생각하더라도 딱히 짜증이 나거나 부아가 나지 않는다.

글을 훔쳐서 돈이나 이름값을 얻으려고 하던 그이들이 어쩐지 딱해 보인다. 얼마나 글을 쓰기 어려웠으면 다른 사람 글을 훔칠까? 얼마나 글쓰기가 재미없거나 따분했으면 다른 사람 글을 몰래 가로채려고 할까? 글을 훔치는 마음은 무엇인지 잘 모르겠다. 다만, 한 가지는 어림해 볼 수 있다. 국민학교에 다닐 적에 동무가 한 숙제를 베낀 적 있는데, 동무가 한 숙제를 베껴서 가까스로 '안 얻어맞고 조용히 지나가'면 후유 하고 길게 한숨을 쉬되, 마음이 무겁다. 몽둥이로 두들겨맞지 않아서 고마운 마음은 아주 살짝 들다가 지나간다. 차라리 몽둥이로 두들겨맞으면 맞지, 왜 다른 동무 숙제를 베껴야 했을까 싶어서 '스스로 몹시 싫'다. 그래서 다른 동무 숙제를 한두 벌 베껴서 내고 난 뒤에는, 다시 숙제 베끼기를 하지 않았다. 그냥 얻어맞고 씩씩하게 웃었다. 어느 날 동무가 묻더라. "야, 내 숙제 베껴서 내면 안 맞는데, 왜 안 베꼈어?" "응, 뭐 어때. 고마워. 숙제 안 했으니까 맞았을 뿐이야." 나는 글쓰기가 재미있다. 그래서 언제나 내 나름대로 새롭구나 하고 느끼는 글을 쓸 수 있다. 나는 글쓰기가 재미있으니, 다른 사람 책을 아무리 많이 읽어도 '다른 사람이 쓴 글이나 글씨나 글결'을 흉내내거나 따를 까닭이 없다. 놀랍거나 아름다운 글이 있으면, 그 놀랍거나 아름다운 글을 토씨 하나 빼놓지 않고 찬찬히 수십 수백 벌 되읽는다. 기쁘게 배우고, 즐겁게 내 삶을 되새기면서, 신나게 내 사랑을 담는 내 새로운 이야기를 쓰자고 여기면서 기운을 차린다. 놀랍거나 아름다운 글은 '자칫 고단하거나 지치거나 힘든 삶에 새로운 바람'처럼 깃든다. '훔친 글(표절)'을 내놓아서 돈을 많이 벌거나 이름값을 높이 얻으면 무엇이 좋을는지 잘 모르겠다. 훔친 글이라고 하면 언젠가 드러나리라 본다. 훔쳐서 가로챈 자리라고 한다면 언젠가 빼앗기기 마련이라고 본다. 다른 사람이 쓴 좋은 글이 있으면 '얻으'면 된다. 그 글을 빌려 달라고 하면서 얻으면 된다. 그래서 다른 사람이 쓴 좋은 글을 '따오기(인용)' 하면 된다. 얼마나 쉬운가? 다른 사람이 쓴 좋은 글을 '나온곳(출처)'을 똑똑히 밝혀서 마음껏 '따오기'를 하면 된다. 그리고, 따오기를 하는 만큼 제대로 글값을 치러야 하겠지. 좋은 글은 제값을 치르고 얻으면 서로 즐겁다. 좋은 글을 훔칠 까닭이 없다. 글을 훔치다 보면, 글을 쓰는 재미하고 멀어지고, 삶을 손수 짓는 보람을 모조리 잃고 만다.

2018.3.8. 어떤 이웃님이 묻는다. "글쓰기, 참 쉽지 않던데, 그대는 어떻게 글을 잘 쓰고 많이 쓰고 늘 쓰나요?" 나는 1초조차 망설이지 않고 바로 이야기를 들려준다. "저는 이때까지 '쉽지 않다'고 생각해 본 일이 없어서, 남들이 '쉽지 않다'고 하는 일을 그냥 해 왔다고 느껴요. '쉽지 않다'고 여기는 마음을 버리고 '해본다'나 '하고 싶다'나 '한다'는 마음이 되어 보셔요."

2018.7.2. 있는 그대로 쓰되, 그냥그냥 쓰지는 않는다. 있는 대로 쓰되, 섣불리 끌어들여서 쓰지 않는다. 어렴풋하다면 쓰면 안 된다. 어렴풋한 것을 환하게 살피고 나서야 쓸 노릇이다. 나도 모르게 그냥그냥 하던 몸짓은 이제 멈추어야 한다. 튀어나오는 대로 말하거나 글을 쓴다면, '아무 글'이 되고 만다. '왜·어떻게·그처럼' 하는가를 낱낱이 듣고 보고 배우고서야 비로소 말을 하거나 글을 쓸 노릇이다. 이제껏 어지럽게 흩어졌던 것을 차곡차곡 갈무리해서 가지런히 풀어내도록 말을 하거나 글을 쓰면 된다. 있는 그대로. 가진 그대로. 배운 그대로. 사는 그대로. 깨달아 온몸으로 받아

들인 그대로.

2018.8.1. 글쓰기하고는 동떨어진 채 살다가 어느덧 책읽기하고 사귀면서 글쓰기에도 마음이 간다고 하는 이웃님한테서 글월을 받는다. 일본을 다녀오느라 이 이웃님한테 맞글월을 못 띄웠다. 손글월을 보내셨기에 손글월을 보내려 했지만, 손글월을 받은 이튿날 새벽부터 공항으로 가야 했다. 오늘 비로소 우체국에 갈 짬을 낸다. 읍내로 가는 시골버스에서 손글월을 적는다. 이 이웃님한테 여쭈려는 '글쓰기 길잡이'는 다음과 같다. ㄱ. 꾸미지 마셔요 ㄴ. 감추지 마셔요 ㄷ. 보태지 마셔요 ㄹ. 깎지 마셔요 ㅁ. 창피해 하지 마셔요 ㅂ. 자랑하지 마셔요. 이렇게 여섯 가지를 헤아리면서 이 이웃님이 오늘까지 걸어온 삶길을 고스란히 풀어놓으면 글쓰기가 된다고 적었다. 글쓰기는 문법이나 맞춤법이나 띄어쓰기가 아니다. 인문책은 굳이 안 챙겨 읽어도 된다. 우리가 저마다 다르게 짓는 삶이나 걸어가는 길을 고이 바라보고 어루만지면서 아낌없이 적으면 모두 글이 된다. 사랑스러운 글, 눈물나거나 웃음나는 글, 즐거우면서 반가운 글.

2018.10.21. 글쓰기는 숨쉬기와 같다. 우리는 저마다 숨을 다르게 쉴 텐데, 스스로 우리 숨결이 어떠한가를 느껴 본다면, 우리 글쓰기 결이나 흐름을 바로 알아챌 수 있다. 자, 숨을 어떻게 쉬는가? 숨을 쉴 적에 우리 몸을 이룬 세포 하나하나에 새롭게 바람이 들어갔다가 나오는 줄 낱낱이 느끼는가? 머리카락 한 올마다 새숨이 들락거리고, 이하고 잇몸에, 발가락하고 발톱에, 갈비뼈하고 등뼈에, 손가락하고 눈썹에, 살갗 안쪽이든 바깥쪽이든 새숨이 늘 싱그

러이 흐르면서 우리 몸이 찌릿찌릿 기운을 내어 살아서 움직이는 결을 느끼는가? 느끼는 만큼 쓸 수 있고, 느끼는 대로 쓴다. 느끼려는 몸짓이라면 스스로 거듭나려는 글쓰기가 될 만하고, 느끼려 하지 못하거나 느끼지 않거나 느낄 뜻이 없는 몸짓이라면, 남 눈치를 보거나 남 뒷꽁무니를 좇아가는 글쓰기가 된다.

글씨

1988.10.20. 빨리 쓰니까 날림글씨가 된다. 그러나 빨리 쓰더라도 반가운 동무한테 써서 줄 글이라 여기면, 멋스러운 바람글씨가 된다. 서두르니까 삐뚤빼뚤 미운 글씨가 된다. 어떤 이야기를 들려주고 싶은가만 생각하면서 연필을 쥐면 서두를 일도 느려터질 일도 없이 참으로 고운 글씨가 태어난다.

2013.3.4. 여섯 살 큰아이가 공책에 글쓰기 놀이를 하기 앞서 연필이 뭉툭하다며 연필깎이를 내려 달라 말한다. 아이 연필을 살핀다. 그리 뭉툭하지 않지만, 연필깎이로 연필을 깎고 싶은 셈이니, 연필깎이를 내준다. 몇 번만 돌리라 이른다. 연필을 꺼낸다. 뾰족하다. 자, 이제 다 되었구나. 새로 깎고서 너무 힘을 주어 쓰면 또 연필심이 부러지니까, 처음에는 힘을 가볍게 주고서 써야 해. 처음에는 연필깎이를 쓰고, 나중에 나이 더 먹으면 칼을 써. 네가 무언가 쓸 적마다 연필은 닳지. 쓰고픈 대로 마음껏 쓰노라면 연필은 자꾸자꾸 닳아 키가 줄고, 이윽고 몽당연필이 될 테지. 몽당연필이 되는 만큼 네 손이 자라고, 네 마음이 자라며, 네 꿈이 자랄 텐데, 이 손으로 네가 사랑하는 가장 아름답고 즐거운 삶을 누리렴.

글짓기

2014.11.3. 오늘날에는 누구나 '글쓰기'를 말한다. 지난날에는 으레 '글짓기'를 말했고, 일제강점기와 해방 언저리에는 '作文'을 말했다. '作文'은 일제강점기에 일본 교육제도와 함께 들어온 '일본 한자말' 가운데 하나이다. 해방 뒤에는 이 낱말을 한글로만 바꾸어 '작문'이라는 이름을 썼는데, 초등학교 어린이한테는 '글짓기'로 다시 말풀이를 해서 가르쳤다. 그러면, '짓기'와 '쓰기'란 무엇인가? '짓다'는 "새롭게 나타나도록 하는 일"을 뜻한다. 이 뜻을 바탕으로 "이름을 처음으로 붙이다"와 "집·옷·밥을 마련하다"와 "흙을 가꾸어 먹을거리를 얻다" 같은 쓰임새가 나타났다. '글'이 태어나서 퍼진 지 얼마 안 된 터라, '글을 짓다' 같은 쓰임새는 한참 뒤에야 나타났다. '짓다'는 요즈막에 들어서서야 비로소 "이야기·글·노래를 새로 내놓다"를 뜻하는 쓰임새가 나타난다. '쓰다'는 "금을 긋거나 줄을 이어서 어떤 모양이 나타나도록 하다"를 뜻한다. 이 뜻을 바탕으로 "더 잘 보이도록, 또는 잊혀지지 않도록 옮기거나 남기다"와 "떠오르는 생각이나 느끼는 마음이나 곰곰이 헤아린 이야기를 글로 나타내다" 같은 쓰임새가 나타났다. 사람이 이룬 삶을 헤아리면, 사람은 누구나 '말'로 삶을 나타냈다. '말'로 모든 이름을 붙였다. 아주 오랫동안 말로 삶을 지었다. '이름짓기'라고 하듯이, 하늘이나 땅이나 풀이나 짐승이나 살림살이와 얽힌 이름을 모두 말로 지었다. 이름짓기란 말짓기요, 말짓기란 삶짓기인 셈이다. 그래서, '글짓기'란 이름이나 말이나 삶을 짓듯이, 생각을 지어서 이야기를 새롭게 내놓는 일을 가리킨다. 그러나, 한국 사회는 일제강점기와 군사독재를 거치면서 '학교 글짓기 수업'은 '거짓 웅변 교육'과 '위문편지 쓰기'와 '새마을 운동 찬양'과 '충효 독후

감 쓰기'만 일삼았다. 이런 나날이 무척 길었다. 해방 뒤부터 1990년대 언저리까지 이런 끔찍한 교육이 판쳤다. 이리하여, 이런 바보스러운 학교교육을 떨쳐내려고 '글쓰기'라는 낱말을 새로 '짓'는다. 참말 '글쓰기'라는 낱말은 새로 '지어'서 태어났다(이오덕 님이 지은 낱말이다). 자, 그러면 생각할 노릇이다. '글짓기 교육'이 '글쓰기 교육'으로 이름을 바꾸었는데, 학교와 사회와 학원에서 '글쓰기'를 슬기롭거나 아름답거나 사랑스럽게 하는가? 예나 이제나 똑같이 틀에 박힌 채 아이들을 짓누르거나 짓밟는 입시지옥만 되풀이하지 않는가? 이름은 '글쓰기'로 바꾸었으나, '글을 쓰는 일'이 무엇인지 또렷이 느끼거나 생각하지 못하면서 어영부영 흐르지는 않는가. '글쓰기'는 "우리 마음이나 생각을 수수하게 글로 밝히는 일"이다. '글짓기'는 "우리 마음이나 생각을 글로 새롭게 드러내는 일"이다. 글쓰기를 하든 글짓기를 하든 '마음·생각·뜻'을 '글'로 밝히거나 드러내야 즐겁다. 우리는 스스로 즐거운 마음이 되고 아름다운 생각이 되어 글을 쓸 수 있어야 한다. '글짓기'라는 낱말이 어떤 뜻이요, 권력자와 학교 사회가 이 낱말을 어떻게 뒤틀어 놓았는가를 살피지 못한다면, 글을 쓸 수 없다. '글쓰기'라는 낱말이 어떤 뜻이며, 이 낱말을 왜 새로 지었는지 헤아리지 못한다면, 글을 읽을 수 없다. 짓고 쓰며 누리는 삶을 돌아보지 못한다면, 글을 알 수 없다.

기자

1999.3.14. 기자가 될 마음은 딱히 없었다. 나는 고등학교를 마친 뒤에 인천을 떠나 서울로 가서 통·번역 일을 하는 꿈을 키웠다. 그렇지만 대학교에 들어가고 보니, 대학교는 배움길 아닌 장삿길일

뿐이더라. 다섯 학기를 다니고 그만뒀지. 대학교를 그만두기 앞서, 어쩌면 기자가 될 수 있으려나 생각하면서 두 학기 동안 네 해치 신문방송학과 수업을 다 들었고, 조용히 신문배달 일을 하면서 '기자가 되는 공부'를 하는데, 한겨레신문사에서 나를 어여삐 여겨서 '새벽을 여는 젊은이'로서 한겨레신문 광고모델을 맡겼다. 1998년 한글날에 '최연소 한글공로자'로 뽑힌 일을 여러 매체에서 크게 머릿글로 다룬 적도 있고 해서, 이런 일을 놓고 '이미지 마케팅'으로 나를 신문사 이미지 광고모델로 쓰겠다고 했다. 지국장님한테 이런 얘기를 여쭈니 "야, 광고 촬영을 하면 좋지. 그러면 우리 지국이 알려지는 거잖아. 그날은 네 담당 지국 배달은 걱정하지 마. 내가 돌려줄 테니까. 잘해 봐." 하고 말씀한다. "아니요. 지국장님 구역이 가장 넓은데 어떻게 제 구역까지 돌려 달라고 해요. 저는 그날 더 일찍 돌려서 배달 다 마치고 촬영하러 가겠습니다." 배달을 마친 뒤에 한겨레신문 사진기자를 비롯한 여러 사람하고 새벽 다섯 시 무렵 경기도 일산으로 차를 타고 간다. 그곳에서 한 시간 남짓 신문을 돌리는 몸짓을 사진으로 담은 뒤에, 아침 여덟 시 즈음 같이 밥을 먹는다. 한겨레신문 이사 한 분이 문득 묻더라. "자네, 앞으로 무슨 일을 하고 싶나?" "저는 기자가 되려고 공부해요. 외대를 자퇴하기는 했지만, 자퇴하기 앞서 신문방송학과를 부전공으로 삼아서 네 해치 수업을 두 학기 동안 다 들었어요. 다만, 저는 자퇴를 했고, 네 해치를 몰아서 한꺼번에 다 들었기 때문에 비록 논문까지 써서 통과는 되었으나 정식 수료증이나 졸업증은 없습니다." "그렇다면 우리 신문사에 들어와서 일하면 되겠네. 자네는 우리 신문을 배달하는 직원이기도 하니, 게다가 우리 신문사 광고모델이잖아. 수습 기간도 둘 필요 없이 바로 기자로 일할 수 있어.” “네? 어떻게요?” “특채라고 있어. 특채로 뽑으면 돼. 사실 광고모델 제안 건도 있었지만, 이사회에서 자네를 우리 신문사 특채로 뽑고 싶다는 얘기가 나와서 그걸 물어보려고 했어.” “저기, 저는 특채로 들어갈 마음 없습니다. 저는 들어가면 공채로 들어가지, 특채로는 안 들어갑니다.” “왜?” “저는 고등학교만 마친 학력으로도 떳떳하게 신문기자로 들어간 사람이 되고 싶습니다. 제가 알아보기로는 고등학교만 마치고서 기자가 된 사람은 없는 듯한데, 어떤가요? 한겨레에는 고졸 기자가 있나요?” “고졸? 글쎄, 고졸 기자는 없는 듯한데. 다른 신문사에서도 고졸로 기자가 되었다는 사람은 못 들었는데.” “그러면 더더욱 저는 고졸 학력으로서 공채 시험에 응모해서 붙고 싶어요. 다만, 한 가지는 여쭙고 싶어요.” “뭔데?” “한겨레신문은 새내기 기자를 뽑는 틀에서 ‘학력제한 없음’이라고 밝히기는 하지만, 막상 ‘토익점수 제출’을 내걸더군요. 그런데 이 ‘토익점수 제출’은 고졸자로서는 너무 어려운 일입니다. 생각해 봐요. 토익이란 시험을 치르자면 돈이 드는데, 게다가 토익은 문법 시험이지, 말을 다루는 시험은 아니에요. 기자로서 영어를 웬만큼 할 줄 알아야 할 테고, 나라밖으로 취재도 다녀야 할 테니 영어를 말로 잘 해야 할 텐데요, 토익점수가 아닌 회화 실력을 따져야 하지 않을까요?” “그렇지. 토익이 점수가 높아도 말을 못하는 애들 많아.” “그렇다면 제가 특채 아닌 공채로 떳떳이 들어갈 수 있도록, 한겨레신문이 맨 처음으로 ‘토익점수 제출’이란 틀을 없애 주면 좋겠어요. 그 틀이 사라지면 저는 곧바로 원서를 내어 공채로 입사시험을 보겠습니다.” 이사님은 신문사로 돌아가서 다음주 이사회의에서 이 얘기를 하겠다고 말했다. 이레 뒤, 이사님이 지국으로 전화를 건다. “어이, 최종규 씨? 오늘 내가 술 한잔을 사도 될까?" 이 말씀 한 마디로 어떤 일이 있었는가를 바로 알아챘다. "네, 그럼요. 저는 신문배달부라서 술을 사마실 돈이 없습니다. 사 주신다면 기꺼이 같이 마실게요." 이날 저녁 배달자전거를 타지 않고 전철로 공덕역으로 갔다. 늦도록 이사님하고 술잔을 기울였고, 새벽 두 시 무렵 가까스로 지국에 택시를 타고 돌아왔다. 이사님이 택시삯을 내주셨다. 고맙다. 택시삯보다 만 원 남짓 남을 만큼 챙겨 주셔서, 남는 돈으로는 헌책집에 가서 책을 사서 읽기로 했다. 술을 제법 마시고서 자전거를 몰아 신문을 돌리려니 죽을 맛이었지만, 여느 날보다 한 시간을 더 걸려 겨우 신문배달을 마쳤다. 다 마치고 지국으로 돌아와서 드러누웠다. 같이 먹고자며 일하는 형한테 "형. 내가 오늘은 밥을 못 하겠어요. 너무 힘드네요. 밥도 못 먹을 테고요. 미안하지만 오늘은 형이 아침밥을 혼자서 지어서 차려 주셔요." 나는 기자가 되는 꿈을 접기로 하고 깊이 잠들었다.

김치

1982.4.20. "어떻게 한국사람으로 태어났는데 김치를 못 먹어? 저런 게 아들이라고, 에잉!" 밥상머리에서 늘 꾸지람을 호되게 듣는다. 억지로 삼키기도 힘들고, 안 삼고 뱉을 수도 없다. 그렇지만 어떡하라고. 뱃속에서는 김치를 받아들이지 않는데.

1985.7.11. 김치를 못 먹다 보니 어머니는 아버지 몰래 김치를 물에 하얗게 헹궈서 밥그릇에 얹어 준다. 하얗게 헹군 김치는 그나마 낫지만 삼키기 어렵다. 깍두기는 그럭저럭 조각을 잘게 내어 조금씩 삼키지만 배추김치는 너무 어렵다. 그런데 나는 김치뿐 아니라 찬국수도 못 먹는다. 케이크도 못 먹고, 요거트도 못 먹는다. 달걀

은 받아들이지만, 보름 넘게 달걀을 안 먹다가 모처럼 먹으면 바로 속이 부글거리면서 게워낸다. 못 먹는 것투성이.

1986.9.26. 나는 김치를 먹지 못하더라도 온식구는 다 김치를 먹으니 김치를 담글 적에는 일이 많다. 이웃집 가시내는 어머니하고 김치를 담근다면서 학교를 빠진다. 나는 어머니 일손을 거들고 싶으나 어머니는 "괜찮아, 걱정하지 마. 알아서 다 할 테니까 너는 학교 가." 하면서도 힘든 눈치가 가득하다. 더구나 딸 있는 집은 딸아이를 학교에 안 보내고 모두 김치 담그는 심부름꾼으로 거느리지 않는가. 이웃집에서는 어머니 부아를 긁으려는지 "아이고, 이럴 때는 딸이 있어서 좋다니까." 하고 한마디. 풀이 죽어 학교에 가니 우리 반이나 옆 반이나 빠진 아이가 열이 넘는다. 김치철이면 너덧새 동안 가시내들이 학교를 빠진다. 쉬는 때에 담임한테 가서 "저기, 저희 집에는 아들만 둘이라 어머니가 혼자 김치를 담그시는데, 제가 가서 어머니를 도와도 될까요?" 하고 여쭌다. 담임은 출석부로 머리를 내리치더니 "니가 여자냐? 김장을 하게? 이런 미친 녀석이 다 있나! 너 수업 빠지고 싶어서 그러는 거지?" 하고 을러댄다.

2014.4.23. 큰아이가 김치를 잘 먹는다. 두 할머니한테서 받은 김치를 척척 먹는다. 음성 할머니 김치는 좀 맵다. 앞으로 작은아이도 김치를 먹겠지. 비록 내가 김치를 못 먹는다 하더라도 세 사람한테 김치를 먹여야겠으니 김치를 담근다.

꽃

1985.7.2. 어머니한테 꽃이름을 여쭈면 어머니는 꽃잎이 아닌 풀

잎만 보고도 어떤 꽃인지 척척 알려준다. "우아, 어머니 대단하다! 어떻게 꽃이름을 이렇게 다 알아요?" "응, 그냥 알지." "어머니는 식물도감보다 훨씬 훌륭해요!" "뭘. 시골에서 나고 자랐으면 다들 알아."

1987.9.4. "네가 먹는 모든 과일은 다 꽃이었어. 몰랐니?" "……." "어머, 우리 종규가 모르는 것도 다 있네. 학교에서 그런 것도 안 가르쳐 줬니? 호호호."

1991.4.16. 남자고등학교란 데는 참 웃기다. 누가 꽃무늬나 꽃그림이 들어간 옷이라든지 신이라든지 책받침이라든지 공책을 쓰면 바로 손가락질을 하며 계집애 같다고 놀린다. 어쩜 이렇게 엉터리 같은 생각을 다 할까. 꽃이 없이 사람이 어떻게 살아갈 수 있는가.

1999.5.9. "선배, 꽃무늬옷 예뻐요. 어울려요. 그 옷 어디서 났어요?" "응, 새벽에 신문배달을 할 적에 아파트도 한 곳 돌리거든. 그 곳에 헌옷 모으는 상자가 있는데, 거기를 뒤지면 입을 만한 옷이 있더라. 거기서 한 벌 가져왔어."

2004.3.29. 봄이 되어 갓 봉오리를 터뜨린 꽃을 본다. 향긋한 냄새를 맡으려고 눈을 감고 코를 살며시 대려 하는데 파르르 떠는 몸짓을 느껴 문득 눈을 뜬다. 눈앞에 딱히 아무것도 없다. 뭐지? 다시 눈을 감고 코를 꽃송이에 대는데, 나한테 꽃내음을 베푸는 꽃송이가 파르르 떠는 기운을 느낀다. 아, 꽃이 파르르 떨었네. 설마 제 냄새를 맡으려고 코를 내밀었다고 이렇게 기뻐하면서 파르르 떨

었나? 벌이며 나비가 꿀하고 꽃가루를 찾아서 꽃마다 찾아드는 마음을 알겠다.

2007.4.15. 어린 날에는 동무들하고 골목에서 구슬치기를 하거나 숨바꼭질이나 술래잡기를 하거나 딱지를 치거나 제기를 차거나 팽이를 돌리거나 연을 날리거나 자치기를 하거나 땅따먹기를 하면서 흙바닥이나 돌틈에 꽃이 핀 줄 하나도 못 알아챘다. 고등학교를 마치고 떠난 인천에 돌아온 이제, 어릴 적 놀던 골목이나 태어나서 자란 골목을 다시 거닐어 보니 곳곳이 꽃밭이다. 골목집에서 길바닥을 들어내어 마련한 손바닥만 한 꽃밭뿐 아니라 돌틈이며 온갖 곳에서 꽃이 흐드러진다. 골목이 그냥 골목이 아니네. 온통 꽃골목이네. 새가 심고 골목사람이 심어서 자라는 꽃으로 골목이 아주 밝은 냄새로 가득하네.

2019.3.3. 꽃은 기다린다. 저를 눈여겨보거나 들여다보거나 바라보다가 가만히 다가와서 쓰다듬어 주기를. 우리 집 뒤꼍에 옮겨심은 나무가 여섯 해 만에 꽃을 피운다. 뒤꼍으로 오르는 길목에 흰민들레 두 송이가 피었다. 내가 심은 민들레일까, 아이들이 꽃씨를 후후 불며 놀았기에 뿌리를 뻗은 민들레일까.

꽃바르다

2019.2.26. '꽃바르다' 같은 낱말은 아직 없겠지만, 더욱이 사전에도 안 오른 낱말이겠지만, 나는 '꽃바르다' 같은 낱말을 불현듯 짓는다. '정의롭다'를 걸러낸다든지, '화장하다'를 풀어내는 낱말은 아니다. 새롭게 이야기하고 싶어서 즐겁게 쓰려는 낱말이다. 꽃처

럼 바른 길을 걷는 넋이나 몸짓을 나타내고 싶어 '꽃바르다'를 혀에 얹는다. 꽃을 바르는 꿈이나 손짓을 그리고 싶어 '꽃바르다'를 손에 쥐어 연필을 놀린다.

BOOK
심리학
이야기
THERE'S
NO PLACE
LIKE HOME
어쩌자고 결혼했을까

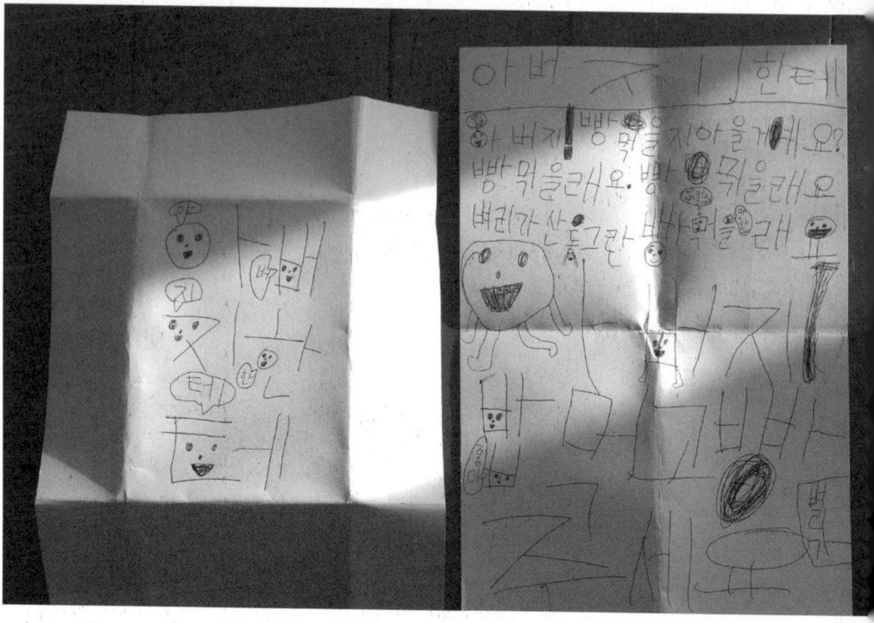
아버지한테

ㄴ

나

2006.6.25. 날마다 듣는 이야기가 좀더 밝고 즐거울 수 있기를 바란다는 내가 그동안 어떤 글을 썼는지 문득 돌아보는데, 왜 이렇게 "이래저래 안 좋게 느낀 대목", "우리 스스로 얄궂게 살기에 꾸중 들을 만한 대목", "스스로 가다듬지 못하고 일으켜 세우지 못하네 싶어 아쉬운 대목", "조금만 마음을 쓰면 훨씬 나을 텐데 하는 대목"에 너무 많이 마음을 기울였네 싶다. 부끄럽다. 이제는 확 바꾸자. 2006년 여름 오늘까지 안 좋게 느끼거나 헤아린 대목을 더 많이 썼다면, 이제부터는 스스로 즐겁고 홀가분하며 시원스레 짓는 살림 이야기에 마음을 쏟거나 붓거나 기울이자.

2017.5.21. "책이 된 숲을 사랑으로 품는 사람한테 보금자리 배움터 놀이마당" 내 글, 내가 쓰는 글이란 무엇인가 하고 누가 묻는다면, 내가 쓴 책, 내가 갈무리한 책으로 꾸리는 도서관이란 무엇인가 하고 누가 묻는다면, 이 한 줄로 이야기할 만하다고 생각한다.

나는 "책이 된 숲을 사랑으로 품는 사람"하고 이웃이 되려는 마음으로 글을 쓴다. 나는 "책이 된 숲을 사랑으로 품는 사람"하고 이야기를 하려고 책을 쓴다. 나는 "책이 된 숲을 사랑으로 품는 사람"으로서 즐거이 노래하려고 살림을 짓는다.

2018.11.10. 내가 하는 말을 바로 내가 그때그때 옮겨적을 수 있다면, 나는 아이들이 문득문득 터뜨리는 말을 받아적을 수 있다. 내가 하는 말을 바로 나 스스로 이슬이나 구슬처럼 여길 줄 안다면, 나는 아이들이 문득문득 터뜨리는 말이 얼마나 아름다운 이슬이요 사랑스런 구슬인가를 느끼면서 꼬박꼬박 받아적어서 노래로 부를 수 있다.

나이

1994.8.19. "나이도 새파란 것이 뭘 안다고 떠들어?" "그대는 나이가 많아서 다 압니까?" "뭐야?" "나이는 많으신 듯한데 삶을 참 모르시는 듯해서요." "뭐? 이런 건방진 녀석이 다 있어?" "나이가 많으신 그대야말로 건방지군요. 나이가 있다는 그 하나로 그대보다 나이가 어리다는 사람더러 '건방지다'느니 '뭘 안다고 떠드느'냐느니, 그대가 나를 언제 보았다고 그렇게 말을 함부로 놓고서 나를 다 아는 듯이 떠드는가요? 그게 바로 '나이값'을 못한다고 하는 모습입니다."

2019.6.9. "제가 이제 나이가 많아서 뭘 해야 하는지 모르겠어요." "나이를 생각하지 말고, 무엇을 하고 싶은지만 생각하셔요." "네? 나이를 생각하지 말라고요?" "살면서 나이를 생각해야 할 까닭은

하나도 없어요. 하고 싶은 일을 찾아서 가고 싶은 길을 가면 될 뿐입니다. 열 살에 꿈을 찾아서 한 걸음을 처음 내딛든, 쉰 살이나 일흔 살에 드디어 이루고 싶은 꿈을 찾아서 한 걸음을 비로소 내딛든, 하나도 대수롭지 않아요. 우리는 나이를 생각하면 할수록 아무것도 못 해요. 나이가 아니라 오로지 꿈만, 사랑만, 길만 생각하면 무엇이든 다 할 수 있습니다."

날마다

2014.3.7. "어떻게 그렇게 날마다 글을 잔뜩 쓰시나요?" "날마다 새로운 하루인걸요. 저는 새벽 두 시쯤이면 하루를 열어요. 하루를 열 적에는 어제까지 무엇을 했는지 까맣게 잊지요. 언제나 오늘 할 일만 그리면서 눈을 떠요. 그러니 새로운 하루에 새롭게 피어나는 이야기를 오롯이 새로운 마음으로 써냅니다. 이런 하루를 마감하면 이튿날도 또다시 오롯이 처음인 새로운 하루이니 또 신나게 새로운 이야기를 지어서 쓰고요. 책읽기도 마찬가지예요. 어제까지 얼마나 읽었는가를 모조리 지웁니다. 오늘 하루 새로 읽을 삶만 생각해요. 종이책이든 숲책이든 살림책이든 사랑책이든 어제까지 읽은 책은 어제란 자리에 내려놓고서, 오늘 읽으면서 오늘 하루를 살찌울 이야기를 기쁘게 받아들여요."

낫질

2012.8.26. 풀베기를 하다가 그만 왼손 가운데손가락 둘째와 셋째 마디 사이를 1센티미터 넘게 긁었다. 얼추 마무리를 짓고 집으로 돌아가려고 서두르다가 그만 벤다. 서두르지 않았다면 베지 않았으리라. 또, 내가 낫질이 좀 서투르니까 조금이라도 더 하자

고 생각하지 않았어도 베지 않았으리라. 스스로 생각을 잘못했기에 베고 만다. 낫질을 하다가 손가락을 벨 때에는 두 가지이다. 첫째, 스스로 서툴다고 생각할 때. 둘째, 스스로 바쁘다고 생각할 때. 제아무리 낫질이 익숙한 사람이라 하더라도 제 결과 가락에 맞추이 낫질을 한다. 더 빠르게 하거나 더 느릿느릿 할 까닭이 없다. 낫질을 얼마 안 한 사람이 낫질을 오랫동안 하던 사람을 흉내내면서 할 수 없다. 이렇게 할 까닭도 없다. 잘 하거나 못 한다는 금을 그을 수 없다. 마땅한 노릇이다. 책을 더 많이 읽어 본 사람이 '어느 책 하나를 더 잘 새기거나 알아채거나 느낄' 수 있지는 않다. 책을 더 읽어 보거나 거의 안 읽은 사람이 '어느 책 하나를 못 아로새기거나 못 느끼거나 못 깨닫지'는 않는다. 마음에 따라 느낀다. 마음으로 깨닫는다. 글을 잘 쓰는 사람은 따로 없다. 글을 못 쓰는 사람도 따로 없다. 저마다 쓰고픈 글을 쓴다. 저마다 하고픈 이야기를 글로 담는다. 나는 그냥 풀을 베는 일을 한다. 나는 그냥 밥을 짓는 일을 한다. 나는 그냥 빨래하는 일을 한다. 나는 그냥 책을 읽고, 나는 그냥 글을 쓴다. 내가 하고 싶은 일을 내 온 사랑을 실어 가장 즐겁게 누린다.

네덜란드말

2013.11.8. 대학교를 가고 싶지 않았고, 대학교에 앞서 고등학교부터 가고 싶지 않았으며, 고등학교에 앞서 중학교부터 그만두고 싶었다. 국민학교를 마치고 1988년에 들어간 중학교에서 본 모습이란 끔찍한 싸움터였다. 동무들도 선배들도 교사들도 모두 악에 받쳐 이맛살을 찡그리면서 온갖 거칠고 모진 말을 늘 아무렇지 않게 내뱉을 뿐 아니라 주먹다짐과 발길질과 싸대기질과 몽둥이질

이 그치지 않는 어지러운 싸움터가 중학교 세 해였다. 어쩜 그렇게 날마다 모든 교실에서 싸움이 몇 판씩 일어나야 했을까. 어쩜 그렇게 날마다 모든 수업에서 교사들은 학생을 몽둥이찜질이나 주먹질이나 발길질로 들볶아야 했을까. '기술'이란 과목을 가르치던 교사는 아예 권투선수라도 되는 듯이 아이를 교단에서 두들겨패며 몰아붙여 코피가 터지고 눈두덩이 부어도 주먹질을 멈추지 않기 일쑤였다. 중학교를 그만두지 못했다. 고등학교에 안 들어가지 못했다. 한숨과 짜증이 섞인 여섯 해를 겨우 견디며 내 몸 숨길 곳은 대학교밖에 없다고 느껴 대학교에 들어가기로 했다. 그러나 아무 곳이나 가고 싶지 않았다. 제대로 숨을 만한, 그러면서 제대로 살아갈 빛을 볼 만한 길로 가고 싶었다. 어릴 적부터 이웃 아주머니들이 나더러 "추위를 참 안 타네. 종규는 시베리아에 가도 잘 살겠다." 하는 말씀을 으레 했다. 이런 말을 여러 해, 아니 열 해 넘게 들으며, '그러면 나는 소련(아직 러시아가 아니던 때이니)으로 가서 살까?' 하고 생각했고, 서울에 있는 ㄱ대학교 노문학과에 가서 통번역 공부를 하면 어떨까 헤아려 보았다. 이러던 어느 날, 우리 형 동무 한 사람이 외국어대학교라는 데에 들어가서 유고말을 배운다는 얘기를 들었다. 유고슬라비아말이라고? 그런데 아니다. 유고말과 슬라비아말이 따로 있고, 학과는 유고어과라 했다. 뭔가 생각이 뒤엉킨다. 그래, 유럽이나 다른 아시아에서도 한국이라는 나라가 한국말을 쓰는 줄 제대로 모르잖아. 그러니 아시아 조그마한 이 나라에서 유고가 어떻게 생겼고, 유고와 슬라비아가 어떻게 다른가도 모를 수 있지. 형한테 여쭈어 외국어대학교 자료를 받는다. 어떤 학과들이 있는지 살핀다. 다른 대학교에 흔히 있는 학과 말고 포르투갈말, 이탈리아말, 스웨덴말, 네덜란드말, 이란말, 인도말,

터키말 들이 눈에 들어온다. 서울 아닌 용인 한국외대에는 체코말도 있다. 체코말에 눈길이 많이 갔지만, 나는 인천을 떠나 서울로 가고 싶었기에 서울 배움터에 있는 여러 말 가운데 네덜란드말을 골랐다. 서울이 내키지는 않았으나, 인천에서 중·고등학교 여섯 해를 다니며 겪은 바보스러운 어른(교사)들이 으레 '서울에 못 가고 인천에 남은 찌질이들아!' 하면서 우리를 깎아내리는 말이 몹시 듣기 싫었다. 우리 어버이가 인천에서 사는 일하고 '서울에 안 가거나 못 간 삶'하고 뭐가 이어졌다고 그 따위 말을 교사들이 함부로 뇌까릴까. 그네들 스스로 서울에서 교사가 되고팠으나 그렇게 못 했기에 인천 학생들을 갈구고 괴롭혔을까. 왜 네덜란드말을 골랐을까. 나도 모른다. 그러나 네덜란드말을 가르치는 학과로 갔다. 왜 이탈리아말이나 스웨덴말로는 안 갔을까. 나도 모른다. 이란말이나 터키말로는 왜 안 갔을까. 글쎄, 나로서도 잘 모른다. 내가 잘 모르는, 또는 내가 제대로 못 떠올리는 어떤 끈이 있기에 네덜란드말로 갔으리라 느낀다. 이리하여, 아직 어설프게 네덜란드말을 처음 배울 적에, 네덜란드사람을 한 번 만났고, 네덜란드 '반 고흐 미술관'으로 딸아이와 마실을 다녀온 인천 화평동 그림할머니 박정희 님을 만났으며, 노래꾼 권진원 님과 소설쟁이 김남일 님이 이 학과를 나온 줄 깨닫는다. 대학교를 다섯 학기 다니고 나서 그만두고, 고졸 학력으로 출판사에 들어가 일하다가, 이오덕 님 유고 갈무리하는 일을 맡던 어느 날에는, 이 학과를 다니고 출판사를 연 양철북 출판사 사장님을 만난다. 이 끈이 이어져 양철북 출판사에서 2010년에 내 책을 하나 《어른이 되고 싶습니다》란 이름을 붙여서 펴낼 수 있었다. 이 끈은 아직도 이어져 2013년에 이오덕 님 일기를 다섯 권짜리 책으로 양철북 출판사에서 내놓았다. 네덜란드말 학과에 들어가 처음 들은 수업에서 두 가지를 배웠다. 하나, '반 고흐'는 엉터리로 가리키는 이름이고, 네덜란드말로는 '환 호흐'이다. 네덜란드말에서 'v'는 한글로 적으면 'ㅎ'이고 소리값으로는 'ㅎ + ㅍ'이다. 네덜란드말에서 'g'와 'gh'는 독일말 거센소리 'gh'와 똑같고, 한글로 적으면 'ㅎ'가 된다. 한국 근대역사에 나오는 '헤이그'는 영어로 가리키는 이름이고, 네덜란드에서는 'den Haag'이다. 이곳 이름은 '덴 하:흐'이다. 폴란드사람은 폴란드말을 쓴다. 핀란드사람은 핀란드말을 쓴다. 노르웨이와 스웨덴과 덴마크도 저마다 다른 말을 쓴다. 루마니아도, 체코도, 슬로바키아도, 헝가리도, 저마다 다른 겨레요 다른 말을 쓴다. 그러니 이런 나라 이런 겨레를 가리키는 이름과 소리값은 모두 다르다. 그나저나 나는 왜 네덜란드말을 배우는 곳에 들어갔을까. 어느덧 스무 해도 훌쩍 지난 오늘에 이르러 돌아본다. 아무래도 나는 그 학과에 들어가 나라와 겨레마다 다 다른 말을 쓰는 줄 제대로 깨닫고 배웠기에, 오늘과 같이 한국말을 한국말답게 생각하고 살피는 일을 하는 밑바탕을 다졌구나 싶다. 작은 나라마다 말이 다를 뿐 아니라, 작은 나라에서도 고장마다 말씨가 다 달라, 네덜란드도 마땅히 네덜란드 사투리가 있고, 덴마크도 덴마크 사투리가 있다. 한국이라는 작은 나라도 고장에 따라, 고을에 따라, 마을에 따라, 저마다 사투리가 다르다. 영어로 생각하면 지구별 다 다른 나라와 겨레마다 어떻게 다른가를 쉬 잊거나 놓친다. 스페인사람은 '스페인'이란 이름을 몹시 싫어한다. 한국외대에 다닐 적에 서반어과 동무들은 '에스파냐'라고만 했지 '스페인'이라 하지 않았다. 왜냐하면 에스파냐는 '에스파뇰'이니까. 핀란드도 핀란드 아닌 '수오미'이다. 헝가리도 '헝가리'가 아니다. 그러면 헝가리는 무얼까? '마쟈르'이다. 우리 나라는 '코리아' 아닌 '한국'이고, 네덜란드는 '네이델란트'이다. '더치'라는 영어(영어라기보다 미국말)는 미국사람이 네덜란드사람 얕보며 쓰는 이름이다. 네덜란드사람 앞에서 '더치'라는 말을 함부로 쓰다가 뺨을 맞을 수 있다. 다시 말하자면, 우리는 이웃나라를 이웃사람이 쓰는 이웃말로 생각하지 않고 영어로 바라보고 생각하는 버릇에 길들었다. 이런 버릇이 되기에, 한국에서도 이웃을 마주할 적에 이웃이 지내는 이웃마을 삶자락을 넓게 헤아리면서 마주하지 못하기 일쑤이다. 이웃을 꾸밈없이 바라보자면, 이웃 삶자락을 내 삶자락과 같은 자리에서 바라볼 수 있어야 한다. 내가 들어간 대학교에서 학과 공부를 제대로 안 시키고 베껴쓰기 숙제와 줄세우기 시험만 보여주었기에, 나는 네덜란드말 학자도 통역가도 번역가도 못 되었다. 그렇지만 어설픈 대학교 학사과정은 나를 오늘과 같은 모습으로 나아가도록 도와주었다. 삶이란 참 재미있다.

노래꽃

2008.8.30. 이름난 시인을 모셔서 저마다 마음에 드는 시를 읽고 듣는 자리에 왔다. 나는 사진을 찍는 일로 이 자리에 있다. 사진을 몇 자락 찍고 자리에 앉고는, 또 사진을 몇 자락 찍고 자리에 앉는다. 자리에 앉을 적마다 시를 듣는데, 시를 들을 때마다 무척 졸리다. 그렇지만 나만 졸린 듯하고, 이 자리에 계신 분들은 다들 좋다고 하는구나 싶다. 나는 마음이 가난한가 보다. 밤이고 새벽이고 낮이고 거의 잠을 이루지 못하고 기저귀만 빨아대며 퉁퉁 붓고 '혼자 살며 자전거 타고 글쓸 때 박혔던 굳은살'에 곱으로 굳은살이 새로 박히는 손을 어루만진다. 따갑네. 졸음이 쏟아지네. 참으려고 해도 하품이 나오네. 고단하다. 아마, 이 나라 어머니 가운데

졸음이 쏟아지지 않는 분이 없을 테며, 이 나라 어머니 가운데 고단하지 않은 분은 없으리라. 그렇지만 이 졸음과 고단함을 풀지 못하면서 또 다른 일에 치이고 끄달리고 매인다. 한 가지 일거리가 채 끝나지 않았는데 새 일거리가 나타난다. 한 가지 일거리로도 벅찬데 새 일거리가 불쑥 고개를 내민다. 한 가지 일거리로 허리가 휘는데 새 일거리가 어깨에 얹힌다. 이 땅 어머니는 졸리면서도 눈을 비비고 일어났다. 이 땅 어머니는 고단하면서도 등허리 토닥토닥 두들기고 자리에서 일어났다. 나도 일어나야지. 이제 겨우 첫 아이, 첫 걸음인데.

2012.5.9. 마음으로 사귈 만한 님한테 시를 한 자락 써서 드린다. 짤막하게 적은 글월이 되든 길디길게 늘어놓는 푸념이 되든, 모든 글은 시라고 느낀다. 때때로 따로 '시'라는 이름으로 글을 쓴다. 조그마한 쪽종이가 되든 널따란 그림종이가 되든 짧은 글월이나 싯말 몇 마디를 적바림한다. 마음으로 사귈 만한 님한테 내 넋을 고이 실어 보낸다. 나한테는 싯말이 있기에 시를 선물한다. 내게는 시노래가 있으니 시를 보낸다. 이웃 할아버지는 감알을 선물한다. 이웃 할머니는 시금치를 선물한다. 곁님은 뜨개옷을 선물한다. 두 아이는 웃음과 수다를 선물한다. 들꽃은 푸른 잎사귀를 선물한다. 천천히 굵으며 우람하게 뿌리내리는 나무는 거룩한 삶자국을 선물한다. 깊은 밤 온 들판에 맑게 울려퍼지는 밤새 소리를 들으며 생각한다. 마음을 실어 옮길 수 있는 한 가지가 무언가 하고 느낄 때에 삶이 사랑스럽다.

2016.3.24. 시를 쓴다. 두 아이는 집에서 놀도록 하고 혼자 바깥

일을 보러 읍내로 나오는 길에 시골버스에서 시를 쓴다. 먼저 공책에 시를 쓰고, 정갈한 종이를 꺼내어 반듯하게 옮겨적는다. 구불구불한 시골길을 달리는 시골버스이니 꽤 덜컹거리지만 손끝에 힘을 주어 시를 쓴다. 시를 쓰는 보람이란 무엇일까. 시 하나를 써냈다는 즐거움도 틀림없이 있을 텐데, 이보다는 이 시를 받아서 읽을 사람이 누릴 기쁨이 어떠할까 하고 생각하면서 보람을 느낀다. 다만 이 시를 받아서 읽을 사람이 그리 반기지 않는다면 할 수 없는 일이 될 테지. 시를 쓰면서 생각한다. 밥을 지을 적에 '먹는 사람이 맛있고 즐겁게 먹기를 바라'듯이, 시를 쓸 적에 '읽을 사람이 재미나며 신나게 읽기를 바라'는 마음이 된다. 내가 들려주려는 마음이 아무쪼록 곱게 글줄에 깃들어 노래가 될 수 있으면 하고 꿈을 꾼다.

2019.4.7. 시를 쓰는 사람은 낱말풀이를 하는 사람. 낱말풀이를 하는 사람은 새 숨결을 불어넣는 사람. 새 숨결을 불어넣는 사람은 말에 깃든 삶·살림·사랑을 새로 바라보고 느껴서 노래하듯 이야기하는 사람. 이리하여 시를 쓰는 사람은 노래하는 벗님, 노래님이고, 노래님 손끝에서 태어나는 글은 노래꽃이 된다.

눈

2013.1.16. 태어날 적부터 '눈'이 없다면, 꿈누리에서 어떤 이야기로 생각날개를 펼까. 태어날 적부터 '귀'가 없다면, 새를 바라보면서 어떤 이야기로 노래날개를 펼까. 태어날 적부터 '코'가 없다면, 풀을 뜯어 혀에 올려 살살 씹으며 어떤 이야기로 맛날개를 펼까. 참으로 많은 사람들이 눈과 귀와 코가 있는 채 태어난다. 그런데 참으로 많은 사람들은 눈을 눈대로 못 쓰고 귀를 귀대로 못 쓰

며 코를 코대로 못 쓰기 일쑤라고 느낀다. 아름다움을 바라보지 못하고, 아름다움을 듣지 못하며, 아름다움을 맡지 못하는구나 싶다. 사람들은 무엇을 보고, 무엇을 들으며, 무엇을 맡는가. 머리에 지식은 많이 쌓지만, 정작 눈을 못 쓰고 귀를 못 쓰며 코를 못 쓰지 않는가. 학교에서 눈·귀·코 쓰는 길을 가르치지 않으니, 배운 적 없어 눈·귀·코를 못 쓰는가. 신문에서 눈·귀·코 쓰는 길을 들려주지 않으니, 들은 적 없어 눈·귀·코를 못 쓰는가. 텔레비전에서 눈·귀·코 쓰는 길을 보여주지 않으니, 책에서 눈·귀·코 쓰는 길을 다루지 않으니, 우리는 눈·귀·코 쓰는 슬기롭고 아름다운 길을 걸어가지 못하는가.

2018.10.21. 글을 쓸 적에 무엇을 눈여겨보는가? 내가 쓰는 이 글에 사랑이 얼마나 어떻게 깃드는가를 눈여겨본다. 이 사랑이 즐거운 사랑인가 아닌가를 눈여겨본다. 스스로 즐거운 사랑인지, 숲을 노래하며 새롭게 깨어나려는 즐거운 사랑인지, 살림짓는 하루를 배우며 아이하고 이야기꽃을 피우는 즐거운 사랑인지 하나하나 눈여겨본다.

눈물

1995.5.1. 글을 쓰면서 눈물이 흐르지 않는다면 글종이를 찢어버려야 한다. 아니 불쏘시개로 삼아야지. 굳이 찢어버리면 종이가 아깝고 불쌍하다.

2005.5.1. 어떤 분이 묻는다. "저기, 그 글 아주 좋았어요. 어떻게 그런 글을 쓸 수 있었나요?" 한동안 말을 못하다가 살며시 말길을

튼다. "좀 말하기 쉽지 않아서 뜸을 들였어요. 그 글을 생각하니 왈칵 눈물이 나올 뻔했어요. 생각만 해도 눈물이 나는 글이네요. 그 글 있잖습니까, 좋게 읽어 주셔서 고마워요. 저는 그 글을 쓰면서 눈물이 볼을 타고 주르르 흐르면서 방울이 져서 뚝뚝 떨어지는데요, 손등에 눈물이 튀면서 글판을 적셨어요. 눈물을 줄줄 흘리면서 쓴 글이니 남들이 그 글을 좋게 읽어 주건 말건, 저 스스로 기쁘게 쓸 수 있었어요."

2015.5.1. 아프지 않으면서 아픈 글을 쓸 수 없다. 슬프지 않으면서 슬픈 글을 쓸 수 없다. 그러니까 웃지 않으면서 웃긴 글을 쓸 수 없고, 즐겁지 않으면서 즐거운 글을 쓸 수 없다. 맛없거나 멋없는 글이라면 왜 맛없거나 멋없을까? 그 글을 쓴 사람 스스로 그때에 아무런 맛도 멋도 없었기 때문이지. 나는 글을 쓰면서 툭하면 눈물을 짓는다. 슬픈 이야기를 써도 눈물이 절로 나와서 손등이랑 책상을 적시지만, 신나는 이야기를 써도 어쩜 이렇게 신나는 이야기를 내가 다 풀어낼 수 있었나 싶어 참으로 반갑고 기뻐서도 눈물이 난다. 스스로 눈물을 흘리면서 쓸 수 있다면 된다. 그 글은 길이 남는다.

느낌글

2012.12.27. 마음속에서 사랑이 찬찬히 샘솟아 온하루를 따사로이 보듬는구나 싶은 이야기를 느끼도록 북돋우기에 글을 쓴다. 아침에 일어나 밥을 짓는다. 밥을 차려 아이들을 먹이고, 방바닥을 쓸고닦는다. 빨래를 하고, 이불을 말린다. 설거지를 하고, 나도 밥을 마저 먹은 뒤, 조용히 책 몇 쪽 넘긴다. 어젯밤 잠자리에 들며

오늘은 볕이 따사롭기를 빌었더니, 오늘은 참말 볕이 포근히 온마을을 감도네. 아이들은 마당에서 저희끼리 신나게 놀고, 나는 기지개를 켜며, 아침 집일을 이럭저럭 마무리지었다고 생각한다. 한숨을 돌린다. 우체국에 가서 편지 부칠 일을 떠올린다. 우리 책숲에 들러 아이들이 살짝 뛰놀게 한 다음, 다시 자전거수레에 태워 우체국을 다녀오면 작은아이는 새근새근 잠들려나 헤아린다. 마음으로 스며드는 책을 읽은 날은, 하루하루 즐거이 살아낸 이야기를 곰곰이 그러모아 느낌글 하나로 갈무리한다.

능금

2010.12.5. 아침 일찍부터 저녁 늦게까지 하루 내내 칭얼거리는 아이한테 주려고 능금 두 알을 껍질을 깎아 작은 접시에 담는다. 부디 차분해지기를 바라면서 아이한테 들고 가 보니, 아이는 어느새 엄마 무릎에 누워 잠이 들었네. 그토록 칭얼거리던 소리는 간곳없이 조용하다. 능금은 저리 치우고 아이를 들여다본다. 이토록 고운 아이가 언제 제 어버이를 바라보며 방긋방긋 빙글빙글 웃는가 하고 하나하나 떠올린다. 어깻죽지를 꾹 잡고는 얍 하고 들어올릴 때? 온몸으로 꼬옥 껴안아 줄 때? 맛난 밥을 차려 줄 때? 무릎에 앉히고 그림책을 읽을 때? 팔베개를 하며 함께 잠들 때? 자전거 수레에 태워 함께 마실을 다닐 때? 엄마랑 아빠랑 함께 손을 한쪽씩 잡고 멧길을 거닐 때? 얼음과자나 사탕을 건넬 때? 씻는칸에서 함께 씻을 때? 텃밭에서 맨발로 함께 뒹굴며 흙을 만질 때?

님

2019.2.28. 잊혀지지 않는다기보다 잊을 수 없는 일인데 굳이 떠

올리지 않고 살던 일 가운데 1998년 어느 한 가지를 적어 본다. 그 무렵 나는 한겨레신문을 돌리는 일로 먹고사는 사람이었으나, 주마다 두세 가지 '우리말 소식지'를 엮어서 내 돈으로 복사해서 돌리며 살았는데, 뜬금없달까 뜻밖에 어느 자리에 부름을 받아 두 시간 동안 강사 노릇을 했다. 그날 그 자리는 나로서는 첫 강의였다. 그런데 그 강의는 한국에서 내로라하는 기업이나 단체 우두머리 이백 사람이 모였고, 그때 편 온갖 이야기 가운데 하나는 '님'이었다. 어느 분이 "우리 회사에서 회의를 하다 보면, 부하 직원들이 자유롭게 토론이나 발언을 하지 못하고, 그냥 '네네' 하는 분위기인데, 어떻게 하면 좋겠습니까?" 하고 물었다. 나는 이렇게 대꾸했다. "그게 걱정되세요? 그러면 왜 걱정일까요? 제가 그 회사 대표라면, 서로 직함으로 부르지 않고 '아무개 님'이라 부르면서 말하자고 할 겁니다. 한국 사회에서는 그냥 말을 놓고서 서로 이름으로만 부를 수는 없습니다. 그러나 서로 말을 놓지 않으면서 '님'으로 높이기로 할 수도 있어요. 서로 높이기로 하는 말씨로 이야기를 펴도록 한다면, 대표님이 계신 그 회사에 있는 누구라도 처음에는 낯설어 하겠으나, 회의를 하루이틀 하다 보면 어느새 자유로울 뿐 아니라 훌륭하고 아주 새롭게 생각을 뻗어서 멋지고 알찬 자리가 될 만하리라 봅니다." 하고. 내가 나를 스스로 낮출 까닭이 없다. 서로 서로 '님'이라 말하면서 서로 들려주는 말을 귀담아듣겠다는 마음이랑 몸짓으로 거듭나면 된다. 이러면 이야기도 술술 흐르고, 참으로 훌륭하고 멋지게 피어날 수 있다. 그나저나, 그때 내가 이런 말을 들려준 뒤 그 대표라는 분이나 다른 분들이 어떤 낯빛이었는가를 적고 싶다. 그야말로 아주 싸늘했다. 나를 그지없이 미친 놈으로 보는 느낌이더라. 서로서로 '님'으로 여기자는 말이, 그때에는 하나도 받아들여질 수 없었나 보더라.

2019.7.1. 어느 곳에 글을 보냈는데, 그곳 일꾼이 내가 '님'이라 적은 대목을 '임'으로 고쳐 놓았다. 왜 '님'을 '임'으로 고쳤느냐고 물으니, 표준국어대사전에 '임'이 표준말로 올랐기 때문이란다. 그런데 사전을 보면 "임 : 사모하는 사람"으로 풀이할 뿐이다. '님'을 찾아보면, 이 낱말은 '의존명사'이면서 "님 : 그 사람을 높여 이르는 말. '씨'보다 높임의 뜻을 나타낸다"로 풀이한다. 잡지사 일꾼은 '님'이 사전에 의존명사로 나오니 글머리에 쓸 수 없는 셈이라 여겨 '임'으로 고쳤다고 한다. 그러나 나로서는 "사모하는 사람" 아닌 "사람을 높이려는 뜻"으로 '님'을 쓰려 했고, 글흐름이 그런데, 고쳐야 했을까? 적어도 '그님'처럼 다룰 수 있겠지. 요새는 '님'을 여느 자리에 다들 홀가분하게 쓴다. '하느님'을 줄이든 '사랑님'을 줄이든 '꽃님'을 줄이든, 그저 '님'이라 불러도 어울린다. 우리 서로서로 곱게 '님'이 되면 좋겠다.

HAPPY TIME
Fresh time...

ㄷ

대학교

1999.8.30. 이 나라에서는 '초·중·고등학교 그만두기'하고 '대학교 그만두기'는 하늘하고 땅처럼 다르다. 앞길은 알아주는 이도 없지만 이미 기득권이 없는 이가 그나마 손에 쥘 만한 생존권마저 버리는 일로 여긴다. 뒷길은 기득권이 있거나 누릴 이가 기득권을 스스로 내버리는 일로 여긴다. 내가 더는 대학교를 못 다니겠다고, 이제 참말로 그만둬야겠다고 여겨 이를 대놓고 말할 적에 둘레에서는 "앞으로 어떻게 먹고살 생각이야?" 하고 물었다. 대학교를 안 마쳤다고 해서, 대학교 졸업장이 없대서 이 나라에서는 굶어죽어야 하는가? 설마? 어떤 이는 나더러 "배가 불렀군!" 하면서 비아냥댔다. 어버이가 대주는 돈으로 졸업장을 따면 수월할 텐데 '배가 불러'서 대학교를 그만두는 줄 여기더라. 어느 분은 아예 "미친 놈!"이라고 삿대질을 했다. 1997년 12월 31일에 군대를 마쳤다. 군대 밖으로 돌아오면서 곧장 휴학계를 자퇴서로 바꾸려 했다. 어머니가 뜯어말렸다. "얘야, 한 해만 더 다녀 보고, 그래도 다

닐 만하지 않으면 그때 그만두면 어떻겠니?" 눈물젖은 어머니 말씀에 한 해를 더 다니기로 했다. 바로 그만두지는 못하고 한 해를 더 다니면서 새삼스레 보고 듣고 느낀 이야기를 적어 보련다. 첫째, 대학 강의가 너무 널널하다. 둘째, 널널한 대학 강의조차 빠지거나 졸며, 시험을 치를 적에 훔쳐쓰는 이가 매우 많다. 셋째, 널널한 강의인데 숙제를 다들 너무 안 하고, 강의 교재조차 안 읽기 일쑤요, 다른 책을 스스로 찾아 읽는 이를 거의 못 만났다. 게다가 얼마 없는 숙제조차 베끼는 이는 왜 그리도 많은지. 넷째, '학점 없이 청강'을 하는 이는 눈씻고 찾기 어려우며, 받아주는 교사나 강사도 찾아보기 어려웠다. 다섯째, 책 사서 배울 적에는 돈 천 원도 아깝다 여기더니, 옷 사고 술 사고 담배 사고 여관 갈 적에는 다들 돈을 잘 쓰더라. 한 해 동안 월요일부터 금요일까지 하루 8교시를 꾹꾹 눌러서 신문방송학과 네 해치 강의를 몽땅 들었다. 이러고도 시간표가 비어 나머지는 교양 강의로 빈틈을 메웠다. 다시 말해서, 한 해면 너끈히 다 배울 네 해치 대학 강의인 셈이요, 조금 더 조이면 한 학기로도 넉넉하다. 더 조인다면 두어 달 만에도 '대학교 네 해 배움길'을 마칠 테고, 더더욱 조이면 한 달 만에도 '대학교 네 해치 배움길'을 마칠 만했다고 느꼈다. 그러나 정작 숱한 대학생은 졸업장을 손에 쥐어 기득권을 같이 나누는 데에 힘을 쓰더라. 나는 삶을 배우고, 삶을 짓는 슬기를 배우고 싶어서 대학교에 들어갔지만, 이를 가르치거나 배우는 틀을 찾을 수 없어서 그만두었다. 따사로운 사랑이 흐르지 않으니 더 다닐 수 없더라. 줄세우기에 길들도록 내모는데 그만둘 수밖에 없더라. 등록금이나 학비에 들어갈 목돈이라면, 이 돈으로 스스로 배움길에 나서면 되겠더라. 해마다 대학교에 바쳐야 하는 돈이라면, 그 돈으로 아름다운 책을 사서 읽고 골골샅샅 걸어서 마실을 다니면서 깊고 너른 삶을 새삼스레 배울 수 있겠더라. "남들 다 가지는 졸업장 하나 네가 안 가진대서 사회가 얼마나 달라지겠니?" 하고 묻는 이웃이 있었다. "네, 안 바뀔는지 모르겠네요. 그런데 그런 나라라면 저는 더더욱 대학교 졸업장을 안 갖고 싶습니다. 아니 그런 나라라면 짐을 싸든지, 나라를 갈아엎어야지요." 하고 대꾸했다. 이 이웃은 그 뒤로 나랑 멀어졌다. 나는 졸업장이나 학번을 안 묻는, 아니 졸업장이나 학번을 모르는 이웃하고 어깨동무를 할 생각이다. 대학교를 그만둔다는 뜻은, 삶을 새롭게 가꾸면서 노래를 하고 싶다는 꿈을 키우려는 마음이다.

더

2017.6.4. 글쓰기를 놓고 말한다면, "더 나은 글"이란 없다. 사진을 놓고 말한다면, "더 나은 사진"이란 없다. 사람과 삶을 놓고 말한다면, "더 나은 사랑"이란 없다. 우리는 아무 걱정을 할 까닭이 없다. 그저 우리 이야기를 글로 쓰면 되고, 우리 삶을 사진으로 찍으면 되며, 우리 사랑을 도란도란 나누면서 살림을 지으면 된다. 우리가 서로 동무가 되면 되고, 우리 손으로 하루를 지으면 된다. 글은 내가 쓰고 네가 쓴다. 글은 네가 읽고 내가 읽는다. 더 나은 글을 쓰지도 읽지도 않는다.

2019.1.6. 오래도록 맺힌 수수께끼를 풀면서 낱말풀이를 새로 해내면 어쩐지 기뻐서 잠이 잘 안 온다. 이러면서 몇 낱말을 더 풀이를 하자고 생각하다 보면 잠을 미루고, 잠을 미루다 보면 어느새 머리가 굳어서 낱말풀이를 못 하고, 이러다가 뒤늦게 아차차 하고 깨닫는다. 일이 잘 풀린다 싶을 적에 더 느긋하게 눈을 감고 일찌

감치 잠드는 길이 훨씬 좋다고. 한 마디라도 더 갈무리하고서 하루를 마감하려고 생각하지 않아도 좋다. 오늘 더 쓰지 않아도 이튿날에 새롭게 쓰면 그만일 뿐.

도서관

1985.8.6. 인천 율목동에 도서관이 있다. 동무들하고 율목풀장에서 물놀이를 하러 오갈 적마다 도서관을 보았다. 집이 가득한 골목에 있는 도서관이 궁금하다만, 동무들은 "도서관? 거길 왜 가? 그냥 놀자." 하고만 말한다. 그러나 이런 동무들한테 "그래도, 그래도, 도서관에도 가 보자." 하고 달래고 꼬드기고 한 끝에 드디어 처음으로 도서관 문턱에 이른다. 커다란 문을 당겨서 들어가는데 벼락같은 목소리. "너희들 뭐니! 여기는 왜 들어와! 여기는 너희 같은 애들이 올 곳이 아니야! 도서관은 공부하는 곳이야!" 쩌렁쩌렁 울리는 소리에 가슴이 벌렁벌렁 뛴다. 우리는 도서관 안쪽으로는 발도 들이지 못하고 달아나야 했다.

1991.4.17. 동무들은 독서실을 끊어서 시험공부를 한단다. 나는 독서실이 달갑지 않다. 좁은 칸을 질러서 빼곡하게 들어차는 그곳에 있으면 외려 시험공부가 안 될 듯하다. 더구나 독서실 갈 틈이 어디 있니? 날마다 학교에서 밤 열한 시까지 붙잡히는데. 토요일에는 낮 네 시까지 붙잡히는데, 고작 토요일 저녁하고 일요일에 가자며 독서실을 끊을 생각이 없다. 그리고 일요일 하루라도 기찻길을 걷거나 바닷길을 걸으면서 바람쐬며 쉬고 싶다. 그런데 다른 동무가 "독서실 말고 도서관에 가면 돈이 안 들어." 하고 나더러 같이 가잔다. 도서관이라면 좀 다를까 싶어 가 본다. 한 시간쯤 칸막

이에 앉아 숙제를 한다. 기지개를 켜고 자리에서 일어난다. 도서관이니, 이런 칸막이에만 있고 싶지 않아 책꽂이 있는 자리를 살피기로 한다. 책이 있는 자리가 그리 안 크다. 칸막이 자리는 여러 층인데, 책은 고작 한 층에만 있다. 더구나 책은 왜 이리 낡고 지저분하고 오래된 것만 있는지. 하. 인천이 이것밖에 안 되나? 이러니 다들 인천을 싫어하고, 인천에서 하루빨리 나가 서울로 가고 싶어하겠구나. 참 얼뜬 도시이다. 인천이란 데는.

• • •

1993.6.18. 학교에 도서실이 생겼다. 도서관은 아니고 도서실이지만 반갑다. 이제는 읽고 싶은 책이 있을 적에 사서 읽는 값을 좀 아낄 수 있겠다고 여겼다. 그런데 처음에는 동무들이 바글거리던 도서실이다가, 나날이 발길이 끊어진다. 그럴 만하지. 새로운 책을 들이지 않으니 그다지 볼 것이 없기도 하고, 시험공부로 바쁘니 책을 읽을 틈을 누가 낼 수 있겠나.

2007.2.3. 인천 배다리에서 헌책집을 꾸리는 〈아벨서점〉 곽현숙 아주머니가 이레째 전화를 거신다. 첫날에는 인천시가 '왕복 16차선 산업도로' 막삽질을 주민 몰래 밀어붙이려 하는데, 마을 아줌마 세 사람 힘만으로 이런 삽질을 막아내기 벅차다는 하소연이었고, 이튿날부터 어떻게 하면 좋겠느냐고 물으시고, 다른 사람이 써 줄 일이 없을 듯해서 책집 아주머니가 손수 글을 써서 시청하고 구청에 보내려 하는데 어떡해야 하느냐고 물으시더니, 다음날에는 셈틀을 장만하셨는데 어떻게 켜야 하느냐고 물으신 뒤에, 다음날에는 이제 셈틀을 켜고 끌 줄은 알겠는데 글쓰기는 어떻게 해야 하느냐고 물으신다. 이윽고 글을 다 썼는데 어떻게 저장하는지,

저장한 글은 종이에 어떻게 뽑아야 하는지, 그래서 인쇄기가 있어야 한다고 여쭈니 이튿날은 인쇄기를 샀는데 뭘 어떻게 이어서 어떻게 뽑아야 하는지 모르겠다고 …… 인천하고 충주 사이에서 이레째 날마다 몇 시간씩 전화로 이야기를 하다가 대뜸 여쭌다. "저기, 아벨 아주머니." "응? 왜?" "저한테 뭐 하실 말씀 있지 않아요?" "글쎄, 무슨 할 말이 있다고 그런가." "날마다 몇 시간씩 이렇게 전화로 물어보시잖아요." "그게, 곁에서 이런 말을 물을 젊은 친구도 없고, 도와줄 만한 사람도 없어서." "사람이라면 제가 있는 이곳, 이오덕 어른이 살던 무너미마을 시골에 사람이 없지요. 여기에는 젊은이가 저 하나만 있는걸요." "그야 그렇지. 사람은 도시에 많지." "아무래도 아벨 아주머니한테는 곁에서 심부름을 해줄 만한, 도울 사람이 있어야겠지요?" "그런 젊은 사람이 있으면 좋지. 환영이지." "저도 마침 이곳에서 이오덕 어른 글을 갈무리하는 일을 마쳤어요. 이 일을 마친 이제 앞으로 무엇을 하면 좋을는지 저 스스로도 몰라서, 지난 한 해 동안은 오로지 자전거만 달렸어요." "그래, 그랬다면서?" "봄 여름 가을 겨울 네 철을 꼬박 자전거로만 충주하고 서울 사이를 이레마다 다녔어요. 이레마다 서울마실을 하며 책을 잔뜩 장만해서 무너미마을로 낑낑대며 싣고 돌아왔는데요, 이제 이 자전거질은 그만하려고요. 제가 인천으로 가면 되겠지요?" "응? 인천으로 온다고? 거긴 어쩌고?" "이오덕 어른 큰아드님은 저더러 여기서 살라고 집도 하나 지어 주셨지만, 아무래도 이곳은 제가 있을 곳이 아닌 듯해요. 그리고 이제는 저도 텃마을인 인천으로 돌아가서 인천에 이바지할 일을 하나쯤은 할 때가 되었지 싶어요. 무엇보다도 아벨 아주머니가 사랑하고, 저도 무척 사랑하는 배다리를 지키자면 한 사람 손이 더 있으면 좋으리라 생각해요." "아, 자네가 와주면 든든하지. 아주 든든한 일꾼이 하나가 생기는 셈이지." "네. 그런데 가더라도 바로 갈 수는 없어요. 여기에 그동안 그러모은 책을 다 싸야 하거든요." "그렇지. 그 책더미를 싸야 움직일 수 있겠지." "제가 텃마을 인천으로 돌아간다면 그냥 돌아가고픈 마음은 없어요. 그렇다고 대단한 일을 벌일 수는 없겠지만, 또 헌책방거리에 헌책방만 있기보다는 다른 책터가 있으면 좋겠다고 생각해요." "그래, 인천이 겉으로 보기에는 화려한 도시처럼 보이지만, 막상 속은 부실해. 도서관도 아직 제대로 없다고." "네, 그래서 저는 배다리로 돌아가서 도서관을 해볼까 생각해요." "도서관? 아, 도서관 좋지. 배다리에 도서관이라. 참 좋네, 좋아." "그런데 그냥 도서관을 하지는 않을 생각이에요. 그냥 도서관은 어디에나 있거든요." "그럼 무슨 도서관을 해보려고?" "네, 제가 1999년에 출판사에 들어가서 영업 일을 했거든요. 그때에 다달이 통계를 뽑아요. 우리 출판사에서 다달이 팔린 책을 어느 책이 전국 어디에서 얼마나 팔렸는가를 뽑아서 달모임에서 밝히는데, 전국 통계를 보면 인천이 가장 책이 안 팔린 곳이에요. 전라도보다 훨씬 적게 팔려요. 아주 부끄럽더라구요. 다른 출판사 영업부 선배한테 여쭈어 봐도 인천에서는 책이 참 안 팔린대요. 그래서 책마을에서 일하며 제가 인천사람이라는 얘기를 못하겠더라고요. 저는 책을 많이 읽는다치더라도 다른 인천사람은 책을 너무 안 읽으니까요." "그래, 인천사람이 책을 참 안 봐. 우리 아벨에도 인천사람보다 서울에서 책 보러 오는 사람이 참 많거든. 인천에서 책을 좀 봐주면 좋겠는데, 인천이라는 마을에서 책을 알아보고 배우고, 책에 흐르는 숨소리를 들으면 좋겠는데." "그런데요, 출판사 영업자로 일할 적에 겪기도 했고, 또 제가 사전을 짓는 일을 하며 전국 헌책집이며 온갖 책집을 다니고 사람들을 부대끼면서 돌아보자니, 여러 책 가운데 가장 안 팔리고 안 읽히는 책이 사진책이더군요." "사진책?" "네. 사진책이요. 그래서 저는 다른 갈래 책도 다 있는 도서관이지만 무엇보다 '사진책'을 앞세우는 사진책도서관을 하면 좋겠다고 생각해요. 아마 사진책도서관은 한국에도 아직 없지만, 이 지구별에서조차 한 군데도 없는 줄 알아요. 말 그대로 '세계 사진책도서관 1호'가 바로 인천 배다리에서 문을 여는 셈입니다." "사진책도서관 1호. 아주 좋은데. 사진, 사진책, 책. 그렇지, 사진이란 참 묘한 데가 있어. 글이나 그림하고 다르게 사람들 마음을 끄는 알 수 없는 기운이 있지. 그런 사진으로 이룬 책을 모으는 도서관이라." "오늘부터 부지런히 책을 쌀게요. 아마 두 달쯤 걸릴 듯합니다. 두 달 동안은 이곳에 틀어박혀 책을 신나게 싸야겠어요. 두 달 뒤에 배다리로 찾아가겠습니다."

• • •

2018.10.18. 인천 율목도서관에서 이야기꽃을 편다. 2010년에 인천을 떠나면서 인천사람한테 씨앗으로 남긴 《골목빛》이라는 사진책을 놓고 이야기를 들려주는 자리이다. 새삼스럽구나. 2010년부터 예닐곱 해를 인천에서 이 책을 안 알아보았는데, 거의 열 해가 된 이즈음 알아보아 주는구나. 율목도서관에서 이야기꽃을 펴는 터라, 이 율목도서관하고 얽힌 어릴 적 일, 1985년이라는 해에 겪은 일을 넌지시 곁들인다. 율목도서관 책지기님들이 모두 놀란다. 어떻게 그런 일이 다 있느냐 하시지만, 그때에는 그랬다. 1980년대에는 어른들이 어린이를 아무렇지 않게 두들겨패면서 키웠고, 아이들한테 막말이나 거친말도 서슴지 않았다. 게다가 그때에는 도서관에 어린이책을 거의 안 두었다. 이제는 어린이도서관이

따로 문을 열지만, 1980년대에 무슨 어린이책이 얼마나 있었는가. 율목도서관에서 책지기로 일하는 한 분이 "작가님이 동시를 쓰시잖아요. 이런 부탁을 해도 될까 모르겠습니다만, 아직 관장님하고 이야기를 하지는 않았지만, 저희 율목도서관에 애정도 있으시고 하니까요, 새로 개장한 우리 율목도서관에 동시 하나를 써 주실 수 있으면 좋겠어요." 도서관 책지기님 말씀을 듣고서 밤에 동시를 하나 쓴다. '율목도서관을 기리는 동시'를 "고요"라는 이름으로 한달음에 썼다. 아름다운 고요, 고요로운 사랑, 이곳이 바로 골목마을 인천 율목동에 새롭게 피어나는 도서관하고 어울리는 낱말이지 싶다.

고요 (숲노래 씀)

신명나게 수다잔치 하다가
한 사람이 문득 말을 멈추니
모두 갑자기 입을 닫아
낯설면서 새삼스러운 고요

한 사람 두 사람 열 사람
폭 빠져든 이야기로 날아가며
어느덧 아무 몸짓도 소리도 없이
서로 다른 즐거움 흐르는 고요

고요한 수다판이 되니
개미가 책상 타고 기어가는 소리

나비가 팔랑거리며 내는 소리
아주아주 크게 들린다

고요한 책터가 되니
책이 되어 준 나무가 살던
저 먼 숲에서 찾아든 바람
눈으로 보고 살갗으로 느껴

돈

2018.6.30. 자가용을 몰지 않고 훌륭한 기사님을 거느리는 우리집이다. 버스를 탈 적에는 아이들이 저마다 제 버스삯을 판을 대어 찍는데, 택시를 탈 적에는 앞자리에 앉은 사람이 길삯을 내기로 한다. 아버지가 앞자리에 앉으면 아버지가, 큰아이가 앞자리에 앉으면 큰아이가, 작은아이가 앞자리에 앉으면 작은아이가 낸다. 아직 곁님은 앞자리에 안 앉는다. 그런데 두 아이는 서로 앞자리에 앉고 싶다. "내가 택시삯 내고 싶었는데!" 하며 아쉬워한다. 바깥마실을 나와서 밥집에 들러야 할 적이라면 "내가 밥값 내고 싶었는데!" 하면서 지갑을 꺼내다가 넣는다. 참말로 돈을 쓰고 싶은 아이들이다. 주머니에서 즐겁게 돈을 꺼내어, 저희 즐거운 기운이 깃든 돈을 기꺼이 내밀고 싶은 아이들이다. 쓰니까 쓸 수 있는 돈일 텐데, 설레는 마음으로 값을 여쭈고, 두근두근 주머니에서 숫자를 어림하며 돈을 꺼낸 다음, 콩닥콩닥 기쁘게 돈을 내미는 이 작은 몸짓은, 우리를 둘러싼 마을에 상냥한 손길을 나누어 주는 마음쓰기이지 싶다. 돈을 새롭게 쓰는 아이들이다. 글쓰기는 상냥한 마음쓰기이다.

동무

2006.12.22. 말이나 이야기를 함께 누리는 가까운 사이를 가리킬 적에 '말친구·이야기친구'라 하지 않는다. '말동무·말벗'이라 한다. 그렇지만 '친구'라는 낱말이 훨씬 사람들 입에 가깝고 찰싹 붙는다. 요즘 들어 '동무'가 비로소 빨간 사슬에서 조금은 풀려나긴 했는데, 아직 한국말 '동무'가 제몫을 하기에는 어렵지 싶다. 그만큼 남과 북이 갈린 나날이 길었고, 이 나라 독재정권이 우리 말결과 말살림을 깡그리 짓눌렀으니까. 그래서 어설피 '동무'라는 말을 살리자고 하기보다는, 쓸 만한 자리에 차근차근 쓰면 더 좋겠다. 차츰차츰 쓰임새를 늘릴 수 있도록 '이야기동무'라든지 '책동무'라든지 '씨름동무·야구동무·축구동무·태권도동무'처럼 말을 해보면 어떨까. 요즘은 '이야기동무·책동무' 같은 말도 제법 퍼졌다고 할 수 있고, 앞으로는 '놀이동무·배움동무·글동무·나들이동무' 같은 말도 두루 쓰면 좋으리라 생각한다. '일동무'를 써도 좋고.

동시

1995.4.5. 너무나 어처구니없이 강의하는 교수가 있는데, 다들 숨죽인 채 찍소리도 안 한다. 학점이 깎일까 봐 눈치를 본다. 왜 눈치를 볼까? 교수이든 아니든 그이가 잘못한 일은 잘못이라고 똑똑히 밝혀야 하지 않나? 지난 한 해 동안 나도 아무 말 없이 지켜보면서 참았지만, 이런 대학교는 더 다닐 까닭이 없다고 느낀다. 엉터리 수업을 그만하라고 책상을 꽝 치고 자리에서 일어났다. 그동안 교수가 저지른 일을 낱낱이 그이 얼굴을 쳐다보면서 똑똑히 말했다. 이러고서 앞으로 나가 교수한테 "잘 계세요. 저는 갑니다." 하고 말한 뒤 앞문을 쾅 소리 나도록 닫고 나갔다. 등짐에서 《일하는 아

이들》을 꺼낸다. 골마루 창가에 앉아 바람소리를 들으며 '이제는 할아버지 할머니가 되었을' 예전 어린이 투박한 글을 읽는다. 눈물이 볼을 타고 흐른다. 난 이제껏 동시를, 시를 읽은 적이 없구나.

2001.1.1. '동시'란 어떤 글일까? 이름은 동시이지만 정작 이 글은 "삶을 사랑하는 슬기롭고 상냥한 노래"라고 느낀다. 동시를 쓰기에 삶을 사랑하는 슬기롭고 상냥한 손길이 된다. 동시를 읽기에 삶을 사랑하는 슬기롭고 상냥한 눈길이 된다. 동시를 나누기에 우리는 서로서로 삶을 사랑하는 슬기롭고 상냥한 노래로 하루를 짓는다. 스스로 기쁘게 노래하고 춤추는 숨결로 같이 이야기하는 몸으로 마음으로 숨결로 빛으로 고요로 거듭난다.

2018.1.1. 나더러 어떻게 동시를 하루에도 몇 자락씩 척척 써내느냐고 놀라는 이웃한테 넌지시 한말씀 올린다. "마음에서 사랑이 피어나는 결을 고스란히 옮겨서 글로 적으니 동시가 되는걸요. 저는 동시를 쓰려고 생각해서 동시를 쓴 적이 없어요. 제가 마주하는 아름다운 이웃이나 동무를 마음으로 그리다 보면 그분한테 띄우고 싶은 이야기가 저절로 흘러서, 이 이야기를 열여섯 줄로 갈무리해요. 우리 아이들하고 하루를 새롭게 짓고 싶은 꿈을 떠올리노라면 어느새 이 꿈을 열여섯 줄로 엮어서 들려줄 이야기가 태어나요." 동시를 쓰려고 해서 되는 동시가 아니지 싶다. 사랑으로 이야기를 들려주고 들으면서 하루를 노래하고 싶기에 저절로 싹터서 무럭무럭 자라고 푸르게 가지를 뻗는 나무처럼 동시라고 하는 글이 내 곁에서 태어난다.

2019.2.26. 우리 집 밭자락에 씨앗을 뿌려 푸르게 가꾼다. 내 마음자락에 씨앗을 심어 푸르게 돌본다. 같이 일구는 보금자리 삶자락에 씨앗을 묻어 푸르게 짓는다. 모두 아름다운 지구라는 별자락에 씨앗을 두어 푸르게 피어난다. 이제부터 온누리가 새롭게 피어나도록 우리가 눈을 뜨고 씨앗을 뿌린다. 동시란 씨앗 한 톨이네.

동화책

1998.1.3. 군대를 마치고 집으로 돌아온 이튿날 찾아간 헌책집에서 《몽실 언니》란 동화책이 보여서 선 채로 책을 펼치다가 그만 눈물이 주르르 흘렀다. 누가 볼세라 구석 깊은 곳에 숨어 더 눈물지으면서 읽다가 덮었다. 더 읽을 수 없다. 얼른 책값을 치르고 집으로 돌아와서 눈물바람으로 끝까지 읽었다. 난 여태 뭘 읽고 살았지? 스물 몇 해를 살며 책다운 책을 여태 하나도 못 읽었잖아. 게다가 동화책다운 동화책을 어릴 적에 하나도 못 읽었잖아. 그래, 그러면 오늘부터 동화책을 읽자. 스물네 살 어린이로서 동화책을 읽자.

2000.4.5. 동화책은 어린이가 읽는 책이 아니다. 동화책은 어린이부터 읽는 책이다. 동화책은 어린이하고 어깨동무하면서 읽는 책이다. 동화책은 사랑하는 마음을 배우고 싶은 누구나 읽는 책이다. 동화책은 삶을 노래하고 싶어서 읽는 책이다. 동화책은 스스로 꿈을 지어 마음에 날개를 달면서 훨훨 바람하고 하늘을 누비고 싶기에 읽는 책이다. 동화책은 새로운 어른으로 아름답게 자라고 싶어서 읽는 책이다. 동화책은 눈물을 배우고 웃음을 익혀 하루를 짓는 씩씩한 몸짓이 되고 싶으니 읽는 책이다. 다 같이 숲이 되어 하늘

을 가슴에 담고 싶은 어른이 동화책을 쓴다.

뜨개질

2012.5.19. 손으로 빚는다. 손을 놀려 빚는다. 손은 내 마음에 따라 움직인다. 내 마음이 따사로이 흐를 때에 내 손은 따사로이 움직인다. 내 마음으로 착한 꿈을 담을 때에 내 온몸은 착한 이야기를 차곡차곡 담으며 살가이 움직인다. 아이한테 입힐 옷을 뜨는 어버이는 나쁜 넋으로 살아가지 않는다. 아이한테 먹일 밥을 차리는 어버이는 궂은 얼로 칼질을 하지 못한다. 아이한테 말 한 마디를 건네는 어버이는 모진 생각으로 살림을 꾸릴 수 없다. 글을 쓰는 사람은 누구한테 읽히고픈 마음일까. 글을 쓰는 사람은 이 글을 읽을 사람이 어떤 마음이 되면 좋거나 기쁘거나 아름답거나 예쁘거나 사랑스럽거나 믿음직스러우리라 생각할까. 누구를 북돋우는 글을 쓰든, 누구를 안쓰러이 바라보는 글을 쓰든, 누구하고 어깨동무하는 글을 쓰든, 누구하고 꿈을 나누는 글을 쓰든, 글쓴이는 읽는 이하고 어떤 삶을 꽃피우고 싶을까. 뜨개질을 하는 손은 언제나 알맞춤하다. 익숙하면 재게 놀린다지만, 칼질이 익숙한 사람은 손이 안 보일 만큼 빠르듯, 뜨개질하는 손도 익숙하면 무척 빠르다. 뜨개질을 하는 손은 늘 정갈하다. 익숙하면 가벼이 놀린다지만, 비빔질이 익숙한 사람은 빨래를 척척 바로 해낸다. 뜨개질을 하는 손은 노상 차분하다. 익숙하면 이야기꽃을 피우며 손을 놀린다지만, 어머니들은 아기한테 젖을 물리거나 아이 뒷머리를 묶으면서도 이야기꽃을 예쁘게 피운다. 마음에 따라 달라지는 삶이기에, 누구는 글꽃을 피우며 온누리에 어여쁜 빛과 내음과 열매와 무늬를 베푼다. 마음에 따라 움직이는 삶이기에, 누구는 글화살을 쏘며 이웃

과 동무 가슴에 생채기를 내려 한다. 마음에 따라 거듭나는 삶이기에, 누구는 글밭을 일구며 서로 맛나게 먹을 푸성귀와 곡식과 열매를 돌본다. 글이란 왜 쓰는가. 글을 누가 쓰는가. 글이란 어디에서 쓸 때에 빛날까. 글을 어떤 삶으로 써야 글답게 싱그러울까. 곁님이 달포쯤 밤을 새면서 빚은 뜨개꽃을 아이들이 받아들며 웃음꽃을 짓는다.

책방
같이[:가치]

ㄹ

띾

2019.4.23. 한국말에는 ㄹ로 여는 낱말이 없다시피 하다. ㄹ로 첫머리를 열기를 반기지 않을까? ㄹ은 섣불리 머리글씨로 삼으면 안 된다고 여겼을까? 받침이나 토씨에 빠질 수 없는 ㄹ이지만 앞자리에 선뜻 나서지 않는 ㄹ은 언제나 수수께끼. 그런데 ㄹ로 여는 바깥말에서 '띾'은 '님·하느님'을 으레 가리키더라. '띾'이 들어간 한국말을 읊어 본다. 가람, 휘파람, 바람, 사람, 보람, 아람, 다람쥐, 우람. 이 '띾'을 넣어 동시를 한 자락 적는다.

오늘도 새싹은
무럭무럭 자람
꽃지고 소담스레 굵는
열매를 보며 놀람

우리 노는 골짜기는 얕고

골짝물 시내 모인 가람은 깊고
내가 부는 휘파람은 가볍고
벼락 몰아치는 비바람은 거세고

사이좋게 사랑으로 슬기로우며
새롭게 서기에 사람
즐겁게 곱게 넉넉하며
다 같이 힘쓰니 보람

저 우람한 나무마다
가을이면 떨구는 아람
가을밥 먹으려는 다람이
랑랑 람람 냠냠 흥얼흥얼

'-로/-로써'하고 '-로서'

2018.2.2. '-로/-로써'하고 '-로서'를 갈라서 쓰기란 대단히 쉽다. 그런데 어릴 적에 이 대단히 쉬운 글쓰기·말하기를 제대로 못 배웠다. 어린 내가 이 말씨를 틀릴 적마다 둘레 어른들이 늘 바로잡아 주지만 참 오랫동안 어설프게 헷갈리며 썼는데, 어느 날 드디어 한눈에 알아차릴 수 있도록 알려준 어른이 있으니, "'-로서'는 사람한테만 쓰면 된단다" 하고 이야기해 주었다. 이 말은 어느 만큼만 맞는 이야기인 줄 나중에 깨달았지만(풀벌레나 짐승이 나오는 동화에서는 "내가 곰으로서 말하니"나 "내가 잠자리로서 본다면"처럼 쓸 수 있으니까, 사람한테만 쓰지는 않는 셈), 이 한 마디로 머리에 벼락에 떨어졌다고 느꼈다. 이렇게 쉽게 알려주면 참말 잘 알 수 있구나 하고.

어려운 말로는 구체명사라 하는데, 눈으로 보거나 손으로 만질 수 있는 목숨이나 숨결한테만 '-로서'를 쓴다는 소리이다. 그러면 '-로/-로써'를 언제 쓰느냐 하면, 어려운 말로 추상명사에 쓴다. 이는 눈으로 못 보거나 손으로 못 만지는 몸짓이나 일이나 흐름에만 '-로/-로써'를 쓴다는 소리이다. 다만 이러한 글쓰기·말하기를 우리 사전은 제대로 못 짚는다. 비슷하면서 다른 말을 묶어서 제대로 갈라 알려주는 구실을 사전이 못 한다면, 어른들이 슬기롭게 말을 살펴서 아이한테 가르치는 일을 해야지 싶다. 덧붙여 본다면, '-로써'는 '-로'를 힘주어 나타내는 말씨이다. "올해로 다섯 해가 되었네"를 "올해로써 다섯 해가 되었네"처럼 힘주고, "밥벌이로 글쓰기"를 "밥벌이로써 글쓰기"처럼 힘준다. "이 책으로 말하자면"을 "이 책으로써 말하자면"처럼 힘주며, "말로 천 냥 빚을 갚는다"를 "말로써 천 냥 빚을 갚는다"처럼 힘준다. "아버지로서 타이른다"나 "누나로서 말하는데"처럼 써야 맞다. "아버지로써 타이른다"나 "누나로 말하는데"처럼 쓰면 안 맞는다.

2003
Art Exhibition
1999

ORIGIN

ㅁ

마늘

2011.1.5. 찌개를 끓이면서 마늘을 작은 돌절구에 빻아서 넣는다. 혼자 밥하고 찌개를 끓이면서 마늘까지 빻아 넣자면 번거롭다 할 만하지만, 마늘 빻아 넣기까지는 얼마 안 걸린다. 1~2분을 번거로워 하면 끝없이 번거롭지만, 찌개 불을 올린 뒤 손 갈 일이 없을 때를 헤아려 마늘을 빻아 넣으면 하나도 안 번거롭다. 밥차림을 하는 흐름이 물처럼 부드러이 흐를 뿐.

2012.5.20. 마늘쫑을 뽑는다. 마늘쫑은 마늘잎 사이에 굵게 비죽 솟은 줄기이다. 아이들은 무럭무럭 자라고, 해마다 감꽃은 새로 피고 감알은 새로 맺는다. 제비는 새봄에 다시 찾아들고, 제비집은 봄이 되면 다시금 튼튼하게 빛난다. 내가 처음으로 뽑은 마늘쫑을 한손에 쥔다. 가게에서 파는 마늘쫑 값은 되게 싸다. 저잣거리에서도 마늘쫑 값은 참 싸다. 마늘쫑을 날로 먹든 삶아 먹든 데쳐 먹든, 아주 금세 훌러덩 먹을 수 있다. 마늘쫑을 먹는 이들이 스스로 씨

마늘을 흙에 심고 김을 매다가는 마늘쫑을 뽑고 마늘을 하나하나 캐며 풀벌레랑 들새랑 하루 내내 어우러진다면, 지구별은 어떤 모습으로 거듭날 수 있을까. 마늘쫑을 뽑은 손으로 아이들 머리칼을 쓸어넘기고, 기저귀를 빨며, 연필을 쥐어 글을 끄적인다.

2019.5.16. 마을 어르신이 마늘밭에서 뽑은 마늘을 짐차에 싣는 일을 거들면 좋겠다고 찾아오셨다. 올해로 아홉 해째인가 여덟 해째인가. 해마다 이맘때에 마늘신기를 거든다. 마늘신기를 거들고서 마늘밭에 흩어진, 줄기가 끊어진 알마늘을 주워서 한쪽으로 모은다. 밭에 쪼그려앉아 일하던 아지매가 "저그 마늘 좀 뽑아 보시겠소? 두 손으로 살살 잡아뽈면 나와부러." 한 손은 줄기 아래쪽을, 한 손은 바닥에 닿도록 알뿌리 위쪽을 잡고서 가만히 당긴다. 쏘옥 하고 뽑힌다. 쪼그려앉아서 하다가 밭자락에 무릎을 꿇고서 뽑는다. 땅에 무릎을 꿇고 마늘을 뽑으니 등허리도 펴지고 햇볕도 좋고 마늘내도 다 좋다.

마을

2007.12.20. 왜 이렇게 시장이며 군수이며, 또 국회의원이며 장관이며 대통령이며, 막삽질을 밀어붙이는지 몰랐다가, 이제 환하게 안다. 그분들은 마을에 안 살고 아파트에 산다. 그분들은 흙을 안 만지면서 살고, 언제나 심부름꾼을 곁에 두고서 운전수 거느린 자가용에 앉을 뿐이다. 무엇을 보고 무엇을 느끼고 무엇을 알고 무엇을 생각하고 무슨 길을 가겠는가. 그래서 나는 이렇게 생각한다. 대통령을 비롯해서 시골 면장까지, 모든 공공기관 벼슬아치가 된 사람한테는 '마을집 + 자전거'를 주어야지 싶다. 도시라면 가장 오

래된 골목마을 골목집을 한 채 주고, 자전거를 한 대 주어, 골목집에서 자전거를 타고 그분 일터로 날마다 오가도록 하기. 그분 곁에 경호원이 있어야 한다면 경호원도 같이 자전거를 타고 움직이면 되지. 경호원도 골목마을 골목집에 깃들어서 살고. 이렇게 하면 나라도 마을도 확 달라지리라. 아름답고 사랑스럽게.

마을책집

2018.12.23. 마을마다 책집이 새롭게 문을 연다. 새롭게 문을 열었으나 조용히 문을 닫기도 한다. 그럴 만하지. 모든 가게가 다 장사가 잘 되지는 않는다. 책집뿐 아니라 닭집도 빵집도 매한가지이다. 백화점이나 편의점조차 장사가 어려워 문을 닫기도 한다. 책집이라 해서 문을 닫는 일이 없이 이어가지는 않는다. 마을책집은 말 그대로 마을에서 마을사람이 사랑할 만한 우물가 같은 쉼터이자 책터인 곳이다. 으리으리하거나 널찍널찍한 책집이 아닌, 더 많은 사람을 끌어들일 더 많은 책을 쌓아 놓는 책집이 아닌, 마을에서 마을살림을 사랑하는 사람이 수수하면서 곱게 책으로 삶을 배우는 길에 벗님이 되려고 하는 숲터이자 마음터이다. 마을책집이 빛나는 까닭을 아는가? 마을책집에는 참고서나 문제집이나 교과서가 없다. 자, 보라. 참고서나 문제집이나 교과서가 없으니 책터가 얼마나 눈부신가? 우리 삶에서도 이와 같다. 참고서나 문제집이나 교과서는 안 봐도 된다. 아니, 치울 적에 아름답다. 시험점수를 높이려는 길이 아닌, 살림자리를 빛내려는 길을 가기에 스스로 눈부시기 마련이다. 마을책집은 벽에 그림이나 사진을 붙일 수 있다. 마을책집은 글쓴이나 책낸이 누구나 느긋하게 찾아와서 글벗을 오붓하게 만날 수 있는 도란터나 수다터가 되기도 한다. 하루를

그리는 그림터요, 마을에서 살아가며 짓는 꿈을 함께 글로 담아내어 작은 책으로 새삼스레 엮기도 하는 글터이기도 하다.

마음

2012.3.3. 모든 글은 먼저 마음으로 쓴다. 마음속으로 가만히 온갖 이야기를 가다듬는다. 마음에서 우러나지 않을 적에는 아무런 글 한 줄 쓰지 못한다. 아침에 일어나서 기저귀를 빨고 밥을 하며 아이들을 씻기고 함께 논다고 하는, 늘 되풀이하는 모습조차 마음에서 우러나지 않을 적에는 이 하루를 한 줄로도 적바림하지 못한다. 마음에서 우러날 때에 즐거이 밥을 한다. 마음에서 우러나기에 기쁘게 빨래를 한다. 마음에서 샘솟기 때문에 즐거이 글을 쓰고 사진을 찍으며 그림을 그린다. 마음에서 샘솟는 사랑으로 아이들을 얼싸안으며 함께 논다. 마음이 없이 글을 쓸 수조차 없지만, 마음이 없이 하루하루 살아갈 수 없다. 마음으로 살아간다. 마음으로 사랑을 빛낸다. 마음으로 이야기꽃 피운다. 마음으로 씨앗 한 알 심고, 마음으로 열매 한 알 거둔다. 나는 언제나 이 마음부터 가장 착하고 더없이 참다우며 따사로이 아름다울 수 있는 보금자리를 누리고 싶다. 이렇게 해야 비로소 글 한 줄 일구는 싱그러운 하루를 살아낸다.

2018.7.26. 마음에 드는 치마바지를 두르고 풀밭에 드러눕는다. 치마바지를 두르고 드러누운 풀밭에서 허벅지가 간지럽기에 문득 일어나 앉으니 풀꽃 한 송이가 살그마니 고개를 내민다. 바람도 풀결도 싱그럽네. 햇볕도 매미 노랫소리도 상냥하네. 마음에 드는 길을 걷기에 마음에 드는 글이 새록새록 자라난다. 마음에 드는 몸짓

으로 춤을 추기에 마음에 드는 말이 새삼스레 태어난다. 아이들한테 말을 할 적에는 언제나 나 스스로 말을 한다고 느낀다. 아이들을 마주하면서 내 마음속 넋님한테 속삭이거나 외친다고 할까. 누구를 시샘하면 내가 나를 시샘하는 셈이요, 누구를 미워하면 내가 나를 미워하는 셈이다. 누구를 사랑하면 내가 나를 사랑하는 셈이며, 누구를 보살피면 내가 나를 보살피는 셈이다. 마음에 드는 길이 사랑으로 거듭나도록 온몸을 쓸 적에 글 한 줄이 꽃씨가 되어 이 땅에 드리운다.

만화책

1995.10.15. 만화를 그리려면 그림뿐 아니라 글도 즐겁게 쓰고 읽을 줄 알아야 하는데, 글씨도 반듯반듯 정갈하게 쓸 수 있어야 한다. 만화를 그려서 책으로 엮으려면 만화책뿐 아니라 온갖 책을 두루 읽으면서 삶을 새롭게 바라보는 눈썰미가 깊어야 한다. 만화라는 갈래는, 그림하고 글로 온누리를 읽어내어 이야기로 지피는 사랑을 슬기로우면서 신바람나는 손길로 풀어내는 이슬떨이라고 느낀다.

2013.10.26. 신문에서 책을 다루는 글을 살피면 하나같이 어른 인문책이다. 어린이책은 퍽 드물고, 그림책을 두루 살피지 못한다. 동시집이나 동화책도 매한가지. 그런데 사진책은 훨씬 찬밥. 그리고 사진책보다 찬밥인 책이 있으니 바로 만화책. 만화책을 즐기거나 사랑하면서 알뜰히 다루는 신문기자는 언제쯤 볼 수 있을까. 뭐, 만화책을 읽고 이야기하는 신문기자가 없으면 내가 쓰면 되겠지.

말

2017.12.6. 말을 하기에 글이 된다. 마음에 떠돌던 생각을 잡아채어 말 한 마디로 나타내기에 이를 고스란히 글로 옮긴다. 저마다 짓던 즐거운 살림을 가만히 바라보다가 문득 말로 엮고 싶다고 생각하니 어느새 글 한 줄로 거듭난다. '말'로 들려주기에 '글'이 된다. 함께 나눌 말을 생각하다 보니 함께 즐거울 글을 쓴다. 도란도란 이야기꽃을 피우고 싶은 꿈을 가꾸는 동안 시나브로 글쓰기라고 하는 멋진 일을 해낸다.

2018.1.7. 말을 하다가 문득 멈추고서 공책을 펼쳐서 내 말을 적어 본다. 내 입에서 흘러나온 이 말이 내가 돌아보기에도 퍽 좋구나 싶어, 이 말을 흘리고 싶지 않기에 하나하나 적어 본다. 내가 한 말을 공책에 가만히 옮겨적으면서 다시 입을 열어 말을 한다. 내 말을 듣던 분은 조용히 기다려 준다. 앞서 한 말을 글로 옮기면서 새롭게 갈무리해서 이야기를 해본다. 내 말을 들어 주는 분으로서도 다시 찬찬히 생각을 틈이 나고, 이웃님한테 말을 들려주는 나로서도 새롭게 생각을 여밀 말미를 누린다. 우리는 이야기를 하려고 말을 하거나 글을 쓴다. 우리는 이야기를 깊으면서 넓게 가꾸려는 마음으로 말을 짓거나 글을 가꾼다.

2019.2.13. 말하고 삶이 다른 사람이 있다면, 그이는 겉을 꾸미거나 속을 감추었으리라 느낀다. 말하고 삶은, 또 글하고 삶은 다를 수 없으니까. 말이나 글은 언제나 삶이나 살림이나 사랑을 고스란히 드러낸다. 한 톨조차 감출 수 없다. 그런데 말하고 삶이 다른 사람이 있으면, 어쩌면 스스로 하지 못하면서 말로만 읊는 셈일

수 있다. 하지 않거나 해내지 못하는 일을 놓고 그저 말이나 글로만 떠벌일는지 모른다. 때로는 앞으로 하고 싶은 일이나 나아가려는 길을 쓸 수 있겠지. 비록 오늘은 못하는 일이라 하더라도 앞으로 해내고 싶기에, 앞으로는 신나게 온몸으로 맞아들여서 하고 싶기에 먼저 말이나 글로 신나게 드러낼 수 있다. 가만히 보면, 우리는 스스로 말하거나 글쓰는 대로 살기도 하지만, 말하거나 글쓰는 대로 살고 싶은 모습이나 마음이기도 하다.

맞춤법

2017.7.11. 아이들은 맞춤법이 틀려도 저희 하고픈 말을 글로 옮긴다. 우리 어른도 이처럼 글을 쓰면 아름다우리라 본다. 우리는 맞춤법을 맞추려고 글을 쓰지 않는다. 우리는 이야기를 펴서 생각을 나누려고 글을 쓴다. 우리는 맞춤법에 어긋나지 않도록 글을 쓰기에 아름답지 않다. 우리는 서로 따스히 사랑하고 넉넉히 아끼며 기쁘게 헤아리는 마음으로 어깨동무를 하는 길을 여는 글을 쓰기에 아름답다.

맨발

2018.7.20. 맨발로 풀밭을 디디며 나무 밑에 서면 발끝부터 손끝까지 찌릿찌릿 새 기운이 오른다. 이를 무척 어릴 적부터 느꼈다. 나무란 참 놀랍고 대단하구나 싶었다. 그러나 왜 맨발로 나무 밑에 설 적에 온몸에 찌릿찌릿 기운이 오르는지 몰랐고, 둘레에 이런 말을 하면 두 갈래로 대꾸를 했다. 하나는 참말 그렇더라 하는 대꾸, 다른 하나는 미친 소리 같다는 대꾸. 어떤 사람은 물맛이 다른 줄 재빠르게 느낀다. 어떤 사람은 술맛이 다른 줄 남달리 느낀다.

어떤 사람은 밥맛이나 손맛을 깊이 느끼고, 어떤 사람은 말맛이나 글맛을 낱낱이 가르면서 느낀다. 어쩌면 먼 옛날에는 누구나 맨발로 흙을 밟고 살았을 테니, 맨발로 풀밭에서 찌릿찌릿 받아들이는 기운을 새삼스레 여기지 않았을 수 있다. 그러려니 살았겠지. 오늘날 우리는 두툼한 신에 버선에 아스팔트에 시멘트에 갖가지 화학섬유에 둘러싸이면서 발바닥이나 손바닥이 무디어졌지 싶다. 흙을 못 느끼는 발로 글을 쓴달까. 풀을 못 느끼거나 나무를 못 느끼는 몸으로 글을 쓴달까. 나는 흙글을, 풀글을, 나무글을, 이리하여 숲글을 쓰고 싶다.

먼지

2018.7.15. "왜 냉장고에도 먼지가 생겨? 왜 날마다 쓸고닦지 않으면 먼지가 쌓여?" 아이들이 묻는다. 아이들이 묻는 말에 상냥히 웃으면서 대꾸한다. "너희가 날마다 쳐다보지 않으면 무너져. 몸이 무너지면서 먼지가 된단다. 자, 생각해 보렴, 너희가 날마다 들여다보고 만지는 것 가운데 먼지가 타거나 생기는 것이 있니?" "음, 음, 음, 없나?" "그렇지. 날마다 늘 쳐다보고 다루면 먼지 탈 틈이 없어. 우리가 늘 보니까. 그런데 우리가 늘 보지 않는 것, 가끔 보는 것, 스치듯 지나가는 것, 또 잊어버린 것이나 잃어버린 것은 우리 눈길을 받지 못해서 몸이 시나브로 무너지고, 이렇게 무너진 조각이 먼지라는 모습으로 우리 눈에 보이지. 그래서 우리는 집이나 살림이나 옷을 늘 손질한단다. 우리 손으로 지은 것이라면 모두 우리가 늘 돌봐 주어야 해. 우리 몸도 이와 같아. 우리가 우리 몸을 날마다 돌보고 잘 씻어 주면 깨끗하면서 튼튼하지." 아이들하고 얘기를 하다가 문득 글쓰기가 떠오른다. 글도 먼지하고 똑같지 않

을까? 늘 쓰지 않는다면, 날마다 꾸준히 지켜보고 바라보고 돌아보지 않는다면, 우리가 쓴 글은 먼지가 되리라. 지켜보아 주는 이웃이 있기에 우리가 쓴 글 하나는 오래오래 숨결을 잇는다. 지켜보아 주는 이웃이 없으면 누가 쓴 글이든 어느새 먼지가 되어 사라진다.

메

2011.1.14. 새벽나절 살짝 흩뿌리다 그친 눈이 아침이 되며 솔솔 내린다. 눈을 보다가 아이를 바라본다. 콧물을 줄줄 흘리는 아이한테 이불을 뒤집어씌운다. 사진기를 목에 건다. 아이를 한팔로 안는다. 마당으로 나와 함께 눈을 맞는다. 조금 걷는다. 눈이 소리없이 내린다고 아이한테 말을 하다가는, 이내 말을 고친다. "음, 눈은 눈이 오는 소리를 내면서 오겠구나." 눈발이 날리는데 멧새는 이곳에서 저곳으로 이쪽에서 저쪽으로 바지런히 난다. 멧새는 먹이를 얼마나 찾을 수 있을까. 멧새는 깃털로 따스하다지만 자그마한 몸뚱이를 덥히자면 가만 있을 수 없겠지. 더구나 겨울에 이 숲에서 살자면 꾸준히 먹이를 찾아야 할 테고. 날이 더 차고 얼음겨울이 풀리지 않더라도 작은 멧새는 씩씩하게 이 날씨를 받아들이려나. 우리 같이 겨울을 누리고 봄에 더 힘차게 놀자.

2012.4.23. 네 식구가 마을 뒷산으로 나들이를 온다. 풀밭에 앉아 해바라기를 하는데, 큰아이가 아버지를 부르며 말한다. "여기 개구리 있어." "개구리가 있다고?" "응. 아빠 개구리하고 누나 개구리 있어." 뒷산 풀숲에 무슨 개구리가 있겠느냐 여기며 대수롭지 않게 넘기는데, 아이가 또 말한다. 아이처럼 몸을 웅크리고는 "어디

에 있어?" 하고 물으니 손가락으로 가리키며 "여기." 하고 말한다. 한참 들여다보니 비로소 조그마한 개구리가 보인다. 푸른개구리보다는 조금 큰 옅은흙빛 개구리. 아, 멧개구리로구나. 그래, 논에는 논개구리이고, 메에는 멧개구리이지. 작은 개구리는 작은 풀잎만 한 몸뚱이를 작은 풀잎에 바싹 붙여 웅크린 채 꼼짝하지 않는다. 작은아이는 작은 눈알 굴리며 작은 몸을 풀밭에 가만히 웅크린 채 작은 개구리를 오래오래 바라본다. 딸기꽃 하얗게 피고 감잎 싯푸르게 새로 돋는 풀숲에서 멧새 노래하는 소리를 들으면서 시를 한 줄 조용히 끄적인다.

모르다

1999.9.4. 모르는데 모른다고 하겠지. 알면서 모른다고 하는 사람이 어디 있겠나. 알기에 알고, 모르기에 모른다. 그런데 알더라도 더 배우려 한다. 모르는 결을 알기에 배우려 한다. 모르니까 못 배운다. 무엇을 모르는지 모르니 무엇을 배워야 하는지 줄줄이 모르기 마련이다. 사랑을 알기에 더 사랑스러운 길을 배우려고 나선다. 사랑을 모르기에 사랑하고 자꾸 동떨어진 길을 가는데에도 스스로 모르고 못 느끼며 나뒹굴고야 만다. 무엇을 안다면, 무엇을 모르는가를 안다는 뜻이라고 느낀다. 알기에 배우고, 모르기에 못 배운다. 알기에 새로 배우면서 글 한 줄을 쓰려고 땀흘릴 테고, 모르기에 무엇을 배워야 하는가를 그야말로 모르는 채 쳇바퀴를 도는 글을 쓴다거나 다른 사람 글을 베끼거나 흉내내거나 훔치는 짓도 일삼는다. 이렇게 하고도 까맣게 모르니 스스로 무슨 짓을 했는지 못 느끼고 무덤덤하구나 싶다.

문단 미투

2018.2.22. 열다섯 해쯤 되었나, 나를 성추행하고 막말을 일삼던 이승철 시인이 오늘 오마이뉴스에 반론을 보냈다더라.

> 이승철이 오마이뉴스 편집부에 밝힌 이야기 "이오덕 선생 일로 그해 최종규 씨를 만난 적 있는 거 기억난다. 원고 교정 문제로 언쟁을 벌였던 걸로 기억한다. 그때 당시 그 친구에서 그런 심한 말을 했는지, 기억이 안 난다. 당시 함께 자리에 있었다는 지인에게 확인을 해봐도 그렇고. 그날이 최종규 씨를 처음 만난 날인데, 제가 그렇게 심한 말을 했을지는 평소 제 성격으로는 납득할 수 없는 말이다. 그런 일로 최종규 씨가 상처를 받았다고 하면, 제가 심히 잘한 일은 아니라고 본다. 제가 문단의 어른인 양 갑질을 했다는 게 제 평소 성격상 납득은 되지 않지만, 본인이 가슴 속에 한을 갖고 있다고 하니까 죄송한 일이라고 생각한다."
>
> ……

그대가 떠올리지 못하는 '문단 어른 갑질+성추행'이란 뭔지 모르겠지. 그때 그 자리에서만 해도 이승철 그대하고 홍일선, 이재무 세 58년 개띠 시인은 한창 술기운이 올랐으니까. 그런데 이승철 시인이 오마이뉴스에 밝혔다는 반론을 읽고서 눈물이 흐르네. 그래, 그대가 밝힌 반론을 잘 읽었다. 그런데 왜일까? 이승철 시인 반론을 읽으니 눈에서 소나기가 내리네. 갑자기 속이 아프고 팔다리랑 손발을 어찌 가눌 길이 없이 떨리네. 온몸이 파리해지고 매우 차갑다. 집에 불을 잔뜩 올려도 떨림과 추위가 가시지 않는다. 긴 말은 하지 않겠다. 열 몇 해 앞서, 이승철 시인을 비롯해서 이녁 스스로, 또 이녁 곁에 있던 다른 시인 홍일선, 이재무도 스스로 말한 '문단 어른' 세 분이 나한테 어떻게 했는가를 하나하나 적어 보겠다. 이 일을 열 몇 해를 끌어안고 살다 보니, 그동안 너무 얌전하고 말수 없고 숫기 없는데다가, 곁에서 누가 뭘 물어도 오랫동안 입을 꾹 다무는 모습으로 살았다. 그렇지. 문단 어른들한테 겪은 끔찍한 짓이 깊고 오래 생채기와 피고름이 되어 내 몸이랑 마음을 아주 뒤흔들었지. 이제 열 몇 해가 지나고, 곁님을 만나서 함께 살고, 두 아이가 곁에서 늘 따사로운 사랑을 나누어 주고, 이러면서 생채기하고 피고름을 조금조금 씻는다만, 그리고 이제는 제법 말을 하기도 하고, 때로는 강의를 나가기도 하는 몸으로 거듭났습다만, 이승철 시인이 '기억하지 못한다'고 하는 대목하고 '기억한다'는 대목이 참으로 어이없어서 이렇게 글을 다시 남긴다. 미리 밝히겠습다만, 다음 글에 다시 적을 수 있다만, 그날 그곳에서 이승철 시인을 비롯한 문단 어른 세 분은 낮 네 시가 채 되지 않을 즈음, 벌써 소주를 여러 병 비운 채였다. 자, 너무나 괴롭던 그때 일을 낱낱이 적어 보겠다.

나는 이승철 시인하고 그때 '이오덕 어른 유고시집 원고 교정 문제'로 언쟁을 벌이지 않았다. 잘 알아두시기 바란다. '이오덕 어른 유고시집 원고 교정 문제'는 실천문학사와 한길사에서 펴내기로 한 이오덕 어른 시집 '교정 감수'를 도종환 시인이 맡기로 했고, 도종환 시인은 내가 이오덕 어른 유고시 원본을 한글 파일로 옮겨서 띄어쓰기를 가다듬은 원고를 이오덕 유고시 원본하고 하나하나 살피고 나서 "제대로 잘했다. 이대로 하면 아무 문제가 없다."고 하면서, 그대로 두 출판사 편집부에서 한 권씩 편집을 해서 곧바로 책으로 나왔다. 도종환 시인은 그때 실천문학사 편집국장하고 이오덕 어른 유족하고 내가 함께 있는 자리에서 한 차례 두 시간 즈음 꼼꼼히 살폈고, 나중에 다시 더 살핀 뒤 이렇게 얘기했다. '이오덕 어른 유고시집 원고 교정 문제'는 그야말로 아무 일이 없이 바로 끝났다. 그러면 그다음에 어떤 일이 있었느냐 하면, 도종환 시인이 실천문학사 편집주간을 보면서 "이렇게 애써 주었는데 (이 젊은이한테) 저녁 대접을 해주어야지요? 그런데 저는 오늘 다른 약속이 있어서 함께하지 못해서 죄송하네요." 하고 말했다. 실천문학사 편집주간은 "그럼요. 좋은 데에 모셔서 대접을 해야지요." 하고 말했고. 그런데 이때에 실천문학사 편집주간한테 자꾸 전화가 왔다. 바로 그대들 (58년 개띠 시인들)은 나를 술자리로 데리고 오라면서 실천문학사 편집주간한테 닦달했지. 이승철 시인을 비롯한 '자칭 문단 어른'은 그저 닦달했을 뿐이다. 빨리 그 젊은이를 이녁 술자리로 데려오라고. 문단 어른이라 한 그분들은 실천문학사 편집실에 얼굴을 비추지 않고, 가까운 그분들 단골술집에서 "이오덕 선생 유고를 정리해서 시집으로 엮는 일에서 책임을 맡는 그 젊은이가 누구냐? 우리한테 얼굴을 보여주어야 하지 않느냐?"고 거듭 다그쳤고, 이를 실천문학사 편집주간이 "도종환 시인이 알아서 잘 맡아서 하니 문제 없습니다." 하고 얘기했으나, 출판사 편집실이 아닌 그분들 단골술집에 대낮에 데리고 와서 "문단 어른한테 인사를 해야 하지 않느냐"고 더 다그쳤다. 실천문학사 편집주간은 나를 '문단 어른 그분들 술자리'에 데려가지 않고 조용한 곳에서 저녁을 먹자고 했지만, 문단 어른들 닦달질에 못이겨 "최종규 씨, 죄송한데요, 지금 다른 곳에 있는 시인 분들이 최종규 씨를 보고 싶어하니, 그쪽으로 가도 될까요? 그쪽에 가서 잠깐만 인사를 하고, 우리는 다른 곳으로 갑시다.” 이렇게 말했다. 실천문학사 편집주간인 이분이 아무래도 힘들어 보여서 “그러면 그렇게 하기로 해요. 저는 다 괜찮습니다.” 하고 말했다. 이리하여 실천문학사 편집주간이 나를 데리고 그대들 단골 술집에 ‘인사’를 하러 갔다. 다시 말하지만, 문단 어른 세 분이 있던 술자리에서 어느 누구도 ‘이오덕 어른 시집 원고 교정 문제’를 나누지 않았다. 그대들은 나를 처음 보자마자 술잔을 받으라 했다. 나로서는 처음 보는 사람들인데, 보자마자 말을 놓으면서 술잔을 내밀어서 얼결에 받았다. 그러니, 이승철 시인은 나한테 술잔을 받았으면 “(문단) 어른한테 술을 따라 줘야 하지 않느냐! 젊은 놈이 예의를 모르네!” 하면서 목청을 높였다. 이러고 나서 곧바로 쓰다듬고 껴안고 뽀뽀하면서 추행을 했다. 내가 “뭐 하십니까? 왜 그러세요?” 하고 뿌리치니, 이때부터 온갖 막말을 퍼부었고. 이승철 시인이라는 분이 나를 추근댈 적에 이녁 곁에 홍일선 시인이 나란히 앉아 이죽거렸지. “야, 왜 너 안 받아 줘? 네가 받아 줘야지? 이 xx가 말이야?” 하면서. 이러고 나서 이승철 시인하고 홍일선 시인 이 두 사람은 성추행을 손사래 치는 나한테 “문단이나 출판계에서 너 같은 놈 매장시키는 건 일도 아니야.” 하고 노래했다. 이 둘 곁에 이재무 시인이 있었고, 이재무 시인은 “난 소주만 있으면 돼.” 하면서 이승철·홍일선 두 사람이 나를 추근거리는 짓을 흘려넘겼다. 세 문단 어른이 나한테 저지른 그날 그 짓을 더 참을 수 없어서 자리를 박차고 일어나려 했다. 이때 나보다 덩치가 큰 이승철 시인은 막바로 나를 붙잡았고, 나는 몸부림치고 밀치면서 이승철 시인을 겨우 떼어냈다. 이승철 시인을 비롯한 세 분은 대낮이지만 벌써 소주를 여러 병 비운 탓인지, 나를 더 따라와서 붙잡지 못했다. 나는 세 문단 어른을 보면서 "이렇게 더럽게 술을 마시면서 문단 어른이라고 함부로 말하지 마세요!" 하고 외친 뒤, 내 잔에 담긴 술잔을 길바닥에 확 뿌렸다. 그러니 홍일선 시인은 나를 쳐다보고 삿대질을 하면서 "저 머리에 피도 안 마른 xxx가 하는 짓 좀 보게, 야 이 xxx야 얼른 돌아와서 자리에 앉아서 사과하지 못해!" 하고 소리를 질렀고, 나는 그대로 달음박질을 쳐서 그곳에서 달아났다. 그때에도 눈물을 흘리면서 어디가 어디인지도 모르는 채 그저 달려서 달아났다. 한참을 달리고 나서야 숨을 골랐고, 멍하고 벙떠서 그날 저녁에 어떻게 잠자리를 찾아서 쉬었는지, 충주 무너미마을 이오덕 어른 집으로 어떻게 돌아가서 유고정리 일을 했는지 그야말로 넋이 빠졌다. 다만 하나, 며칠 동안 온몸이 부들부들 떨리고 손발이 차가웠다. 열 몇 해가 지났어도 그때 일은 나한테 온몸이 부들부들 떨리는 모욕이자 치욕이자 창피이자 짜증이자 괴로움이었다. 문단 어른이라는 그분들한테 인사를 하러 와야 한다고 하면서 나한테 성추행을 일삼고 막말을 퍼부은 그날을 그대들이야 잊었을 수 있겠지. 그렇지만, 나는 잊을 수 없었지. "죄송한 일이라고 생각한다"고? 아직 네 시도 안 된 대낮에 소주 몇 병씩 마시고서 저지른 그 성추행과 막말을 그대 스스로 떠올리지도 못하면서 '이오덕 어른 유고시집 문제'로 언쟁을 벌였다는 대목은 떠오른다고? 그런 말다툼은 이승철·홍일선·이재무 그대들하고 한 마디도 하지 않았다. 쉬고 싶네. 그대여, 그대 문단 어른이여, 더는 아무 말도 하지 말아 주소서. 그대가 참으로 문단 어른이라면.

문학

1995.6.20. 내가 글을 쓴다고 하니 "문학을 하려고?" 하면서 묻는 분이 있다. "문학이 아니라, 글을 씁니다."고 해도 끝까지 "그러니까 문학을 하겠다는 뜻이잖아?" 하고 대꾸하실 뿐이다. 이분을 떠나보내고서 혼자 생각한다. 어쩌면 "문학 = 글"일 수 있겠구나 싶다. "글 = 문학"이라 할 수 없으나, 문학은 그저 글일 뿐이지 싶다. 그저 글일 텐데, 글이 아니라 '문학'이란 이름을 붙여야 한다고 여긴다면, 어쩌면 허울을 뒤집어쓴 거짓글이 될는지 모른다.

2013.12.30. 옛날에는 두 가지 문학이 있었다. 하나는 여느 시골사람이 누리는 문학인 '이야기'이고, 다른 하나는 권력자와 지식인이 중국글인 한자로 써서 누리는 문학인 '한문'이다. 문학을 하려는 분들 흐름과 삶자락과 매무새를 살피면, 지난날 권력자와 지식인이 중국글인 한자로 써서 누리던 문학 모습하고 훨씬 가깝다. 시골사람이 삶과 몸과 마음으로 나누면서 아이들한테 물려주던 이야기와 같은 문학을 하는 이는 몹시 드물다. 풀을 뽑거나 밥을 지으면서도 노래를 불렀고, 아기를 재우거나 방아를 찧으면서도 노래를 불렀다. 길쌈을 하거나 두레를 하면서도 노래를 불렀으며, 울력을 하거나 고기를 낚으면서도 노래를 불렀다. 노래는 언제나 이야기였고, 이야기는 늘 노래와 같이 들려주었다. 어떤 틀을 따로 갖추지 않지만, 부러 틀을 맞추어 즐기기도 한다. 예부터 시골사람이 스스로 빚어서 나누던 이야기는 나이나 배움줄을 따지지 않았다. 어린이도 즐기고 할매와 할배도 즐긴다. 시골사람 가운데 한문을 익히는 사람은 없으니, 골아프게 어려운 말이나 바깥말인 한문을 노래나 이야기에 섞지 않는다. 흙을 만지며 살아가는 사람들 나

름대로 살갑고 사랑스러운 말로만 이야기와 노래를 빚는다. 무엇보다 시골사람 이야기에는 삶과 사랑과 꿈 세 가지가 밑바탕을 이룬다. 어떤 일을 짚거나 건드리더라도 웃음과 눈물로 슬기롭게 풀어낸다. 살살 어루만지면서 저마다 아름답고 즐겁게 살아가는 길을 찾는다. 씩씩하고 야무지게 살아가자는 마음을 노래와 이야기에 담는다. 이와 달리 권력자와 지식인이 누리던 문학인 한문은 아름다움이나 즐거움을 찾지 않는다. 멋을 부리고 맛을 찾는다. 어딘가 남다른 줄거리를 생각하려 들고, 몸소 겪지 않은 일을 머리로 지어낸다. 권력자와 지식인이 누리던 문학인 한문은 삶이나 사랑이나 꿈이 밑바탕이 되지 않는다. 스스로 흙을 안 만지고, 스스로 옷이나 밥이나 집을 짓지 않던 권력자와 지식인인 만큼, 그들 나름대로 살아가는 이야기가 한문에 깃들지 못한다. 사랑하는 이야기도, 꿈꾸는 이야기도 한문에는 담기지 못한다. 권력자 언저리에서 맴도는 정치를 다루는 한문이다. 권력자가 저지르는 몹쓸 짓 때문에 시골사람이 괴로워하는 모습을 옆에서 멀거니 구경하다가 가끔 이 모습을 한문으로 담곤 하지만, 정작 스스로 삶을 고치거나 움직여 시골사람하고 어깨동무하지는 않는다. 서로 위아래가 다르기 때문이다.

문학평론

2012.9.22. 시집을 읽는다. 시집 끝에 붙은 문학평론을 읽는다. 시집마다 끝에 문학평론을 붙이곤 한다. 으레 대학교수가 쓰고, 때로는 교수 아닌 시인이 쓰곤 한다. 이제껏 이런 시집 저런 시집을 읽으면서 시집 끝자락 문학평론을 즐겁게 읽은 적이 아주 드물다. 왜냐하면 시를 이야기하는 글이 아니라, 시를 조각조각 뜯어서 학문

으로 꿰어맞추는 글이기 때문이다. 곰곰이 생각한다. 시집 끝에 붙는 문학평론은 시를 읽은 느낌을 담은 글인가. 시를 토막토막 잘라서 누더기로 다시 깁는 글인가. 왜 문학을 '비평'하거나 '평론'해야 하는가. 왜 시를 '이야기'하지 않고, 왜 시를 '나누'려 하지 않는가. 시를 즐기는 꿈을 생각하기란 너무 어려운가. 머리로 지어서 쓰는 시라면, 머리로 지어서 쓰는 문학평론이 걸맞으리라. 사랑하는 삶을 노래하는 시라면, 사랑하는 삶을 노래하는 느낌글이 걸맞으리라.

물

2007.5.7. 곁님이 자꾸자꾸 따지는 말을 듣고서야 물맛을 떠올린다. 그래, 나는 늘 모든 물맛을 느끼고 살았다. 그렇지만 내가 사는 이 나라에서는 물맛다운 물맛을 보기 어렵다고 지레 마음을 닫고 지낸 셈이더라. 어릴 적부터 수돗물맛이 되게 싫었다. 그렇지만 이 수돗물을 어머니나 언니나 내가 볶은보리를 띄워서 끓이면 참 맛났다. 다른 곳에서 아무리 좋다고 하는 물이라 해도, 어머니나 언니나 내가 끓인 보리물처럼 꿀렁꿀렁 잘 넘어가면서 속이 든든하지 않더라. 이러다가 맛본 놀라운 물맛은, 사람 발길이 안 닿는구나 싶은 멧자락에 흐르던 시냇물맛이다. 살뜰히 돌보는 시골집에 있던 우물맛도, 훌륭하고. 값지거나 비싸다는 말린잎을 넣은 잎물맛도, 딱히 맛나다고 느끼지 못했다. 곁님은 우리가 아무 물이나 마셔서는 안 된다고, 아무 물이나 그냥 마시면 몸이 길들고, 몸이 길들면서 마음도 길들어 그저 죽음으로 내달린다고 이야기했다. 곁님 말을 듣고 새기고 돌아보니 참 그렇다. 맛없는 물을 그냥 마신다면, 우리가 스스로 망가뜨리는 이 삶터에서 페트병에 담거나 댐에 가두어 시멘트길로 흐르도록 하면서 괴롭힌 물을 그냥 몸에

집어넣는다면, 하염없이 쳇바퀴에 갇히겠네. 길든 줄 모르면서 길든 살림이 되겠네. 우리가 먹는 모든 밥은 그저 물일 뿐이라고 들려주는 곁님 말은 내 어리석고 무디며 길든 머리를 와장창 깨 준다.

미끼

2011.12.1. 끔찍한 짓을 시키려고 하기에 미끼를 던진다. 보라, 낚시꾼이 무엇을 매달아서 물에 띄우는가. 미끼를 매단다. 먹이 아닌 미끼를 매달아 물에 띄우면, 물고기는 멋모르고 좋아서 덥석 물다가 아가리가 찢어지거나 목숨을 잃는다. 포스코는 고흥하고 해남에 핵발전소하고 화력발전소를 때려짓겠다고 하면서 '위험 위로금'을 2000억 원 준다고 했는데, 이 2000억 원이란 돈이 바로 미끼이다. 얼핏 목돈으로 보이지만, 고흥군만 해도 고흥에 있는 김 공장이 한 해 벌어들이는 돈이 2000억 원이라 했다. 김 하나로도 2000억이면, 굴에 바지락에 미역에 매생이에 쭈꾸미에 삼치에 갑오징어에 …… 얼마나 많은 바닷것이 있는가를 돌아보자. 미끼가 없어도 밥이 넉넉한 깨끗하며 아름다운 시골은 늘 넉넉하게 살아왔고 푸짐하게 살아갈 만하다. 미끼로 꼬이려고 하는 이는 하나같이 틀림없이 못된 짓을 감추면서 눈속임을 하려는 몹쓸 무리라고 느낀다. 그런데 고흥군수나 군청 벼슬아치는 미끼를 덥석 물려고 한다. 그 미끼를 어떻게 쓰려고? 고작 그 미끼로 고흥군을 통째로 말아먹으려고?

30~40대 엄마들의
고민에 대해
책처방전을
드립니다

마지막 강
지리의 힘
JOHN BERGER
WAYS OF SEEING
지식의 백과사전
나를 지키며 일하는 법
배우는 법을 배우기

ㅂ

바꾸다

2017.2.3. 지난 스물 몇 해 동안 '말투'라는 말마디를 썼으나 요 몇 해 사이에 '말씨'라는 말마디를 새롭게 쓴다. '말씨'라는 말마디를 곧잘 쓰면서도 아직 입에 붙지 않아서 '말투'를 섞어서 썼으나, 이제는 '말투'라는 말마디를 아예 안 쓴다. 꽤 더딘 셈인데 말 한 마디를 마음이나 생각에서뿐 아니라 몸이나 입이나 글에서 아주 바꾼다. 한 사람이 한 가지 말씨를 바꾸거나 고치기란 쉬울까 어려울까? 쉽다면 쉽고 어렵다면 어렵다. 스스로 바꾸려면 바꾼다. 스스로 거듭나려고 하면 거듭난다. 스스로 새롭게 쓰려 하면 새롭게 쓴다. 낡은 생각에 사로잡히는 사람은 그이 스스로 '낡은 생각'이 아닌 '좋거나 아늑한 생각'이라고 여기기 때문, 또는 그저 익숙하니 아무 생각이 없기 때문이다. 한 가지 생각에 얽매이지 않을 수 있는 사람은 스스로 늘 새롭게 배우려고 한다. 나도 늘 새롭게 배우려고 마음을 먹는 만큼 이제 '말투(-套)'를 내려놓고 '말씨'로 바꾸기로 한다. 씨앗이 되는 말인 말씨요, 맵시가 나는 말인 말씨이

고, 곧 열매나 꽃으로 자랄 꿈을 품는 씨톨인 말씨이다.

바느질

2012.1.16. 기저귀싸개를 기운다. 큰아이가 이태 남짓 썼고, 작은아이가 다시 여덟 달째 쓰는데, 기저귀싸개는 거의 날마다 빨래를 한다. 큰아이 때에는 이 기저귀싸개를 하루에 두 벌 빨래한 적이 있고, 어느 날에는 세 벌까지 빨래해야 하기도 했다. 기저귀도 천이 낡고 닳아 큰아이한테 쓰던 기저귀는 작은아이한테 쓸 수 없어 새로 장만했다. 작은아이가 쓰는 기저귀도 이 아이가 기저귀를 떼고 나면 고스란히 남으리라. 이 낡고 닳은 천은 다른 데에는 못 쓸 텐데, 곁님은 이 천을 하나하나 이어 창문천으로 삼으면 된다고 말한다. 몇 자락은 걸레로 쓰는데, 걸레로 해도 꽤 좋기는 한데, 워낙 낡고 닳아서 바로 너덜너덜해지고 만다. 큰아이하고 함께 살던 첫 무렵, 기저귀 올이 차츰 풀리며 구멍이 나면 한 땀 한 땀 기우곤 했다. 바느질로 기우면 이 자리가 살에 닿을 때에 꺼끌꺼끌하다 하기에, 나중에는 기우지 않고, 구멍난 자리를 살살 달래며 빨래하고 개켰다. 작은아이가 쓰는 기저귀도 두 자락은 구멍이 조그맣게 났다. 기우고픈 마음이 굴뚝같으나 빨래하고 개킬 적에 살살 하자고 생각한다. 까만 실을 길게 잘라 두 가닥으로 한 다음 바늘귀에 실을 꿴다. 끄트머리를 두 벌 매듭짓고 천천히 바느질을 한다. 생각해 보면, 내가 꿰는 버선도 뒷꿈치를 기워야 한다. 내 바지도 천을 대서 마저 기워야 한다. 내 옷은 나중에 기우자 생각하며 으레 한참 뒤로 미루기 일쑤이다. 다른 옷을 입으면 된다 여기고, 아이들 옷가지와 기저귀를 먼저 챙긴다. 아마, 우리 어버이와 곁님 어버이도 이와 같이 우리를 돌보며 살아오시지 않았을까. 내가 구태여 이

렇게 바느질을 한다고는 느끼지 않는다. 그동안 내가 받은 사랑이 마음과 몸에 곱게 감돌면서, 이처럼 한 땀 두 땀 손을 놀리리라 믿는다. 아이들하고 나누는 사랑은 아이와 어른 모두한테 곱게 씨앗이 되어 마음밭에 뿌리를 내린다. 서로서로 나누는 사랑은 서로서로 소담스런 열매가 된다. 해맑은 꽃이 피어난다. 나는 사랑이 어린 씨앗과 꽃과 잎사귀와 열매를 받아먹으며 글을 쓸 수 있다.

바닥

2012.12.7. 다섯 살 큰아이가 방바닥에 제 이름 넉 글씨를 적은 모습을 문득 본다. 아침에 일어나 바닥을 훔치다가 이 글월을 본다. 어느새 이렇게 바닥에 글을 그렸댜? 온 집안 벽과 문에 이런 그림 저런 글을 가득 그리더니, 이제 바닥에까지 무언가 그리니? 키가 닿으면 천장에다가도 무언가 그리겠네? 옛날 옛적을 더듬는다. 내가 우리 집 큰아이 나이만 하던 어린 나날, 나도 바닥종이에 이렇게 무언가 끄적이거나 그리지 않았나. 우리 집뿐 아니라 이웃이나 동무네 집에 찾아갔을 적에 바닥에 연필로 이리저리 무언가 그리지 않았나 곰곰이 더듬는다. 연필로 바닥에 신나게 그림을 그리다가 지우개로 바지런히 지우는데, 그만 바닥종이가 지지직 찢어진 일이 떠오른다. 깜짝 놀라 어쩔 줄 모르다가 풀을 꺼내 서둘러 다시 붙이고는 손가락으로 톡톡 눌러 모르는 척하던 일을 떠올린다. 이웃이나 동무네 집 어머님은 '바닥종이 찢어진 자국'을 못 알아챌 수 없으리라. 날마다 바닥을 훔치든 이틀이나 사흘에 한 차례 바닥을 훔치든, 비질을 하고 걸레질을 하노라면 으레 '바닥에 뭔가 일이 생긴 줄' 알아챈다. 이웃 어른들은 '어린 것들이 하고많은 종이를 두고 왜 바닥에까지 이런 짓인고!' 하고 나무라거나 꿀밤을

먹일 만했을 텐데, 모두들 너그러이 보아넘겼구나 싶다. 어쩌면 말이지, 오늘 이곳에서 우리 집 다섯 살쟁이 큰아이를 예쁘고 귀여우며 사랑스럽게 바라보며 따사로이 얼싸안으라는 말씀을 말없이 물려주었을까.

바람

2010.11.9. 바람 부는 만큼 하늘빛은 다르다. 빨랫대가 휘청거리고 나뭇가지가 흔들리며 바람소리로 잠을 깨우는 날에는 하늘빛이 눈부시도록 파랗다. 이 차가우며 거센 바람이 하늘가에 티끌과 먼지가 함부로 서리지 않도록 내모는 듯하다. 낮에는 꽤나 빨리 흐르는 흰구름을 올려다본다. 밤에는 초롱초롱 빛나는 별무리를 올려다본다. 바람빛을 먹고 마신다. 바람빛을 두 손에 담는다. 바람빛을 몇 마디 옮겨적는다.

2011.8.7. 바람소리에 모든 숲소리가 잦아든다. 물결치듯 바람이 불고, 소나기 몰아치듯 바람이 분다. 회오리바람 끝자락이 일으키는 기운일까. 모기그물을 뚫고 들어오는 바람을 맞으니 땀이 식는다. 등줄기가 시원하다. 새 보금자리를 알아본다며 엿새 동안 시외버스와 자동차 에어컨 바람에 몸을 맡겼더니 아주 힘겨웠는데, 회오리바람을 쐬면서 모든 앙금이 사라진다. 훌륭하네. 나는 시골집에서 받아들이는 이 바람이 좋다. 기름을 태워 돌리는 에어컨 바람이 아닌, 멧자락을 타고 부는 이 바람이 좋다. 비가 오더라도 바람을 안은 비가 좋고, 더위를 가시며 잎사귀 나부끼는 소리를 머금는 바람이 좋다. 바람은 눈에 안 보인다고 하지만, 눈으로 보지 않는 사람으로서는, 그러니까 마음으로 숨결을 바라보는 사람으로서는,

먼 옛날부터 살결로 느끼며 마주하던 벗님이지 싶다. 온누리를 눈으로만 보거나 느낄 수 없다. 코로 맡으며 느낀다. 귀로 들으며 느낀다. 혀로 맛보며 느낀다. 살로 부비며 느낀다. 마음으로 헤아리며 느낀다. 바람은 잘 보인다. 바람은 언제나 곁에 있다고 느낀다. 찬바람하고도 살고, 더운바람하고도 산다. 산들바람도 맞고, 회오리바람도 맞는다.

밤

2015.7.26. 저녁 여덟 시가 넘어도 잠들지 않는 아이들이라면, 이제 아홉 시가 넘는데 말똥말똥한 아이들이라면, 손잡고 밤길을 걷는다. 마당에서 별바라기도 하고, 고요한 마을길을 거닐며 별바라기를 한다. 어디에서나 맨눈으로 미리내를 올려다본다. 이만큼 깊은 시골이기에 이만큼 눈부시게 밤빛잔치를 누린다. 이보다 깊은 숲골로 깃든다면 훨씬 초롱초롱하는 별빛잔치가 아름답겠지.

밥

2016.6.12. 서울마실을 하며 여관에 묵는 동안 여관 텔레비전에서 여러 가지 방송을 보았다. 이 가운데 하나는 '태국 요리사'하고 '한국 요리사'가 '밥싸움(요리 경연)'을 벌이는 이야기였다. 문득 한 대목만 보았기에 어떤 방송이거나 줄거리인가까지는 알 길이 없는데, 판정단이라는 사람들이 숟가락이나 포크를 들면서 '이기고 짐'을 가리더라. 그러고 보니 어느 때부터인가 '맛있게 밥을 짓기'를 다루기보다는 '누가 밥싸움에서 이기거나 지는가'를 다루는 방송이 부쩍 늘었다. 시청률 때문일까? 이렇게 싸움판으로 벌여야 재미있다고 여기기 때문일까? 함께 즐기고 함께 웃으며 함께 노

래하는 맛난 밥잔치를 이루면 시청률도 떨어지고 재미도 없고 보람도 없을까? 모든 사람한테 푸짐하게 한 접시씩 돌아가도록 밥을 지으면서도 서두르지 않던 태국 요리사 모습을 떠올려 본다. 뭔가 새롭거나 남다른 솜씨를 보여주겠다면서 내내 서두르면서 쏟고 엎지르고 하더니 입맛을 살짝 가실 만큼 얼마 안 되는 밥을 몇 접시 못 내놓는 한국 요리사 모습을 헤아려 본다. 이기느냐 지느냐 하는 싸움이 아니라, 즐기면서 맛있는 밥을 차릴 수 있으면 안 될까? 밥짓기도 밥먹기도, 또 글쓰기와 책읽기도, 또 이야기와 삶과 살림과 사랑도, 싸움이 아닌 따사로운 손길이 될 수 있기를 빌어 본다. 똑같은 쌀밥을 지어도 얼마든지 새롭게 할 수 있고, 똑같은 밥그릇을 밥상에 올려도 얼마든지 새롭게 꾸밀 수 있다. 싸움이 아닌 사랑이 될 수 있다면. 싸우는 수렁판이 아니라 서로 사랑하는 잔치가 될 수 있다면. 맛있는 밥, 싸우는 밥, 새로운 밥, 바쁜 밥 …… 사이에서 사랑스러운 밥으로 가닥을 잡을 수 있다면.

배우다

2017.12.4. 글쓰기는 저마다 제 마음이나 생각이나 느낌을 밝히는 일이 된다. 그렇다면 글쓰기는 남을 가르칠 만한 일도 되는가? 어쩌면 그리 될 수 있고, 때로는 뜻하지 않게 이웃님을 가르칠 수 있으리라. 다만, 모든 글쓰기는 밑바탕에 배우려는 마음을 둔다고 본다. 배우려고 글을 쓴다고 할까. 배우는 즐거움을 글쓰기로 드러낸다고 할 수 있다. 배울 수 있기 때문에 늘 꾸준히 글을 쓴다고도 할 만하다. 어제를 살아낸 나한테서 배우고, 오늘을 살아가는 나한테서 배우며, 모레로 살아가려는 나한테서 배운다. 나를 둘러싼 모든 이웃한테서뿐 아니라, 곁님이나 아이한테서 배운다. 돌멩이 하나

한테서 배우고, 바람 한 줄기랑 구름 두 조각한테서 배운다. 길가에 뒹구는 쓰레기 석 조각한테서 배우고, 시끄럽게 내달리는 오토바이나 자동차한테서 배운다. 착한 책이나 궂은 책 모두한테서 배운다. 나날이 새롭게 배우면서 나날이 새롭게 쓴다. 나날이 배우는 즐거움이 없다면 아마 아무 글을 못 쓰리라. 배우지 않으면서 글을 쓰는 이가 있다면, 이이는 아마 거짓말쟁이일 테지. 속임쟁이일 수 있고.

2019.4.3. 무엇을 배웠기에 무슨 살림을 지어 어떤 이야기로 이웃·아이한테 들려주어야 즐거울는지, 또는 사랑스러울는지 안다면 글이 손에 착착 감기듯이 잡힌다. 무엇을 배웠는지 모른다면, 무엇을 배웠는지 몰라 무슨 살림을 지어야 할는지 모른다면, 무엇을 배웠는지도 모르고 살림도 짓지 못하며 이웃이며 아이한테 무슨 이야기를 들려주어야 즐겁거나 사랑스러운지마저 모른다면 글은 영 손에 안 잡히리라.

버스

1992.10.15. 책에 눈을 뜰 즈음 집을 옮겼다. 아버지는 우리가 열몇 해를 살아온 오래되고 작은 아파트(13평)를 떠나 새로 지은 널찍한 아파트(48평)로 가겠단다. 예전 집에서는 학교를 걸어다녔지만, 새로운 집에서는 학교로 버스를 타야 한다. 하루 40분씩 버스를 타는데, 버스에 서든 앉든 40분이 아깝다. 학교를 걸어다닐 적에 으레 '걸으면서 책읽기'를 했으니, 버스를 탈 적에도 '버스에서 책읽기'를 한다. 덜컹덜컹하거나 왼쪽 오른쪽으로 마구 휘어질 적에는 몸을 이 흐름에 맞추면서 책을 읽는다. 꼼짝 않으려고 하면

책을 못 읽는다. 버스에서는 덜컹일 적에 몸도 같이 덜컹여야 책을 보는 눈이 안 흔들린다.

1998.11.8. 같이 버스를 탄 동무가 놀랍다며 묻는다. "버스에서 어떻게 책을 읽어? 난 눈이 아프기도 하고 머리가 어지럽던데." 내가 대꾸한다. "응, 나도 가만히 앞만 보면 눈이 아프고 머리가 어지럽지. 그런데 마음에 드는 책을 손에 쥐어 읽다가 빠져들면, 내 마음하고 몸은 오로지 줄거리하고 이야기만 바라보기 때문에 버스에 탔는지 자리에 누웠는지, 겨울인지 여름인지 하나도 느끼지 않아. 아름답거나 사랑스러운 책을 손에 쥐면, 버스이든 전철이든 대수롭지 않아. 멀미약보다 아름다운 책 하나가 훨씬 잘 들어."

2014.5.2. 서울로 가는 시외버스에서 책 네 자락쯤 읽는다. 서울에서 바깥일을 마치고 고흥으로 돌아가는 시외버스에서 또 책 네 자락쯤 읽는다. 집에서는 아이들하고 복닥이는 살림을 누리니 느긋하게 책을 쥘 겨를이 없다. 시외버스는 오롯이 내 하루를 누릴 수 있는, 둘도 없이 고마운 한때. 그야말로 미친듯이 책을 읽는다. 버스일꾼이 거칠게 몰든 말든 쳐다보지 않는다.

베스트셀러

2006.12.27. 누가 나한테 "베스트셀러를 어떻게 생각하셔요?" 하고 묻는다면 이렇게 말씀드린다. "음, 베스트셀러라, 저도 고등학교 다니던 옛날에는 베스트셀러 자리에 오른 책을 빠짐없이 읽으려고 무척 애를 썼어요. 그렇지만 막상 잘 안 되더군요. 그때그때 조금씩 바뀌는 자리에 맞추어 책을 읽자니, 정작 제가 바라는 책,

제가 읽고 싶어하는 책은 못 읽더군요. 제가 바라거나 좋아하는 책을 읽자니 베스트셀러 자리에 든 책하고 멀어지고요. 저는 다부지게 금을 긋기로 했습니다. 고등학교 2학년 무렵이었는데요, 이러다가는 이도 저도 안 되겠구나 싶어서 말입지요. 그래, 어찌했느냐? 그때부터 '베스트셀러라는 책'은 죄 끊었습니다. 아예 순위표도 안 보고, 그런 책이 잘 팔리건 말건 아랑곳하지 않았습니다. 누가 이런 책을 이야기해도 귀담아듣지 않았어요. 누가 베스트셀러라는 책을 건네주면, 앞에서는 '아이고 고맙습니다' 하고 받지만, 바로 그날 헌책집 한 곳으로 찾아가서 책집지기 책상에 슬며시 얹어 놓거나 그냥 선물이라면서 드리곤 했습니다. 올해가 2006년이니, 이렇게 살아온 지 어느덧 열대여섯 해쯤 되었군요. 그동안 베스트셀러라는 책을 느끼고 돌아보노라니, 이 책, 베스트셀러란 '내 품을 안 들이고 가볍게 읽을 책'이 아니겠느냐, '앞으로도 언제까지나 스스로 참말로 반갑고 고맙고 즐겁고 기쁜 책은 못 보게 막는 책'이 아니겠느냐, '우리가 볼 책을 스스로 찾는 몸짓을 싹뚝 꺾어 버리거나 없애 버리는 책'이 아니겠느냐는 생각이 들더군요."

볼펜 한 자루

2014.9.3. 아차. 시외버스에서 책을 읽다가 볼펜을 떨어뜨린다. 줍는다. 이윽고 다시 떨어뜨린다. 어라. 왜 이러나. 그런데 어디로 굴러갔을까. 바닥에 머리를 박고 살펴도 안 보인다. 앞자리 옆자리 뒷자리에도 안 보인다. 문득 내 뒤쪽에 앉은 아가씨 눈길을 느낀다. 뭘 볼까. 나는 뭘 찾을까. 치마 입은 아가씨는 뭘 생각할까. 히유, 한숨을 쉬고는, 떨어뜨린 볼펜은 잊기로 한다. 나중에 누가 주워 가지겠지.

2017.8.28. 작은아이가 볼펜을 갖고 싶단다. 아버지는 늘 볼펜을 쓰니 저도 볼펜을 쓰겠단다. 그런데 아버지는 연필하고 볼펜을 같이 쓰거든? 볼펜만 쓰지 않아. 작은아이는 문방구에서 가장 값싼 ㅁ볼펜을 집는다. 작은아이는 물건값을 아직 잘 모른다. 그냥 저 ㅁ볼펜이 먼저 보여서 집었을 수 있고, ㅁ볼펜 생김새가 마음에 들 수 있다. 그렇지만 그 볼펜은 제자리에 놓으라고 말하고는 1800원짜리 볼펜을 집어서 건넨다. 작은아이는 "왜 그 볼펜을?" 하고 묻는다. "무엇을 쓰더라도 좋은 것을 쓰자는 뜻이야. 너희는 연필이나 볼펜을 자주 쓰니까 좋은 볼펜으로 쓰면 한결 낫지." 나는 서너 해 앞서까지 그 가장 값싼 ㅁ볼펜을 썼다가 이웃님 도움말을 듣고는 그때부터 1800원짜리 볼펜으로 바꾸었다. 얼핏 보면 1500원이나 더 비싼 볼펜일 수 있지만, 이 볼펜 한 자루로 한 해쯤 쓰고 다 닳으니 하나도 안 비싸다는 느낌이다. 부드럽게 구르면서 막힘이 없고 똥이 적게 나오니 손으로 글을 쓰는 맛도 다르고. 연장이 좋다고 글이 잘 나올 일은 없으나, 좋은 볼펜을 가려서 쓰면서 스스로 손놀림이나 마음이 달라지기도 한다.

부럽다

1992.5.24. "야, 재네 집 되게 부럽다. 어떻게 저런 집에 살지?" "그게 뭐?" "부럽지 않냐? 저렇게 크고 좋은 집?" "뭐가 부러워?" "안 부럽냐? 난 부러워 죽겠다." "미친 놈. 부러우면 너도 저런 집을 그려." "말도 안 돼." "네가 말도 안 된다고 여기니까 너는 저런 집에 못 사는 거야. 부러우면 부러워하지 말고, 너도 앞으로 저런 집에 살겠다고 생각해. 네가 그런 생각을 안 하니까 그냥 부러워하기만 할 뿐 저런 집에 못 살지."

1994.4.2. "어쩜 저렇게 날씬하고 잘생겼지?" "뭐가?" "뭐긴. 저 사람 말이야." "저 사람이 뭐?" "너도 저 사람 좀 봐. 책만 보지 말고." "난 안 볼래." "좀 보라니까. 부럽지 않냐?" "뭘 쓰잘 데 없는 걸 다 부러워하네. 부러우면 너도 저렇게 살면 되잖아." "아이고, 난 죽어도 안 되네요." "넌, 네가 왜 안 되는지 모르는구나." "뭐가?" "생각해 봐. 난 저 사람이 어떻고 말고 쳐다볼 마음도 없지만, 저 사람이 날씬하고 예쁜 몸매하고 얼굴로 태어났든 말든 그게 뭐가 어떤데? 네가 날씬하고 예쁜 몸매하고 얼굴이고 싶으면, 제발 그만 부러워하고 네가 그렇게 살면 돼. 네가 왜 안 날씬하고 안 예쁜 줄 알아? 부러워하기 때문이야. 너는 네 멋이 있고 저 사람은 저 사람 멋이 있어. 네가 너를 스스로 사랑할 줄 알면, 그리고 네가 스스로 날씬하고 예쁘기를 바라면 네 몸은 저절로 그렇게 바뀌어. 네가 마음으로 제대로 바라지도 않을 뿐 아니라, 그렇게 살려는 생각이 없는데 네가 어떻게 바뀌겠니? 부러우면 있잖아, 남을 쳐다보는 짓 그만하고 너 스스로를 쳐다봐. 그리고 네가 스스로 너한테 얘기해 줘. 오늘부터 네가 어떤 모습으로 어떻게 살고 싶은지를. 그렇게 얘기해 주면 넌 그렇게 바뀌어."

2001.10.3. "참 부럽습니다." "뭐가요?" "어떻게 그렇게 책도 많이 읽고 글도 많이 쓸 수 있나요?" "뭘 시시한 걸 부러워하시나요?" "아니 어떻게 안 부러울 수 있어요? 저는 책도 한 주에 한 권도 겨우 읽고 글도 하나도 못 쓰는데요." "아효. 책읽기나 글쓰기가 부러우세요?" "그럼요. 얼마나 부러운데요." "그러면 알려드릴게요. 책을 많이 읽고 싶으시면 그저 많이 읽으시면 되고요, 글을 많이 쓰고 싶으시면 그저 많이 쓰시면 되어요." "네? 그게 뭔 소리

예요?” “바라시면 바라는 대로 오늘부터 하시면 다 됩니다. 그러나 바란다고 하면서 정작 스스로 아무것도 안 하면서 부러워하기만 하면 아무것도 안 되어요. 저는 제가 잘 하는 어떤 일이 있다면 남을 부러워하지도 않을 뿐 아니라 남을 쳐다보지 않기도 하고, 오직 제가 할 일만 쳐다보면서 그 길을 오늘부터 합니다. 저를 부러워하지 마시고요, 이웃님 스스로 사랑해 주시면서 이웃님 마음으로 오늘부터 그 부러워하는 그 일을 그저 차근차근 해보세요. 그러면 다 되어요. 거짓말이 아니에요. 부러워하면 그저 죽을 때까지 부러워하다가 죽어요. 그러나 부러움이란 마음이 아닌 ‘하자’는 마음으로 그저 오늘부터 하나씩 차근차근 하면, 이렇게 하기를 다섯 해 열 해 스무 해 서른 해 마흔 해 하다 보면, 어느새 이웃님 스스로 더없이 놀랍고 멋진 사람으로 거듭나겠지요.”

붉은 손

2009.1.7. 저녁나절, 뜨신 물을 받아 아기를 씻기는데 물이 몹시 뜨겁다고 느낀다. 곁님은 하나도 안 뜨겁고 아기한테 꼭 알맞다고 이야기한다. 그러나 내 손은 뜨겁다 못해 따끔거리기까지 한다. 꾹 참는다. 이맛살도 찌푸리지 않으면서 아기를 씻긴다. 아기를 씻기는 내내, 씻고 난 다음, 내 손을 들여다본다. 벌겋다. 불그스름하다. 퍽 썰렁한 방에서 손가락 마디마디 얼어붙으면서 글을 쓰느라 뻣뻣해진 손으로 뜨신 물을 받으니, 조금만 미지근해도 퍽 따뜻하다고 느끼고, 웬만큼 씻을 만하면 뜨겁다고 느끼고, 아기를 씻길 물에는 손이 덴다고 느끼는 셈일까.

빛

2009.3.14. 네가 입으로 밝히지 않더라도, 손으로 적지 않더라도, 모든 네 기운·모습·몸짓으로 네 마음하고 생각이 드러나.

2013.3.31. 아이와 함께 그린 빛깔 고운 그림을 셈틀 곁에 붙인다. 두 아이는 벽에 죽죽 금을 그으며 놀았다. 온통 새까맣게 된 벽에 그림을 붙이면서, 새까만 그림 아닌 빛깔 고운 그림을 늘 쳐다본다. 아이들 그림에는 아이들 마음이 드러난다. 내가 함께 그린 그림에는 내 마음이 드러난다. 기쁨도 슬픔도 웃음도 눈물도, 이 그림 하나에 고스란히 밴다. 나는 아이 마음에서 무엇이 드러나기를 바랄까. 나는 마음속에서 무엇이 샘솟아 아이들 그림에 살포시 드리우기를 바랄까. 지난밤 빗소리를 듣는다. 아이들은 새근새근 자고, 나는 문득 일어나 자리에 앉아서 빗소리를 듣는다. 바람이 불지 않는 비인 만큼 섬돌에 놓은 신이 젖지는 않으리라 생각하면서도 마루문을 열고 밖을 내다본다.

2014.8.12. 그동안 마음으로만 품던 책을 하나 선보이려는 생각에 글을 아주 바지런히 하루 내내 쓴다. 벌써 여러 날 이렇게 쓴다. 글이야 날마다 쓰지만, 지난 스무 해 남짓 조금씩 써서 모은 글을 여러 날에 걸쳐 모조리 되읽고 가다듬는다. 머리가 열리고 생각을 트는 날, 스무 해치 글을 하루아침에 재빨리 빛처럼 손질할 수 있구나 하고 깨닫는다. 참말 빛과 같이 빠르게 글판을 두들긴다. 머릿속으로 온갖 생각이 그야말로 빛과 같이 빠르게 흐르고, 이 흐름을 고스란히 갈무리하고 싶으니 손가락도 손목도 팔목도 팔뚝도 등허리도 두 눈도 힘을 불끈 주면서 모든 기운을 쏟는다. 두 아이

가 곁님하고 한 시간 남짓 신나게 노래하고 춤추다가 조용히 곯아 떨어진다. 언제나 고맙게 살아가는 한솥지기가 있으니 빛처럼 글을 쓸 수 있다.

2019.3.15. 하늘에서는 별이, 땅에서는 씨앗이, 사람한테서는 노래가, 빛입니다.

빨래

1995.8.22. 작은 신문사지국에 빨래틀이 없다. 놓을 자리도 없다. 이곳에서는 여름이든 겨울이든 손빨래를 한다. 청바지를 손빨래하자니 꽤 힘이 든다. 청바지가 이런 옷이로구나. 자전거로 신문을 돌리고 나서 땀으로 옴팡 젖은 몸을 씻으며 옷도 같이 빨래한다. 손빨래를 하며 살다 보니 가벼운 옷을 걸친다. '보기 좋은 옷'이 아닌 '빨래하기 좋은 옷'을 입는다.

1996.2.5. "야, 손이 얼었어. 어떻게 빨래하지?" 옆에서 내무반 동기가 잔뜩 찡그린 얼굴로 콩콩 뛰면서 말한다. "난 신문배달하면서 늘 손빨래를 하고 살아서 그리 힘들지 않아. 그리고 손이 얼었대서 안 빨면 이 옷을 입을 수도 없어. 얼었으면 얼었구나 여기면서 이 얼음물을 못 느끼니 그냥 끝내면 되겠네 하고 생각해야지. 야, 바깥은 영하 십 도가 넘는 날씨인데, 물이 안 얼어서 오히려 고맙다 해야 하지 않니? 이 물이 얼어버리면 빨래를 하고 싶어도 못 해. 고맙다고 절하면서 빨래해. 언손은 녹이면 돼. 오늘 빨래를 못 하면 앞으로 한 달 동안 냄새나는 옷을 그대로 입고 살아야 해."
(덧말 : 강원도 양구군 동면 원당리. 군대에서 이등병이던 때.)

2008.12.10. 백날을 맞이하는 기저귀 빨래는 오늘까지 삼천 자락. 어느덧 백날을 넘겼으니 삼천 몇 백 자락에 이른다. 머잖아 돌을 맞이할 텐데, 돌 때까지는 만 자락이 되겠네. 아기가 언제쯤 똥오줌을 가릴는지 모른다만, 앞으로 몇 만 자락 기저귀를 빨아야 아기는 제 아비 어미와 도란도란 이야기하면서 이 땅에 튼튼히 두 발을 디디는 어린이가 될 테지.

2011.10.10. 둘레에서 "최종규 씨는 집에서 손빨래를 하지 않고 기계빨래를 하면 글을 쓸 겨를을 더 낼 수 있지 않겠어요?" 하고 묻는다. "집에서 밥해 주고 살림해 줄 사람이 있으면 글을 더 많이 쓸 수 있지 않겠어요?" 하고도 묻는다. 이런 말에 빙긋 웃고서 대꾸한다. "아기 똥오줌기저귀를 손빨래를 하고, 아이들을 손수 씻기고, 집살림을 기꺼이 짊어지면서 살아가다 보니, 외려 글쓸거리가 샘솟아요. 아니, 글쓸거리가 샘솟는다기보다는 말이지요, 저 스스로 앞으로 사랑하며 살아갈 길을 어떻게 슬기롭게 가다듬으면서 이곳에서 씩씩하게 서야 하는가를 스스로 배울 만해요. 스스로 배우니 때때로 글을 써요. 스스로 배운 기쁨을 가끔 글로 옮겨요. 글만 쓰면서 어떻게 살아요? 아이들하고 복닥이고 숲을 노래하는 살림을 지으니, 더러 글손을 잡으면서 환하게 웃을 만하고, 책도 쓰고 읽고 돌보는 하루가 된다고 느껴요. 빨래를 하노라면 마음도 차분해지고 대단히 좋아요. 손빨래를 해보셔요. 삶이 확 다르게 보인답니다."

ㅅ

사람

1994.12.2. 남이 보라고, 예쁘게 보이려고, 멋지거나 그럴듯하게 쳐다보라고, 겉모습을 꾸미거나 치레하는 사람이 있다. 스스로 즐거우려고, 삶을 노래하려고, 사랑스레 하루를 지으려고, 마음을 가꾸는 사람이 있다.

1995.9.10. 꿈을 그리는 사람은 언제 어디로든 갈 수 있더라. 꿈을 그리지 않는 사람은 죽어도 어디로도 갈 수 없고.

사랑

1993.4.6. 사랑은 어디에서 오는가. 마음에서 온다. 너한테서 나한테 오는 사랑이 아니고, 나한테서 너한테 가는 사랑이 아니다. 사랑은 오직 나한테서 나한테 오고, 너한테서 너한테 온다.

1995.8.7. 사랑을 하면 사람이 달라 보인다는 말을 오늘 비로소

느낀다. 우리 아름다운 동무가 사랑을 하니 이 아이 얼굴이 빛날 뿐 아니라, 이 아이 몸 둘레로 환한 빛줄기가 퍼진다. 거짓이 아니다. 나는 이 아이한테서 뿜어져 나오는 빛줄기를 두 눈으로 보았다. 동무하고 술잔을 부딪히며 한마디를 한다. "야, 너, 사랑을 하니까 사람이 참 아름답다. 눈부셔. 너한테서 빛이 나와. 나 말야, 너한테서 나오는 빛을 봤어."

2011.11.5. 힘겨운 아픔을 삭여서 쓰는 글이라고 해서 나쁘지 않아. 고단한 나날을 울면서 쓰는 글이라고 해서 나쁘지 않아. 괴로운 눈물을 곱씹으며 쓰는 글이라고 해서 나쁠 수 없어. 다만, 힘겨운 아픔을 쓰든 고단한 나날을 쓰든 괴로운 눈물을 쓰든, 따순 사랑을 녹여서 쓰는 글일 적에 가장 좋더라.

2019.3.12. 가만히 눈을 바라보면 반짝반짝하면서 별처럼 초롱초롱한 물이 흐른다. 사랑이란 이렇구나. 모든 사랑은 스스로 태어나지만, 내가 너를 보면서 너한테서 흐르는 사랑을 눈으로 볼 수 있구나. 내가 스스로 짓는 사랑이라면, 너는 틀림없이 내 눈을 그윽히 바라보면서 사랑이란 어떤 춤결인가를 바로 알아챌 수 있겠구나.

2019.4.5. "얼마나 애썼는데!" 하고 말하는 이가 있다면 넌지시 묻는다. "참으로 애쓰셨어요. 그런데 살은 얼마나 발라내셨나요?" 하고. 내 말이 매우 뾰족할 수 있다만 군이 묻는다. 이 물음은 그분한테 하는 말이라기보다 바로 나한테 하는 말이다. 남을 말하기 앞서 나는 우리 보금자리를, 살림을, 책숲을, 글이며 책을, 얼마나 살을 발라내면서 가꾸는가를 되새긴다. 애쓰기만으로는 턱도 없다.

살을 발라내어도 모자라도. 뼈를 깎아도 아직 멀다. 그러면, 참말 그러면 어떡해야 할까? 온사랑을 다할 노릇이지. 온힘으로는 이루지 못한다. 언제나 온마음을 다하는 온사랑일 적에 비로소 조금 볼 만하다.

사서

2019.4.2. 도서관에서 일하면 '사서'라 하고, 책집에서 일하면 '점원'이라 하고, 출판사에서 일하면 '직원'이라 한다. '사서·점원·직원'이란 한자말 이름을 그냥 쓸 수도 있을 테지만, 나는 새이름을 그린다. 도서관에서도 책집에서도 출판사에서도 모두 '책'을 다루되, 이 책을 아끼거나 사랑하면서 돌보려는 손길이자 숨결일 테니 '책지기'라 이야기하고 싶다. 이러면서 더 생각한다. 사서 아닌 '도서관 책지기'라면, 도서관을 어떻게 꾸릴 적에 즐겁고 아름다우며 사랑스러울까 하고. 첫째, 책지기는 '갖출 책'을 알아보고서 사들여 두는 일꾼. 둘째, 사람들이 '구입 희망 도서 신청'을 한대서 아무 책이나 받아들이지 않고 알맞게 가릴 줄 아는 일꾼. 셋째, 대출 실적이 없더라도 서른 해를 넘고 쉰 해를 넘으며 백 해를 넘도록 도서관에 건사할 만한 책을 지키거나 보살피면서 둘레에 알릴 수 있는 일꾼. 넷째, 도서관에 굳이 둘 만하지 않은 책을 사람들이 '갖춰 달라고 바랄' 적에 '그런 책은 스스로 사서 읽으셔요' 하고 상냥하게 잘라말할 줄 아는 일꾼. 다섯째, 만화책이나 사진책을 얕보지 않을 뿐 아니라, 겉모습이나 이름값으로 책을 바라보지 않고, 속에 담은 넋하고 이야기로 어떤 빛이 있는 책인가를 눈여겨보고 솎아낼 줄 아는 일꾼. 이 다섯 가지 매무새일 적에 비로소 도서관 책지기, 다시 말해서 '책숲지기(책숲을 지키는 일꾼)'라고 여긴다.

사진

2001.1.2. 손이 아닌 마음으로 찍고, 눈이 아닌 사랑으로 보고, 종이가 아닌 빛으로 새기고, 예술이 아닌 이야기로 편다.

2002.3.5. 글이 아닌 삶을 쓴다. 그림이 아닌 삶을 그린다. 사진이 아닌 삶을 찍는다. 노랫가락이 아닌 삶을 부른다. 밥이 아닌 삶을 먹는다. 책이 아닌 삶을 읽는다. 빨래가 아닌 삶을 한다. 모두 삶이다. 삶이 아닌 글이나 그림이나 사진이나 노랫가락이나 밥이나 책이나 빨래란 없더라.

2005.5.6. 사진을 찍고 싶으면 글을 써 보면 된다. 글을 쓰고 싶으면 사진을 찍어 보면 된다. 밥을 맛있게 짓고 싶으면 밭을 살뜰히 지으면 된다. 밭을 살뜰히 짓고 싶으면 밥을 맛있게 지으면 된다. 아이를 돌보고 싶으면 어른이 되면 된다. 어른으로 곧게 서고 싶으면 아이를 돌보면 된다. 별을 읽고 싶으면 우리가 사는 지구가 별인 줄 알면서 귀를 숲바닥에 가만히 대면 된다. 지구를 읽고 싶으면 우리가 바라보는 별빛이 어떤 이야기를 속삭이는지 눈을 감고서 들으면 된다. 사진 찍기 참 쉽다. 글을 쓰기 참 수월하다. 서로 얽어서 하면 수수께끼를 바로 풀 수 있다.

2008.9.20. 사진 찍어 달라는 일이 들어왔다. '청소년 문화'를 사진으로 100장 찍으면 100만 원을 일삯으로 준다는 일감인데, 나라안에서 손꼽히는 언론사에서 돈을 대는 일민문화재단에서 들어온 일감인데, '장비값 + 필름값 + 교통삯' 들을 모두 쳐서 100장에 100만 원이라고 한다. 나야 자동차를 몰고 다니지 않지만, 요즘 말

하듯 '기름값도 안 나오는 일'이라고 할까. 아니, 이 일을 하면 돈이 더 나갈 수밖에 없는 셈이라고 할까. 이 일감을 받은 사람이 모인 자리에서 모두들 '너무 적은 돈이다'고 말하는데, 일을 맡기는 쪽에서는 '우리 살림으로는 더 주기 어렵다'는 말만 한다. 꼭, 칼자루를 쥔 사장님이 비정규직 노동자를 부리는 듯한 느낌이다. 실랑이를 한참 지켜보다가 칼자루를 쥐신 분한테 넌지시 한 말씀 건넨다. "아무리 그렇다고 하더라도, 우리한테 버스삯이나 전철삯쯤은 주셔야 옳지 않나요? 한 달에 다문 5만 원씩 쳐서, 여섯 달 동안 30만 원이라도 찻삯을 보태야, 그나마 어느 만큼 보람이 있지 않습니까?" 하고 묻는다. 따지고 보면 한 달 5만 원은 턱도 없는 찻삯이다. 손꼽히는 언론사 돈으로 굴러가는 문화재단 일꾼은 내 말을 듣더니 "그러면 교통비를 포함해서 130만 원이면 될까요?" 하고 묻는다. 어라? 뭔가 받아들일 구석이 있네? 그러나 찻삯을 그만큼 담는다 해도, 일삯이며, 밥값이며 여러 가지를 헤아려야 하지 않나. 그래도 둘레에서는 내가 찻삯 얘기를 해서 고맙다고, 턱도 없는 100만 원에 터무니없는 일을 할 판이었는데 조금이라도 나아졌다고들 말한다.

2010.7.15. 두 눈에 담아서 즐겁고, 종이에 얹어서 새롭고, 마음으로 지켜보니 신나고, 두고두고 물려주면서 온갖 빛깔이 춤추니 고운 너, 바로 사진.

2019.2.10. 사진이 이쁘다면, 찍힌 숨결이 이쁠까, 찍는 손길이 이쁠까, 보는 눈썰미가 이쁠까? 살림이 곱다면, 짓는 숨결이 고울까, 받는 손길이 고울까, 나누는 눈썰미가 고울까? 글이 참하다면, 짓

는 숨결이 참할까, 읽는 손길이 참할까, 엮어서 책으로 내는 눈썰미가 참할까? 어느 하나만 이쁘지도 곱지도 참하지도 않을 테지. 다 같이 이쁘며 고우며 참할 테지.

삶

2001.5.6. 오늘 하루도 네 임자가 여기저기 싸돌아다니고 무거운 책짐을 한 가득 메고 걸어다니느라 힘들었지? 꾸덕살이 몇 밀리미터는 되게 두껍게 잡혔구나. 맨발로 아스팔트길을 달려도 안 아프게 생겼네. 오늘도 집에 돌아와 맨 먼저 너를 손으로 어루만지며 씻어 주었는데 손에 잡히는 너희들 발꾸락이 참 거칠고 못 생겼더구나. 얼마나 너희들을 힘들게 굴렸으면. 부디 집에서만큼은 너희들이 아늑하도록 하마. 아늑하게 시원하게.

2008.12.18. 우리 스스로 책을 읽으려면, '똑같은 아파트'를 버리고 '다 다른 골목집'을 찾아야 한다고 느낀다. 우리 스스로 책을 가까이하려면, '똑같은 자가용'을 버리고 '다 다른 자전거와 두 다리'를 찾아야 한다고 느낀다. 우리 스스로 책을 사랑하자면, '똑같은 바깥밥'을 버리고 '다 다른 집밥'을 찾아야 한다고 느낀다. 우리 스스로 책마다 담긴 고운 빛줄기를 가슴으로 껴안으려면 '똑같은 돈'을 버리고 '다 다른 눈물과 웃음'을 찾아야 한다고 느낀다.

2018.2.12. 즐겁게 살면 즐겁게 글을 쓴다. 밥을 지는 살림이면 밥내음 나는 글을 쓴다. 아이들하고 복닥거리면서 놀면, 아이 놀이짓하고 숨결이 흐르는 글을 쓴다. 힘들게 살면 힘든 글을 쓰고, 아등바등 살면 아등바등 맴도는 글을 쓴다. 숨길 수 없는 삶이요, 숨길

수 없는 글이다. 늘 그대로 글을 쓴다.

2018.8.27. 살다 보면 저절로 하는 일도 있겠지만, 산다고 해서 저절로 할 줄 알지는 않는다고 느낀다. 살면서 생각하기 때문에 어느덧 할 수 있을 뿐, 나이가 들거나 몸집이 커진대서 할 수 있지는 않다고 본다. 아직 할 수 없을 적에도 늘 그 일을 생각했기에 나중에 넘어지고 부딪히고 깨지더라도 드디어 해내는 날을 맞이한다. 내가 오늘 시를 쓸 수 있다면, 아이들하고 함께 살면서 아이들한테 말을 가르쳐야 하는구나 하고 깨달았기 때문이다. 사전에 적힌 뜻풀이로 가르치는 말이 아닌, 어버이로서 손수 짓는 삶에서 우러나오는 이야기가 흐르는 말을 아이들한테 가르치자니 저절로 시를 쓰고, 이 시는 어느새 노래로 이어진다.

삶글

2014.10.20. 눈물을 흘릴 수 있고, 웃음을 지을 수 있는, 노래로 삶을 가꾼다.

2016.3.6. 옛이야기는 '전래동화'라는 이름으로 어린이만 즐기는 살림이 아니라고 느낀다. 옛이야기는 먼 옛날부터 어른하고 아이가 함께 살림을 지으면서 나누던 살림꽃과 같다고 느낀다. 오늘날 나오는 그림책이나 동화책도 이와 같다. 그림책은 아기만 즐기고 동화책만 어린이만 즐기는가? 아니다. 그림책은 아기부터 즐기고, 동화책은 어린이부터 즐긴다. 무슨 말인가 하면, 우리가 쓰는 모든 글은 '내 눈높이'가 어느 자리에 있는가에 따라서 '누구부터 이웃이나 동무로 삼아서' 쓰는 글인가 하는 테두리가 달라진다는 뜻

이다. 나는 '대학원을 마친 지식 눈높이'에 맞추는 글을 쓸 수도 있고, '학교 문턱을 밟은 적 없는 지식 눈높이'에 맞추어 글을 쓸 수도 있으며, '어린이와 어른이 함께 새로운 살림을 짓는 지식 눈높이'에 맞추어 글을 쓸 수 있다. 어떤 글을 쓰든 대수롭지 않다. 그저 스스로 어떤 글을 어떻게 써서 누구하고 나누려고 하는 손길인가 하는 대목은 잘 알아야 할 테지. 우리가 쓰는 모든 글은 '살림글'이고, 손수 일구는 살림살이를 글꽃으로 여미는 몸짓이라고 할 만하다. 살림꽃을 글로 나눈다.

2018.8.19. 이오덕 어른이 "삶대로 말하고, 말한 대로 쓰자"고 가르쳤을까? 어쩌면 이런 한마디로 간추릴 수 있을는지 모르나, 내가 이오덕 어른을 읽고 헤아리기로는, 이녁 삶글은 이 한마디가 아니지 싶다. 이오덕 어른이 멧골아이를 가르치고 함께 배우는 동안 빚은 글쓰기 넋이란, "삶을 즐겁게 이야기하고, 이야기를 노래하듯 쓰자"이지 싶다.

삶터

2018.5.16. 일본사람은 일본이라는 터전에 없는 말을 배우며 받아들일 적에 새로운 말을 숱하게 지었다. 오늘 우리가 흔히 쓴다는 '일본 한자말'이란 '새물결이 일어나서 퍼질 적에 일본사람 스스로 온슬기를 모아서 새로 지은 낱말'이다. '중국 한자말'이란 무엇인가? 중국사람 스스로 오랫동안 삶을 짓고 삶터를 가꾸면서 스스로 온사랑으로 빚은 낱말이다. 그렇다면 '한국 한자말'은? 한국 한자말이란, 한국에서 중국을 섬기고 일본에 빌붙으면서 쇠밥그릇을 단단히 지키려고 하던 한줌밖에 안 되는 끄나풀이 숱한 사람들

을 짓밟거나 괴롭히면서 으르렁거리던 말이다. 일본은 슬기를 모아서 저희 말을 지었고, 중국은 살림을 가꾸어 저희 말을 지었는데, 한국은 오직 독재부역 권력자들 노닥거리 때문에 태어난 한자말이다. 나는 한자말이 나쁘다고 여기지 않는다. 일본하고 중국은 두 나라가 저희 나름대로 땀을 바쳐서 알뜰히 지은 한자말을 쓰는데, 한국은 이도 저도 아닌 바보짓으로 그냥 끌어들여서 쓰는 한자말이니, 얼마나 멍청하거나 어리석은가. 일본사람이 온슬기롤 모아서 지었다는 '사회'라는 낱말을 여태까지 그냥 썼으나, 늘 한 가지를 생각했다. 일본사람이 온슬기를 모아 '사회'라는 낱말을 짓기까지 얼추 100해가 걸렸다는 얘기를 들었다. 그렇다면 우리는? 둘레에서는 '사회' 같은 낱말을 어떻게 한국말로 담아낼 만한가를 아예 생각하지 않거나, 그럴 수 없다고 여기거나, 뭐하러 그런 짓을 하느냐고 혀를 찼다만, 나는 열아홉 살 적부터 새로운 말을 짓는 길을 생각했고, 이제 실마리를 살며시 얻어 '삶터'나 '터전'이나 '터' 세 가지로 고쳐서 쓰기로 한다. 때로는 '삶터'가 어울리고, 때로는 '터전'이 어울리며, 때로는 '터'가 어울리더라. 때로는 '삶'이라고 할 수 있고. '삶터' 같은 낱말은 내가 아니어도 쓰는 사람이 꽤 많지만, 이 낱말이 바로 '사회'를 가리키는 줄 제대로 느끼거나 헤아리는 분은 거의 없지 싶다. 우리는 우리한테 있는 엄청난 말조차 제대로 못 보고 못 가꾸고 못 쓰면서 그냥그냥 하루를 흘려보내기 일쑤이다.

상장

2017.10.1. 나이가 들어서 상장을 더러 받았다. 2016년 11월 11일에는 서울에 가서 상장을 받았다. 《새로 쓰는 비슷한말 꾸러미 사

전》을 서울서점인협회에서 '2016 올해 인문책'으로 뽑아 주셔서 받았다. 다만 그날 받은 상장을 어디에 두었는지 알 길이 없다. 내가 한 일을 놓고서 둘레에서 치켜세우거나 섬기더라도 나로서는 늘 앞으로 걸어갈 길을 생각할 뿐, 상장을 보기 좋은 데에 붙이거나 자랑할 까닭이 없다고 느낀다. 나한테 상장을 준 분이라면 내가 상장은 곧장 잊어버리고 그동안 걸어온 길에서 한걸음 거듭나서 한결 즐거이 새걸음을 디디기를 바라리라 본다. 나는 내가 받은 상장이라는 종잇조각을 대수로이 여기지 않는다. 1998년에 한글학회에서 준 '한글공로상' 상패는 '우리말 연구회'라는 동아리 후배한테 건네줬다. 난 상패를 받으려고 살아가지 않거든. 그러나 나한테 상장을 주려고 여러모로 알아본 이들이 상장 하나에 담은 땀방울을 잊지 않는다. 언제나 마음을 기쁘게 받아서 새긴다. 마음은 받되 상장이나 상패는 상자에 담아 다락 귀퉁이에 둔다.

생각

2018.3.15. '나도 말할래(미투 운동)'에 걸린 분들이 으레 "생각나지 않습니다" 하고 말한다. 하도 오래된 일이라서 생각이 안 난다고들 한다. 그런데 이런 분들이 글을 쓰거나 책을 내거나 대학교수를 맡거나 사회 곳곳에서 굵직한 일을 하신다. 오래되었다고 하지만 기껏 열 몇 해밖에 안 된 지난날인데, 그 일이 생각나지 않는다면, 그렇게 머리가 나쁘시다면, 글은 그만 쓰고 대학교수도 그만둘 노릇이요 굵직한 자리에서 하루빨리 떠날 노릇이지 싶다. 지난일을 떠올리지 못하시니 얼른 요양원이나 병원에 가야 하지 않을까? 생각이 안 난다는 분은 어서 모든 자리를 떠나서 손을 떼며 조용히 쉬셔야 하지 않을까?

2018.7.6. 글을 쓰기 어렵다는 이웃님이 있으면, 글을 쉽게 쓰거나 말을 쉽게 하기 어렵다는 이웃님이 있으면 빙그레 웃는다. 그리고 넌지시 여쭌다. "저기, 숨을 쉬기 어려우신가요?" 이 말을 들으면 다들 화들짝 놀란다. 여태 생각해 본 적이 없었단다. 다시 여쭌다. "저기, 눈을 떠서 보기 어려우신가요?" 이런 물음을 듣고 벌컥 성을 내는 분도 있기에 새삼스레 또 여쭌다. "일어서서 걸을 수 있지요? 밥을 지어서 먹을 수 있지요? 고개를 들어 하늘을 볼 수 있지요? 쪼그려앉아서 꽃내음을 맡을 수 있지요?" 기계처럼 아무 생각 없이 움직이는 결이 아닌, 스스로 생각하면서 숨을 쉬고 눈을 뜨고 바라보고 일어서서 걷고 밥을 짓고 먹고 설거지를 하고 고개를 들어 하늘을 보고 쪼그려앉아서 꽃을 마주하면서 냄새를 맡고, 이 모두를 스스로 생각하는 얼거리로 맞아들이면, 글쓰기란 참 쉽고 재미나다. 뭘 맞추거나 어떻게 틀을 세워야 할 까닭이 없다. 흘러나오는 생각을 그대로 쓰고, 샘솟는 사랑을 고스란히 쓰면 된다. 그리고 아이를 마주하면서 아이랑 도란도란 이야기를 하듯이 쓰면 쉽게 쓸 수 있다.

서울

2000.12.7. 모든 좋다는 것이 다 모인 서울이다. 좋다는 것이 무엇인지 모르겠으나, 서울에는 똑똑한 사람도 잘난 사람도 많다. 이 왁자지껄한 서울에서 좋다는 것을 가득 품고서 서울을 떠나 시골로 가면 재미있으리라. 이렇게 하는 똑똑하고 잘난 사람이 하나둘 늘어나면 나라 곳곳에 좋은 살림이 무럭무럭 자라고 퍼질 테지. 사람을 서울로 보내거나 서울에서 키워 아름다이 빛난다면, 이때에 이렇게 아름다이 빛나는 사람을 나라 곳곳으로 가도록 발판을 마

련해서, 온누리가 눈부시게 확 바뀌도록 해볼 만하겠지.

손

2012.2.16. 너무 힘들어 아이보다 먼저 잠자리에 드러누운 날, 아이를 부른다. 아이를 불러 아버지 손 좀 만져 주렴, 아버지 어깨 좀 주물러 주렴, 하고 이야기한다. 아이는 아버지가 여느 때에 어머니를 주무르는 모습을 곁에서 지켜본 그대로 아버지 어깨를 주무른다. 아이 작은 손이 어깨를 쪼물딱쪼물딱 만진다. 어른이 어깨를 주무르듯 아프며 쑤시는 자리가 스르르 풀린다고는 느끼지 않는다. 그러나 아이가 만지는 손길로는 다른 사랑과 이야기가 내 어깨를 타고 스며드네. 나는 우리 어머니를 얼마나 자주 주물러 주었을까 하고 생각해 본다. 어린 날 내가 어머니 손을 쪼물딱쪼물딱 만졌을 때에 어머니는 나한테서 어떤 기운을 받으셨을까 어림해 본다.

손글씨

2015.1.16. 혼자 지냈어도 손글씨를 썼으리라. 곁님하고 둘이서만 지냈어도 손글씨를 썼으리라. 그리고 두 아이와 살면서 손글씨를 쓴다. 이웃과 동무를 만나는 자리에서 손글씨를 쓴다. 손으로 글도 쓰고 그림도 그린다. 손으로 밥도 짓고 춤도 춘다. 손으로 호미를 쥐고 자전거 손잡이도 잡는다. 이 손으로 온갖 일을 하고 갖은 놀이를 누린다. 손으로 천천히 글을 쓰는 하루는, 손으로 찬찬히 이야기를 짓는 하루가 된다.

솜씨

2015.1.1. 글은 잘 써야 할까, 잘 쓰지 않아도 될까? 글은 못 써도

될까, 못 쓰지 않아도 될까? 무엇이든 누구나 오랫동안 하다 보면 으레 잘 하기 마련이다. 오래오래 하는 데에도 못 하는 사람이 있다면, 이는 마음을 움직이지 않았기 때문이거나 몸을 똑똑히 쓰지 않았기 때문이다. 우리가 못 할 수 있는 일이란 없다. 하고 다시 하고 거듭하기에 무슨 일이든 잘 하기 마련이다. 그러니까 잘 하고 싶다면 오랫동안 하면 된다. 글을 잘 쓰고 싶으면 오랫동안 쓰고 또 쓰며 거듭 쓰면 된다. 춤을 잘 추고 싶다면 날마다 끝없이 되풀이하면서 오랜 나날에 걸쳐서 꾸준히 해보면 된다. 노래를 잘 부르고 싶을 적에도 이와 같다. 밥을 잘 짓고 싶다든지 말을 잘 하고 싶을 적에도 이와 같다. '글을 쓰는 솜씨'를 바라면 글을 오랫동안 쓰면 된다. 다만, 여기에서 하나를 알아야 한다. 글을 잘 쓰면 어떻게 될까? '잘 쓴다'는 굴레에 사로잡혀서 더는 나아가지 못한다. '잘 쓰는' 글 말고는 다른 일을 못 하기 일쑤이다. 글을 잘 쓸 수 있은 뒤에는 글 말고도 새롭게 스스로 누리거나 짓거나 맞아들일 만한 놀이나 일을 찾을 수 있어야 한다. 왜 그러한가 하면, 글을 쓰는 솜씨가 붙으면 스스로 삶으로 겪은 이야기가 없어도 글솜씨를 부릴 수 있다. 줄거리나 알맹이가 없는 채 글솜씨만 뽐낼 수 있다. 글을 쓰는 솜씨는 투박하거나 어수룩하더라도 스스로 삶으로 겪은 이야기가 있어서 이를 글로 담을 적에 비로소 즐겁거나 아름답거나 재미나거나 신나거나 사랑스럽다고 할 만하다. 글솜씨가 좋거나 훌륭하다고 해서 이야기가 줄거리가 아름답거나 훌륭하지는 않다. 솜씨를 보여주려고 쓰는 글이 아니라, 즐거이 삶을 나누려는 사랑이 되려고 쓰는 글이다. 살림살이도 일도 꿈도 모두 이와 같다. 잘 하려고 하는 살림이나 일이나 꿈이 아니다. 즐겁게 가꾸고, 즐거이 하며, 즐거이 품는 삶으로 나아갈 때에 비로소 아름답게 길을 새로 열 수 있다.

2017.12.29. 이야기꽃을 펴는 자리에 가서 내 책을 읽은 이웃님을 만나서 이야기를 하다 보면 깜짝깜짝 놀란다. 나더러 "어쩜 그렇게 글을 잘 쓰느냐?"고 "글솜씨를 그렇게 키우는 비법이 있나요?" 하고 묻는다. 이런 말을 들으면 어쩔 줄 모르기 마련인데, 이제는 좀 나아졌다. 이제는 '어쩔 줄 살짝 안'다. 고작 열 해 앞서까지만 해도 나는 둘레 사람들한테서 "문장력이 형편없다"는 소리를 들었다. 그러면 나는 열 해 사이에 아무한테도 안 밝힌 '문장력 향상 비법'이라도 있을까? 모르겠다. 나는 예나 이제나 똑같이 글을 쓸 뿐이다. 나는 스스로 겪은 삶을 글로 옮기고, 글을 쓸 적에 언제나 마음으로 말한다. 손으로는 글판을 두들기지만, 입으로는 내가 글판을 두들기는 빠르기하고 똑같이 말을 한다. 입으로는 말을 하면서 손으로는 글을 친다. 그래서 내 글은 모두 내 말이다. 내 말씨가 그대로 글씨이다. 그런데 이렇게 입으로 쓴 글을 곧장 올리는 일은 없다. 적어도 열 벌은 되읽고서 올린다. 때로는 서른 벌을 읽고서 올리고, 어느 글은 백 벌 넘게 되읽고 손질한 끝에야 올린다. 입으로 말할 적에 군더더기 하나 없기를 바라면서 글로 옮긴달까. 다른 사람 아닌 바로 나 스스로 토를 달 곳을 하나라도 두지 않으려는 마음으로 '입으로 말하면서 글쓰기'를 한다. 그런데 이렇게만 하지는 않는다. 나는 사전을 뒤적여서 내가 쓰는 모든 낱말을 찾아본다. 예전에는 종이사전을 뒤적여야 해서 글쓰기가 수월하지 않았는데, 이제는 누리사전으로 쉽게 낱말찾기를 하니 짐이 퍽 덜었다. 다시 말하자면, 나는 예나 이제나 글을 쓰면서 내 글에 깃드는 모든 낱말을, 뻔히 안다 싶은 낱말도 모조리 다시 찾아보고 뜻을 읽고 새기면서 쓴다. 아마 어느 낱말은 사전으로 만 벌 넘게 찾아봤겠지. 아니 십만 벌 넘게 찾아본 낱말이 있으리라. 나는 글을 쓸 적

에 "내가 안다"는 생각을 하지 않는다. 나는 글을 쓰면서 "나는 배우는 사람이다. 나는 제대로 알고 싶은 마음으로 배우려고 글을 쓴다"고 생각한다. 나한테는 글쓰기에서 띄어쓰기나 맞춤법이 대수롭지 않다. 말뜻하고 말결하고 말씨하고 말느낌하고 말넋하고 말숨하고 말사랑하고 말삶하고 말살림하고 말길이 대수롭다. 어떤 글이든, 눈으로 읽는 말이다. "눈으로 읽을 수 있는 그림 같은 말"이 바로 '글'이라고 할 만하다.

수첩

2006.7.8. "와, 자전거 타고 다니면서도 수첩을 써요?" 충주에서 서울로 자전거를 오가는 길에 건널목 신호등에 걸리면 어깨짐에서 수첩을 꺼내어 이제까지 달린 느낌이며, 자전거로 달리면서 보고 겪고 듣고 한 일을 재빠르게 적는다. 이밖에 여러모로 떠오른 생각이나 할 일을 적는다. 같이 자전거를 달리던 이웃님이 어떻게 자전거를 달리다가도 그 짧은 틈에 수첩을 쓰느냐고 물으시기에, "저는 제가 하는 일을 모두 머리에 새겨서 떠올릴 수 있는지 없는지 모르겠지만, 그때그때 수첩에 적으면, 바로 오늘 이곳에서 어떻게 살았나를 제대로 볼 수 있더군요. 그러니 늘 즐겁게 수첩을 써요." 하고 대꾸한다. 자전거를 타면서 쓰는 수첩은 온통 땀투성이.

2006.12.11. 술자리에서도 수첩을 책상에 올려놓으니 함께 있는 분이 손을 절레절레 흔든다. "아니, 그렇게 수첩에 늘 뭔가 메모하는 습관은 참 좋은 거라고 생각하는데, 어떻게 술자리에서도 수첩을 책상에 올려놓고서 써요? 와, 나라면 죽어도 못 한다." 나는 아무렇지 않게 대꾸한다. "아마 그러지 않을까요? 다들 '죽어도 못

한다'고 여기니 참말로 죽어도 못 하리라 느껴요. 저는 스스로 이 일을 하면서 이 길을 갈 생각이라서, 술자리이든 뒷간에서 똥을 누는 자리이든 제 삶자국하고 생각자국을 기꺼이 수첩에 적습니다."

2017.12.10. 수첩을 여러 가지 챙긴다. 처음에는 주머니에 수첩을 넣었으나, 걸어다니다가 그만 수첩이 흘러나와서 잃은 뒤로는 목걸이로 꿰어 다니곤 했다. 목걸이 수첩은 사진을 찍을 적마다 걸리적거려서 다시 어깨짐에 넣기로 했다. 어깨짐에 책이며 수첩이며 연필이며 잔뜩 넣으니 어깨짐 하나가 너무 무겁더라. 정작 수첩을 꺼낼 적마다 뒤죽박죽이 되었다. 이리하여 수첩만 넣는 앞짐을 따로 어깨에 가로지르기로 했다. 내가 쓰는 수첩을 살피면, 먼저 온갖 생각을 갈무리하는 수첩이 하나. 말을 새롭게 살리거나 짓는 이야기를 다루는 수첩이 하나. 말을 새롭게 짓는 틀을 짜는 수첩이 하나. 삶노래, 이른바 시를 적는 수첩이 하나. 아이들이 조잘조잘 터뜨리는 새로운 말하고 이야기를 적는 수첩이 하나. 이밖에 수첩 하나를 다 쓰면 곧바로 꺼낼 수 있도록 빈 수첩을 챙긴다. 연필은 앞짐이며 등짐이며 몇 자루씩 둔다. 책상맡에는 연필을 백 자루 넘게 올려놓고 쓴다. 그때그때 연필을 깎기보다는 이 연필 저 연필 돌려서 쓰다가 어느 연필을 집어도 뭉툭하구나 싶으면 한꺼번에 몰아서 칼로 깎는다. 수첩 하나는 내 곁에 있는 또 다른 생각주머니이자 생각샘이라고 여긴다.

스승

2017.2.16. 따로 학교나 학원을 다녀야 배우지 않는다. 우리는 늘 배운다. 따로 스승을 두며 따라야 배우지 않는다. 우리는 누구한테

서나 배운다. 책을 펴거나 교과서를 외워야 배우지 않는다. 우리는 아침부터 저녁까지 모두 배운다. 학교나 학원을 생각한다면 졸업장이나 자격증에 얽매이는 글이 나온다. 어느 스승을 떠올린다면 제 스승 말씨나 결을 닮은 글이 나온다. 책이나 교과서에서 시키는 대로 헤아린다면 나다운 글이 아니라 남다운 글이 나온다. 밥을 지을 적에 나한테 밥짓기를 가르친 이 손길을 생각하면서 짓지만, 모든 밥은 끼니마다 새롭다. 늘 새롭게 스스로 짓는다. 아이들이 종이접기를 할 적에 언제나 똑같은 종이 놀잇감이 나오는 듯 보일 수 있으나, 아이들 손을 거쳐 태어난 종이 놀잇감에는 저마다 다른 결이 흐른다. '내가 즐길 종이 놀잇감'이라는 생각을 하면서 종이접기 밑그림을 살폈기에 '똑같은 공산품'이 나오지 않는다. 사진을 찍는 이들은 으레 '어떤 대가'나 '어떤 스승' 꽁무니를 좇는 듯한 작품을 만들곤 한다. 사진을 안 찍고 만든다. 글을 쓰는 이들도 이와 비슷하다. 그저 스스로 새롭게 쓰면 될 텐데, 마치 어느 대목을 베끼는 듯한 글을 쓰고 만다. 다른 사람이 쓴 글은 그 사람이 아름답게 쓴 글이라는 데에서 고맙게 읽은 뒤에 접어두어야 한다고 느낀다. 나는 내 삶을 살 뜻이요, 나는 내 글을 쓸 마음이 아닌가? 내가 내 삶을 길어올리려고 쓰는 글이 아니라면 글을 왜 써야 할까?

시골

2018.3.8. 이미 많은 사람이 북적이는 곳에서 살림할 뜻이 없기에 시골을 산다. 아직 없어서 새로 짓는 길을 밑바닥부터 차근차근 익혀서 이를 아이들하고 함께 누리며 한 걸음씩 디디려고 시골을 산다. 이미 많은 사람이 온갖 일을 눈부시게 뽐내거나 펼치는 서울에서는 새로운 길을 파기에 벅차다고 느낀다. 더 낫거나 더 좋은 길

을 가려는 뜻이 아닌, 스스로 즐거우면서 아름다운 길을 노래하며 가고 싶기에 서울 아닌 시골을 산다. 서울에는 사람도 많지 집도 많지 돈도 많지 일도 많지 책도 많지 무엇이든 다 많다. 시골에는 무엇이든 다 적거나 없으나, 바람이 맑고 물이 맑으며 흙을 밟으며 풀을 먹고 나무를 벗삼아서 숲으로 살림을 짓는 마음을 하나하나 배우며 사귈 수 있다. 시골살이를 쓴다. 마흔 살에 이르도록 어버이한테서도 둘레 어른한테서도 책스승한테서도 배운 적이 없는 시골을 몸으로 살면서 아이하고 꿈꾸는 새로운 하루를 쓴다.

실업자

2000.7.30. 얼토당토않은 짓을 그만 겪고 싶어서 출판사에 사표를 던지고 나온 지 한 달. 실업급여를 받을 수 있다기에 관공서를 찾아갔더니 사람을 아주 바보로 여기는 눈빛에 갖은 서류더미를 안기고, 철없는 짓(사표 던지기)을 앞으로 안 할 만한 다짐을 할 수 있느냐고 묻는다. 철없는 짓을 하지 않는다는 다짐으로 바지런히 '구직활동'을 한다는 증거를 내놓아야 실업급여를 주겠단다. 오늘 이곳에서 그대 벼슬아치 앞에서 나나 둘레 여러 사람이 실업자일 테지만, 우리도 그대하고 같은 사람이거든? 그대들은 왜 이렇게 실업자란 이름이 살짝 붙은 이들한테 딱딱거리고 쉽게 토막말을 하고 아무렇지 않게 마음을 벅벅 긁는 말을 내뱉을까. 무슨 설문을 받는다는 자리가 있기에 '직업 칸'을 '실업자'로 적으니, 설문을 받는다며 종이를 내밀던 이들도 혀를 차며 뭔 미친놈이 다 있느냐는 눈으로 쳐다본다. 왜? 그러면 '가정주부'로 적어야 하나? '직업 = 하는 일'이고, 오늘 나는 딱히 하는 일이 없이 몸도 마음도 쉬면서 지내니 실업자이다. 실업자를 딱하다고 쳐다보는 그대들이야말로

마음이 가난하고 딱해 보인다.

싸움

2001.9.3. 아랫집 아주머니가 돌아왔는가? 생각해 보니 아랫집 아주머니는 거의 보지 못했다. 아랫집 아주머니는 거의 하루 내내 김밥집에서 일한다. 아랫집 아저씨는 거의 하루 내내 집에 붙어 지낸다. 언제나처럼 새벽 두 시부터 시끄럽던 아랫집. 이웃 어느 집에서 아랫집 때문에 경찰에 신고했나 보다. 그리하여 새벽 두어 시 무렵에 시끄럽게 울리면서 경찰이 오고, 그러면서도 아이를 뒤에 두고 거친 말씨에 싸움말이 오가고, 양육권이 어떻고 하는 이야기도 나온다. 위칸에 사는 사람으로서 어떻게 해야 할는지 하나도 모르기에 그저 멀거지 창가에 기대서서 경찰하고 아랫칸 두 분이 삿대질하고 목청 높여 싸우는 소리를 들을 뿐이다. 아침이 밝는다. 일흔 해쯤 묵은 적산가옥 나무집이라 나무 계단을 디딜 적마다 삐그덕 소리가 난다. 살금살금 발소리를 죽인다면서 내려오는데, 아랫칸 아이들은 내 발걸음 소리를 알아채고는 문을 와락 열고 "아저씨, 어젯밤에 우리 어머니 왔어요?" 하고 물으며 궁금해한다. 와, 어제 그렇게 두 분이 시끄럽게 싸웠어도 아이들은 곯아떨어져서 싸움소리를 못 들었나. 오히려 잘된 노릇이라고 느낀다. "그래, 어젯밤 늦게 너희 어머니가 김밥집 일을 마치시고 돌아오는 모습을 봤어. 오늘도 새벽바람으로 일찌감치 일하러 나가시더라." "아이 참. 오늘은 꼭 어머니 보고 싶었는데." 아침거리를 장만하려고 영천시장에 가려는 길에 아이들하고 몇 마디 나누는 말에 코끝이 찡하다. 아이들이 열어 놓은 문틈으로 얼핏 보이는데, 아래칸 아저씨는 이불을 뒤집어쓰고 자는 듯하다. 아주머니는 그렇게 늦게까

지 일하고 들어와서 한바탕 싸움을 벌여야 했고, 또 새벽바람으로 다시 일하러 나가면서 아이들하고 말 한 마디도 못 섞은 셈이네. 아이들은 어머니 목소리뿐 아니라 어머니 얼굴조차 거의 못 보면서 사는 셈이네. 어머니를 얼마나 보고 싶을까. 아니, 어머니 얼굴을 얼마나 만지거나 쓰다듬고 싶을까. 이렇게 어머니를 바라는 아이들인데, 이 집 아저씨는 왜 이렇게 아주머니한테 악에 받치고 가시가 돋친 막말을 쏟아부을 수 있을까? 김밥집 일꾼은 하루 내내 서서 일하며 얼마나 고된데, 이런 곁님하고 왜 다툼을 벌일까? 두 어버이가 삿대질하며 싸우는 일이란, 누구보다 스스로 가슴에 칼을 찌르는 셈일 뿐 아니라, 아이들 가슴에까지 칼을 찌르는 셈이라고 느낀다. 사랑을 받으면서 자라기보다는 따돌림에 괴롭힘까지 받으면서 자라는 아래칸 두 아이가 아닌가 싶다. 아침을 먹고서 책집마실을 나간다. 한참 신나게 책집마실을 하고서 장만한 묵직한 책짐을 낑낑대며 들고 돌아오면서 보니, 아래칸에서 빨래한 자국이 보인다. 고양이 발바닥처럼 조그마한 마당이기에 빨래 널 데가 마땅하지 않아, 아래칸에서는 좁은 골마루하고 계단 옆에 줄줄이 빨래를 널어 놓는다. 나는 위칸 바깥마루에 빨래를 널고 창문을 열어 놓는다. 아래칸 아저씨가 빨래하는 일은 없으니, 빨래가 널린 모습으로 보면 아주머니가 살짝 집에 돌아온 듯하다. 아무튼 아래칸이 조용하다. 아이들이 뛰며 노는 소리도 들리지 않는다. 예전에 아래칸에 살던 사람들은 툭하면 거짓말을 해대는 이들이었다면, 몇 달 앞서부터 들어온 아래칸 사람들은 툭하면 싸우고 지지고 볶는 나날인 두 어버이하고 가녀린 아이들이다.

날아올라
노래해

ㅇ

아기

2009.5.8. 아기가 새벽 세 시 반쯤부터 깨어났다. 잠결에 해롱해롱하면서 까르르 끽끽 소리가 나기에 게슴츠레한 눈으로 바라보니, 아기는 뒤뚱뒤뚱 섰다 앉았다 되풀이하면서 쉴새없이 여기저기 왔다갔다 하네. 혼자서 잘 노는구나. 잘 노는 아기인 만큼 다시 잠들어도 되지만, 곁눈으로 살핀다. 잠이 들 수 없다. 그렇게 삼십 분 넘도록 잠결에 지켜보다가 기저귀를 갈아 준다. 부시시한 몸으로 자리에 앉는다. 아기는 한참을 더 놀 듯하다. 십 분 남짓 지난 뒤 곁님이 젖을 물린다. 젖을 문 아기는 그야말로 잠들 마음이 없어 보인다. 그렇게 다시 십 분쯤 더 지나고 나서야 비로소 아기는 뒹굴뒹굴 또 뒹굴다가 잠자리에 엎어져 잠이 든다. 스스로 놀고 스스로 잔다. 나는 기지개를 켜고 일어나서 물 한 모금을 마신다. 어제 쓰다가 더 못 쓰고 만 글을 이어서 쓴다. 사람들 소리와 텔레비전 소리가 넘치는 곳에 깃들 적에는, 이렇게 버티고 저렇게 엉기고 그렇게 헤매면서 꾸역꾸역 글쓰기를 해보려 한들 수월하지 않더

라. 도무지 버티어 내지 못해 두 손을 들었다. 아직 글힘을 덜 갈고 닦은 탓이다. 아기가 어머니랑 아버지를 깨워서 자리에 일어나게 한 때는 새벽 네 시 이십사 분. 그 뒤로 벌써 한 시간이 지났고, 한 시간에 걸쳐 글 서너 꼭지를 마무리지었네. 눈자위는 따끔거리지만 고요한 마음으로 글쓰기를 할 수 있기 때문에 가볍고 흐뭇하다. 문득, 아기는 아버지를 헤아려서 바로 이제와 같은 새벽나절 글쓰기를 하라고 깨웠겠구나 싶다. 이제 아니면 언제 또 고요한 기운을 느끼며 책상맡에 앉을 수 있으랴. 다른 소리 하나 없는 고요한 새벽을 즐기고 나 스스로 가라앉히는 바람결이 좋다. 마음을 한곳에 모을 수 있으니 홀가분하다. 두 시간쯤 바지런히 더 글을 쓰고 나서 오줌기저귀를 빨래한다.

아름다운

2014.6.4. 아름다운 손으로 글을 쓰기에 아름다운 숨결을 이웃과 나눈다. 사랑스러운 손으로 글을 쓰기에 사랑스러운 빛을 동무와 주고받는다. 넉넉한 손으로 글을 쓰기에 넉넉한 선물을 스스로 베푼다. 글을 쓰며 살아가는 동안, 글이 무엇인가 하고 돌아본다. 마음이 어떤 결이나 무늬나 빛인가에 따라, 몸이 달라지고 삶이 달라진다. 스스로 마음을 어떻게 다스리거나 건사하느냐에 따라 글은 더없이 달라지면서 거듭난다. 나는 글을 어떻게 쓰고 싶은가? 첫째, 아름답게 쓰고 싶다. 곧, 나는 아름답게 살고 싶다. 둘째, 사랑스럽게 쓰고 싶다. 그러니까, 나는 사랑스럽게 살고 싶다. 셋째, 넉넉하게 쓰고 싶다. 그래서, 나는 넉넉하게 살고 싶다. 아름다운 손빛을 모아 글빛을 가꾸어 본다. 사랑스러운 손결을 가다듬어 글결을 일구어 본다. 넉넉한 손품을 들여 빙그레 웃음짓는 글품이 되기

를 꿈꾼다. 고운 빛으로 되살아나는 글이란, 고운 빛으로 되살아나는 오늘 하루 이야기이다.

아버지

2003.5.29. 우리 아버지가 조선일보에 글을 하나 쓰셨다. 국민학교 평교사를 지내다가 교장으로 일하는 아버지는 이해찬을 가장 싫어하는데, 다른 까닭도 있겠으나 몸으로 느끼고 마음으로 느끼기에는 아버지가 교장으로 일하기 앞서 교장정년제를 펴고 교원정년을 굳혀 버려서 무엇보다도 가장 싫어한다는 느낌이다. 왜냐? 이녁 아들하고 마주앉아서 술잔을 들 적마다 바로 이 얘기만 몇 시간씩 끊임없이 하니까. 아버지, 교장으로 계시지 말고 평교사로 일하셔도 되지 않나요? 아버지, 교원정년을 두는 일이 그렇게 나쁜가요? 아버지, 연금 좀 적게 받아도 되지 않나요? 아버지, 몇 해쯤 일찍 교단을 떠나 아버지 마음으로 새롭게 꿈 하나를 키워서 살아도 되지 않나요?

2018.2.14. 두 아이 모두 묻는다. "아버지는 빨리 쓰는데 어떻게 우리보다 반듯반듯하게 글씨를 써요?" 나는 아이들한테 되묻는다. "우리 어린이는 천천히 쓰는데 어떻게 날림글씨가 되나요?" 나는 글씨를 빨리 쓴다기보다 익숙한 손놀림으로 알맞게 쓴다. 아이들은 아직 글씨쓰기가 익숙하지 않기에 천천히 쓰더라도 알맞게 쓰지 못한다. 언제나 그뿐. 서두를 일도 늦출 일도 없다. 빨리 할 까닭도 더디 할 까닭도 없다. 나누고픈 생각을 말이라는 씨앗에 즐겁게 담아서 글이라는 그림으로 알맞게 가꾸면 된다.

아저씨

2018.8.22. 나는 아줌마처럼 사는 아저씨이다. 아줌마는 아니기에 아줌마살림을 모른다. 다만, 아저씨라는 몸으로 아이를 돌보고 살림하는 길을 걷기에, 아줌마라는 자리는 어떤 결일까 하고 늘 생각해 보고 헤아려 보면서 마음에 그리려 한다. 아저씨라는 몸으로 살기에 둘레에 있는 아저씨는 으레 나를 '같은 아저씨 꾸러미'로 묶으려 하는데, 나는 그런 아저씨 꾸러미에서 언제나 슬금슬금 빠져나온다. 아이들이 태어나기 앞서도 집안일을 도맡아서 했고, 아이들이 태어난 뒤에 똥기저귀도 척척 빨고 삶았으며, 아이들이 무럭무럭 크는 동안에도 함께 마실길을 누리며 서로 배울 하루를 찾는다. 이러면서 생각한다. "모든 아줌마는 동시인(시인)인데, 모든 아저씨도 동시인(시인)이 될 수 있으면 시나브로 평등하고 민주가 뿌리를 내려서 참으로 아름답겠구나." 하고. 문인이나 작가라는 허울이 아닌, 아저씨로서 동시를 쓰는 어른이 하나둘 늘기를 빈다. 문학이나 비평이라는 껍데기가 아닌, 아저씨라는 자리에서 신나게 놀이하듯 동시를 노래하는 어른이 차츰 늘기를 빈다. 대통령 아저씨도, 군수 아저씨도, 술집 아저씨도, 버스지기 아저씨도, 택시지기 아저씨도, 길장사 아저씨도, 회사원이나 공무원 아저씨도, 한 발 두 발 다가서면서 아이를 품에 안고서 동시를 꿈꾸는 새로운 길을 가기를 빈다. 아름다운 삶을 지을 적에 그야말로 보금자리도 마을도 나라도 아름답고, 우리가 쓰는 모든 글도 아름답다.

아줌마

2018.8.22. 나는 말한다. "아줌마는 모두 동시인이다." 하고. '시인'이 아닌 '동시인'이라 했는데, 그냥 시인이라고만 해도 좋다. 다

만 아줌마 자리에 있는 분들이 그냥 시인이라고 할 적에 어깨에 짐이 있는 듯 여기는구나 싶어 동시인이란 이름을 써 볼 뿐이다. 다시 말해 본다. "모든 아줌마는 바로 오늘 동시를 신나게 쓸 수 있다." 하고. 집안일을 하고 살림을 가꾸며 아이를 낳아 돌보는 길을 걸어왔거나 걸어가는 모든 아줌마는 그야말로 누구나 동시인이라고 느낀다. 다만 동시를 쓸 겨를을 못 내었을 뿐이다. 아이하고 함께 누리는 하루를 돌아보면서, 아이랑 같이 읽을 동시 한 줄을 즐겁고 상냥하게 글로 옮겨 본다면, 아줌마 손끝에서는 늘 동시가 피어난다. 삶이 무엇인지 알고, 살림이 어떻게 태어나는지 알며, 사랑을 어떻게 길어올리는지 아는 아줌마라는 자리에 선 사람은, 참으로 누구나 동시인이라고 본다. 이와 맞물려 한마디를 보탠다. "아저씨는 아무것도 아니다." 여기에 또 보탠다. "모든 아저씨는 아직 멀었다." 하고. 아이를 낳지 않고, 아이를 돌보지 않고, 아이가 걸어갈 꿈길을 함께 그리면서 같이 배우지 않고, 집안일하고 살림을 맡지 않고, 보금자리 바깥에서 돈버는 길만 걷는 아저씨는 동시를 쓸 수 없고, 더군다나 동시를 읽을 수 없는 자리에 있다고 느낀다. 온누리 아줌마여, 이제부터 동시를 쓰자. 밥은 그만 짓고, 빨래는 그만 하고, 아이는 곁님인 아저씨더러 사랑으로 돌보라고 맡기고서, 즐겁게 동시를 쓰자. 여태 지은 살림을 고스란히 동시로 풀어내어 삶을 사랑스레 노래하자.

어렵다

2019.2.8. 마음을 기울이지 않는다면 나무가 들려주는 노래를 못 듣는다. 그래서 마음을 안 기울이는 사람한테는 '나무랑 이야기하기'가 어렵다. 온마음을 다하지 않는다면 나무를 켜서 말려 마름하

고는 집을 짓거나 살림을 짜기가 어렵다. 자칫 뒤틀리기 좋다. 힘만 쓴다고 해서 집이나 살림을 얻지 않는다. 그래서 온마음을 다하지 않는 사람으로서는 '살림이나 삶을 짓기'가 어렵다. 모든 사랑을 쏟지 않는다면 글 한 줄에 서린 뜻이나 숨결을 읽지 못한다. 한글이나 영어를 눈으로 죽 들여다본다고 해서 '읽기'라고 하지 않는다. '들여다보기 = 읽기'일 수 없다. 그래서 모든 사랑을 쏟지 않는 사람은 '사랑을 알기'가 어렵다. '어렵'지 않으려면 어떻게 해야 할까? 알 수 있거나 할 수 있거나 받아들일 수 있을 때까지 마음을 쓰고 들이고 쏟고 나누고 펴고 기울이고 움직여서 하나가 되어야 할 테지. 마음을 쓸 줄 아는 사람한테는 글쓰기가 안 어렵다. 마음을 그대로 쓰는 글이다. 마음을 쓸 줄 모르는 사람한테는 글쓰기가 어려울 뿐 아니라, 글읽기도 어렵다. 마음을 쓰기에 삶을 짓고, 마음을 기울이기에 살림을 펴며, 마음을 나누기에 스스로 사랑을 길어올린다. 글이란, 마음길을 펴는 사람이 손수 거두어서 함께하려는 열매이다.

어른

1985.5.6. "너! 이리 와! 복도에서 뛰지 말라고 했는데 왜 뛰었어!" "네? 저요? 전 안 뛰었는데요?" "뭐야? 너 여기서 뛰었잖아!" "아니요. 뛴 아이는 저기 가는 애고요, 저는 서둘러야 할 일이 있어서 달렸어요." "뭐, 뭐, 뭐라고? 야, 뛰거나 달리거나 똑같아!" 무슨 교사가 '뛰다'하고 '달리다'도 모를까? 게다가 내 앞에서 마구 뛰어논 저 아이는 붙잡지 않고, 발소리를 죽이며 살살 달린 나만 붙잡고서 꿀밤을 먹인다. 교사란 어른들은 바보투성이다. 골마루에서 달린대서 아슬하거나 다치지 않는다. 달리기에 시끄럽지 않다.

쿵쿵 뛰니까 시끄럽고 다칠 수 있겠지. 잰걸음으로 가야 할 때도 있고, 사뿐사뿐 달릴 수도 있다. 조용한 학교를 이루고 싶으면 "뛰지 말 것!" 같은 으름장은 내버리고 "살살 걷자"나 "살살 다니자"라고 부드럽게 말하면 확 달라지리라.

2018.1.21. 어른이란, 날마다 스스로 새롭게 배우면서 이를 즐거이 살림짓기로 잇는, 이러면서 아이를 이끄는 상냥한 넋이리라. 이 같은 어른으로 살아가자 생각할 수 있다면, 삶을 좋거나 나쁨으로 가리거나 나누지 않고서 늘 즐거이 받아들이거나 가꾸어 기꺼이 배울 줄 아는 즐거움을 누리는 사람으로 살아가는 꿈을 그린다면, 우리 글쓰기는 얼마나 아름다울까.

어린이

2012.11.4. 가을바다에 들어간다. 아이들이 웃고 노래하고 떠들고 춤추고 뒹굴고 논다. 나도 아이들과 함께 바다에서 놀고 모래밭에서 논다. 나뭇가지 하나 주워 모래밭에 그림을 그린다. 아이들 이름을 하나하나 적고, 아이들 모습을 하나하나 그린다. 예쁘게 노는 아이들은 예쁜 모습으로 모래밭에 나타난다. 즐겁게 뒹구는 아이들은 즐거운 모습으로 모래밭에서 빛난다. 물결이 밀려들면 이 글과 그림은 바닷물 따라 살며시 녹아들겠지. 나도 너도 따사로운 햇볕이랑 눈부신 햇살 머금는 바닷물과 얼크러지겠지.

2018.9.6. 어린이한테는 글쓰기를 시킬 수 없다고 느낀다. 어린이는 글짓기를 스스로 할 뿐이다. 지난날 군사독재 무렵 교사가 몽둥이를 아이를 두들겨패면서 시킨 반공글짓기가 아닌 아이 스스로

신나게 뛰놀면서 누린 기쁜 삶을 짓는 마음으로 글을 짓도록 하면 된다. 몇 마디로 갈무리해 본다.

어린이 = 글짓기

ㄱ. 쓰고 싶은 대로 마음껏 짓기

ㄴ. 놀고 싶은 대로 마음껏 놀듯이 글로 담을 이야기를 짓는다

ㄷ. 글을 짓거나 적고 싶지 않다면, 입으로 글을 쓰면 된다

ㄹ. 아이는 구태여 손에 연필을 쥐고서 종이에 글을 적지 않아도 된다

ㅁ. 어른이 아이 곁에서 아이 말을 귀담아듣고서 바로바로 받아 적는다

어른 = 글쓰기

ㄱ. 그대로 쓴다

ㄴ. 무엇이든 고스란히 쓴다

ㄷ. 자랑할 일도, 창피한 일도, 기쁜 일도, 슬픈 일도, 하루 이야기도, 살림이나 삶도, 사랑이나 꿈도, 괴롭던 날이나 끔찍히 싫던 일도 낱낱이 쓴다

ㄹ. 수다를 떨듯이 글을 쓰면 된다

ㅁ. 아이가 마음껏 뛰놀 수 있도록 너른 보금자리를 가꾸어 함께 놀면 된다

어린이는 짓는 사람이고, 어른은 쓰는 사람이다. 어린이는 언제나 새롭게 꿈꾸는 사람이고, 어른은 늘 기쁘게 사랑하는 사람이다. 어린이는 생각하는 사람이고, 어른은 길을 걷는 사람이다. 어린이는

춤추는 사람이고, 어른은 노래하는 사람이다.

2019.4.1. 누가 문득 묻는다. "아이를 어떻게 키워야 할까요?" 내가 어릴 적에 어떻게 지냈는가를 돌아본다. 어린 모든 날이 아주 빠르게 스치고 지나간다. 오늘 우리 아이들이 어떻게 지내는가를 되새긴다. 두 아이를 낳아 돌본 나날이 쏜살처럼 흐르고 지나간다. "어린이는 사랑으로 돌보면서 함께 배우는 나날을 지으면 넉넉하다고 느껴요. 무엇보다 '어린이'가 어떤 사람인지부터 다시 생각하면 좋겠어요. 저는 '어린이'를 '놀며 배우고 사랑하는 살림을 짓는 하루가 되려고 이 땅에 태어난 사람'이라고 여깁니다. 이 뜻풀이대로 우리 아이들이 이 나라 어디에서도 환하게 웃고 떠들고 노래하고 춤추고 이야기하면서 자랄 수 있도록, 곁에서 어버이요 어른 구실을 하면 되리라 생각합니다."

옷

2008.6.15. 아기가 태어나면 어버이는 으레 가장 좋은 옷감을 살펴 가장 이쁘면서 사랑스러운 배냇저고리를 입히고 싶다. 아기한테 입힐 배냇저고리를 헤아리며 바느질이나 뜨개질을 하고, 미리 삶고 볕을 쪼여 아기가 이 땅에서 햇볕이며 바람이며 냇물이며 풀내음이며 싱그러이 누리기를 빈다.

2008.12.20. 곁님 어버이도 우리 어버이도 큰아이한테 고운 옷을 입히고 싶다며 돈을 주시고, 아이를 데리고 옷집에 가기도 한다. "아기가 곧 자라서 올해밖에 못 입힐 텐데 굳이 안 사 주셔도 되어요." 하고 여쭈니 "에이! 안 그래! 올해만 입힌다고 하더라도 아이

한테 고운 옷을 입혀야지!" 하는 말씀. 듣고 보니 그렇다. 한 해를 입더라도 아이가 가장 반길 뿐 아니라, 아이를 바라보는 어버이로서도 해사하구나 싶은 옷을 지어서 입힐 노릇 아닌가. 한 사람이 한 벌 읽고 지나갈 글이라서 아무렇게나 써도 될까? 아니다. 다문 한 사람이 읽어 줄 글이어도 온마음을 쏟을 노릇이다.

2009.8.20. "어쩜 아이들 옷은 이렇게 이쁘게 지을까? 내가 입고 싶어." 곁님이 문득 말한다. 이 말을 듣고서 꼬까옷을 새삼스레 바라본다. 참으로 꼬까옷이 얼마나 곱고 이쁜지 모른다. 그런데 어른들 옷은 이렇게 곱거나 이쁘지 않기 일쑤이다. 게다가 사내가 입는 옷은 너무 투박하기 일쑤. 왜? 왜 사내한테는 꽃옷을 안 입힐까? 왜 사내는 시커먼 옷을 입히려 할까? 사내도 가시내도 모두 꽃사람, 그러니까 꽃사내에 꽃가시내일 텐데, 거무튀튀한 옷을 입히면서 마음도 몸짓도 거무튀튀하지는 않을까? 사내한테 배롱꽃빛 옷을 입히고 파란 하늘빛에 찔레꽃처럼 하얀 옷을 입히면 마음결도 몸짓도 확 달라지지 않을까? 군인한테 시커먼 옷을 입히는 까닭을, 공무원한테 똑같이 시커먼 옷을 갖춘옷이라며 입히려는 뜻을 어렴풋이 알 만하다.

2010.3.4. 중·고등학교 여섯 해만 학교옷을 입히려는 이 나라이다. 초등학교에서는 왜 학교옷을 안 입힐까? '마음대로 걸치는 옷'일 적에 아이들 사이에 '위화감'이 생긴다는 교육청 논리인데, 앞뒤가 안 맞는다. 그러면 초등학교는 걱정없고? 또 고등학교를 마친 뒤에는? 스무 살부터는 모든 젊은이가 '위화감'을 느끼고 살아도 되나? '위화감'을 따지겠다면, 값비싼 자동차도 없어져야 하지

않나? 이 나라 구석구석 어디를 보아도 온통 위아래로 가르는 몸짓인데, 왜 중·고등학교 푸름이를 '굴레옷'으로 꽁꽁 조여서 괴롭히려 들까? 아이들은 학교옷이 아닌 사랑옷을 입을 수 있어야 한다. 아이들은 저마다 다른 푸른 숨결을 피울 수 있는 차림새를 스스로 살피면서 지을 줄 알아야 한다. 굴레옷에 조이며 자란 푸름이 손에서 어떤 글이 태어날까? 굴레옷에 갇힌 채 살아가는 사람들 입에서 어떤 말이 샘솟을까? 사랑옷을, 날개옷을, 꽃옷을, 하늘옷을, 숲옷을, 기쁜 살림옷을 누릴 적에 비로소 글다운 글이며 말다운 말이 자란다.

와이파이

2018.10.4. 풀은 와이파이를 좋아할까? 나무는 와이파이를 반길까? 숲이나 냇물은 와이파이를 만나면 무엇을 느낄까? 바람이나 구름은 와이파이가 가득한 곳에서 어떤 마음일까? 돌이나 모래는 와이파이가 닿으면 어떻게 느낄까? 풀벌레나 새는 와이파이라는 그물에 잡히면서 괴롭지 않을까? 와이파이를 마음대로 쓰도록 전자파를 잔뜩 쏘아대는 곳에서 살아가는 사람은 스스로 얼마나 즐거운 삶이 될 만할까? 글은 무엇을 얼마나 알아보고 느끼고 살피고 배우고 받아들이면서 삭이고서 써야 글이라는 이름이 어울릴까? 그나저나 와이파이하고 전자렌지는 전자파 주파수가 같다.

왜?

1999.3.24. 왜 이런 일을 내가 겪을까? 왜 이런 삶을 내가 치를까? 왜 이런 책이 나한테 보이지? 왜 이런 글까지 내가 써야 하지? "왜?" 하는 생각이 들 적마다 오히려 스스로 "왜?" 하고 묻는다.

이런 일을 겪으며 무엇을 배울 만한지, 이런 삶을 치르는 동안 무엇을 보며 느낄 만한지, 이런 책을 눈앞에서 펼치며 어떤 길을 돌아볼 만한지, 이런 글까지 굳이 쓰면서 스스로 어떤 마음이 되는가를 하나하나 곱새긴다. 모든 일은 우리를 일깨우려고 찾아온다. 모든 글은 스스로 배우는 동안 쓴다.

우리말 바로쓰기

2005.7.8. 아이는 저를 낳은 어버이한테서 말을 배운다. 아이는 말을 바탕으로 어버이한테서 삶을 물려받고, 이 삶에는 어버이가 지은 사랑이 녹아든다. 아이는 말을 배우면서 삶하고 사랑을 함께 배운다. 어버이는 아이한테 말을 들려주며 '가르치고 물려주는 슬기'를 새삼스레 배우고. 말을 바르게 쓰자는 목소리보다는 즐겁게 수다꽃을 피우자는 마음이면 한결 홀가분하다. 말하고 글하고 숲하고 사람이 어떻게 재미나게 얽혔을까 하고 헤아리면 이야기가 꽃이 된다. 틀리거나 잘못된 말을 바로잡자는 이야기보다는, 아이하고 어른이 상냥하면서 즐겁게 나누는 말에 어떤 삶이나 사랑이나 슬기가 흐를까 하는 이야기를 살피면 좋다. 모든 말이 피어나는 삶을 돌아본다면 '우리말 바로쓰기'는 저절로 된다. 따로 바로쓰기를 할 일이 아니라, 즐겁게 삶을 지으면 된다.

2019.2.26. 말을 바르게 쓴다고 할 적에는 삶을 바르게 짓는다는 뜻. 지식이나 정보로 말만 바르게 꾸미지 못한다. 언제나 즐거우면서 곱게 삶을 짓는 길이라면, 말은 저절로 빛난다. 저절로 빛나는 말을 뭣하러 바르게 쓴다면서 가다듬을까? 따로 "우리말 바로쓰기"를 안 해도 된다. 아니, 할 일이 없다. 스스로 삶을 새롭게 짓고,

곱게 가꾸며, 넉넉하게 지피면 넉넉하다. 삶이 곱게 서면 말이 곱게 선다. 삶이 노래라면 말이 노래가 된다. 삶이 사랑이라면 말이 얼마나 아름다운데 무슨 바로쓰기고 자시고이고 해야 하겠는가.

우리말 살려쓰기

2017.4.30. '우리말 살려쓰기'란 무엇인가 하고 묻는 분이 있으면, '토박이말(순우리말)'을 사전에서 캐내어 살려쓰자는 뜻이 아니라고 이야기한다. 토박이말을 사전에서 캐내어 머릿속에 담아내는 놀라운 일을 해볼 수도 있다. 그러나 이런 일은 퍽 고되다. 우리 살림자리에서 어느덧 잊히거나 멀어진 말을 사전을 뒤적이면서 캐낼 적에는 살갗으로 와닿거나 파고들지 못하는 '입에서 맴도는 껍데기'가 되기 쉽다. 그러면 '우리말 살려쓰기'란 무엇인가? 나는 이를 두 가지로 이야기하려 한다. 첫째, '말에 담는 생각을 살려서 쓰는 길'이라고 이야기한다. '말'이 아닌 '말에 담는 우리 생각을 살리려고 힘을 기울이는 일'이 바로 우리말을 살리려는 일이라고 느낀다. 둘째, '마음에 씨앗으로 담을 생각이 되는 말'을 살리려고 힘을 쏟는 일이라고 이야기한다. 이때에 이 생각(마음에 씨앗으로 담을 생각)이란 '꿈·사랑·길'이라고 본다. 우리말을 살리려고 하는 일이란 저마다 스스로 지으려고 하는 꿈을 살리고, 저마다 스스로 가꾸려고 하는 사랑을 살리며, 저마다 스스로 나아가려고 하는 길을 살리는 일이지 싶다. 이처럼 생각을 살리고 꿈·사랑·길을 살리면, 우리가 살릴 말이 무엇인가를 또렷하게 깨달아 즐겁게 쓰면서 어느새 아름답게 거듭나는 우리 모습을 찾는다고 본다. 일본 말씨나 일본 한자말이나 번역 말씨 따위란 무엇인가? 여러 가지 자질구레한 말씨나 한자말이나 외국말은 '지난날 몇몇 지식인이 지식 권

력을 쌓으려고 받아들여서 쓰던 말'이다. 그래서 이런 자질구레한 말씨나 한자말이나 외국말은 우리가 저마다 스스로 생각을 새롭게 살찌우거나 북돋우거나 키우는 길에서 걸림돌이 되기 일쑤이다. 새 술은 새 자루에 담듯이, 우리가 새롭게 짓고 싶은 꿈이나 사랑이나 길은 새로운 자루인 '새로운 말'에 담아서 그럴 수 있을 적에 즐겁고 아름답다. 곰팡이가 피거나 썩은 자루에 새로 담근 맛난 술을 담을 수 없다. 쉰내가 풀풀 나는 낡은 그릇에 갓 지은 맛난 밥을 담을 수 없다. 낡은 일본 말씨, 케케묵은 일본 한자말, 고리타분한 번역 말씨인 줄 느껴서, 이를 씩씩하게 하나하나 털어내어 새롭게 피어나는 말을 써서 우리 생각을 가꾸면 된다. 열 살 어린이하고 사이좋게 주고받을 수 있을 만한 쉬우면서 수수하고 재미난 말을 새삼스레 떠올리면서 우리 꿈을 말에 얹으면 된다. 학교 문턱을 밟은 적이 없이 시골에서 흙을 살리는 할머니랑 할아버지하고 도란도란 이야기를 할 수 있을 만한 쉬우면서 투박하고 사랑스러운 말을 산뜻하게 되새기면서 우리 마음을 말에 실으면 된다. 생각을 살릴 적에 살아나는 말이다. 마음을 사랑할 적에 살아나는 글이다.

우리 어머니

1984.5.8. 우리 어머니는 국민학교만 마쳤다는데 글을 얼마나 잘 쓰고 글씨도 얼마나 정갈한지 모른다. 학교에서 내준 숙제가 너무 많아 내가 밤 열두 시에도 숙제가 안 끝나니, 어머니가 푸념하네. "에그, 무슨 학교가 애들한테 숙제를 이리 많이 내냐? 어디 봐 봐. 또 뭐 해야 해? 너희 담임선생 그렇게 안 봤는데 너무하는구나. 애를 재울 수 없잖아." 어머니는 독후감 숙제를 두 가지 해주기로 했다. 어머니는 척척 독후감을 써낸다. 어머니가 쓴 독후감을 읽어

보는데 매우 훌륭하다. 와, 이 독후감 숙제로 우수상까지 받겠는걸. 우리 어머니 재주꾼이네. 글꾼이네. 부럽다. 나도 우리 어머니처럼 살림도 잘하고 글도 잘 쓰는 착하고 참한 어른이 되고 싶다.

'-의·-적·-화' 없는

2019.2.17. 어렵다고 여기니 어렵다는 생각이 마음에 깃들어, 그만 스스로 그대로 하면 되는 일을 못하기 마련이다. 다들 어렵다고 여기기에 '-의'나 '-적'이나 '-화' 같은 말씨를 그냥 넣어서 말을 하고 글을 쓰는데, 그냥 이런 말씨를 털어내려고 마음을 기울이면 저절로 다 떨어지기 마련이다. 어렵지 않다. 안 하니까 어려워 보일 뿐, 해보면 아무것이 아니다. 아이들 말씨를 헤아리면 된다. 아이들한테 "얘야, 말을 할 적에 굳이 그런 말씨를 붙이지 않아도 된단다. 그런 말씨를 붙이면 군더더기야. 그 말씨 없이 말해 보렴. 훨씬 짧고 부드럽지." 하고 알려주면, 아이들은 한두 마디를 혀에 얹고는 이내 이 말씨를 받아들여서 잘 쓴다. 이와 달리 어른들은 그동안 책을 읽어 버릇이 들고, 방송을 보며 길이 들어서, '-의·-적·-화'를 좀처럼 털어내지 못한다. 게다가 앞으로 읽을 책에도 이런 말씨가 수두룩하게 나올 테니 그만 어질어질하다고 한다. 다시 말하지만, 어렵다고 여기니 어려울 뿐이다. 그냥 가볍게 털어내어 말하는 버릇을 익히면 아주 쉽게 한 마디도 없이 즐겁게 쓸 수 있다. 아이들이 말이나 글을 배우는 숨결을 생각하자. 우리 어른도 몸은 쉰 살이나 일흔 살이어도, 마음은 열 살이나 열다섯 살 싱그러운 숨결로 생각을 기울이면 된다.

이야기꽃

2019.4.5. 이야기란, 주고받는 말이기도 하면서, 생각하고 마음을 사랑이라는 숨결로 가다듬어서 씨앗처럼 서로 건네는 말이기도 하다. 씨앗에는 온갖 삶이며 살림이 흐른다. 이제껏 살아온 나날, 오늘 살아가는 모습, 앞으로 살아가려는 길, 이를 알맞게 엮고 담기에 이야기로 피어난다.

2019.4.7. '강의'라는 이름이 나한테는 걸맞지 않는다. '강사'라는 이름도 나한테는 안 어울린다. 그래서 이름을 새로 짓는다. '강의'는 '이야기꽃'으로, '강사'는 '이야기벗'으로. 나는 이야기를 하려고 마실을 간다. 생각해 보라. 강사는 무슨 일을 하는가? 강사는, 미리 챙긴 생각을 혼자 처음부터 끝까지 죽 늘어놓고는 끄트머리에서 몇 가지 물어보라 하고서 자리를 마치는 일을 한다. 한창 말을 할 적에 섣불리 끊을 수 없는 강의요 강사이다. 이야기벗이 펴는 이야기꽃이란, 혼자 떠드는 말이 아닌 같이 나누는 말이다. 같이 나누는 말이니 내가 이야기벗으로서 여러 생각을 들려줄 수 있고, 둘러앉은 이웃님 스스로 이야기벗이 되어 기꺼이 말을 터뜨리면서 생각을 펼 수 있다. 주고받는 말이기에 '이야기'라고 한다. 외곬로 흐르는 자리이기에 '강의'에 그친다. 요새 숱한 강의가 생기지만 막상 잘 배우면서 받아들이는 사람이 드문 탓이라면, 외곬로 말이 흐르기만 할 뿐이지 싶다. 우리는 이제 외곬로 치닫는 강의는 모두 접고서, 서로 말을 섞는 이야기꽃으로 거듭나면 좋겠다. 이야기를 해야 한다. 강의도 설교도 그만둘 노릇이다. 이야기로 꽃을 피워야 한다. 강의나 설교는 따분하다.

이오덕

2004.5.16. 스승날이었던 어제를 기려, 오늘 5월 16일 여러 곳에서 충북 충주시 무너미마을로 찾아온다. 지난해에 돌아가신 이오덕 어른 무덤을 찾아가 뵙고, 어른 뜻을 기린다고 하면서. 여든쯤 되는 분들이 오셨고, 함께 무덤 앞에 서서 절도 올리고 말씀도 나누었다. 낮밥 때가 되어서 이오덕 어른 아드님이 사는 작은 집과 붙은 모임칸으로 내려온다. 널찍한 모임칸으로 들어와 비빔밥을 먹은 뒤 비디오를 본다. 이오덕 어른이 예전에 찍은 방송 녹화 풀그림이다. 《허수아비도 깍꿀로 덕새를 넘고》라는 책이 나온 뒤 어느 방송사에서 찍은 풀그림인데, 어른이 하신 말씀을 꽤 길게 보여준다. 아마 1시간을 통틀어서 어른 온삶을 비추었지 싶다. 방송을 가만히 들여다보노라니, 가운데쯤에 이르러 "책을 읽지 말아야 한다"는 말씀을 무척 힘주어 하시네. 온갖 더럽고 지저분한 말로 가득찬 책을 읽어서 사람들이 쓰는 말까지 물들고 만다며, 또 책에 갇혀서 이 삶을 볼 줄 모르고, 몸으로 움직일 줄도 모른다고, "책을 읽지 말아야 한다"고 다시 다시 또다시 자꾸자꾸 되뇌이시네. 우아, 이렇게 힘주어 "책을 읽지 말아야 한다"고 말씀하신 적이 있구나. 어른 글만 읽을 적하고 방송 풀그림으로 볼 적은 사뭇 다르네. 이때 퍼뜩 무슨 생각 하나가 떠오른다. 마침 이날 충주로 오는 버스길에서 읽은 책에서 본 글발이다. 어쩔 수 없이 책에서 읽은 얘기를 곁들이는데 《자발적 가난》이라는 책에 다음 두 글발이 또렷하게 가슴에 떠오른다.

ㄱ. 우리가 흔히 인용하듯이 모든 악의 근원은 '돈'이 아니라 '돈에 대한 사랑'이다. (브루스 바튼)

ㄴ. 돈을 사랑하는 것이 모든 악의 뿌리입니다. (디모테오 1서 6장 10절)

아, 그렇구나. '책'이 말썽이라기보다는 '책을 보는 마음'이 말썽이 되겠구나. 그렇지. 그런데 이오덕 어른은 왜 "책을 멀리하라, 읽지 마라" 같은 말씀을 숱하게 되풀이하셨을까? 찬찬히 헤아려 본다. 어쩌면 우리 스스로 나날이 참된 마음을 잃기에, 또 참마음을 잃으면서 잃는 줄 모르기에, 또 책은 손에 쥐기는 하지만 정작 책을 책대로 즐기거나 나눌 줄을 모르기에, 책을 가려서 볼 줄 아는 눈이나 마음이 차츰차츰 흐릿해지기 때문에 그런 말씀을 하시지 않았을까? 엉뚱한 책을 읽으면 마음이 더럽혀지기 쉽다. 짓궂은 책에 푹 빠져 사람답게 사는 일과 거리가 멀어질 수도 있고. 그러나 책이 엉뚱하거나 짓궂기 때문이라기보다, 책을 마주하는 우리 마음이 제대로 서지 않은 탓에 쉽게 휘둘리고, 글에만 빠져서 몸은 못 움직이는 얼개가 되지 싶다. 이오덕 어른은 우리가 스스로 제결을 잃지 않으면서 마음을 가꾸고 일을 하며 오늘 이 삶을 튼튼히 보듬으라는 뜻으로 "책을 읽지 말라" 하고 말씀하셨지 싶다. 그렇게 마음을 가꾸면 굳이 따로 가르치지 않아도 아름답고 올바른 책을 찬찬히 살피고 찾아내어 즐길 수 있고, 책에만 푹 빠진 채 이론만 되풀이하지 않도록 우리 몸을 가꿀 수 있을 테니까. 책 한 자락을 읽어 얻은 모든 것으로 제 삶길하고 우리 삶터를 아름답게 보듬는 마음하고 몸짓을 다질 수도 있을 테고. 이오덕 어른은 우리들 갇힌 울타리를 보고, 가장 손쉬운 일, "일하는 사람"이 되라고 가르치셨다고 본다. 다음으로는 말이다. 우리는 살아가며 쓸 말다운 말을 잃는다. 말썽 많고 아주 나쁜 말씨나 말밭에 너무 쉽게 길들고 묻는다. 그러니 이런 뿌리가 되는 '얄궂은 말이 가득한 책'을 읽다 보면 어느새 우리 스스로 말다운 말을 잃고 생각마저 비뚤어지지 말기를 바라셨지 싶다. 마지막으로, 이런 여러 가지는 말로 아무리 가르쳐 보아야 쉬 받아들여 배우기 어려운 일이기 때문에 차라리 "책을 읽지 말라"고 하셨지 싶다. "책을 읽는 마음을 먼저 바르게 세우는 일이 참 크"지만, 그 큰자리를 제대로 받아들이고 느껴서 살아갈 만한 뒷사람이 그리 많지 않다고 느끼셨지 싶다. 그리고 책을 가까이하는 뒷사람이 "일하는 사람"하고 자꾸 동떨어지면서 엉뚱한 길로 빠지고 마니까, "책을 읽지 말라"고 하셨다고도 본다. 책은 언제든지 읽을 수 있으니, 스스로 깊이 생각하고 돌아보면서 깨닫길 바라셨겠지. 책을 읽는 마음을 먼저 제대로 슬기롭게 사랑으로 즐겁게 세워야, 책 한 자락을 읽든 백만 자락을 읽든 하나하나 한결같이 잘 곰삭여서 제 살림꽃으로 삼아 온눌에 다시 펼칠 수 있다고 보신 이오덕 어른이리라. 그렇지만 책을 읽는 마음이 제대로 서지 않으면, 길가에 자라는 풀 한 포기와 나무 한 그루도 대수롭지 않게 여겨서 마구 짓밟거나 꺾을 수 있다. 가난하고 힘든 이를 '말로는' 돕자고 할 수 있으나 정작 제 주머니를 덜어서 나누거나 제 몸을 내맡겨 '자원봉사'를 하지는 않기 일쑤이고. 그래서 무엇보다도 "일하는 사람"이 되어, "말보다는 삶"으로 일어서기를 바라셨고, 이렇게 사람답게 살아가는 몸짓하고 마음이 제대로 서야 '책을 읽을 자리'에 스스로 선다고 보셨지 싶다.

• • •

2005.2.12. 많은 사람들이 이오덕 어른한테서 무언가 배웠다. 그렇지만 못 배운 대목도 참 많다. 사람들이 이오덕 어른한테서 배우는 거의 모두는 '지식'이지 싶다. 이와 달리 사람들이 이오덕 어른

한테서 거의 못 배우거나 배우려 하지 않는 길은 '마음'이지 싶다. 글쓰기 운동·교육 운동·문학 운동·문화 운동·어린이문학 비평·우리 말 운동 같은 '지식'은 참 많은 이들이 배웠고 따르고, 우리 삶터나 일터에서 잘 쓰고 두루 펼치지 싶다. 그렇지만 이오덕 어른이 이런 여러 가지 일을 하면서 쓴 '마음'과 '생각'과 '뜻'과 '얼'까지 두루 살피고 헤아리는 모습은 좀처럼 보기 드물다고 느낀다. 머리에 지식이 많이 든 사람들은 "가난하고 어려운 사람을 도와야 한다"는 다짐을 알고 늘 말하며 다닌다. 그러면 이런 다짐은 무엇을 가리킬까? 이웃돕기를 하라는 뜻일까? 이오덕 어른은 "가난하고 어려운 사람을 돕기"를 말하기보다는 "가난하고 어려운 사람하고 하나가 되기"를 말했다. 가난해지거나 어려워지라는 뜻이 아니라, 마음으로 하나가 되어 어깨동무를 할 줄 아는 삶이 되자고 말했다. 이오덕 어른이 쓴 숱한 책은 이웃하고 하나가 되려는 몸짓이다. 멧골 아이하고, 멧새하고, 숲이며 바람하고, 구름하고 풀꽃하고, 언제나 마음으로 하나가 되면서 이러한 숨결을 고스란히 삶으로 옮겨서 하루를 지으려고 했다고 느낀다. 이오덕 어른이 쓴《우리 글 바로쓰기》같은 책은, 우리더러 말글을 바르게 쓰라는 따끔한 꾸중이 아니다. 이오덕 어른 스스로 여태 말글을 말글답지 않게 못 쓰며 살았다고 깨달아 스스로 뉘우치면서 새로 배우려고 갈고닦은 마음자락이다. 스스로 배운 만큼 낱낱이 펼친 땀방울이다. 이러한 책은 읽어도 좋고 안 읽어도 좋다. 이러한 책을 읽으려면 마음으로 읽어 우리 스스로 새길을 여는 뜻으로 키우면 된다. 이러한 책을 안 읽는다면 우리 스스로 새길을 기쁘게 짓는 마음으로 가꾸면 된다. 곰곰이 살필 대목은 오직 마음이다. 마음이 있기에 어깨동무를 한다. 마음이 있기에 어린이가 어떤 숨결인지를 알아볼 뿐 아니라, 모든 어른이 처음에는 어린이였다는 대목을 깨우친다. 마음을 열어 다스리면 누구나 시를 쓸 수 있고, 누구나 가르치며 배울 수 있고, 누구나 살림을 짓고 흙을 일구며 아름답게 노래할 수 있다. 일을 많이 했거나 훌륭하기에 이오덕 어른을 떠올리거나 기릴 만하지 않다. 이 땅에 '마음'이란 씨앗을 뿌릴 숲이 모조리 짓밟혀서 우는 아이들을 상냥하게 어루만지면서, 아이들이 웃으며 뛰놀 환한 자리를 처음부터 새롭게 지어야겠다고 여겨, 이 길을 걸은 어른이기에 이오덕이란 사람을 떠올리거나 읽을 만하다.

2006.4.12. 새벽마다 일찍 잠이 깬다. 겨울이 지나면서 개구리가 깨어났고 웅크리던 새들도 기운을 찾았다. 새벽 네 시 반쯤 되면 창밖은 환하고 새들 우는 소리로 귀가 따갑기까지 하다. 아침 햇빛은 지난날 공납금 때문에 어찌할 바를 모르며 쩔쩔매던 아이들 머리에, 오늘날 시험점수 따는 공부에 떠밀리는 아이들 머리에, 학교를 떠나거나 학교에서 쫓겨난 '말썽 아이'란 딱지를 받은 아이들 머리에 고루 비춘다. 그렇지만 새벽별 보고 학교에 가서 저녁별 보고 집으로 돌아오는 아이들 머리에는 비추지 못하겠지. 체육시간마저 아깝다 해서 바깥에 내보내지 않고, 오로지 책상 앞에만 묶어 두니까. 교사가 되는 꿈을 꾼 적 있다. '내가 학교를 다니며 겪은 일'을 한 아이만이라도 되풀이하지 않으면서 '그 젊은 나이에 배우고 익히고 받아들일 것'을 즐겁게 부대낄 수 있도록 힘쓰는 사람이 되고 싶었다. 그런데 교대에 들어가려면 '제도권학교에서 아이들한테 시험점수 따기 공부를 시키며 닦달하는 지식'을 다시 머리에 넣어야 하더군. 언젠가 서울교육대학교 도서관을 찾아갔을 때, '아무도 빌려가지 않는 책'하고 '뻔질나게 빌려가서 닳고

닳은 책'을 보았다. 교대에서 '아무도 빌려가지 않는 책'은 내가 학교를 다니는 동안 숱하게 '선생들이 압수해 갔던 책(시험공부에 걸리적거리니 보지 말라며 빼앗은 책. 하이네 시모음, 소설《원미동 사람들》도 빼앗긴 책이었지)'이요, '시험문제에 나오지 않는 이야기를 다룬 책'이었다. '뻔질나게 빌려가서 닳고 닳은 책'은 '교대에서 학점을 따고 강의를 들을 때 쓰는 교재'였고. 더러 '대여점에서 빌려 보는 소설책'도 '닳고 닳은 책'이 되곤 하고. 아직 힘알이 없는 멧개구리 뒤뚱걸음을 보았다가, 곧 깨어날 개구리알이 얼마나 있나 들여다보다가, 새벽부터 부지런히 울어대는 저 작은 새가 박새인지 콩새인지 살펴보다가, 새잎을 틔우려는 나무를 하나하나 손으로 만져 보다가, 오늘도 구름 한 조각 없는 하늘이지만 온갖 쓰레기를 내뿜는 사람들 탓에 먼지띠가 짙게 끼어 뿌옇게 보이는 하늘은 언제쯤 파래질까 생각하다가, 아, 철쭉이 피었네? 수유는 진작 폈지? 살구꽃이 곧 터질 듯 말 듯이라는데, 복숭아꽃도 피겠구나. 보리싹 뜯어먹고 쑥 뜯어먹고 민들레와 씀바귀도 캐어 먹으면서 참말 봄이 왔구나 하고 느낀다. 지난 2003년 8월 25일에 이오덕 어른이 이 땅을 떠난 뒤로 세 해째 되었다. 어른이 계실 적에 딱 한 자리 뵌 일은 있지만, 오로지 책으로 배우고 책으로만 스승이었다. 함께 어깨를 걸고 다부지게 일할 동무가 보이지 않고, 이런 까마득한 벼랑 앞에서 내가 무엇을 하면 좋을까 아찔할 적마다 한결같은 목소리로 만날 수 있던 책 스승이었다. 책으로만 만나는 스승이기에 자칫 '책에만 묻힐' 아슬아슬함이 있기도 할 테지만, 나한테는 정약용도, 박지원도, 홍대용도, 이규보도, 허균도, 김시습도 책으로만 만나는 스승. 이분들은 언제나 '이분들이 한 일을 책에 적힌 글월로 읽기'보다 '책은 안 읽어도 좋으니, 어느 한 가지라도 얻은 것이 있으면 바로 몸으로 옮기며 네 깜냥대로 받아들이며 부대끼라'고 이야기한다. 다만 이런 이야기, 깨우침, 앎이나 슬기도 책으로 남아 우리한테 다가올 테지. '교육자 이오덕'이 우뚝 설 때까지 이분한테 '스승이 된 것'은 무엇일까 생각해 본다. 책도 많이 읽으셨을 테고, 아이들과 부대끼며 많이 배우고 겪기도 하셨을 테며, 시골학교에서 숲을 언제나 벗삼기도 하셨겠지. 그러고 보면 나한테 스승인 것은 사람이 남긴 책도 있지만, 우리 모두가 태어나도록 한 숲터, 이웃사람, 새소리와 바람소리와 파란 하늘이기도 하겠네. 무엇이든 있는 그대로 받아들이며 누구하고도 열린 마음으로 부대낄 수 있다면, 배울 수 있고 깨달을 수 있고 거듭날 수 있겠네. 이오덕 어른은 우리한테 스승으로 있기보다 말동무로, 살구와 오디를 함께 따먹고 감을 함께 주워먹는 놀이동무로, 숲터에서 땀흘려 제몫을 다하는 일동무로 함께 살아가고 싶으셨구나 싶다. 그래, 이제 봄이다. 이 봄을 봄기운 그대로 마음껏 느끼면서 '이오덕 어른도 듣고 좋아하셨을 새소리'로 새벽을 열고 쑥을 뜯어 찌개를 끓여 아침을 먹자.

이원수

2008.5.27. 이원수 님 친일 작품 이야기가 나온 지는 2002년 3월부터이니까 제법 되었다. 그러나 다른 사람이 아닌 이원수 님을 놓고 꺼내는 '친일부역'은 그다지 알맞아 보이지 않는다. 이원수 님이 앓아누운 때가 1970년대 끄트머리요, 병실에 드러누워 입으로만 따님한테 겨우 몇 마디 읊조리면서 이야기하는 삶으로 여러 해 보내다가 1981년에 아주 떠나셨다. 이 땅을 떠나기 앞서 여러 해 동안 밥도 먹지 못하고 고무호스로 영양소를 위로 집어넣으며 겨우 목숨을 이어나가셨다. 사는 동안 숱한 일을 하느라 이녁 몸을

돌볼 겨를이 없었기 때문이다. 동시와 동화 쓰기뿐 아니라 나라 밖 좋은 어린이문학 옮기기, 그리고 뜻있는 어린이문학가를 키우고 돌보는 일과 어린이문학 두레가 비틀리지 않도록 지키면서 가꾸는 일을 한 이원수 님이다. 그렇다. 해방 뒤, 어린이문학 두레를 이끄는 일을 맡으면서, 독재정권에 빌붙는 허수아비와 끄나풀한테 얼마나 시달리던 이원수 님이었던가. 독재정권 허수아비와 끄나풀은 얼마나 이원수 님을 고꾸라뜨려서 이 나라를 움켜쥐고 뒤흔들려고 했던가. 독재정권을 나무라는 글을 쓰고 독재정권에 빌붙는 허수아비들을 꾸짖는 글을 쓰면서 얼마나 고되며 힘들게 살아야 했던가. 외로운 기둥이 되어 갖은 바람과 모진 말밥을 견디면서 얼마나 아이들을 지키려고 안간힘을 다하셨던가. 지난 1950~70년대, 독재정권 허수아비와 끄나풀에 맞서서 이 땅 아이들을 지키려고, 또 이 땅 아이들을 사랑하는 힘여린 어린이문학가를 보듬으려고 했던 사람들은 '빨갱이'로 몰리고 '간첩'으로 몰리고 형사가 뒤를 밟고, 쓰는 글마다 검열에 시달리면서 차가운 나날을 견뎌내야 했다. 이원수 님은 피땀을 흘리며 고달프고 외로웠어도, 또 모두들 독재자한테 입다물고 지냈어도 붓을 들어 이승만을 나무라고 박정희를 꾸짖는 동시와 동화를 남겼다. 모두들 조용히 입닥치던 때에, 꿋꿋하게 붓을 들어 전태일 님을 기리는 동화를 쓰면서 그 어둡던 때에 아이들한테 힘과 빛을 실어 주려고 했다. 아파서 말도 제대로 못하는 몸으로 자리에 누운 1980년 그때에도 광주에서 일어나는 이야기를 들으며 하염없이 눈물만 흘리면서, 이녁이 광주 이야기를 써야 하는데 붓을 쥘 힘이 하나도 없으니 동화도 동시도 못 써서 안타깝다는 말씀만 겨우 손가락으로 따님 손에 그려서 들려주셨다. 곧은 한길에서 비껴나지 않으려고 꿋꿋하게 살아가셨는데, 이녁이 살아오던 그동안에 이녁이 할 수 있던 가장 걸맞는 '죄씻기'는 무엇이었을까. 이원수 님은 왜 이녁 양심은 못 지키면서 이녁 뒷사람과 이 나라 아이들만 지키려 했는가. 일제강점기 때, 친일을 하지 않고도 부자로 떵떵거리며 살던 사람은 친일작품이 없으니 아무런 말썽이 없는가? 친일작품은 없으나 독재부역에 온 마음 바친 사람들은 무엇인가? 마음씨에 따라서, 어떤 사람은 속으로만 끙끙 앓으면서 사는 이가 있고, 털털하게 털어내는 사람이 있으며, 어려움을 맞불 놓듯이 헤쳐나가는 사람이 있다. 이러한 흐름과 마음결에서 이원수 님은 어떤 사람이었을까. 잘못은 묻고 따져야 한다. 그런데 '이원수를 기리는 일을 모두 접으라'는 목소리가 나오네. 뭐하자는 소리인가? 이원수 님 같은 분은 마땅히 기념사업을 해야 한다. 그리고 제대로 해야 한다. 이원수 님이 살던 무렵 이루어낸 훌륭한 발자취는 이 발자취대로 우리가 이어받고 물려받고 가슴에 새겨야 한다. 이와 마찬가지로, 이원수 님이 안타까이 남긴 발자취도 안타까운 발자취대로 곱새기고 되새기고 아로새겨야 하지 않을까. 티끌 한 자락도 없을 줄 알았던 이원수 님이 아니라, 우리가 모르던 아픈 티끌을 간직한 채 온삶을 보내었던 이원수 님인 줄 헤아리면서, 배울 대목은 배우고 아쉬운 대목은 나무라야 하지 않겠는가. 그저 '너, 예전에 이런 잘못을 저지른 적 있으니까, 넌 죽어서도 씻을 수 없는 전과자야!' 하고 도장을 찍으면서 '죽은 주검을 파내어 사형을 시키겠다'는 소리인가. 훌륭하게 남긴 글은 훌륭한 모습이고, 안타까이 남긴 자취는 안타까운 자취이다. 어느 하나는 씻어내거나 없는 듯 꾸밀 수 없고, 어느 하나만 돋보이도록 할 수 없다. 이렇게 해야 살아숨쉬는 가르침이 되지 않겠나. 친일인명사전을 엮는 뜻도 이런 데에서 찾을 수 있지 않나? 한 사람 삶과 발자취를 깊이 더듬거나 헤아리면서 '이런 잘못을 드러내고자 하는 일은 우리 역사를 바로잡아 가르치고자 하려는 뜻'이라 한다면, '때려잡기'가 아닌 '살아숨쉬는 가르침'이 되도록 슬기로운 길을 함께 찾아야 하리라 본다. 이원수 님은 우리한테 '참회록 동시'를 남기고서 숨을 거두었다. 1981년 일이다. 이원수 님이 남긴 '참회록 동시'는 "겨울 물오리"란 이름이다.

겨울 물오리 (이원수 씀)

얼음 어는 강물이
춥지도 않니?
동동동 떠다니는
물오리들아

얼음장 위에서도
맨발로 노는
아장아장 물오리
귀여운 새야

나도 이젠 찬 바람
무섭지 않다
오리들아, 이 강에서
같이 살자

2017.12.16. 나는 마흔이라는 나이에 접어들기 앞서까지 늘 부끄럽다고 여기며 살았다. 무엇이 부끄러운가 하면 바로 어제까지 한 모든 일이 부끄럽고, 어제까지 쓴 모든 글이 부끄러웠다. 그래서 책을 새로 내더라도 '아, 이 책은 오늘 나로서는 가장 알뜰히 여민 글을 담은 책이지만, 하루가 지나면 또 이 책에 깃든 글을 부끄러이 여기겠지.' 하고 생각했다. 꼭 마흔을 넘어서라기보다, 마흔에 이르러 비로소 나를 새롭게 돌아보았다. 그때까지는 '어제를 잊어야 오늘 내가 새롭게 태어난다'고 여겼다. 마흔 줄에 삶하고 넋하고 숨을 처음부터 다시 새기다가 '어제를 잊어야 할 까닭이 없이, 어제가 오늘이고 오늘이 어제이며, 오늘하고 어제는 고스란히 모레이니, 언제 어디에 있는 나라 하더라도 모두 고이 사랑하면서 돌보자'는 생각이 되었다. 이런 생각을 하다가 어느 날 문득 물구나무서기가 되네. 어릴 적에는 물구나무서기를 참말 못했는데, 마흔이라는 나이에 아주 홀가분하게 되더라. 이때부터 나는 그동안 숨기고 살던 이야기를 털어놓는다. 이를테면, 나는 스물여섯 살에 맡았던 "〈보리 국어사전〉 첫 편집장이자 자료조사부장"이라는 이름을 털어놓는다. 나는 〈보리 국어사전〉이라는 사전이 내가 편집장 자리에서 물러난 뒤 너무 엉망이 되어 터무니없이 나왔는데, 사람들이 이 엉망에 터무니없는 뜻풀이가 가득한 사전이 마치 훌륭한 책이라도 되는 줄 여기며 사들여서 아이한테 읽히는 모습에 놀랐다. 슬펐다. 아팠다. 괴로웠다. 그야말로 부끄러웠다. 죽을 듯했다. 속내를 아는 나로서는 내가 그런 일을 스물여섯 살에 철없이 맡아서 했다는 대목이 부끄러워 안 털어놓고 살았다. 스물아홉 살에는 이오덕 어른 글하고 책을 갈무리하는 일을 맡았다. 이오덕 어른이

남긴 글, 글월, 출간계약서, 일기 들을 모조리 살피고 읽고 견주면서 그동안 얼마나 많은 출판사나 작가나 평론가나 기자나 제자가 이오덕 어른을 비롯해서 권정생 어른한테서 글삯을 떼어먹고 거짓말을 했는지 알았다. 이오덕 어른 글갈무리(유고 정리)를 마치고 꽤 오랫동안 이 나라 책마을에 진절머리가 나서 이오덕 어른 글을 갈무리하는 일을 했다는 대목을 숨기고 살았다. 그러나 이제는 말한다. 비록 나중에 엉망이 된 사전이라 하더라도 나로서는 싱그러이 푸르던 스물여섯 나이에 대학교 졸업장 없이도 국어사전 편집장을 했다. 한국글쓰기연구회나 시민사회단체 이음줄 없이 혼자 책 읽고 글 쓰던 살림으로 수수하게 어른 한 분을 마음으로 아꼈기에 큰어른 글을 갈무리하는 일이 나한테 찾아왔다. 이 모두를 털어놓으니 후련하다. 그동안 걸어온 길을 숨김없이 밝히니 홀가분하다. 내 어제를 꾸밈없이 말할 수 있으니, 내 오늘은 어제하고는 사뭇 다르면서 스스로 즐거울 모레를 꿈꾸는 걸음이 될 수 있다. 그냥 쓴다. 바람을 타면서 쓴다. 해님을 노래하고 풀벌레하고 벗삼으면서 쓴다. 숲을 꿈꾸는 아이가 되면서 글을 쓴다.

2019.3.19. 곁님이 문득 말한다. "생각해 봐요. 그대가 어릴 적에 무슨 짓을 받고 겪어야 했는가를 똑바로 쳐다봐야 해요. 그대가 어릴 적에 받은 아픔하고 생채기를 그대로 우리 아이들한테 하는지 안 하는지를 지켜봐야 해요." 나는 내 나름대로 어릴 적 아픔이나 생채기를 씻어내어 새로운 몸이자 마음으로 우리 아이들을 맞이한다고 여겼으나, 나도 모르게 미처 털어내거나 씻어내지 못한 대목이 수두룩하구나 싶다. 그러니까 어릴 적에 겪은 미치도록 죽도록 아프고 괴롭던 이야기를 아무한테도 못 털어놓은 채 살면, 내

나름대로 아무리 씻어내거나 털어냈다고 여기더라도 정작 제대로 씻지도 털지도 못한 셈이더라. 한겨울에 발가벗겨져서 밖으로 쫓겨나서 아침부터 저녁까지 벌벌 떨면서 울어야 했던 일 …… 어느 날 발가벗겨져서 4층 난간에 대롱대롱 매달렸는데 “죽어! 죽어!” 소리를 지르면서 ‘난간을 겨우 잡은 내 손’을 발로 밟고 구둣주걱으로 때리면서 얼른 4층에서 떨어져 죽으라고 악을 쓰는 매질을 견뎌내어 가까스로 목숨을 건진 일 …… 이밖에도 죽다가 살아난 어릴 적 일이 숱하다. 그런데 그런 일을 입밖으로 낸 적이 없었고, 머리에서 지운다고 여겼는데, 하나도 안 지워지고 하나도 안 사라졌네 싶다. 생각해 보니 어릴 적부터 어른이 된 오늘에 이르기까지, 곁에 있던 사람들이 두 팔을 벌려서 가슴으로 포옥 안아 준 일이 없었지 싶다. 참말로 아예 없다시피 하구나 싶다. 다들 마음에 생채기에 피고름이 맺힌 나머지 두 팔 벌려 가슴으로 포옥 안으며 눈가에 눈물 한 방울 똑 떨구고는, “이제는 말하는”, 이제는 씻어내는, 이제는 털어내는, 이제는 새걸음을 걷는, 이제는 나비가 되도록 깨어나는, 이 길을 걷지 못하는 셈일 수 있구나 싶다.

일기

1987.12.31. 쓸 수 없다. 담임이 뻔히 들여다보는데 일기에 그때 내 마음·뜻·생각·꿈·사랑·길을 한 줄도.

1988.4.21. 중학교에 들어오니 드디어 일기 검사가 사라진다. 이제는 내 마음껏 일기를 쓸 수 있다. 그런데 중학교 1학년부터 새벽 여섯 시부터 밤 열 시까지 입시지옥 공부를 시킨다며 학교에 붙잡아 둔다. 막상 집에 돌아오면 연필 쥘 힘이 없다. 어쩌면 핑계일 테

지만, 힘이 빠져서 일기를 못 쓴다. 게다가 기운을 내 보려 해도 날마다 똑같은 일만 벌어지는 이 따분한 학교에서 무엇을 일기에 쓸 수 있을까.

1995.6.7. 자전거를 몰며 집집마다 돌면서 새벽을 여는 신문배달이란 얼마나 멋진 일인가. 도시에서 이보다 멋진 일거리가 또 있을까? 대학교 강의에서는 아무것도 배울 수 없다는 대목을 배운다면, 새벽 신문배달은 날마다 새롭게 배우는 것투성이라 할 수 있다. 날마다 새로우니 날마다 하루 이야기가 온몸에 새겨진다. 일기란 일기장에만 쓰지 않는구나. 비가 와서 옴팡 젖으면서 신문을 돌린 날, 장마가 져서 물바다가 된 골목에서 헤엄치며 신문을 안 적시고 돌린 날, 봄에서 여름으로 바뀐 바람맛을 먹으면서 돌린 날, 호젓한 마을길하고 다른 석탄공장 곁길을 지나가면서 동이 트려는 하늘을 바라보는 날, 아무리 불볕이라 해도 새벽바람은 이렇게 시원하면서 좋구나 하고 느끼는 날, 모두 새롭다.

2005.2.10. 이오덕 어른이 쓴 일기가 능금상자 하나 가득 있더라. 어른이 읽은 책을 모두 하나씩 끄집어내어 책 사이에 엽서나 편지나 쪽글이 있나 하고 살피고, 이 책에 쌓인 먼지를 닦아 주다가 드디어 일기꾸러미를 찾아냈다. 면장갑을 끼고 어른 일기장을 만져야 하지만, 오늘 딱 하루만 맨손으로 일기장을 만져 보자. 아무리 고되거나 지치거나 아프거나 힘들어도 꾹꾹 눌러쓴 일기장이 놀랍다. 역사가 다른 데에 있지 않구나. 스스로 겪고 듣고 보고 하고 마주한 삶을 고스란히 옮겨적은 마흔 해치 일기장이 그대로 한국 현대사로구나. 군사독재 서슬이 시퍼렇던 무렵 멧골학교 교사로서

적은 이 일기장이.

2008.9.10. 아이가 곁에 왔다. 아기가 나한테 오면서 내 삶은 확 바뀐다. 곁님이 나한테 온 뒤로도 내 삶은 바뀌었는데, 아기는 나더러 예전처럼 살지 말라고 말없이 말한다. 온하루를 아기한테 바치느라 육아일기를 끄적일 겨를이 없는데, 어쩌다가 육아일기를 끄적일 적에 늘 느낀다. 육아일기란, 아이를 돌본 일을 적는 글이 아니다. 육아일기라고 한다면, 오늘 이때까지 어른도 어버이도 아닌, 몸만 어정쩡하게 다 자랐다고 하는 사람이 비로소 어른이나 어버이가 되어 가는 길을 새롭게 배운 엄청난 사랑을 눈물하고 웃음으로 아로새기는 글이로구나 싶다. 아이한테서 배운 사랑을 적는 글을 육아일기라는 이름으로 쓴다.

2009.3.2. 사진일기라고 하는 글을 읽다가 너무 어이없어서 책을 집어던졌다. 어쩜 이렇게 겉멋만 반지르르한 엉터리 이야기를 사진일기라는 이름을 붙여서 책으로 냈을까? 이토록 사진도 모르고 일기도 모르면서 무슨 사진책이랍시고 내놓을까? 한참 식식거리다가 옥상마당으로 나와서 구름바라기를 한다. 문득 이런 생각이 든다. 그 사람은 그 사람이 아는 대로만 사진일기를 쓰지 않았을까? 그 사람 삶은 남한테 잘 보이려는 꾸미는 몸짓이었으니 그런 글밖에 달리 못 쓰지 않는가? 남을 탓할 일이 없다. 사진일기다운 사진일기가 없다면, 그렇게 느낀 내가 쓰면 될 노릇이다. 그래, 남 말은 하지 말자. 내 말을 하자. 내가 사진일기를 쓰면 되지. 바로 오늘부터.

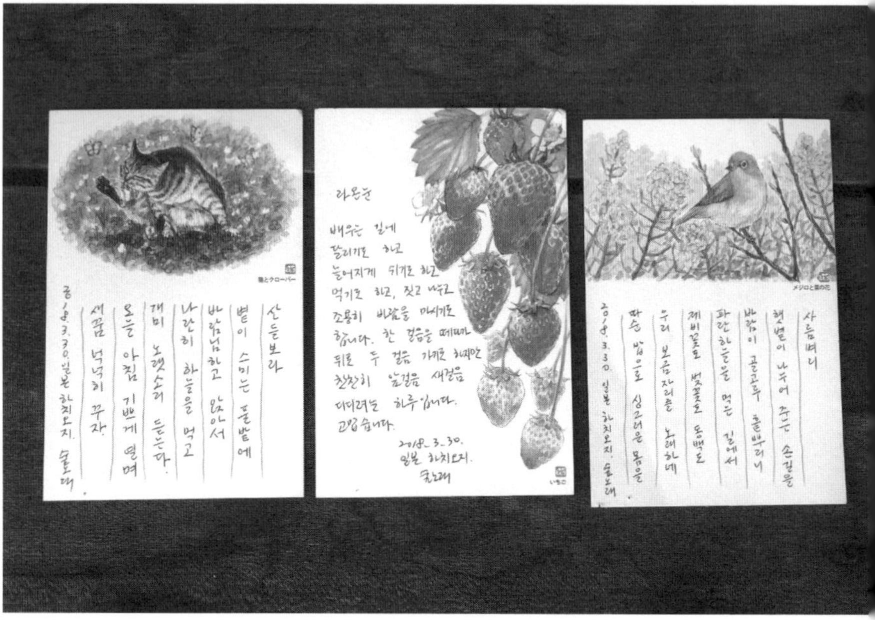

猫とクローバー
산들보라
별이 스미는 풀밭에
바람님하고 앉아서
나란히 하늘을 먹고
개미 노랫소리 듣는다.
오늘 아침 기쁘게 떨며
새꿈 넉넉히 꾸자.
2018.3.30. 일본 하치오지. 숲노래
라온눈
배우는 길에
달리기도 하고
늦어지게 되기도 하고
먹기도 하고, 짓고 나누고
조용히 바람을 마시기도
합니다. 한 걸음을 떼다가
뒤로 두 걸음 가기도 하지만
찬찬히 앞걸음 새걸음
디디려는 하루입니다.
고맙습니다.
2018-3-30.
일본 하치오지.
숲노래
メジロと菜の花
사름벼리
햇볕이 나누어 주는 손길을
바람이 골고루 흩뿌리니
파란 하늘을 먹은 길에서
제비꽃도 벚꽃도 동백도
우리 보금자리를 노래하네
따순 밥으로 싱그러운 몸을
2018.3.30. 일본 하치오지. 숲노래

郵便はがき
from. 일본 하치오지
八王子市
To. 산들보라 Sandulbora
59525, 12 Gaeksageori-gil,
Do-hwa-myeon,
Goheung-gun, Jeollanamdo,
South Korea
BY AIR MAIL 航空
PAR AVION
郵便はがき
from 일본 하치오지
八王子市
To. 라온눈 Raon Nun
59525, 12 Gaeksageori-gil
Do-hwa-myeon
Goheung-gun Jeollanamdo,
South Korea
BY AIR MAIL 航空
PAR AVION
郵便はがき
from 일본 하치오지
八王子市
To. 사름벼리
59525, 12 Gaeksageori-gil, Do-hwa-myeon,
Goheung-gun, Jeollanamdo, South Korea
BY AIR MAIL 航空
PAR AVION

ㅈ

자전거

1985.6.23. 자전거를 갖고 싶다고 꿈을 꾼 끝에 드디어 선물을 받는다. 바람을 가르는 맛이 어찌나 좋은지. 동무들이 하듯이 한쪽 손을 놓고 달리다가 두 손을 모두 놓고 발만 굴러 본다. 이러다가 한쪽으로 기울면서 와장창 자빠진다. 팔다리가 다 나은 다음에도 자전거를 신나게 타는데, 동무들이 내 자전거를 놀린다. 손잡이가 '1'처럼 곧지 않고 '3'으로 생겼대서 "야, 그건 아줌마나 아저씨가 타는 자전거잖아!" 하면서 낄낄댄다. 동무들 말을 듣고 얼굴이 벌개진다. 오늘 아침까지 그렇게 좋던 이 사랑스러운 자전거가 갑자기 미워 보인다.

1986.8.12. "사 달라고 할 적에는 그렇게 떼를 쓰고 좋아하더니, 왜 요새는 자전거를 안 타니?" 어머니가 묻는 말에 아뭇소리를 못 한다. 동무들이 내 자전거를 보고 놀린 얘기를 차마 못 한다. 내 자전거는 쓸쓸하게 먼지만 먹으면서 자꾸 슬어 간다.

1995.7.11. 바구니에 신문을 잔뜩 담고 짐받이에도 신문을 잔뜩 얹는 짐자전거로 신문을 돌리면서 어릴 적을 떠올린다. 나는 왜 어머니 사랑이 아닌 동무 손가락질에 마음을 빼앗겼을까? 이 엄청나게 튼튼하고 잘 나아가는 자전거를 왜 미워했을까? 기어가 따로 없고 그야말로 투박하며 묵직한 짐자전거인데, 이제 나는 짐자전거를 매우 사랑한다. 새벽에 신문을 돌리다가 곧잘 예전 내 자전거를 떠올린다. 마음으로 옛 자전거를 부르면서 속삭인다. "미안해. 미안해. 미안해. 그리고 사랑해. 사랑해. 사랑해."

2001.4.26. 내 돈으로 처음 자전거를 장만했다. 30만 원쯤 들었다. 이 자전거가 얼마나 사랑스러운지, 예전에는 두 다리로 걸어서 서울 시내 어디이든 몇 시간씩 다녔다면, 이제는 늘 자전거로 다닌다. 그런데 책집을 돌며 쉰 권이나 예순 권쯤 장만해서 자전거에 싣고 등에 짊어지자니 좀 힘든 일이 아니네. 전철을 탔다면 전철 바닥에 내려놓고서 숨을 돌리겠지만, 자전거로 달리니 끝까지 혼자 짊어져야 한다. 게다가 자전거가 자꾸 삐걱거린다. 30만 원도 큰돈이라 생각했는데 아니구나. 값을 더 들여서 좋은 부품이 달린 자전거를 써야 하는구나.

2006.9.21. 몇 해 앞서 적금통장 하나를 헐어서 자전거를 새로 장만했다. 헌것이어도 130만 원을 치렀으니 새것이라면 값이 얼마나 셌을까? 그러나 이 자전거를 장만한 뒤로는 다른 자전거가 눈에 안 들어온다. 아니, 이 자전거 하나로 넉넉하다. 아침 일곱 시 즈음 음성에서 빈몸으로 길을 나서면, 백오십 킬로미터가 넘는 서울길에 네 시간 삼십 분쯤 걸린다. 한숨도 안 쉬고 오직 자전거에서 발

판질만 했을 때에 이만큼 나온다. 네 시간 반을 쉬지 않고 발판을 구른 뒤에 서울에 닿아 한강길을 달리다가 사람 뜸한 데에 멈춰서 풀밭에 드러누우면 내 다리가 내 다리가 아닌 듯하다. 가쁘게 마시는 바람이 달다. 하늘이 파라니 좋다. 그렇지만 여기까지만 빈몸이요, 이제부터 서울에서 며칠 지내며 책집을 돌아 책을 잔뜩 장만하면, 수레에 싣고 짐받이에 붙이고 등에 짊어지면서 음성으로 돌아가야 할 테지. 빈몸으로 백오십 킬로미터 남짓을 달릴 적에는 네 시간 반이라면, 책을 이백 권쯤 싣고 짊어지며 돌아가는 길은 아홉 시간이다.

• • •

2012.8.13. 두 아이를 자전거수레에 태워 온누리 어디라도 못 갈까. 두 아이를 태웠기에 더 기운내어 씩씩하게 달린다. 오래오래 기나긴 길을 달려 삐걱거리는 자전거를 몰아 멧길을 오른다. 바닷길을 달린다. 빗길을 가로지른다. 눈길을 누빈다. 비바람 몰아치며 휘청거리더라도 꿋꿋하게 달린다. 가없이 맑은 날에 들길을 달린다. 하얀 구름 살랑거리는 시골길을 지난다. 아이들이 수레에 앉아 웃으면 나도 자전거 발판을 구르며 웃는다. 아이들이 수레에서 까무룩 잠들면 나는 찬찬히 조용히 자전거 발판을 딛는다. 달린다. 살아간다. 사랑한다.

잠깨비

2019.1.2. 하루를 마감하고 꿈나라로 가려는데 큰아이가 문득 일어나서 "옆에 같이 누워 주세요." 하고 말한다. "얘야, 너, 귀신 나온다고 생각하지? 귀신이 있니? 귀신을 봤니? 귀신이 너를 괴롭히니?" 아무 말을 하지 않는다. 작은아이 이불깃을 여미고 두 아

이 사이에 눕는다. 조용히 파랗게 고요히 가만히 꿈그림을 그린다. 굳이 다른 말을 더 들려주기보다는 얌전히 상냥히 포근히 눕기만 해도 아이들은 새로운 기운을 받아들이리라. 이튿날 아침에 아이들한테 '잠깨비'를 얘기해 줄까 하고 생각한다. "잠깨비라니?" 하고 물으면 '먹깨비'를 얘기하고, "먹깨비라니?" 하고 물으면 '책깨비'를 얘기하고, "책깨비라니?" 하고 물으면 '꽃깨비'를 얘기하고, "꽃깨비라니?" 하고 물으면, '바람깨비'를 얘기하면서, 우리 곁에는 언제나 숱한 '깨비'가 있는데, 우리를 마냥 지켜보기만 할 뿐이라고, 다만 우리가 성을 내거나 시샘을 하거나 싫다 하거나 꺼리면, 이런 깨비는 무럭무럭 자라서 '장난깨비'가 된다고 얘기할 생각이다. 그리고 우리가 웃고 노래하고 춤추고 어깨동무하고 신나게 하루를 지으면서 지내면, 온갖 깨비는 우리한테서 철철 흘러넘치는 사랑을 받아서 시나브로 무지개랑 별로 거듭나 사르르 녹는다고 얘기를 덧붙일 생각이다.

저작권

2005.2.3. 이오덕 어른은 금고를 따로 마련해서 이곳에 내용증명 글월을 건사하셨다. 어떤 내용증명인가를 살피니, 출판사에서 판매부수를 속인 짓을 따지는 내용증명에, 그동안 치르지 않은 글삯을 내놓고 이제 책을 절판하라는 내용증명이 여럿 있다. 이밖에 이오덕 어른 일기를 보니 이오덕 어른뿐 아니라 권정생 할배 책을 둘러싸고 이름난 출판사들이 글삯을 떼어먹거나 인지 장난을 으레 저지른 이야기가 흐른다. 어느 출판사는 얼추 2억에 가까운 글삯을 떼어먹었더라. 그렇게 떼어먹은 돈으로 그 출판사는 오늘 어떤 책을 내는가?

2005.11.3. ㅎ신문에서 내 사진을 쓰고 싶다고 연락한다. 사진값은 얼마를 주겠느냐고 물으니 "저희 신문사 사정이 어려워서 사진값을 드리기 어렵습니다" 하고 말한다. "사진값으로 1만 원을 줄 수도 있습니다. 1만 원을 줄 돈이 없나요?" "……." "사진이 좋아서 꼭 쓰고 싶다면 사진값을 치러야겠지요. ㅎ신문에서 일하는 분들은 자원봉사로 일삯 안 받고서 글을 쓰고 사진을 찍어서 신문을 내나요?" "……." "사진값으로 1만 원도 내지 못하는 신문사라면 그만 문닫는 길이 낫지 않을까요?" "그거는 좀." "제가 기자님이라면 제 주머니에서라도 1만 원을 꺼내서 드립니다." "죄송합니다. 그 대신 밥이나 한끼 사겠습니다." "아이고, 밥 사지 마시고요, 그 돈으로 사진값 1만 원을 치르면 되지 않나요?"

2013.9.1. 책을 낸다는 어느 분이 나한테 사진 두 자락을 '줄' 수 있느냐고 묻는다. 그래서 사진을 책에 신도록 '사용권을 빌려주는' 계약서가 있느냐고 되묻는다. 그런 계약서란 없고, 사진을 '그냥 줄' 수 있느냐고 다시 묻는다. 그래서 '내 사진을 어떤 글하고 어울리도록 싣는지, 먼저 글을 보여 달라'고, '내 사진이 들어갈 자리에 적힌 글이 먼저 내 마음에 들어야 빌려주든지 말든'지 할 수 있다고 대꾸한다. 덧붙여 그 책에 '사진 찍은 사람' 이름이 제대로 간기에 적히는가를 묻는다. 그런데 그 책에 글쓴이 이름만 들어가고 사진 찍은 사람 이름은 안 들어간단다. 무엇보다 사진값을 치를 수 없단다. 그 얘기에 '사진값을 주지 못한다면 책은 주느냐' 하고 다시 물으니, 사진값도 없지만 책도 안 준단다. 좀 어이없구나 싶어서, 사진 저작권자한테 아무런 권리도 보람도 없는데 사진을 왜 '주어'야 하느냐고 물으니, '좋은 뜻으로 좋은 책을 내려고 하니 협

조를 바란'단다. 그 좋은 책이라면, 좋은 값을 사진저작권자한테 치르고, 성명표시권을 지키고, 종이책으로 나온 결과물을 사진저작권자한테 '배포'하여 어떻게 나왔는가를 알려야 하지 않나?

2014.10.1. ㅂ일보 기자가 내 사진을 멋대로 가져다쓰고서 아무 말이 없은 줄 나중에 알다. 신문사에 전화를 걸어 그 기자한테 따졌다. 그 기자가 하는 말, "내가 좋은 뜻으로 사진을 써서 부산 보수동 헌책방골목을 좋게 알리는 일을 했는데 뭐가 잘못이오?" 훔침질을 한 사람이, 기자란 분이, 되레 큰소리이다. 기자가 되는 이는 저작권법 공부를 안 하는 듯하다.

2016.2.1. ㄱ도서관에서 말이지, 내 사진을 표절한 작품에 무슨 사진공모전 대상을 주었단다. 그곳에서 직원 두 사람이 고흥에 불쑥 찾아왔다. 이들은 사진저작권 도용을 둘러싸고서 우리한테 200만 원 피해배상을 하기로 하면서, 그 사진은 그대로 공모전 대상으로 삼겠다고 한다. 그렇게 하시라고 말하고는 헤어졌다. 그런데 서울로 돌아간 그들은 말을 바꾸어 연락을 뚝 끊더니 우리가 그들을 협박하여 200만 원을 뜯어내려 한다면서 변호사한테 이 일을 넘겼다고 밝힌다. 허허. 그분들은 왜 이런 짓을 벌일까? 무릎 꿇고 빌겠다며 고흥까지 찾아왔으면 그 값을 치르든지, 잘못한 일이 없다고 여긴다면 굳이 고흥에 올 일조차 없이 그 사진공모전 대상이라는 작품을 널리 퍼뜨릴 노릇 아닌가? 그들은 그들 누리집에 올렸던 시상식 사진을 지우고, 공모전을 했다는 자취도 싹 지웠다.

2016.7.5. 아마 2002년 일이었다고 떠오르는데, ㄱ신문에서 내 사

진을 빌려갔다. 기사에 쓰고서 돌려주기로 했는데 안 돌려준다. 이레 뒤에 연락하니 곧 돌려주겠노라 했고, 한 달이 지나도 꿩 잡아먹은 듯하여 다시 연락하니 사진을 잃어버렸단다. 기자한테 묻는다. "사진값을 치르기에는 신문사 형편이 어렵다 하셔서 좋은 마음으로 사진을 빌려주었습니다. 그런데 사진을 돌려주지 않으시고, 잃어버리셨다면, 잃어버린 그 사진값은 어떻게 하시겠습니까?" 열 몇 해 된 이야기를 굳이 남겨 본다. 왜냐하면, 뭐 이런 일이 있은 뒤, 이 때문은 아닐 테지만, 그 뒤로 ㄱ신문에서 내 책을 꼭 한 권조차도 소개한 적이 없네.

2019.2.5. ㅇ뉴스에서 2017년에 내 사진을 멋대로 쓰고서 ㅇ뉴스 이름까지 박아서 퍼뜨렸다. 이런 일을 몇 달이 지나고서야 알았네. 그런데 2019년에 이런 일이 또 불거졌다. 참 딱하다. 왜 그럴까? 왜 사진값을 제대로 치르면서 쓰려 하지 않는가? 더구나 사진에 사진저작권을 적을 생각을 안 하고서 써도 되는가?

전업주부

2013.12.24. 아이들이 깊이 잠든 한밤에 일어나 새벽까지 글을 쓴다. 밤 한 시부터 새벽 여섯 시 오십 분쯤 겨우 하루 일을 마치고 아이들 사이에 눕는다. 아이들이 여덟 시 무렵부터 잠에서 깼다고 느낀다. 몸이 무거워 도무지 못 일어나는데, 큰아이가 동생 쉬를 누여 주고 같이 노는 소리를 귓결로 듣는다. 아홉 시가 되어 기지개를 켜고 일어난다. 아이들 먹일 밥을 헤아린다. 두 아이는 마당 한쪽에서 꽃삽으로 땅을 쪼다가 맨발로 털퍽 주저앉아 온몸에 흙을 덮으면서 논다. '얘들아, 오늘은 십이월 이십사일 한겨울이거든.

너희들 여기가 한여름 바다인 줄 아니.' 속으로만 말하고 입으로는 웃는다. "응, 신나게 놀렴." 두 아이가 다 놀고서 들어오면 옷을 모두 갈아입히고 씻겨야 한다고 느끼며, 밥부터 차린다. 옷 갈아입히고 씻기고 나서 바로 따순 밥을 먹을 수 있도록 끓인다. 아이들이 마당에서 온통 흙투성이 되어 노는 모습을 보면서, 밀린 글을 조금 쓴다. 작은아이가 "추워, 이제 안 해." 하면서 마루로 올라서려는 소리를 듣는다. 부리나케 자리에서 일어나 작은아이가 마루에 못 올라오도록 막는다. "자, 밖에서 옷 다 벗고 들어와. 씻어야지." 따순 물 나오도록 보일러 단추를 누른다. 미리 챙긴 아이들 옷가지를 씻는방 앞에 갖다 놓는다. 큰아이는 혼자서 옷을 씩씩하게 다 벗고, 또 씩씩하게 옷가지에 묻은 흙을 탁탁 턴다. 두 아이를 함께 씻는방으로 들어오도록 한다. 이동안 나는 반바지와 반소매 차림으로 갈아입는다. 따순물을 튼다. 먼저 머리가 긴 큰아이부터 머리를 감긴다. 어느덧 물이 따끈따끈하고, 두 아이한테 물을 골고루 뿌리면서 천천히 씻긴다. 다 씻긴 아이들 머리를 말리고 물을 닦은 뒤 방으로 들어가자 하면서 "달려!" 하고 말한다. 벌거숭이 두 아이가 방으로 달려간다. 방에서 큰아이는 스스로 옷을 꿰고, 작은아이는 하나하나 입혀 준다. 옷을 다 입은 아이들더러 부엌에 앉으라고 말한다. 대접에 밥이랑 국을 함께 담는다. 오늘은 수제비국. 아이들끼리 풀이랑 밥을 골고루 먹으라 말하면서 빨래를 한다. 흙투성이 옷을 조물조물 주무른다. 흙때가 잘 빠지도록 여러 벌 되비빔질 한다. 오늘은 여러 달 만에 빨래기계를 쓰기로 한다. 비빔질을 모두 마친 빨래를 빨래기계에 넣는다. 이렇게 하면 빨래기계를 쓰는 뜻이 있느냐고도 하지만, 비빔질을 안 하고 빨래기계에 넣으면, 나중에 마당에 널 적에 옷소매나 옷깃이 제대로 안 빨리기 마련이다. 비빔질을 잘 해서 넣어야 제대로 빨린다. 빨래를 하는 김에 걸레를 빨았고, 방과 마루를 쓸고 닦는다. 걸레를 빨아서 마당에 넌다. 방에 깔았던 깔개를 마당에 널어 해바라기 시킨다. 부엌으로 돌아가니 큰아이는 밥을 다 먹었다. 작은아이도 거의 다 먹었다. 내 몫을 뜨기 앞서, 오늘 저녁에 먹을 쌀을 냄비에 담아 씻는다. 엊그제부터 뜯은 누런쌀 자루에 바구미가 꽤 많다. 이 녀석들은 이 겨울에도 용하게 이렇게 새끼를 치며 쌀을 파먹는구나. 작은아이 곁에 앉아 작은아이 입에 풀을 넣어 준다. 나랑 작은아이는 이윽고 밥을 다 먹는다. 이동안 빨래기계가 빨래를 다 해 주었다. 옷걸이를 챙겨 마당으로 옷가지를 들고 나온다. 차곡차곡 펴서 넌다. 두 아이는 마루를 가로지르면서 신나게 논다. 등허리를 조물주물 주무른다. 눈두덩도 주무르고 손목과 팔뚝을 주무른다. 오늘 쓸 글은 얼마나 있지? 아이들이 서로 잘 보듬으며 노는 모습을 지켜보면서 조금 더 일하기로 한다. 이따가 작은아이 낮잠을 재워야지.

전투경찰

1998.4.5. "잠깐 실례하겠습니다." "뭔데요?" "옆구리에 낀 책 좀 보여주시겠습니까?" "왜 보여줘야 하는데요?" "검문 좀 받으셔야겠습니다. 그냥 못 지나갑니다." "멀쩡히 길을 가는 사람을 왜 세워서 못 가게 합니까? 비키세요." "안 됩니다. 이 앞에는 못 지나갑니다. 책을 보여주셔야겠습니다." "왜 못 가요? 길을 왜 못 가게 막습니까?" "이 앞에 집회를 하는데, 거기 가는 거 아닙니까?" "무슨 집회를 한다고 그래요. 나는 서울역 옆에 있는 헌책집에 책 보러 가는 길인데." "안 됩니다. 책을 보여주셔야겠습니다." "뭐야 이거? 불심검문은 불법인 거 몰라?" "야, 이 새끼 잡아. 저 책 빼앗아.

찢어버리고 (닭장차에) 집어넣어.” …… 한창 신문배달을 하던 1998년 어느 날 봄, 배달자전거로는 좀 멀지 싶어서 전철을 타고 서울역 앞에서 내려 서울역 언저리에 있는 헌책집에 가는 길에 전투경찰이 앞을 막아섰다. 불심검문이란다. 그러더니 내가 걸어가며 읽던 책을 빼앗아서 찢어버렸고, 닭장차에 두 시간 즈음 갇혔다. 서울역 건너쪽에 있는 경찰서에까지 끌려갔고, 경찰은 “불편을 끼쳐서 죄송합니다.” 한 마디만 하고 풀어줬다. 옆구리에 하나, 손에 하나, 이렇게 책 두 자락을 들고서 헌책집에 찾아가던 젊은이는 얼결에 닭장차에 경찰서에 한나절을 갇히며 갖은 막말을 들어야 했다.

종이

2008.8.25. 아이가 우리한테 오고서야 기저귀를 눈여겨본다. 이때까지 기저귀가 무엇인지 제대로 짚지 못했다. 사전에 실린 말뜻으로는 ‘기저귀’를 바라볼 수 있었어도, 아이 샅에 기저귀를 대는 살림을 짓고서야 비로소 ‘기저귀’가 그냥 낱말 하나가 아닌 엄청나게 오래며 깊은 삶이 넓게 스민 사랑인 줄 깨닫는다. 우리 집에서는 아이한테 천기저귀를 댄다. 기저귀를 마련하면서, 이 기저귀도 여럿인 줄 새삼스레 배우는데, 한 벌 쓰고 버리는 기저귀는 으레 공장에서 종이로 척척 찍어내니 ‘종이기저귀’이다. 아기를 낳는 몸인 가시내가 다달이 쓰는 기저귀는 핏물을 받으니 ‘핏기저귀’이다. 아기는 똥오줌을 가릴 수 없는 몸이라 기저귀를 댄다. ‘오줌기저귀’하고 ‘똥기저귀’를 갈라서 삶고 헹구고 볕에 말리며 바람을 쏘인다. 아이 하나가 가르치는 살림이란 대단하구나. 살림을 가르치는 아기는 말도 저절로 가르치는 스승이요 길잡이요 별님이자 꽃송이 같다.

좋은

2003.7.30. 좋은 책을 많이 읽으면 못나던 사람도 훌륭해지지 않느냐는 말을 으레 듣는다만, 난 하나도 아니라고 여긴다. 얼핏 보면 이 말이 맞아 보일 수 있겠지만, 속속들이 살피면 하나도 아니다. 좋은 책을 많이 읽기에 좋은 사람이 되지 않는다. 나쁜 책을 읽기에 나쁜 사람이 되지 않는다. 스스로 삶을 좋게 가꾸기에 어떤 책을 읽어도 좋은 숨결을 받아먹으면서 좋은 사람으로 자란다. 스스로 삶을 나쁘게 내팽개치기에 어떤 책을 읽어도 그저 나쁜 마음으로 쳇바퀴를 돌면서 온삶이 짜증에 고달프면서 괴롭겠지. 맛나거나 값진 밥을 먹기에 튼튼한 몸이 될까? 아니다. 맛나거나 값진 밥도 틀림없이 한몫 할는지 모르나, 이보다는 좋은 마음이 먼저이다. 스스로 좋은 사람으로 우뚝서지 않은 채 겉으로 보이기에 좋다는 책만 잔뜩 건사한대서 좋은 사람으로 살아가거나 일하지 못한다고 느낀다. 아이들을 보라. 아이들이 왜 튼튼할까? 언제나 사랑으로 즐겁게 뛰놀기에 튼튼하다. 좋다는 책을, 아름답다는 책을, 훌륭하다는 책을, 어떤 책이든 아무리 많이 읽든, 아무리 대단하다는 책을 꾸준히 읽든, 먼저 사람 됨됨이를 갖추지 않는다면 다 헛것이라고 느낀다.

지렁이

2012.4.21. 괭이로 땅을 판다. 크고 단단한 돌이 나온다. 흙땅에 이렇게 큰 돌이 있으면 무얼 심어도 제대로 자라기 힘들겠다. 이런 곳에서는 지렁이도 굴을 파고 깃들기 어렵겠다. 괭이날이 폭폭 들어가는 곳은 흙이 보드랍다. 지렁이를 만난다. 흙빛이 싱그러우면서 짙다. 흙빛이 좋다고 느낄 적에는 지렁이가 즐거이 보금자리

를 틀겠다고 생각한다. 때때로 내 괭이질에 몸뚱이가 토막나는 지렁이를 본다. 지렁이는 몸이 토막나더라도 두 토막이 서로 다른 목숨이 되어 살아날 수 있단다. 부디 서로 잘 살아 주기를 빌며 흙을 덮는다. 그런데, 괭이질로도 지렁이가 다친다면, 트랙터나 경운기에 커다란 날을 달아 윙윙 하고 지나가며 밭을 갈 적에 지렁이는 어떻게 될까. 이때에도 지렁이가 토막나는 줄 느낄 수 있을까. 오늘날 흙일은 지렁이와 함께 건사하는 흙일이 아닌, 비료를 더 챙겨 흙심을 북돋우는 쪽에만 눈길을 두고 마는 흙일이 되는데, 여느 논밭에 지렁이는 얼마나 살아갈까. 비닐을 씌우는 밭에서 지렁이는 어떻게 살아갈 수 있을까. 함께 뒷밭에서 일하던 아이가 지렁이를 보고는 "여기 지렁이 있어." 하고 말한다. "그래, 그러면 네가 흙을 잘 덮어 줘." "아니, 아버지가 덮어." 아이는 흙밭에서 나와 풀밭에서 논다. 풀씨를 날리며 놀다가 묻는다. "지렁이 흙 덮어 줬어?" "응, 잘 덮어 줬어."

지저분

2019.4.19. 큰아이가 설거지를 할 적에 한동안 밥찌꺼기가 안 떨어지거나 미끌거렸다. 이제 큰아이는 이런 티가 없이 설거지를 한다. 작은아이는 아홉 살을 살아가는 나이에 아직 밥찌꺼기나 미끌거리는 데를 남기면서 설거지를 한다. 둘은 어느 대목에서 다를까? 며칠 앞서 작은아이가 "난 설거지를 하기 싫은데 ……" 하는 말을 생글거리면서 한다. 작은아이랑 둘이 마실을 다녀오는 길에 이야기했다. "보라야." "응?" "보라는 있지, 아침에 밥을 먹고서 설거지를 하지 않아 지저분한 밥그릇을 저녁에 그대로 쓰니?" "아니." "왜? 왜 다시 안 써? 설거지하기 싫잖아? 그러면 지저분한 밥그릇

을 그냥 다시 쓰면 되지 않아?" "으, 으, 그, 그게 말야……." "우리 몸도 똑같아. 우리가 몸을 실컷 부리고 나면 땀이나 때가 생겨. 이때에 몸을 안 씻고 그냥 살면 어때?" "음, 냄새 나?" "냄새도 나겠지만, 몸이 우리를 싫어하겠지. 잘 쓴 몸을 즐겁게 씻듯이, 잘 쓴 그릇을 즐겁게 부셔. 즐겁게 몸을 새로 쓰고 싶고, 신나게 밥을 새로 먹고 싶어서, 씻고 설거지를 해." 아침저녁으로 생각을 새로 지어서 넉넉히 편 뒤에 고요히 잠들며 새로운 마음으로 깨어나려 한다. 즐겁게 쓴 글은 내 손에서 떠나보내어 이웃님이 반가이 누리기를 빈다. 새로 가다듬고 새 눈빛으로 바라보면서 새로 연필을 쥔다.

집밥

2019.3.17. 이모네 집에 놀러온 큰아이가 문득 "밖에서 사먹는 피자가 아무리 맛있어도, 집에서 구워서 먹는 피자가 더 맛있어." 하고 말한다. 큰아이 말 그대로이다. 바깥에서 파는 피자는 그럭저럭 좋다 싶은 밥감으로 굽는다면, 집에서 우리가 손수 반죽해서 굽는 피자는 가장 좋은 밥감을 챙겨서 구우니 맛이 다를밖에. 집밥이란 가장 좋은 밥감으로 지으니 더없이 맛있기 마련이요, 집밥은 누가 먹는가를 헤아리면서 손수 지으니 가없이 맛있기 마련인데다, 집밥은 바로 우리 사랑어린 손길로 지으니 더할 나위 없이 맛있다. 그렇다면 우리가 쓸 글은? '집글'이면 된다.

짜증

2016.8.16. 큰아이가 종이접기를 하다가 잘 안 된다면서 짜증을 부린다. 큰아이를 지켜보니 이 더위에 짜증이 샘솟는가 보다. 여태 잘 하던 종이접기가 안 될 까닭이 없으니 아침을 지나 낮이 되는

가장 더울 때에 아무래도 머리가 지끈거리는구나 싶다. "벼리야, 안 될 적에 억지로 하면 안 돼. 안 되면 쉬었다가 나중에 하면 돼. 날이 더우니 빨래터에 가서 놀고 와. 시원하게 놀고 오면 그때에는 잘 될 테니까." 큰아이는 입술을 비죽 내밀면서 '왜 종이접기를 안 도와주느냐'며 툴툴거렸지만 장난감을 챙겨 빨래터로 간다. 두 아이는 빨래터에서 한낮 세 시간 가까이 놀았다. 한두 시간은 가볍게 놀기도 하지만 세 시간이나 노네. 이토록 더운 날씨였다는 뜻일 테지. 빨래터 물놀이를 마친 작은아이는 샛밥을 먹자마자 곯아떨어졌고, 큰아이는 마루에 누워서 자는 둥 마는 둥하다가 다시 종이접기를 하는데 아침에 안 되던 종이접기를 거뜬히 해낸다. "벼리야, 몸을 시원하게 해 주고 잘 놀고 난 뒤이니 종이접기가 잘 되지? 짜증을 내는 마음이 되면 뭘 해도 안 되기 마련이야. 다른 때에 잘 되더라도 마음에 짜증이 생기면 참말 아무것도 안 돼." 큰아이가 오늘 한 가지를 새롭게 배웠기를 빈다. 나도 아이들하고 나란히 새롭게 한 가지를 익혀서 몸뿐 아니라 마음에 아로새기자고 다짐한다.

(덧말 : 2018년에는 작은아이가 큰아이 짜증을 물려받아 "종이접기 안 되잖아! 너무 힘들어!" 했다. 2019년에는 두 아이 모두 어머니 아버지 도움손 없이 어떤 종이접기도 다 해내며 "내가 예전에 짜증냈다고? 어어, 하나도 생각 안 나는데?" 하면서 빙글빙글 웃는다)

DOG
29
책

ㅊ

찬물

2008.3.10. 또다시 '찬물' 빨래를 할 수 있는 날씨가 되었다. 이 얼마나 오랫동안 기다리고 기다리던 찬물 빨래인지. 이제는 마음 놓고 이불을 빨아서 담벼락에 널어 놓고 물방울 투두둑 떨어지면서 바작바작 마르는 소리와 느낌과 냄새도 느낄 수 있다. 아직까지는 찬물로 헹구면 손이 시리다못해 벌겋게 얼어붙기도 하지만, 찬물로 헹구고 비빔질 할 수 있는 대목 하나만으로도 어찌나 반가운지. 찬물에 빨래를 담가 놓고 하나씩 건져서 비누 바르고 비비고 헹구고 탁탁 털어서 집게옷걸이에 집은 다음 옥상마당 벽에 박힌 못에 걸어 햇볕에 말리는 느낌이란. 무르익은 봄은 아니지만 싱그럽고 시원한 바람이다. 비록 인천 바람이 나쁘고 이웃한 공장에서 뿜어나오는 매연과 자동차마다 쉴새없이 쏟아내는 차방귀로 숨이 턱턱 막히지만, 찬물 빨래를 하고 나서 기지개 켜며 야호 소리를 치면 웃음이 나온다.

참새

2001.5.16. 이렇게 더운 날, 참새는 어디에서 목을 축일까? 들고양이와 들개는? 뭇목숨들은 '돈'으로 살지 않기 때문에 가게에서 물을 사마실 수 없다. 그렇다고 이 서울이라는 곳에 냇물이 시원하게 흐르지도 않고, 푹푹 찌는 날씨에 물웅덩이가 고이는 데도 없다. 비라도 오지 않는다면. 이와 마찬가지로 참새는 먹을거리를 사먹을 수도 없다. 이들은 어떻게 살아갈까? 물 한 방울이 고맙고 밥 한 톨이 고마운 줄 새삼스레 생각한다. 내가 물방울하고 밥톨을 모르며 산다면, 고마운 숨결을 잊은 채 산다면, 나는 아마 이 지구라는 별에서 사라져도 될 목숨이리라.

책

1992.8.28. 책은 나무이다. 나무를 베어 얻은 종이로 책을 엮으니 책이란 나무이다. 책은 바람이다. 책이 된 나무는 바람을 먹고 사니까 책은 바람이다. 책은 물이다. 책이 된 나무는 빗물을 먹고 자라니까 책은 물이다. 책은 흙이다. 책이 된 나무는 흙에 뿌리를 뻗어 튼튼하게 서니까 책은 흙이다. 책은 해님이다. 책이 된 나무는 햇볕 햇살 햇빛을 듬뿍 받아들이면서 가지를 뻗고 잎을 내놓으니 책은 해님이다. 책은 숲이다. 책이 된 나무는 잔뜩 우거져 스스로 숲이 되니, 책은 숲이다.

1993.4.17. 책이 나를 부른다. '얘, 얘, 나 좀 보렴.' 처음엔 어리둥절했다. 어디에서 틀림없이 부르는 소리가 났는데, 둘레에 아무도 없다. '얘, 얘, 사람만 보려 하지 말고 나를 보렴.' 사람 아닌 책이 부른 줄 알고 흠칫했으나 이내 책을 마주한다. '얘, 얘, 넌 뭐가 되

고 싶니?' '아, 뭐가 되고 싶냐면, 어른이지.' '그래? 그렇구나. 그러면 넌 나를 보면서 어른이 되는 길을 스스로 배워 보렴.'

1993.5.20. 학교(고등학교)에서 소지품검사를 한다. 내 짐꾸러미에 있던 책 다섯 권을 빼앗아 간다. 책 다섯 권이란 교과서나 참고서나 문제집이 아니었던 책. 어떤 책을 빼앗아 갔는고 하니, 윤동주 시집, 김소월 시집, 한용운 시집, 릴케 시집, 이육사 시집. 학교 정규수업이 끝나고 보충수업을 하기 앞서 교무실에 간다. "선생님, 제 책 돌려주십시오." "왜? 공부하는 책이 아니니까 압수했다. 왜 돌려줘야 하냐?" "선생님, 저 책도 공부하는 책입니다. 삶을 공부하는 책이기도 하지만, 수능 시험하고 본고사 시험을 치르려면 교과서에 나오지 않는 시와 소설도 읽고 외워야 합니다." "안 돼. 왜 교과서만으로 공부를 못 하냐?" "선생님도 아시다시피 수능이나 본고사는 교과서 바깥에서 지문을 따서 문제를 낸다고 했습니다." "그렇지." "그런데 교과서만으로 입시 공부를 하라니 말이 안 되지 않습니까?" 이 얘기를 옆에서 듣던 국어 교사 한 분이 보다 못했는지 "○ 선생님, 그 책들 돌려주시지요. 수능 국어시험 보자면 꼭 봐야 할 책들 같습니다." 하고 거든다. 국어 교사가 거들어서 내 책을 돌려받았다.

1995.5.25. 외대 앞 한겨레신문 이문·휘경지국 신문배달원으로 일한 지 한 달. 형들하고 함께 먹고자는 이 작은 지하방에 내 책이 벌써 이백 권 넘게 귀퉁이에 탑으로 쌓인다. 지국장님이 한마디. "야, 공부하려고 책을 사서 읽는 건 좋은데, 우리 잘 자리가 자꾸 좁아진다. 어떡할까? 우리가 넓은 곳으로 이사할 수 있으면 좋겠

는데. 너더러 책을 그만 사라고는 못 하겠고."

1995.10.1. "학생처럼 책을 사랑하는 대학생이 열 사람쯤만 손님으로 와도 우리 책방이 문을 닫지 않을 텐데. 그래도 문닫기 전에 학생 같은 사람을 만나니, 이제 이 헌책방을 접기로 했지만 후회가 되지는 않네. 내가 마음으로 선물해 주고 싶어 그러니까, 돈은 걱정하지 말고 여기에서 가져가고 싶은 책은 다 가져가." 우물쭈물 아무 말을 할 수 없다. 나는 그저 이곳이 책이 알차게 있어 하루가 어떻게 흐르는 줄도 모르는 채 서서 책을 읽고, 읽은 책을 사갈 뿐인데. 한참 망설이다가 '게일 선교사가 쓴 한영자전 복사판' 꾸러미를 집는다. "세 권? 달랑 세 권? 더 가져가. 아니 이 책방에 있는 책 다 가져가도 돼." "아니에요. 다른 책은 제가 돈을 벌어서 사고 싶어요. 이 세 권만 해도 고마운걸요. 게다가 저는 신문사 지국 좁은 지하방에서 사느라 이 책을 다 가져가도 둘 데가 없어요."

1996.6.7. 책이 활활 탄다. 중대장이 북북 찢어발긴 책이 아주 잘 탄다. 중대장은 《태백산맥》 같은 불온도서가 어떻게 내무반에 돌아다니느냐고, 그런 빨갱이 책은 모조리 불살라야 한다고 말한다. 이런 중대장이 관물검사를 하면서 솎아내지 않은 책은 '19금 소설'이다. 중대장은 우리더러 '19금 소설'만 읽고 헤벌레 있으란다. 다른 모든 책은 정신건강에 나쁘단다. 불구덩이 곁에서 책을 찢어발기던 중대장이 사라진다. 아직 찢지 않은 책 서른 권 즈음을 잿더미에 슬슬 묻는다. 책을 다 태웠다고 말한다. 잿더미에 묻은 책은 밤에 보초를 설 적에 빼내려 했는데, 중대장은 불구덩이로 돌아와서 작대기로 잿더미를 뒤지더니 안 찢고 안 태운 책을 찾아낸다.

"이런 ○○○들이 다 있어!" 완전군장을 짊어지고서 19소초부터 22소초까지 철책을 따라 걷는다. 물 한 모금 얻어마시고서 23소초를 지나 32소초까지 걷는다. 다시 우리 소초까지 돌아오기까지 열여덟 시간. 《태백산맥》을 불태우지 않았다고 아주 신나게 피눈물이 난다. 그러나 이웃 소초를 오가면서 금강산 구경도 잘했고, 엄청난 골짜기도 실컷 구경했고, 새파란 하늘빛도 잔뜩 보았다.

1998.5.20. 학과 후배나 동아리 후배를 데리고 헌책집에 가면, 후배들은 헌책집에서 단돈 500원짜리 손바닥책이나 단돈 1000원짜리 인문책 하나조차 못 산다. "야, 이 책 좋아 보인다며. 그런데 1000원이 없어서 책을 못 사니?" "아니, 그게 아니라 ……." 후배들이 읽어 보기를 바라면서 5000원어치 헌책, 거의 열 권에 이르는 책덩이를 안겨 준다.

2000.4.8. 책값이 비싸다고 말하는 사람치고 살림을 알뜰히 꾸리는 사람을 못 본다. 책값 오천 원이나 만 원조차 못 쓰는 사람이 밥값 몇 만 원이나 술값 십만 원은 잘도 쓴다. "한 끼쯤 굶어도 되니, 그 돈으로 책을 사면 어떨까요?"라든지 "술은 안 마셔도 되니, 그 돈으로 값진 책을 장만하면 어떨까요?" 하고 물으면 "어떻게 밥을 한 끼 굶니! 책을 안 보지!" 하고 대꾸들 한다. 누가? 출판사 편집부 일꾼이, 출판사 사장이, 작가들이, 기자들이 …….

2004.1.1. 이오덕 어른이 얼마나 갖가지 책을 읽고 살피며 배웠는가 하고 돌아본다. 가리는 책이 없이 골고루 읽으셨다. 한국책이 없으면 일본책을 챙겨 가면서 읽으셨네. 배움길이란 이렇네. 모두 열

어 놓고서 배울 줄 아는 품이어야 하네. 배웠기에 다시 배우고, 배우기에 더 배우며, 배우는 만큼 새로 배우려 하네. 그렇다고 책으로만 배울 수 있지 않다. 어디에서나 마음을 제대로 열고서 모두 가로지를 수 있도록 배우는 길이다. 이오덕 어른이 말한 '삶을 가꾸는 글쓰기 교육'이란 '삶을 가꾸는 배움길'이란 뜻이라고 배운다.

2007.2.7. 내가 이날 이때까지 짊어지며 살아온 책덩이로 무엇을 할 수 있는지 알지 못했다. 지난 2006년 한 해는 충주하고 서울 사이를 이레마다 자전거로 오가면서 서울에서 책을 200권씩 자전거 수레에 잔뜩 싣고 돌아오는 길이었는데, 이제 앞길이 어렴풋이 보인다. 인천 배다리 아벨서점 책지기 아주머니가 인천이란 고장에서 배다리라는 터가 '사람이 숲이 되어 살아가는 숨결이 빛나는 터'가 되도록 한손을 거들어 주기를, 아니 나 스스로 무언가 하나 해보기를 바라는 목소리를 듣고 다짐을 한다. 그래, 도서관을 하자, 내가 읽고 갈무리한 이 책을 '공공도서관'이 아닌 '트인책터'로 가꾸어, 숲을 만지는 책을 새롭게 느끼고 익히는 보금자리를 꾸며 보자. 이름은 도서관일 테지만, 책이 책다운 모습이 무엇인가를 넌지시 이야기하는 잔치판을 벌여 보자.

2008.8.14. 남이 써 주어야 이야기가 되지 않는다. 남이 쓴 이야기가 있으면 그이 이야기일 뿐이다. 내 이야기는 내가 손수 쓴다. 내가 즐길 이야기, 내가 누릴 이야기, 내가 지을 이야기, 내가 아이한테 들려줄 이야기, 내가 사랑할 이야기는 언제나 내 손끝에서 태어난다. 오늘 누린 살림을 도란도란 나누기에 이야기로 피어나고, 어느덧 책으로 거듭난다.

2010.8.5. 책을 읽으면서 글로 담아낼 이야기를 얻거나 느끼거나 배우거나 찾을 수 없다. 책을 읽는 동안 무엇을 얻거나 느끼거나 배우거나 찾는가 하면, 여태 우리 마음에 깃들었으나 우리 스스로 제대로 못 느끼던 이야기 한 자락을 배운다. 책을 읽으면서 이제껏 우리 스스로 옳게 익히지 못했던 삶을 스스로 옳게 받아들여서 가꾸는 길을 생각한다.

2010.12.11. 빨리 읽으면 빨리 배워서 좋다. 천천히 읽으면 천천히 배워서 좋다. 많이 읽으면 많이 배워서 좋다. 조금 읽으면 조금 배우면서도 흐뭇이 헤아릴 수 있어 좋다.

2012.1.13. 이제까지 읽은 책 때문에 대단한 사람은 없다. 이제부터 새로 읽을 책 때문에 대단한 사람이 있을 뿐이다. 이제까지 쓴 책 때문에 놀라운 사람은 없다. 이제부터 새로 쓸 책 때문에 놀라운 사람이 있을 뿐이다.

2014.6.16. 나한테 책을 가르쳐 준 사람은 없다. 초·중·고등학교 적 교사들 가운데에도, 다섯 학기를 머물던 대학교 교수 가운데에도, 출판사에서 일하며 만난 책마을 일꾼이나 글쟁이나 그림쟁이나 사진쟁이 가운데에도, 참말로 어디에도 없다. 헌책집 아저씨나 아주머니도 나한테 책을 가르쳐 주지는 못했다. 헌책집 아저씨나 아주머니는 책이 아닌 삶을 가르쳐 주었다. 나한테 책을 가르쳐 준 사람은 늘 나였다. 책을 알아본 사람은 나요, 책을 사들인 사람은 나요, 책을 짊어지고 집으로 나른 사람은 나요, 책을 펴서 읽은 사람은 나요, 책에 어떤 숨결이 흐르나 하고 헤아린 사람은 나요, 책

을 건사하고 책꽂이를 들인 사람은 나요, 도서관을 열어서 꾸린 사람은 나요, 이웃님한테 책이야기를 들려주는 사람은 나요, 새로운 책을 쓰는 사람은 나요, 책을 읽겠다는 아이들한테 어떤 책을 읽히면 좋을까 하고 생각하는 사람은 나요, 그야말로 오롯이 마주하고 배우면서 가르치는 사람은 오직 나 하나이다.

2015.9.19. 큰아이가 묻는다. "아버지, 아버지는 이 책 다 읽었어요? 우리가 읽는 책을 아버지는 예전에 다 읽었어요? 이 책은 다 아버지가 산 책이에요?" "응, 모두 아버지가 읽은 책이고 산 책이야. 아버지는 책을 살 적에 다 읽고서 사. 때로는 앞으로 읽으려고 미리 사는 책도 있어. 너희가 앞으로 책을 읽고 싶다고 생각할 적에 마음껏 누릴 수 있기를 바라면서 장만한 책도 있지. 예전에는 쉽게 볼 수 있던 책이라 해도 그때부터 서른 해쯤 지난 뒤에 자라날 어린이가 그 책을 찾으려 할 적에는 막상 책집에서 사라져서 안타까워할 수 있겠구나 싶은 책도 미리 사서 건사해 놓았어. 너는 여기에서 네 마음을 사로잡는 책을 그때그때 즐겁게 읽으렴. 굳이 다 읽지 않아도 돼. 읽은 책이 재미있어서 그 책을 또또또 읽어도 되고."

2019.3.19. 수다가 꽃으로 피니 책으로 되네.

2019.3.20. 책이란, 이렇게 서로 아껴 주는 사랑이지 싶다. 아무리 멀리 떨어졌어도 '종이꾸러미가 되어 준 숲'을 손에 쥐면서, 너랑 나랑 이어지는 따사로운 숨결.

2019.4.28. 책이란 뭘까? 물어보기로 한다. 눈을 감고서 하나하나 찾아가서 물어본다. 바람은 "가볍게 가볍게", 밤이 깊어 이 골 저 골에서 노래하는 소쩍새는 "나는 그냥 노래할래.", 무화과나무는 "나야.", 개구리는 "이 물 좀 마셔 봐.", 우리 집 마당하고 뒤꼍에 흐드러진 흰민들레꽃은 "따뜻해.", 별빛이 가득한 밤하늘은 "하하하.", 흙은 "풋, 몰라서 묻니?", 담을 이루어 준 돌은 "돌고 돌아서 여기에 왔어.", 내 곁에 가득 있는 책은 "반가워. 네 손길을 기다린다.", 연필은 "늘 너랑 같이 있고 싶어.", 거미는 "모두를 잇고 모두 사로잡고 모두 품에 안을래." 다들 제 목소리로 책이란 무엇인지 들려준다. 더없이 고맙다, 책은.

책숲

2019.3.2. 누가 묻더라. "다른 사람도 아닌 최종규 씨라면 도서관을 '도서관'이라 하면 안 되지요. 한국말로 새롭게 풀어내어 써야 하지 않습니까?" 좀 어처구니없고 뜬금없다고 여겼다. 도서관에 새 이름을 붙이기를 바란다면, 그분 스스로 생각할 노릇 아닌가. 나는 도서관을 '도서관'이라 쓰면 되리라 여기니 그냥 쓸 뿐인걸. 그렇지만 이웃님 말씀이 틀리지는 않은 터라 새로 가리킬 만한 이름을 헤아리기로 했고, 이레쯤 뒤에 '책숲집'이란 낱말을 지었다. 책이란 숲이고, 숲이란 책이다. 그래서 '책숲'이라 하면 똑같은 숨결을 맞붙인 얼개인데, 둘이 똑같은 숨결이라 하더라도 이 땅에서 선보이는 빛은 다르다. 그래서 책은 책대로 숲은 숲대로 우리 삶을 이루는 슬기하고 바람을 제대로 바라보자는 뜻으로 '책숲 + 집'이란 얼개로 낱말을 지었다. 이렇게 하고 보니 박물관은 '살림숲집'이라 할 만하고, 전시관은 '그림숲집'이라 할 만하겠더라. 이러다

가 요새는 '집'이란 낱말을 덜어 '책숲'이라고만 쓴다. "책숲 = 도서관", "도서관 = 책숲"이지 싶다. 숲이라는 터가 사람이 사람답게 살아갈 만한 집이자 보금터 노릇을 할 만할 테니, '집'이라고 붙이기보다는 '책숲'이라고만 해도 참 어울리겠구나 싶다.

책숲마실

2018.10.19. 내가 지은 이름을 그냥 따서 쓰는 사람이 많다. 그러려니 하고 여기다가도 때때로 아쉽다. 여느 자리에서 여느 사람이 모임을 꾸린다면야 그냥 쓸 만하지만, 책을 내면서 책이름으로 붙인다든지, 공공기관에서 어떤 문화사업을 꾀하면서 그 이름을 고스란히 따간다든지 할 적에는, 좀 그 이름을 가져다가 써도 되느냐고 물을 수 있지 않을까? 내가 새로 지은 이름에 내 저작권이나 특허권이 있다고 말할 생각이 아니다. 그 이름, 그 말, 그 숨결에 어린 뜻이 무엇인가를 제대로 듣고 새길 수 있도록 '이름풀이'나 '말풀이'를 더 찬찬히 해 달라고 물어볼 노릇이라고 여긴다. 왜 그러한가 하면 그 이름을 슬그머니 가져다가 쓰는 분들 가운데 그 이름하고 얽힌 참뜻이나 속뜻을 깊거나 넓게 짚어서 아우르거나 품는 사람이나 무리나 공공기관은 좀처럼 안 보이니까. 이름이 고와 보여서 가져다가 쓰려 한다면, 제발 사랑어린 눈길과 손길과 마음길로 쓰시기를 빈다. 오랫동안 "책방마실"이란 이름을 썼다가 2013년에 부산에서 보수동 헌책방골목을 기리는 책을 내며 "책빛마실"이란 이름을 지어 보았다. 인천 배다리 헌책방거리를 기리는 책을 낸 2014년에는 "책빛숲"이란 이름을 지었다. 둘레에서 '책방순례'나 '책방 여행'이라 할 적에 나는 순례도 여행도 내키지 않아서 "책방나들이"를 썼다. 1994년 무렵이다. 그런데 이 이름을 말

없이 가져다가 책에 쓴 사람이 있더라. 씁쓸하다 여기면서 2003년 즈음부터 "책방마실"이란 이름을 새로 지어서 썼다. 그런데 또 2018년 1월 즈음이던가, 광주광역시에서 "책방마실"이란 이름을 따서 쓰더라. 몰라서 말없이 썼을는지 모르고, 알면서 그냥 썼을는지 모른다. 이런 이름을 열 몇 해에 걸쳐 온갖 곳에 두루 쓰며 책도 내고 했으니 그분들은 '일반명사'로 여겼을 수 있겠지. 그래서 다시금 이 이름을 내려놓자고, 나는 더 쓰지 말자고 여기면서 "책숲마실"이란 이름을 지어서 썼다. 그런데 "책숲마실"이란 이름이 무척 좋아 보인다면서 순천시에서 '순천 도서관 소식지'에 이름을 가져다가 쓰고 싶다는 이야기를 한다. 이렇게 물어보아 주어 고맙기에 얼마든지 쓰시라고 말했다. 매우 드문 일이었는데 이름 하나가 얼마나 대수로운가를 여기는 마음이 좋아 보였다. 다만, 순천시에서도 이 이름을 가져다 쓰고 싶다 하면서 이름값을 치르지는 않더라. 아무튼 나는 "책방나들이 · 책방마실"을 얼결에 내 손에서 떠나보냈고, "책빛마실"은 부산에 주고 "책빛숲"은 인천에 주었다. "책숲마실"은 순천에 거저로 준 셈인데, 그러면 또 새롭게 이름을 하나 지어야겠구나 하고 느낀다. 새로지을 이름을 또 누가 가져다가 쓰고 싶다 한다면, 글쎄 그때에는 이름값을 제대로 치르지 않고서야 주지 않겠다고 얘기해야겠지?

책쓰기

2002.2.3. 어느 글님은 글 한 줄을 쓰려면 책을 다섯 자락은 읽어야 한다고 이야기한다. 이 이야기를 놓고 좀 지나치지 않느냐고 묻는 이웃이 꽤 많다. 어떻게 책 다섯 자락을 읽고서 글 한 줄을 쓰느냔다. 이 말씀을 곰곰이 듣다가 이웃님한테 불쑥 한 마디를 여쭌

다. "저는 글 한 줄을 쓰려면 책 다섯 자락이 아닌 백 자락은 읽어야 한다고 여깁니다만." 이웃님이 눈이며 코이며 입을 쩍 벌린다. 한 마디를 보탠다. "모름지기 우리 이름을 걸고서 책을 하나 새로 쓰자면, 다른 사람이 지은 삶이야기를 천 자락쯤 읽고서야 '내 하나'를 조그맣게 여밀 만하리라 여깁니다." 종이책만 천 자락이 아니다. 삶책 사랑책 사람책 숲책 씨앗책 살림책 빨래책 아이책 …… 온갖 책을 두루 천 자락씩 읽고 펠 적에 바야흐로 책 한 자락을 새로 써낼 만하다고 느낀다.

2015.1.8. 나는 왜 글을 쓰고, 이 글을 왜 묶어서 책으로 펴내려 하는가. 이웃과 동무를 생각하기 때문이다. 곁에 있는 사랑스러운 사람들한테 새로운 이야기 하나를 들려주고 싶기 때문이다. 신문이나 방송에서 퍼뜨리는 딱딱한 사건이나 사고가 아닌, 학자와 지식인이 교과서나 논문으로 읊는 메마른 학문이나 지식이 아닌, 손수 지어서 누리는 삶에서 피어나는 사랑과 꿈을 들려주고 싶기 때문이다. 이야기를 건네고 싶어서 글을 쓰고 책을 묶는다. 살림꽃을 나누고 싶어서 글을 써서 책으로 엮는다. 이야기는 입으로 들려주고 귀로 듣기도 하지만, 두고두고 남겨서 물려줄 수 있으니, 글을 써서 책이라는 꼴로 새롭게 짓는다. 이를테면, 한국말사전이라든지 책놀이라든지 골골샅샅에 있는 헌책집이라든지 사진길을 걷는 기쁨이라든지 아이와 얼크러지는 하루라든지, 어느 이야기이든 나부터 웃고 노래하는 눈빛을 글에 담아서 책으로 여민다. 듣고 읽으면서 함께 기뻐할 이웃과 동무가 있는 삶이란 얼마나 아름다운가. 쓰고 지으면서 함께 즐거운 이웃과 동무가 있는 삶이란 얼마나 사랑스러운가. 겨울바람이 매섭게 불어도 곧 찾아올 봄볕에 누그러

진다. 겨울바람이 드세게 불어도 곧 찾아올 봄꽃 옆에 가만히 앉아서 꽃내음을 맡는다.

2018.4.14. 책쓰기는 누구나 할 수 있다. 누구나 할 수 없는 책쓰기라면, 온누리에 있는 책은 무척 재미없으리라. 글쓰기는 누구나 할 수 있다. 누구나 할 수 없는 글쓰기라면, 우리를 둘러싼 온갖 글은 사랑스럽지 않으리라. 사전쓰기는 누구나 할 수 있다. 누구나 할 수 없는 사전쓰기라면, 우리가 쓰는 모든 말은 부질없으리라. 살림살이를 새롭게 익히기에 책을 쓴다. 삶을 스스로 사랑하기에 글을 쓴다. 생각을 슬기롭게 가꾸기에 사전을 쓴다.

책 좀 골라 줘

2007.9.21. "야, 책 좀 골라 주라." "무슨 책?" "아이들 책." "마, 아이들 책은 니가 스스로 배워서 사 줘야지." "내가 아이들 책을 어떻게 알아. 너가 많이 봤으니 좀 추천해 줘." "어른인 네가 보는 책이라면 추천할 수 있지만, 아이들이 보는 책은 추천해 주지 못하지." "그냥, 아무 책이라도 추천해 줘." "녀석아, 생각해 봐라. 너는 네 사랑이하고 어디 놀러갈 때 그냥 아무 데나 가냐. 또 사랑이한테 선물 사 줄 때 아무거나 사 주니. 아이들한테 책을 읽히려고 하는데 아무 책이나 사 줄 수 없지. 또 함부로 추천하는 책을 사 줄 수도 없고. 사랑이한테 선물 사 주듯이, 네가 손수 배우고 찾아서 사 줘야지." "아이들이 좋아하는 그런 책 사 주면 될까?" "네가 아이들이 뭘 좋아하는지 어떻게 아니? 그럴 바에야 그냥 돈으로 주는 게 나아. 그리고 아이들이 좋아하는 책이 참으로 아이들한테 좋은 책일까? 아이들 마음밭을 무너뜨리는 책이지는 않을까? 잘 생

각해 봐. 그리고 네가 아이를 낳아서 기른다고 생각해 봐. 너는 네 아이한테 어떤 책을 사 읽힐 생각이니? 네가 먼저 살펴보고 좋은지 나쁜지를 가려낼 수 있은 다음, 네 아이한테 책을 읽혀야 하지 않겠어? 이 일이 쉽지 않겠지만, 아이를 생각한다면 쉽지 않은 일이라고 그냥 해서는 안 되겠지." 고등학교 적 동무가 내 일터인 도서관으로 찾아왔다. 선물할 어린이책을 사러 배다리 헌책방거리에 온 김에 나한테 '무슨 책을 골라 주면 좋을까 물어보려고' 했단다. 그렇지만 내가 동무녀석한테 해줄 수 있는 말은, '좋다고 할 책이든 안 좋다고 할 책이든 네가 스스로 골라라'. 어쩌면 동무녀석은, 전집 한 가지라든지, 낱권책 몇 가지를 골라 줄 수 있겠지. '요새 아이들이 많이 본다는 책'을 추천받아서 사 줄 수 있고. 그러면 동무녀석이 사다 준 그 책을 받아드는 아이는 얼마나 좋아할까. 얼마나 반길까. 추천하기를 안 하려 하다가, 그래도 애써 물어보는데 알려주어야지 싶어서 생각을 바꾼다. "아이들 책은 함부로 추천해 줄 수가 없어. 선물을 받을 아이는 몇 살이니?" "초등학교 5학년쯤." "음, 초등학교 5학년이라. 그래, 아이들한테 책을 추천해 주기 어려운 까닭은, 같은 초등학교 5학년이라고 해도 눈높이나 지식이 달라. 어느 아이는 책을 좀더 많이 읽었을 테고 어떤 아이는 아직 책을 잘 못 읽을 수 있지. 아이마다 좋아하는 길이 다르고 마음결이 다르잖아. 이쪽에 있는 책들은 모두 그림책인데, 어떤 책은 지식을 길러 주는 책이고, 어떤 책은 생태·환경을 이야기감으로 삼은 책이야. 그 아이한테는 동화책이 알맞을 수 있는데, 어느 동화책은 철학을 바탕으로 이야기를 펼치기도 하고 어느 동화책은 아이들이 학교에서 지내는 이야기를 담지. 책마다 결이 다르고 갈래가 다르기 때문에, 그 아이한테 맞춰서 그 아이를 잘 생각하면서 골라야 한다고. 그러니 아이들 책은 아무나 추천해 줄 수 없고, 아이 어버이가 손수 배우고 익히고 갈고닦아서 하나씩 사 줘야 해."

책집

2013.9.20. 들에서 일하는 사람은 들에서 산다. 바다에서 일하는 사람은 바다에서 산다. 숲에서 일하는 사람은 숲에서 산다. 공장에서 일하는 사람은 공장에서 산다. 운동경기를 하는 운동선수는 운동장에서 산다. 책집에서 일하는 사람은 책집에서 산다. 들에서 일하는 사람이 들바람을 쐬듯, 책집에서 일하는 사람은 책집바람을 마신다. 바다에서 일하는 사람이 바닷노래를 부르듯, 책집에서 일하는 사람은 책집노래를 부른다. 숲에서 일하는 숲지기는 숲내음을 맡지. 책집에서 일하는 책집지기는 책집내음과 책내음을 맡는다. 공장에서 일하는 공장지기는 어떤 내음을 맡을까. 운동장에서 땀을 흘리는 운동선수는 어떤 내음을 맡을까. 들내음과 바닷내음은 들지기와 바다지기 삶을 어떻게 북돋울까 헤아려 본다. 책집지기가 맡는 책내음과 책집내음은 책집지기 삶을 어떻게 살찌울까 생각해 본다. 책집지기 스스로 아름다운 하루를 일구면, 책집마실을 누리는 책손도 아름다운 이야기를 아름다운 책에서 길어올리겠지. 책집지기 스스로 즐거운 삶을 가꾸면, 책집마실을 즐기는 책손도 삶빛을 고이 밝히는 책빛을 실컷 맞아들이겠지. 커다란 책집에서도 조그마한 책집에서도 책내음이 흐르고, 책노래가 감돌며, 책사랑이 퍼진다. 책빛은 삶빛이면서 사랑빛. 책노래는 삶노래이면서 사랑노래. 책집마실을 하면서 책 하나 손에 쥔 우리들은 책밥 · 삶밥 · 사랑밥을 먹는다.

2013.10.12. 헌책집이거나 새책집이거나, 책집에 가면 즐겁다. 나를 부르는 책을 만나서 즐겁기도 하지만, 책이 있어서 즐겁다. 어떠한 책이건 내 마음과 눈과 넋과 말을 북돋우는 사랑스러운 책에 둘러싸여 몸을 쉴 수 있어 즐겁다. 책을 한 자락도 못 고른 채 바삐 돌아나와 다른 곳에 볼일을 보러 가야 하더라도, 살짝 책집 문을 열고 들어가서 골마루를 빙 한 바퀴 돌면 숨이 놓인다. 어수선하거나 어지럽던 실타래가 풀린다. 책내음을 맡는 동안 내 마음자리가 제자리를 잡는다. 푸르게 우거진 숲에 깃들면 몸속 깊은 데까지 푸른 숨결이 서려 고운 넋이 되는 느낌하고 같다고 할까. 따지고 보면, 책이란 모두 종이인데, 종이란 모두 나무이다. 나무란 모두 숲이다. 숲이 종이로 다시 태어나고, 종이는 책으로 거듭 태어나서 책집에 놓인다. 이 책이건 저 책이건 모두 나무요 숲이다. 이 책도 저 책도 다 함께 나무이면서 숲이다. 책내음 맡는 사람은 나무내음을 맡는다. 책내음 즐기는 사람은 숲내음을 즐긴다. 책을 읽기에 가장 좋은 데는 숲이라 하잖은가. 숲에서 책을 읽으면 가장 느긋하고 사랑스럽게 이야기에 빨려들 수 있다잖은가. 숲을 숲에서 읽으니 즐거울밖에 없다. 숲을 숲에서 누리니 웃음이 피어나고, 꿈이 자라며, 사랑이 샘솟을밖에 없다. 이리하여, 책집에 가면 즐겁다. 나를 부르는 책을 만나며 즐겁다. 그곳에서 딱히 나를 부르지 않았다 하지만, 내 마음을 촉촉히 적시거나 보드랍게 어루만지는 책을 마주하며 즐겁다. 나무내음을 맡고 숲바람을 쐬고 싶어 책집마실을 한다.

2014.5.15. 책집이라는 곳은 푸른 숨결이 이야기로 거듭나면서 빛나는 곳이라고 느낀다. 책집이라는 곳은 숲에서 푸른 바람을 나누

어 주던 나무들이 종이로 다시 태어나면서 깃드는 곳이라고 느낀다. 책집이라는 곳은 사람들이 빚은 사랑이 고운 노래가 되어 흐르는 곳이라고 느낀다. 책꽂이에 책을 꽂는다. 책꽂이 앞에 책탑을 쌓는다. 나즈막한 책꽂이 위쪽에 책을 하나둘 얹으니 어느새 책더미가 된다. 꽂힌 책을 살피고 쌓인 책을 헤아린다. 빽빽한 책꽂이를 들여다보고 높다란 책탑을 바라본다. 어떤 이야기가 있을까. 어떤 책이 있을까. 어떤 삶과 어떤 사랑이 어떤 책마다 싱그럽게 숨쉴까. 책집이라는 곳에 발을 들이면 새로운 누리가 열린다. 책집이라는 곳에 발을 들이면서 새로운 마음이 된다.

초등학교

2001.5.15. 어린이도서연구회 누리집에서 '교과서 문학성' 이야기가 오간다. 여러 이야기를 가만히 읽다가 한 가지가 빠졌다고 느낀다. 바로 어린이 눈높이에서 '교과서 말씨가 얼마나 쉬운가?'이다. 어린이도서연구회 누리집에 다음처럼 글을 띄웠다.

> "초등학교 교과서를 구한말 적 것부터 2001년에 새로 나온 것까지 두루 보면 여러 가지를 느낄 수 있습니다. 구한말 적은 세로로 쓰며 한문이 들어가기도 했지만 오늘날 초등학교에서 쓰는 교과서는 '한글로만 쓴다'는 틀이 있어요. 그나저나 요즈음 초등학교 교과서를 보면 문학성도 문제로 나무랄 대목이 많지만 저는 이런 대목에다가 '말'이 참 어렵구나 하고 느낍니다. 게다가 '말'이 지나치게 많기도 해요. 이제 갓 초등학교에 들어선 아이들이 1학년부터 6학년으로 가는 동안 '배우고 알아야 할 말'이 너무 많더군요. 고작 여덟 살인 어린이가 초등학교 1학년

을 맞이한 그해에 이천도 넘는 낱말을 다 외우도록 알고 쓰도록 해야 하는지 아리송합니다. 교과서를 엮는 분은 이 대목을 거의 안 헤아린 듯합니다. 이와 더불어 말이 안 쉬운데다가 우리 삶이나 살림자리에서 널리 즐겁게 쓸 낱말이 빠지기도 하더군요. 초등학생이 보는 한국말사전에도 빠진 낱말이 있다 하지만, 들어가서는 안 될 만한 말이 들어가기도 해요. 아마, 교과서를 엮거나 어린이사전을 엮는 분들, 어른들로서는 '그런 어렵거나 삶하고 동떨어진 낱말도 사회에 몸을 붙이려면 알아두어야 한다'고 여길는지 모르겠습니다만, 그런 말은 아이가 자라 어른이 되어 익혀도 늦지 않아요. 어린이 때에는 차츰 크는 몸나이에 걸맞게 마음나이를 헤아려서 낱말을 차근차근 짚어 줄 노릇입니다. 이를테면, 일자리에 얽힌 말을 보면 '돈을 많이 버는 일자리'에 얽힌 낱말은 많이 들어가네요. 그러나 우리 삶자리 곳곳에서 보람차게 일하는 사람들이 쓰거나 이분들을 가리키는 '여러 갈래 일말이나 살림말'은 초등학교 교과서에 없습니다. 초등학교 1학년 1학기 교과서에 실린 낱말을 다 살펴보았고 2학기 교과서를 한창 살펴보는데요, 1학기 교과서에 실린 낱말이 1455가지더군요. 이 낱말을 살피면, 누구나 쉽게 쓸 만한 낱말이 아니라, 굳이 '안 쉽고 아이한테 낯설 한자말'을 겹겹으로 집어넣기도 해요. 사회에서는 그런 한자말을 쓴다고 하면서 말이지요. 교과서에 나오는 꽃이름도 오랜 텃꽃을 다루기보다는 그저 이쁘장해 보인다는 서양꽃을 지나치게 많이 다룹니다. 짐승이름도 이 땅에서 오랫동안 살아온 짐승을 다루지 않고, 아프리카나 다른 나라에서 사는 짐승을 너무 많이 다루더군요. 더군다나 교과서는 거의 '도시 아이들 삶'을 한복판에 놓다 보니 이런 교과서로서는 아이들이 다 다르면서 아름다운 삶과 삶터를 느낄 수 없겠구나 싶고, 아이들한테 너른 꿈을 심도록 북돋우는 길하고도 멀구나 싶어요. 말을 말답게 다스리면서 아이들이 저마다 생각을 새롭게 가꾸는 길을 스스로 가도록 이끄는 틀하고도 꽤 멀구나 싶습니다. 오늘날 초등학교 교과서는 틀림없이 문학성도 뒤떨어졌을 텐데, 말은 말대로 한참 뒤떨어진 채 그림만 곱게 꾸미려고 하는 겉치레라고 느낍니다. 구한말 교과서는 50쪽도 안 되지만, 이 작은 교과서로도 모든 교과를 담아내면서 아주 훌륭하고 알뜰하게 아이들을 가르친다고 느낍니다. 1960년대 첫머리에 나온 교과서는 "철수야 놀자. 영희야 같이 놀자" 하는 "온통 놀자판"이기는 해도 아이들이 '처음 말을 배우는 걸음'을 깊이 살핀 자취를 엿볼 수 있어요. 교과서를 어떻게 엮어야 할까요? 교과서는 참으로 문학, 그러니까 노래가 되어야 하겠습니다만, 문학이라는 노래를 어떤 말로 담는 그릇이어야 할까요? 다 다른 아이들이 저마다 다른 말로 저마다 다른 생각을 꿈으로 지피도록 이끄는 교과서는 언제쯤 우리 손으로 빚어서 아이들한테 건네줄 수 있을까요? 다 다른 아이들이 다 다르면서 아름다운 사랑을 즐겁게 배우고 스스로 익혀서 활짝 피어나는 길을 우리 어른들은 얼마나 헤아리는 셈일까요? 수십 수백만 어린이가 모두 '똑같은 교과서'를 받아서 보아야 하는데 그 똑같은 교과서가 그야말로 아이들이 아름답고 힘차며 씩씩하고 튼튼하게 자라는 밑거름이 되지 못한다면, 우리 앞길은 어떻게 될까요? 초등학교뿐 아니라 중·고등학교 교과서는 문학성도 문학성일 테지만 말은 얼마나 말답게 엮은 길잡이책 노릇을 할까요? 오늘날 이 나라 교과서는 '똑같은 기계로 싹둑싹둑 맹장을 잘라버리는 의료기계'와 마찬가지가 아닐까요? 사람은 다 다르지만 기계처럼 모조리 똑같은 가위질을 일삼는 굴레는 아닐까요? 초등학교 교과서는 너무 어렵습니다. 실린 말부터 너무 많고 어려운 말도 너무 많습니다. 초등학교 여섯 해를 살아야 할 아이들은, 배움길이 아닌 배움짐을 온몸에 무겁게 짊어져야 할 판입니다. 숨막히고 짓눌려 허우적거리는 아이들을 바라보아야겠어요. 차라리 교과서를 몽땅 없애면 좋겠어요. 졸업장을 주는 학교가 아니라, 부디 살림을 가르치고 배우는 나눔터가 되면 좋겠어요."

치마바지

2017.12.31. 사내란 몸으로 치마를, 더욱이 꽃치마나 깡똥치마를 두르고 돌아다니면 갖은 사람들이 쳐다본다. 사내가 치마를 둘러서 놀라운가? 그런데 옛날에는 누구나 치마를 둘렀지. 사내랑 가시내를 가르는 차림새가 아니었지. 치마를 두르기에 좋으면 치마를 두르고, 바지를 꿰기에 좋으면 바지를 꿸 뿐이다. 가만 보면 가시내가 치마를 막 벗어던지고 씩씩하게 바지를 꿸 적에 온갖 사람들이 '바지 꿴 가시내'를 쳐다보았겠지. 때로는 놀리고 흉보고 괴롭히고 삿대질하고 따돌리고 때리기까지 했지. 그러면 이제 보자. 가시내가 바지를 스스럼없이 꿰고 즐겁게 꿰며 홀가분히 꿰는 오늘날 이 삶터는 얼마나 달라졌는가? 제법 어깨동무하는 삶터로 달라지지 않았을까? 사내인 몸으로 치마를 두르는 뜻을 밝히자면, 스스로 치마가, 무엇보다 꽃치마나 깡똥치마가 즐거워서 두르지만, 이보다는 뭇사내가 바지를 벗어던지고 치마를 꿰는 새로운 살림판을 벌이면 이 삶터는 참다이 어깨동무하는 길로 확 거듭날 만하겠구나 하고 느낀다. 한마디로 "가시내가 바지를 꿰고 사내가

치마를 두르면 아름답다(평화롭다+평등하다)"

치마바지

2019.7.2. 우리 책숲에 이야기를 들으러 온 벌교 푸름이가 있다. 벌교 푸름이는 서울이 아닌 벌교에 뿌리를 내리며 살아가는 '시골살림 꿈'을 키우고 싶단다. 이런저런 얘기를 하다가 어느 아이가 "그런데 작가님은 왜 치마를 입으셔요?" 하고 묻는다. "겉보기로는 치마이지만, 속에는 바지가 있어요. 자, 제가 거꾸로 물어볼게요. 우리 벗님은 뜨개질 할 줄 아나요?" "네." "뜨개질로 바지를 뜨기가 쉽나요, 치마를 뜨기가 쉽나요?" "바지는, 좀 어렵지요." "바느질도 같아요. 바지를 짓기란 매우 힘들어요. 옛날부터 쉽게 못 입는 옷이에요. 이제는 기계로 척척 찍으니 좀 수월할는지 몰라도, 바지는 드문 옷이었지요. 치마를 두르면 여름에 한결 시원하고 겨울에 한결 포근하더군요. 입고 벗기도, 빨래하기도 좋아요. 이제 우리는 바지가 좋으면 가시내도 사내도 바지를, 치마가 좋으면 사내도 가시내도 치마를 입으면 되어요. 스스로 가장 사랑하면서 즐거운 길을 가자는 뜻으로 치마바지란 옷을 입어요. 입으로만 말해서는 이웃님들이 못 느끼셔서, 저는 이 옷차림으로 '남눈치 말고 우리 마음속을 바라보며 노래하자'는 뜻을 펴는 셈입니다."

JOURNEY

주부가 만든 동네책방 '개성'을 판다
마음
신촌일기
아리랑
아리랑

ㅋ

커트·컷

1999.12.11. 군사분계선을 사이에 두고, 북녘에서는 '자아비판'을 시킨다면 남녘에서는 '자기검열'을 시킨다. 북녘에서는 멀쩡한 사람이 아무 잘못이 없는 일이야말로 잘못이라고 스스로 무덤을 파는 자아비판을 해야 한다면, 남녘에서는 멀쩡한 사람이 제대로 목소리를 낼 수 없게끔 자기검열(또는 자체검열)을 해야 한다. 북녘에 언론자유가 없다지. 그렇다면 남녘에 언론자유가 있을까? 자본주의와 권력자가 판치는 막짓은 있되, 목소리를 마음껏 펴는 자유가 참답게 있을까?

2010. 3.2. 믿기 어려운 이야기라고 하면서 실을 수 없단다. 잘라야 한단다. 내가 그쪽을 홍보는 이야기를 지어냈다고는 여기지 않는다지만, 한쪽 목소리만 담을 수 없으니 실을 수 없단다.

2019.5.29. 나는 1999년부터 열한 달을 다닌 출판사에서 건네준

'월급명세서'를 차곡차곡 모았다. 이곳에 사표를 던지고서 2001년부터 새롭게 일한 출판사에서 내준 '월급명세서'도 차곡차곡 모았다. 1999년부터 한 해 동안 '달삯 62만 원에 열두 달 비정규직'으로 일했고, 사전 편집장이자 자료조사부장으로 일할 적에는 정규직이기는 하되 첫 달삯 100만 원을 받으며 일했다. 틀림없이 이렇게 살았던 일이요 겪은 일이라 꾸밈없이 글로 옮겼는데, 이 일을 믿을 수 없다면서 이 얘기를 쓴 대목을 잘라내야겠다는 얘기를 듣는다. 할 말을 잃었다.

2019.6.4. 한국은 피해자보다 가해자 인권을 어쩐지 더 헤아리는 나라이지 싶다. 피해자가 '언제 어디에서 누가 이렇게 괴롭히거나 들볶거나 짓밟았다'는 이야기를 밝히면, 몹쓸 짓을 일삼은 가해자를 나무라거나 꾸짖을 노릇일 텐데, 뜬금없이 '가해자 명예훼손'이란 잘못을 들씌우곤 한다. 피해자는 처음 시달리거나 짓밟힐 적에 한 판 괴롭고, '가해자 명예훼손'이란 잘못을 뒤집어쓰면서 두 판째 괴롭고, 또 이 두 가지 때문에 마음앓이를 하다가 더는 속에 묻을 수 없어서 이 일을 터뜨리면 '왜 이제 와서 뜬금없이 해묵은 일을 끄집어내느냐' 하는 핀잔까지 들으면서 세 판째 괴롭기 마련이다. 참소리를 내려고 하면 '내부고발'이란 무시무시한 이름을 덮어씌운다. 참된 목소리를 낼 뿐인데 왜 이런 목소리를 '내부고발'이란 이름으로 뒤집어씌울까?

케빈 카터

2013.4.3. 사진책《뱅뱅클럽》느낌글을 쓰느라 지난 이레를 눈과 넋이 빠지도록 기운을 쏟았다. 어제 하루와 오늘 밤과 새벽까지 모

두 바쳐서 이 글을 하나 쓰고 다듬고 여미는 데에 들였다. 느낌글을 쓸 틀은 이레에 걸쳐서 다지고, 글은 이틀에 나누어서 쓰고, 이제 더 다른 글을 생각할 기운이 없어 아이들 곁에 쓰러지려고 한다. 아무쪼록 사진책《뱅뱅클럽》이 제대로 잘 읽히기를 바란다. 케빈 카터라는 사진님을 엉뚱하게 알거나 잘못 바라보는 사람들 눈길이 조금이라도 따스해지기를 바란다.

쿡

1994.3.5. 통·번역이라는 부푼 꿈을 안고서 한국외국어대학교 네덜란드말 학과에 들어갔다. 그런데 이곳에 있는 '원어민 교수'님이 네덜란드사람 아닌 벨기에사람이다. 엥? 뭐지? 왜? 네덜란드말을 가르치고 배우는 자리에서 네덜란드사람 아닌 벨기에사람이 왜? 뜬금없이? 벨기에도 네덜란드말을 쓰니 벨기에사람이 있을 수 있다. 그러나 네덜란드사람도 한 분을 두고서 벨기에사람을 둔다면 모르되, 네덜란드사람 없이 벨기에사람만 있다면? 독일사람이 스웨덴말을 잘할 수도 있으나, 스웨덴말은 스웨덴사람이 가장 잘한다. 스웨덴말을 잘하는 독일사람이 스웨덴말을 가르칠 수도 있으나, 스웨덴말을 스웨덴사람으로서 하는 스웨덴사람이 곁에 있으면서 이런 얼거리가 될 적에 알맞다고 느낀다. 아무튼 한국에서 네덜란드말을 가르치는 벨기에 교수님 이름은 '쿡'. 교수님은 첫자리에서 "내 이름은 '쿡'입니다. 쿡쿡. 그 쿡이에요. 기억하기 쉽지요?" 하고 말씀했다. 한국사람이 말하는 '쿡'하고 네덜란드 말소리 'koek'은 다르다고 처음으로 느끼면서 재미있었다. 네덜란드 말소리는 '쿡'보다는 'ㄲ욱'에 가까웠다.

2002.5.4. "웃으려면 그냥 웃어. 참지 마. 참다가 배가 터져." 그래도 웃음을 참으며 쿡쿡거리다가 드디어 "아이고, 못 참겠네!" 하면서 까르르 터진다. 까르르 웃음이 터지고도 한참 동안 방바닥을 구른다. 그렇게 웃겼으면 그냥 웃지 왜 쿡쿡거리기만 했을까.

쿨렁쿨렁

2019.3.27. 사전을 살피면 '쿨렁쿨렁'을 두 가지로만 풀이해 놓는다. 그러나 내가 어릴 적부터 듣고 보고 겪은 '쿨렁쿨렁'은 좀 다르다. 큰비가 퍼붓고 나서 마을이 온통 물에 잠겨서 무시무시하게 흐르는 물살이라든지, 큰비가 쏟아질 적에 냇물이 가득 넘치면서 흙물로 시뻘겋게 흐르는 물살에서 바로 이 '쿨렁쿨렁'을 느꼈다. 어릴 적에는 헤엄을 잘 못 쳤고 물이 무서웠다. 그래서 나한테는 오래도록 '쿨렁쿨렁 = 무섭고 출렁거리는 너울'이란 느낌이었다. 이러다가 헤엄질이라든지 물이 무엇인가를 몸으로 새롭게 익힌 뒤에는 물살이 무섭지 않을 뿐더러 '쿨렁쿨렁'도 무서운 느낌인 낱말이 아니더라. 요새는 '쿨렁쿨렁 = 거침없이 잔뜩 일어나는 새로운 생각'으로 느낀다. 쓸거리가 쿨렁쿨렁 쏟아진다든지, 사전을 쓰고 엮으면서 새로운 낱말이 쿨렁쿨렁 밀려든다든지, 이런 느낌이다.

큰아이

2012.9.4. 2012년 9월 4일 오늘부터 이제 다섯 살 큰아이는 제 이름 '사름벼리'를 혼자서 쓰고 홀로 읽을 줄 안다. 아버지가 먼저 제 이름을 적지 않아도 쓸 줄 알고, 아버지가 먼저 제 이름을 읽지 않아도 또박또박 하나씩 짚으며 읽을 수 있다. 작은아이도 앞으로 세 해쯤 지나면 이것저것 마음껏 놀고 뒹굴고 뛰고 날고 하다가 연필

꾸욱 쥐고는 제 이름을 기쁘며 아리땁게 쓰고 읽을 수 있겠지.

2019.3.18. 곁님이 "우리 조카한테 곁돈을 얼마쯤 주고 가야 하지 않을까?" 하고 묻는다. 이 말을 곁에서 듣던 큰아이가 "재이한테 돈 주게? 그럼 내가 줄까?" 하고 얘기한다. 곁님은 큰아이한테 "네가 주게?" 하고 묻는다. "응. 내가 주고 싶어. 얼마쯤 주면 돼?" "네가 주고 싶은 만큼 주면 돼." "그러면 (고모 할머니한테서 받은 그대로) 5만 원 주고 갈래."

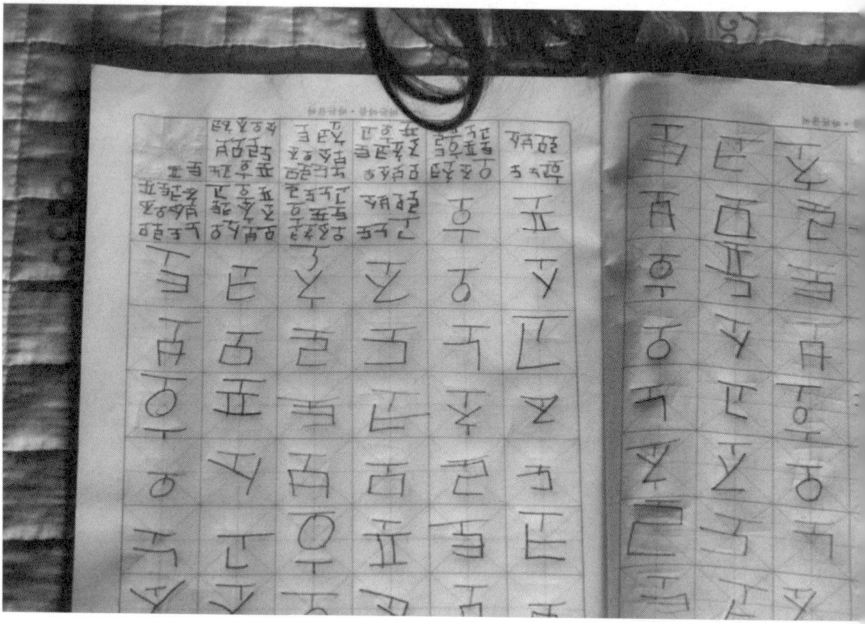

ㅌ

텀블벅

2019.5.31. 이웃이 있으니 글을 써서 나눌 수 있다. 이웃이 있기에 책을 지어서 같이 읽을 수 있다. 이웃이 있으니 우리가 저마다 삶을 사랑하며 갈무리한 글로 엮은 책을 푼푼이 돕거나 거들면서 널리 꽃피우도록 나아갈 수 있다. 나도 처음으로 텀블벅이라는 곳에 내 새로운 책 하나를 올린다. 어떤 이웃을 만날 수 있을까. 어떤 분이 나하고 이웃이 될까. 우리는 어떤 눈빛으로 만나면서 어떤 사랑으로 책 하나를 주고받는 멋진 사이로 피어날 수 있을까. 새로운 길에 서면서 '텀블벅'이라는 자리에 이름 하나 새로 붙여 보고 싶다. 이를테면 '두레자리·두레마당·두레터'로. '두레판·두렛길·두렛돌'로. '징검다리·징검돌'로.

텃밭

2011.2.13. 겨우내 우리 집 텃밭이며 둘레 논밭이며 눈이 그득그득 쌓였다. 이레 앞서부터 드디어 포근하면서 눈이 많이 마른다.

녹는다기보다 마른다. 이웃집 옆밭에 판판히 쌓인 눈도 마르고, 우거진 풀숲에 깔린 눈도 마른다. 차츰 풀리는 날씨에 텃밭을 그려본다. 학교를 다니며 배우는 사람이든, 글을 쓰는 사람이든, 돈벌이만 하는 사람이든, 일자리를 바라는 사람이든, 아이를 돌보는 사람이든, 집살림만 하는 사람이든, 손수 텃밭을 마련하여 일굴 수 있으면 삶이 한껏 달라진다. 어쩌면, 온누리는 텃밭을 일구는 사람하고 텃밭을 안 일구는 사람으로 갈린달 수 있다. 텃밭을 안 일구는 사람 가운데에는 텃밭은 생각하지 않는 사람이 있을 테며, 텃밭은 생각하지만 너무 바쁘거나 쪼들려 힘들다는 사람이 있을 테고, 텃밭 따위에 마음쓸 겨를이 없다고 여기는 사람이 있겠지. 자동차를 버릴 수 있다면 이라크에 군대를 안 보낼 수 있고, 이 땅에 참된 평화를 일굴 수 있다. 그런데 자동차를 버리고 나서 우리가 할 일이라면, 시골에서든 도시에서든 텃밭 일구기라고 느낀다. 텃밭을 일구어야 4대강이고 경부운하(또는 경인운하)를 멈출 수 있을 뿐 아니라, 경제성장에 미친 나라를 잠재울 수 있다. 텃밭을 일구지 않고서야 글을 쓸 수 없고, 책을 읽을 수 없다.

토끼

2010.8.8. 저녁을 먹고 바람 쐬러 나오니, 아이가 "손!" 하면서 아빠를 이끈다. 웃마을에서 키우는 토끼집을 보러 가자며 "꼬꼬! 꼬꼬!" 한다. 웃마을에 이를 무렵 아빠 손을 놓더니 "아빠! 안아!" 하며 안아 달란다. 아이를 안으니 손가락으로 더 위쪽을 가리키며 "저기! 저기!" 한다. "어머니 안 보고 싶어?" 하니까, "저기! 저기!" 하며 짐승우리 있는 곳으로 가잔다. 아빠는 자꾸 모기한테 물리니 집으로 가고 싶은 마음인데. 이러구러 웃마을 짐승우리 있는 데로

왔더니 입으로는 "꼬꼬!" 했으면서 멧돼지 앞에 한동안 서서 눈을 맞추네. 그러더니 이내 토끼우리로 발걸음을 돌린다. 이제서야 토끼를 보겠다는군. 토끼우리는 살짝 비알진 데에 있어 아이가 혼자 올라가지 못한다. 다시금 "아빠! 손!" 하고 외친다. 아이 손을 잡는다. 아이는 이제 아빠 손을 잡기만 해도 비알진 토끼우리 앞을 잘 타고 올라가서 토끼우리 쇠그물을 붙잡는다. 토끼우리 쇠그물을 한손으로 붙잡은 채 토끼우리 안쪽을 들여다보며 "토끼야! 토끼야!" 하고 부른다. 그러더니 우리 앞에 있는 강아지풀 줄기를 주워서 토끼한테 먹인다. "먹어! 먹어!" 꽤 오래 이렇게 놀자니, 모기가 더 많이 달라붙는다. 아이한테 이제 내려가자고 하지만, "안 가! 안 가!" 한다. 그래, 더 놀아라. 더 놀자. 아이 뒤에 서서 부채질을 해주며 모기를 쫓는다. 갑자기 아이가 운다. "아빠! 아앙!" 가만히 들여다보니, 토끼한테 먹이를 주다가 그만 토끼가 아이 손가락을 깨물었다. 피가 몽글몽글 솟는다. "괜찮아, 괜찮아. 자, 얼른 내려가서 손 고쳐 줄게." 아이를 안고 내려서는 길, 아이는 토끼한테 물린 손은 손가락을 삐죽 내밀고, 다른 한손으로는 토끼우리 쪽으로 손을 흔든다. 울면서도 손을 흔들며 "안녕! 안녕!" 하고 외친다.

토론이나 논쟁

2015.9.1. '논쟁'을 하는 사람들이 많다. 나도 한때 논쟁을 곧잘 했다. 예전에 논쟁을 했을 적에, 또 다른 사람들이 논쟁하는 모습을 지켜볼 적에, 늘 한 가지를 느낀다. 논쟁을 해서는 달라지거나 나아지거나 새로워질 일이 없더라. '토론'을 하는 사람들이 많다. 토론을 구경하는 사람도 많다. 나도 토론모임 같은 데에 곧잘 끌려가서 앉아 보았는데, 예전에 토론모임에 끼었을 적이든 다른 사람들

이 토론하는 모습을 지켜볼 적이든, 언제나 한 가지를 느낀다. 토론을 한 뒤에 달라지거나 나아지거나 새로워지는 일이 없네. 논쟁이나 토론은 삶을 바꾸지 못하는구나 싶다. 아니, 논쟁이나 토론은 삶을 바꿀 뜻이 없지 싶다. 논쟁이나 토론이 있어야 민주주의가 발돋움한다고 하지만, 아무래도 이는 거짓말이라고 느낀다. '논쟁'하고 '토론'은 '가장 부질없는 의사소통'이라고 느낀다. 논쟁하고 토론을 하느라 막상 아무것도 못 하거나 안 하는구나 하고 느낀다. 논쟁이란 무엇인가? '논쟁'이란 "이론(논리) + 다툼(싸움)"이다. 저마다 제 이론이나 논리를 앞세우면서 다투거나 싸우는 일이 논쟁이다. 이리하여 이론이나 논리를 앞세워서 다투거나 싸우니, 논쟁은 끝이 나지 않는다. 저마다 제 이론이나 논리를 밀어붙이려고 하니까. 그저 싸울 뿐이다. 말로 싸운다. 말로 싸우면서 마음이 다친다. 말로 싸우는 사람들은 마음에 골이 패인다. 논쟁은 하면 할수록 서로 멀어질 뿐이요, 서로 제 이론과 논리를 더 단단히 움켜쥘 뿐이다. 토론이란 무엇인가? "때리기(치기) + 이론(논리)"이다. 저마다 다른 사람(쪽) 이론이나 논리를 때리거나 쳐서 깨부수려고 하는 자리가 바로 토론이다. 그렇다고 헐뜯거나 비아냥거리거나 깎아내리려는 몸짓이 토론이지는 않으나, 토론모임에서 부글부글 끓어오르면 헐뜯기와 비아냥과 깎아내리기가 나오기 일쑤이다. 서로 북돋우려는 모임이 아니라, 서로 때리거나 쳐서 다른 이론이나 논리를 박살내야 '내 이론이나 논리가 이길' 수 있으니, 이런 토론을 해본들, 이른바 끝장토론 따위를 해본들, 삶이 달라지거나 나아지거나 새로워질 수 없다. '뭔가 해냈다'라든지 '너를 꺾었다'라든지 '내 논리가 네 논리보다 낫지' 따위로 짜릿함을 느낄 뿐인 토론이다. 삶을 가꾸지 못한다면 민주주의일까 궁금하다. 참말로 민주 사회에서 논쟁이나 토론을 해야 할까 궁금하다. 논쟁이나 토론은 정치권력자가 사람들을 수렁에 가두어 놓고 서로 다투면서 쳇바퀴질만 하도록 내모는 무서운 사슬이 아닌가 하고 느낀다. 우리가 할 일은 이론이나 논리를 세워서 다른 사람 이론이나 논리를 박살내려는 짓이 아니라고 느낀다. 저마다 '생각을 가꾸고 북돋아'서 '다른 사람 생각을 귀여겨듣거나 눈여겨보는' 동안, '함께 삶을 짓는 슬기로운 생각으로 거듭나'도록 "이야기"를 해야 한다고 느낀다. 의사소통도 논쟁도 토론도 덧없다. 삶은 덧없는 몸짓이 아니다. 삶은 사랑으로 서로 아끼면서 누리는 기쁜 하루이다. 이야기를 할 노릇이다. 내 생각을 너한테 들려주고, 네 생각을 내가 들어야 한다. 내 생각을 스스로 가다듬고, 네 생각을 기꺼이 갈고닦아야 한다. 이제 논쟁도 토론도 의사소통도 몽땅 내려놓고, 스스로 깊이 생각하면서 다 함께 널리 생각하는 길로 가야지 싶다. 제대로 된 생각을 꽃피우면서 참다운 삶으로 나아갈 노릇이라고 본다. 한국 사회는 논쟁이나 토론은 많아도, 그러니까 의사소통은 한다고 하더라도, 이야기가 좀처럼 없기 때문에 조금도 발돋움을 못하는 채 다람쥐 쳇바퀴처럼 제자리걸음만 한다고 느낀다.

톨

1982.5.7. "밥톨 남기지 마라. 다 안 먹었네. 마저 먹어라." 밥그릇이나 수저에 밥톨 하나 남기지 않도록, 또 밥상에도 밥톨을 붙이지 않도록 모조리 살펴서 먹으라 하신다. 아니, 따지고 보면 남기지 말거나 흘리지 말라는 뜻이 아니라, 서두르지 말고 차분히 먹으란 뜻이다. 얼른 먹고 바깥에 놀러갈 생각하지 말고, 차분히 먹고 설거지하고서 나가서 놀라고 하신다.

1998.5.6. "복숭아는 한 톨에 얼마 해요?" "네, 이 복숭아는 한 개에 이천 원입니다. 크고 맛있습니다." "그 복숭아로 다섯 톨 주셔요." "네, 다섯 개 담아 드리지요."

2019.5.14. "아버지도 사과 깎아 줘요?" "음, 한 톨이면 좋아. 아니, 한 톨 말고 한 조각만 주렴." "한 개, 아니 한 톨을 깎아서 한 조각을 썰어서 드릴게요."

통역

2018.1.26. 어째 나는 늘 '통역하며' 사는구나 싶다. 가만히 보면 우리 어버이도 늘 나한테 '통역해' 주며 살아오셨지 싶다. 병원에서 의사가 아이한테, 또는 아이 어버이한테 "고객님의 통증은 별고 없으신지요?"라든지 "귀댁 자제 분께서는 무탈하신지요?" 하고 묻는다면 어떨까? 이런 말을 아이가 알아들을까? 그런데 이런 말을 아이가 못 알아들어도 어른들은 곧잘 쓴다. 병원에서뿐 아니라 학교나 마을이나 학원이나 가게나 방송이나 …… 어디에서나 꽤 흔히 쓴다. 그리고 이런 말을 쓰는 어른들은 스스로 무슨 말을 했는지조차 못 느낀다. 이때에 나뿐 아니라 모든 어버이는 아이한테 '통역해' 주어야겠지. "네가 아프냐고 물었어"라든지 "아픈 데가 어떠냐고 물었어"라고. 글 잘 쓰는 길은 쉽다. 열 살 어린이가 알아듣도록 글을 쓰면 된다. 글을 더 쉽게 잘 쓰고 싶다면, 여덟 살 어린이가 알아듣도록 글을 쓰면 된다. 또는 어버이 자리에 서서 아이한테 말을 들려주는 삶을 헤아리면서 글을 써 보라. 아이한테 들려줄 말에 겉멋이나 겉치레를 부릴 수 있는가?

ㅍ

파브르

2017.10.17. 그림책《파브르 이야기》(두레아이들, 2015)를 읽다가 이제서야 새삼스레 한 가지를 느낀다. 파브르 님은 '노벨 문학상 후보'로 오른 적이 있다고 한다. 이런 말을 예전에도 틀림없이 듣기는 들었을 테지만, 예전에는 이런 말이 무엇을 뜻하는지를 제대로 몰랐구나 하고 느낀다. 오늘 저녁에 그림책《파브르 이야기》를 놓고 느낌글을 쓰다가 무엇보다 이 대목을 잘 드러내어 글을 쓸 수 있어야겠다고 생각했다. 파브르 님은 곤충기나 식물기 같은 책을 내놓았는데, 이 책은 '논문'이나 '학술 논문'이나 '연구 보고서'가 아니었다. '이야기'였다. 말로 들려주는 이야기를 '글'로 쓴 셈이었다. 파브르 님이 노벨 문학상을 받았으면 어떠했을까? 앞으로 곤충학자나 식물학자 가운데 노벨상을 받거나 노벨상 후보에 오를 만한 사람이 나올 수 있을까? 노벨상을 타야 훌륭한가 안 훌륭한가 같은 이야기가 아니다. 글을 쓰려고 한다면 '글'을 써야 한다는 뜻이다. 학자나 전문가도 '딱딱하게 굳은 기계 같은 설명서'가 아

니라 '글'을 써야 한다는 뜻이다. '연구 논문'이나 '학술 논문'이라는 허울을 내세워서 '글을 안 쓰는 몸짓'을 떨쳐낼 수 있어야 한다는 뜻이다. 어린이도 읽고, '학교 문턱을 못 밟은 어른'도 읽을 만한 글을 써야 한다는 뜻이다. 우리 삶터 어느 곳에서나 '글'을 써서 아름다움과 기쁨과 사랑을 서로 나눌 수 있어야 한다는 뜻이다.

팔꿈치

2017.5.10. 톱질하느라 팔꿈치랑 팔뚝에 힘이 쪼옥 빠져서 연필을 쥐어 글을 쓰자니, 글씨 하나마다 힘줄이 결리는구나 싶다. 국민학교를 다니던 어린 날 학교에서 받은 엄청난 '깜지 숙제'를 하느라 팔이며 손이며 손가락이 저려서 더는 깜지를 채우지 못하던 적이 있다. 그때 뒤로 팔이 결려서 글을 못 쓴 적은 없지 싶은데, 낮에 일하고 밤에 글을 읽는다(쓴다)는 살림이란 어마어마한 힘을 쏟아야 하네. 글종이 석 쪽을 쓰고 연필을 놓으니 팔꿈치랑 팔뚝이 찌릿찌릿. 연필을 놓자마자 곧바로 곯아떨어지다.

표절

2013.12.28. 표절 글쓰기를 하는 작가들부터 안쓰럽지만, 표절 글쓰기를 하는 작가를 우러르거나 감싸면서, '표절을 한 바탕이 된 작품을 쓴 작가'를 함부로 깎아내리는 사람들도 안쓰럽다. 어떻게 이 꼴이 되었을까. 어떻게 이 짓이 될까. 표절 글쓰기를 해서 이름을 날리거나 돈을 벌거나 연속극 대본을 내놓거나 책을 펴내는 이들 모두한테 말하고 싶다. 이녁들이 그렇게 표절 글쓰기로 이름을 날리거나 돈을 벌거나 책을 팔아 보았자, 그런 빛이 얼마나 가겠는가? 나중에 죽어 무덤으로 들어갈 적에 마음이 가벼울까? 표

절 글쓰기를 한 이녁 작품을 다른 누가 슬그머니 다른 표절 글쓰기로 팔아치우려 한다면 이녁들은 어떤 마음이 될까? 표절 글쓰기를 하는 까닭은, 이렇게 할 때에 돈이 되고 이름값을 얻을 수 있기 때문이다. 표절 글쓰기를 하면서 글힘(글 권력)을 누릴 수 있기 때문이다. 권력을 누리고 싶다면 누릴 노릇이리라. 그리고 권력을 누리는 동안 참다운 사랑도 꿈도 빛도 이녁한테 깃들지 못하는 줄 느끼리라. 권력과 돈과 이름값이란 그야말로 덧없다. 며칠이나 갈까. 몇 해나 갈까. 표절 글쓰기를 한 작가한테 아이가 있을까 궁금하다. 아이가 없다면 나중에 혼인을 해서 아이를 낳을는지 궁금하다. 아이가 자라면서 '우리 어버이가 표절 글쓰기를 했던 사람'인 줄 나중에 알아챈다면, 어버이로서 아이 앞에서 어떤 얼굴을 들 수 있을까. 바탕이 된 작품에 제대로 글삯(저작권 비용)을 치르지 않으면, 돈을 아낀다든지 이녁 이름값을 더 높인다든지 하면서 겉보기로 무언가 대단한 것을 거머쥔다고 생각할 수 있을까 모르겠지만, 아름답게 거둔 돈이나 이름이 아니라면 아름답지 못한 삶으로 이어진다. 아름답게 빚는 사랑이 아름다운 삶으로 이어진다. 늦게 뉘우칠수록 스스로 수렁에 빠져든다. 늦게 고개 숙일수록 스스로 바보스러운 삶을 이을 뿐이다. 글을 쓰고 책을 내며 작품을 선보이는 우리 모든 '글지기'는 돈이나 이름값이나 힘 때문에 글을 쓰지 않는다. 아름다운 빛을 글 한 자락으로 담아서 곱게 선보여, 우리 삶터를 사랑과 꿈이 가득한 즐거운 보금자리 되도록 일구고 싶기에 글을 쓴다. 표절 글쓰기를 한 작가와 이런 작가를 감싸는 사람들 모두 착하고 참다운 얼굴로 돌아오기를 빌어 마지 않는다.

2017.2.6. 표절이란 저작권을 훔치거나 가로챈 짓. 다른 이가 일

군 땀방울을 몰래 빼돌리는 짓. 그런데 이보다는 훔치거나 가로채거나 빼돌린 사람 스스로 땀흘리는 기쁨을 못 배우고 마는 굴레. 훔치거나 가로채거나 빼돌린 사람 스스로 새롭게 깨어나거나 눈 뜨는 아름다움하고 멀어지는 덫. 훔치거나 가로채거나 빼돌린 사람 스스로 눈부신 꽃을 짓밟다가 빠지고 마는 수렁.

표현할 자유

2016.11.29. "여고생의 속살 체모"를 그리면서(상상하면서) 어떤 평론을 한다는 분이 있다. 이분은 "표현할 자유"를 말한다. "나이 어린 여자를 향한 남성의 성적 판타지"를 "표현할 자유"가 있다고 한다. 이분 말은 틀리지 않다. 누구나 "표현할 자유"를 누려야 한다. 그리고 여기에 하나를 붙여야 하니, "표현되지 않을 권리"하고 "상처받지 않을 권리"도 누구나 누려야 한다. "표현할 자유"만 있고 "표현되지 않을 권리"하고 "상처받지 않을 권리"가 없다면, 자유는 무엇이고 권리란 무엇이며, 민주나 평화나 평등이란 무엇일까? 누구한테나 "글을 쓸 자유"는 있으나 "막글(막말)을 쓸 자유"까지 있지는 않다.

푸름이

1990.5.27. 우리 어머니하고 1층 이웃집 아주머니가 신문을 돌리는 곁일을 하시니 날마다 몇 가지 신문을 읽는데, 나라에서 '청소년헌장'을 내놓았다는 글이 아주 짤막하게 나온다. 아주 짧은 글이라 청소년헌장에 어떤 이야기가 담겼는가는 알 수 없다. 신문글을 오려서 이튿날 학교에 가서 교사들한테 묻는다. 어떤 교사도 '청소년헌장'이란 말을 들은 적이 없단다. 어제 오린 신문글을 보여주

니 들은 적 없다는 말만 되풀이한다. 참 어이없는 교사들이로구나 싶으나 꾹 참고서 한 말씀 여쭙는다. "선생님, 신문에 나온 글로는 청소년헌장 줄거리를 알 수 없습니다. 우리 학교가 청소년을 맨날 두들겨패고 욕하기만 하는데, 청소년한테 지켜야 할 사항이나 청소년이 누릴 권리를 담았을 청소년헌장 줄거리를 알아내어서 아주 잘 보이는 곳에 적어 놓아야 하지 않을까요? 그게 우리 중학교가 중학교다운 모습 아닐까요?" 울그락불그락하는 교사들 얼굴을 곧바로 느낀다. 청소년헌장을 들먹이는 아이를 차마 때리거나 을러댈 수는 없다 싶다고 여겼는지 교실로 돌아가라고 한다. 이레 뒤 드디어 청소년헌장을 전지에 펜글씨로 옮겨적어서 골마루 귀퉁이에 세운다. 골마루 귀퉁이에 선 청소년헌장을 다시 따진다. "선생님, 거기에 두면 누가 읽나요? 건물로 들어오는 한가운데 문가에 세워야지요." 교사는 교장하고 회의를 해보겠다고 하더니 건물 한가운데 문가로 옮겼다. 그러나 이레가 더 지나니 이 청소년헌장을 치우네. 그러고서 학교 곳곳에서 때리고 갖은 거친 말이 새삼스레 똑같이 춤춘다.

1991.9.27. '푸른나무'라는 출판사가 있다. 이곳에서 낸 책을 하나씩 찾아서 읽는다. 이 출판사 책을 읽으니 아주 놀랍다. 학교에서 안 가르치거나 못 가르치는, 그렇지만 우리가 꼭 배우며 생각할 이야기가 가득하다. 어느 분 글에서 얼핏 '푸름이'란 낱말을 읽는다. 푸름이? 푸름이가 뭐지? 아, 그래, 그렇구나. '청소년'은 한자말이었구나. '푸름이'가 바로 우리를 가리키는 이름이네. 와, 멋지다. '어린이'처럼 '푸름이'로구나. 그래, 출판사 이름도 '푸른나무'였네. 다 그런 뜻이었네. 아름다운 이름을 품고서 우리를 아름답게

보살피고 싶은 어른이 어디엔가 있었구나.

풀싹

2013.2.18. 풀싹이 돋는다. 봄이 코앞으로 다가오면서 온 들에 풀싹이 돋는다. 뒷밭에도 앞밭에도 옆밭에도 풀싹이 돋는다. 흙으로 된 땅바닥 어디에나 풀싹이 돋는다. 풀싹은 따스한 바람과 햇살을 먹으면서 씩씩하게 돋는다. 기지개를 켠다. 싱그러운 바람과 상큼한 햇볕을 나도 냠냠 하고 받아먹는다. 바람결에는 어떤 기운이 서렸을까. 햇볕자락에는 어떤 넋이 담겼을까. 풀싹은 빗물과 햇볕과 바람이 있으면, 여기에 고운 흙이 있으면 고 조그마한 씨앗에서 아주 커다란 줄기와 잎사귀를 올리면서 자란다. 어쩌면, 먼먼 옛날 슬기로운 사람들은 바람과 햇볕과 빗물과 흙, 이렇게 네 가지로 목숨 잇는 숨결을 얻지 않았을까. 풀싹이 돋듯 글을 쓴다. 따스한 기운 받는 풀싹이 씩씩하게 돋듯, 나 또한 마음밭에 따스한 사랑을 담아 글을 쓴다. 마음이 따사로운 사랑으로 가득할 때에는 즐거운 이야기를 담는 글이 태어난다. 마음이 차가움이나 메마름이나 매몰참이나 슬픔으로 넘실거릴 적에는 무겁거나 딱딱한 글이 태어난다. 슬픈 이야기도 글이요 기쁜 이야기도 글일 테지. 눈물 젖은 밥도 먹을 수 있을 테고, 웃음 피어나는 밥도 먹을 수 있을 테지. 그런데, 곰곰이 돌아보면, 밥을 먹는 까닭은 살고 싶기 때문이다. 살아도 아무렇게나 살고 싶어 먹는 밥이 아니라, 즐겁게 살고 싶어 먹는 밥이요, 기쁨과 웃음을 누리고 싶어 먹는 밥이다. 웃으려고 먹는 밥이고, 따뜻하게 살고 싶어 먹는 밥이며, 사랑을 꽃피우려는 넋으로 먹는 밥이다. 글을 쓴다고 한다면, 이런 글도 쓰고 저런 글도 쓸 수 있을 텐데, 아무래도 풀싹처럼 씩씩하게 살아가며 푸르게

빛나는 삶을 꽃피우려고 쓰는 글이지 싶다. 싱그러운 바람을 들이켜면서 싱그러운 글을 쓰자고 생각한다. 상큼한 햇볕을 받아먹으면서 상큼한 글을 쓰자고 다짐한다. 봄을 부르는 비가 찾아들며 별빛이 살짝 숨는다. 바람이 조용하다. 아침저녁으로 멧새 노랫소리가 짙다. 이제 두 달 뒤면 새봄 새날 맞이하는 씩씩한 제비들 우리 집 처마 밑에 들겠구나.

필사

2016.7.18. '필사'가 번진다. '필사'뿐 아니라 '색칠 그림책'도 어마어마한 장사가 되기까지 한다. 이 모습을 보면서 곰곰이 돌아본다. 나는 우리 집 아이들한테 '베껴쓰기'를 시키지 않으며, '색칠하기' 그림책은 사 주지도 않는다. 아이들한테 '남을 따라하는 짓'을 시키지 않는다. 왜? 왜 필사나 모사를 안 하는가? 할 까닭이 없기 때문이다. 나는 내 글을 써야 할 뿐, 다른 사람 글을 베끼거나 흉내내야 할 까닭이 없다. 나는 내 이야기를 내 글로 담을 뿐, 다른 사람 이야기를 베끼거나 흉내내면서 겉멋이나 겉치레로 흘러야 할 까닭이 없다. 한국말사전을 펼친다. '필사(筆寫)'는 "베끼어 씀"을 뜻한다. '모사(模寫)'는 "원본을 베끼어 씀"을 뜻한다. 이 말뜻부터 잘 알아야 한다. 우리가 필사나 모사를 한다거나, 색칠하기 그림책을 보거나 쓴다면, 우리는 "내 것"이 아닌 "남 것"을 따라할 뿐이다. 이는 배우기하고 멀다. 어깨너머로 배운다든지 스승한테서 배우는 길하고도 멀다. 우리 글씨가 '악필'이라고 한다면, 셈틀이나 손전화를 너무 많이 쓰기 때문이다. 아니, 셈틀이나 손전화'만' 쓰기 때문에 우리 글씨가 엉망이 된다. 셈틀이나 손전화를 많이 쓰더라도 손으로 연필을 잡고서 글이든 글월이든 즐겁게 쓴다면 우리

글씨는 '우리 나름대로 예쁜 글씨'가 된다. 우리가 할 일은 필사나 모사가 아니다. 우리가 할 일은 '글쓰기'나 '글월쓰기'이다. 우리 이야기를 우리 스스로 써야 한다. 이때에 비로소 글쓰기이다. 우리 이야기를 이웃하고 동무한테 띄워야 한다. 이때에 바야흐로 글월쓰기이다. 우리는 저마다 '나다운 글씨와 글'을 찾아서 누리면 된다. 우리 글씨는 '악필'도 '달필'도 아니다. 우리한테는 저마다 새로우면서 재미나고 아름다운 숨결로 노래하는 다 다른 글씨가 있다. 필사나 모사가 무엇인지 똑똑히 알아야 한다. 필사나 모사는 '베끼기'나 '흉내내기'이기 때문에, 그만 '표절작가'하고 비슷한 길로 가고야 만다. 표절작가는 어떤 사람인가? 작가 스스로 제 이야기를 쓰지 못하고, 그만 다른 사람 이야기를 몰래 훔치면서 돈과 이름과 힘을 거머쥐려고 하는 이들이다. 이들이 나쁘다는 뜻이 아니라, 우리가 누리는 이 삶에서 고작 다른 사람 이야기를 몰래 훔친다고 하면 어떤 기쁨이나 보람이 있겠느냐는 말이다. 셈틀이나 손전화가 퍼지기 앞서 사람들은 저마다 다 다른 글씨를 쓰면서 다 다른 글맛을 주고받았다. 책이 나오기 앞서 사람들은 저마다 다 다른 이야기를 펴면서 다 다른 삶맛을 나누었다. 셈틀이나 책은 나쁘지 않다. 다만, 우리가 이를 슬기롭게 다루면서 즐길 수 있어야지 싶다. 필사나 모사가 아니라 '우리 글 쓰기'하고 '우리 이야기 쓰기'로 가야지 싶다.

책이 주인을 기다립니다

ㅎ

하느님

2019.3.20. 우리 집 작은아이 이름은 '산들보라'이다. 작은아이 산들보라 이름이 어떤 뜻인가를 알아차린 사람은 여태 한 분뿐이다. 다른 이들은 '산들보라'라는 이름을 듣고서 "뭐, 무슨 뜻인지 바로 알겠네요." 하고 말하지만 모조리 헛다리를 짚는다. 쉬워 보이는 이름이 외려 어려운 셈일까? 그렇지만 스스로 마음을 활짝 연 채 서로 어깨동무하는 이웃으로 여기는 기쁨으로 바라본다면, '산들보라'가 어떤 뜻을 담은 이름인가를 한눈에 알아차리면서 빙그레 웃음지을 만하다. '산들보라'는 '산들 + 보라'인데, '산들바람 같은 하느님이 네 마음에 있는 줄 보라'는 뜻이다.

학번

2000.3.25. 나는 대학교를 그만두었으니 고졸이다. 고졸로 살아가는 사람한테 자꾸 "그래도 대학교에 들어갔다가 그만두었다니까 학번이 있을 거 아니에요? 몇 학번이에요?" 하고들 물어본다.

"제가 대학교를 다니다 그만두기는 했습니다만, 제 삶에서 잊은 일이기에 몇 학번인지는 모릅니다. 제 나이를 알고 싶으시다면, 저는 1975년 토끼띠로 태어났으니 더하기 빼기를 하시면 됩니다." 하고 대꾸하는데 끝까지 학번을 물고늘어진다. 출판사 영업부 일꾼으로 이곳저곳을 다니며 손을 맞잡거나 절을 하고서도 하나같이 "몇 학번?" 하고 물으며 어느 대학교 무슨 학과를 다녔는지 따진다. 이른바 전문가 무리라고 하는 글쟁이밭이나 그림쟁이밭은, 또 책하고 얽힌 기관이나 연구소는 왜 이렇게 학번을 좋아할까? 기자들조차도 학번을 묻는다. 참으로 지겨운 나라이다. 학번을 묻는 그들은 학번으로 줄을 세우려는 뜻이 뼛속까지 새겨졌다고 느낀다. 사람 아닌 숫자를, 또 대학교 배움줄을 따지는 이들이 버젓이 판친다면, 이 나라는 멍텅구리 꼴에서 맴돌고 말리라.

한국말

2017.10.31. 요즈음 글을 쓰는 분들은 한국말로 글을 쓰는지 무늬만 한글로 글을 쓰는지 아리송하기 일쑤이다. '문장 수련'에는 다들 힘쓴다고 느끼지만, '말결'을 헤아리는 데에는 거의 모든 분이 모자라다고 느낀다. 한 마디로 얘기해 본다면, 요즈음 글을 쓰는 분들은 글에 너무 힘이 많다. 힘을 못 뺀다. 힘을 빼고서 글을 써야 글도 글다울 뿐 아니라, 이 글을 읽는 이웃이 한결 포근하지 않을까. 그러면 힘은 어떻게 뺄 수 있을까? 아이한테 읽혀 보라. 어른끼리 나누는 문학이라 하더라도 이 문학을 아이가 읽도록 내밀어 보라. 아이가 못 알아듣는 낱말이 있다면, 아이가 입으로 말하기 어려운 글월이 있다면, 글에 힘이 잔뜩 들어가서 딱딱하거나 메마르다는 뜻이다. 그리고 아이가 새롭게 배우면서 기쁘게 쓸 수 있는

한국말을 글에 담도록 마음을 기울여야지 싶다. 아이가 글을 읽는 보람을 누리도록, 아이가 말을 익히는 사랑을 누리도록, 우리 어른들은 글쓰기에서 제대로 힘을 빼야지 싶다. 글에서 힘을 빼고 꿈하고 사랑을 담으면 글은 저절로 살아나서 춤을 추고 노래한다.

한길사

2003.11.12. 대한민국에서 이름났다는 한길사 사장이 오늘 아침 했다는 말을 들었다. "좋은 책을 만들려고 했는데 뭐가 문제이냐?" 출판계약서도 없이, 책에 실린 글(두 사람이 주고받은 글월)을 쓴 분들이 내지 말라고 했는데도, 그저 '좋은 책을 만들려는 마음'에서 알리지도 않고 냈다는 그 사람. 뭐라고 해야 할까? 뭐라고 해야 좋을까? 출고를 멈추고 여태까지 판 책도 거둬들이라고 얘기하지만, "그럴 필요가 없다"고 한칼에 짜르는 그 사람. 그런데 그런 사람들이 이 나라 책마을에 참으로 많다. 게다가 그런 분들이 모여 파주에 출판단지를 세웠지. 겉으로는 아닌 것처럼 하지만 속으론 그런 이들이 얼마나 많나. 출판사에서 일하는 사람뿐인가. 교사는 또 어떠한가. 지식인, 학자, 교수, 기자는 어떠하고. 이 좁은 대한민국에서 스스로 훌륭하다고 스스로 치켜세우면서 이름을 내세우는 그들, 바로 사기극 아닌가?

2013.11.10. 한길사가 책마을에 막짓 한 가지를 일삼은 지 열 해가 된 어느 날, 어느 분이 나한테 묻더라. 그때 한길사에서 내놓은 《살구꽃 봉오리를 보니 눈물이 납니다》라는 책을 꼭 좀 찾아서 읽고 싶은데 나한테 한 권이 없느냐고. 이 얘기를 듣고 갑자기 속이 확 쓰렸다. 열 해 동안 삭이려 했으나 도무지 삭지 않은 응어리가

밀물처럼 솟구치더라. 그래서 글 한 자락을 써서 이웃님한테 띄웠다. 기다려 달라고, 제대로 된 책으로 제대로 다시 나올 때까지 기다리다 보면 틀림없이 새옷을 입고 나올 테니까, 그때까지 몸 튼튼히 잘 지내셔 주면 좋겠다고. 이웃님한테 띄운 글월을 고스란히 옮겨 본다.

— **이오덕·권정생 편지글 무단출간 열 해**

꼭 열 해가 되었습니다. 이오덕 어른하고 권정생 어른이 주고받은 글월을, 한길사 ㄱ대표가 아무런 허락도 동의도 받지 않은 채 함부로 내놓아(무단출간) 말썽을 일으킨 지 꼭 열 해가 되었습니다. 한길사 ㄱ대표는《살구꽃 봉오리를 보니 눈물이 납니다》라는 이름을 붙여, 이오덕 어른하고 권정생 어른 두 분이 주고받은 편지를 남몰래 펴내고 엄청나게 광고를 하면서 며칠 만에 수천 권을 팔았습니다. 몇 부를 찍었는지 이오덕 어른 유족과 권정생 어른한테 밝히지 않은 채, 이 책이 말썽이 되고 이레쯤 지나고 나서야 비로소 '서점 회수'를 했지만, 고작 돌아온 책은 1200권쯤입니다. 이 책이 말썽이 난 줄 알아차린 서점에서는 '다 팔리고 없다'면서 회수를 안 하기도 했다고 들었습니다. 책방에서 사라져야 한 이 책을 어떤 사람은 '30만 원' 값을 붙여 팔기도 합니다. 지난 2003년 11월 10일을 떠올립니다. 저는 그때에 충북 충주 무너미마을에서 이오덕 어른 유고·원고·책을 한창 갈무리했습니다. 이오덕 어른이 흙으로 돌아간 뒤 남은 숱한 글뭉치와 책을 하나하나 살피고 닦고 손질하고 갈래를 지어 나누면서 지냈습니다. 이날도 여느 때처럼 이오덕 어른 원고 가운데 묻힌 글을 살피고, 묻힌 글을 한글파일로 옮기는 일을 했어요. 그런데 아침에 어느 분한테서 전화가 왔어요. 이오덕 어른 큰아들이요 충주 무너미마을에서 농사를 짓는 이정우 님한테 전화가 왔어요. '이번에 나온 (이오덕) 선생님 책 눈물을 흘리면서 읽었다'는 이야기를 했어요. 깜짝 놀랐지요. 이즈음 나온 이오덕 어른 새책은 없었으니까요. 그래서 무슨 일이요, 무슨 책이요, 하면서 전화 거신 분한테 다시 여쭈었고, 이정우 님은 한길사로 전화를 걸어 "무슨 책을 냈느냐?" 하고 물었습니다. 한길사에서는 처음에 책을 안 냈다고 했습니다. 편집부 일꾼도 ㄱ대표도, 처음 두 판 전화통화에서는 책을 낸 일이 없다고 했습니다. 그래서 그런가 보다 하고 지나갔으나, 낮에 다른 분한테서 무너미마을로 전화가 왔어요. '책 나온 소식을 들었다'는 이야기입니다. 그래서 세 판째 한길사에 전화를 거니, 그제서야 "책을 냈습니다." 하고 말했습니다. 나중에 ㄱ대표는 이정우 님한테 전화를 걸어 "좋은 책 내는데 무슨 문제가 있느냐" 하고 말했습니다. 덧붙여 "이오덕 선생님이 살아 계실 때 이미 허락을 했다"고 말했습니다. 이오덕 어른 글과 책을 갈무리하면서, 이 글과 책이 나오도록 하는 일을 맡던 저였기에, 한길사 편집부 ㄱ주간한테 전화를 걸어 "왜 출판계약서도 없이 책을 내셨습니까?" 하고 여쭈었습니다. ㄱ주간은 "이오덕 선생님은 예전에도 한길사에서 책을 내실 때는 출판계약서를 쓰지 않았어요. 구두로만 계약을 한 뒤 인세가 발생하면 이를 정산해서 지급해 드렸어요. 이렇게 하면 이오덕 선생님이 받아들였어요." 하고 말합니다. 참말 그런가 하고, 전화를 끊고 나서 이오덕 어른이 남긴 서류를 찾아보니, 한길사에서 낸 책들 출판계약서가 다 있습니다. 이오덕 어른은 출판계약서가 없이 한길사에서 책을 내지 않으셨습니다. 한길사에서는 허락을 안 받은 채 책을 함부로 냈습니다. 그러면, 어떻게 한길사에 '글월꾸러미(편지 원고)'가 있었을까요? 이오덕 어른은 돌아가시기 앞서 글월꾸러미를 어느 출판사에 맡겨야 할는지를 놓고 몹시 망설였습니다. 어느 출판사도 미덥지 않았기 때문입니다. 한길사 ㄱ대표는 이 얘기를 듣고는 이녁이 한번 구경해 보겠다 하면서 여러 달에 걸쳐 찾아와서 채근했고, 이오덕 어른은 마지못해 "구경만 하고 바로 돌려주세요" 하면서 보여주었습니다. 그런데 한길사를 이오덕 어른한테서 받은 글월꾸러미를 반 해 가까이 돌려주지 않았고, 구경만 하고 돌려준다더니 왜 이리 오래 안 돌려주느냐고 닦달한 끝에 겨우 돌려받았습니다. 그때에는 이오덕 어른이 미처 몰랐을 테지요. 그때 틀림없이 한길사는 글월꾸러미를 모조리 입력해 놓았을 테고, 편집하고 제판까지 마쳤겠지요. 그러고는 이오덕 어른을 자꾸 찾아왔습니다. 이오덕 어른은 "이 편지 원고는 나(이오덕)와 권정생 선생이 모두 죽은 뒤에나 나올 수 있다."면서, 함부로 내놓을 책이 아니니, 더는 말하지 말라며 손사래를 쳤습니다. 그러나, 한길사 ㄱ대표는 이오덕 어른이 손사래를 쳐어도 여러 해에 걸쳐 이 책이 나올 수 있도록 해 달라고 찾아왔습니다. 이오덕 어른은 "나(이오덕)와 권정생 선생은 언제 죽을지 모르지만, 두 사람이 죽고 나서 책이 나와야 하고, 내(이오덕)가 죽은 뒤에 아들(이정우)한테 이 책 내는 일을 맡길 테니, 아들하고 이야기하라." 하고 말씀했습니다. 권정생 어른도 이오덕 어른하고 말씀을 맞추셨고, 이녁이 죽은 뒤 서른 해가 지나고 나서 책으로 내기를 바라셨습니다. 이에 이정우 님은 "서른 해는 너무 길고, 열 해 뒤에 내기로 하지요." 하고 이야기했습니다. 그래서,

권정생 어른도 "내가 죽고 나서 열 해 뒤라면 괜찮다." 하고 말씀했습니다. 이오덕 어른은 2003년에 흙으로 돌아가셨고, 권정생 어른은 2007년에 흙으로 돌아가셨습니다. 이오덕 어른이 흙으로 돌아가신 지 열 해가 되었습니다. 앞으로 네 해 지나면 권정생 어른이 흙으로 돌아가신 지 열 해가 됩니다. 이오덕 어른이 남긴 일기를 다섯 권으로 갈무리해서 2013년 봄에 《이오덕 일기》가 태어났습니다. 열 해가 지난 뒤에 얼마든지 책이 태어날 수 있습니다. 《살구꽃 봉오리를 보니 눈물이 납니다》라는 책이 이 땅에 태어나 사람들한테 아름답게 읽히도록 하자면, 이렇게 열 해를 기다리면 될 노릇이었습니다. 아름다운 책은 아름다운 손길로 엮을 때에 태어납니다. 아름다운 글을 안 아름다운 손길로 엮어서 내놓으면, 이 책을 만날 사람들부터 안 즐겁고 안 반갑습니다. 그냥 지식으로 읽는 책이 아니기 때문입니다. 아름다운 눈빛으로 어루만지면서 아름다운 손빛으로 보살펴야지요. 좋은 책을 읽는대서 좋은 사람이 된다고 느끼지 않아요. 좋은 책을 읽으며 얻은 좋은 넋과 슬기를 스스로 좋은 삶으로 일구면서 나눌 때에 비로소 좋은 마음과 좋은 사랑이 우리 보금자리부터 싹틀 수 있다고 느낍니다. 앞으로 네 해 더 지나 맞이할 2017년에 어떤 책들이 이 땅에 태어날까 궁금합니다. 그즈음에 태어날 새로운 책 가운데 《살구꽃 봉오리를 보니 눈물이 납니다》가 한 자리를 차지할 수 있을는지 궁금합니다. 그즈음에 이오덕 어른하고 권정생 어른이 주고받은 글월이 책으로 태어날 수 있다면, 아무래도 한길사 아닌 다른 출판사에서, 그리고 시골에서 살림을 꾸리는 조그마한 출판사에서, 작은 사랑과 작은 꿈과 작은 빛을 가슴으로 받아안으며 나올 수 있기를 빌어 마지 않습니다. 돈을 바라는 큰 출판사에서 이런 광고 저런 홍보를 하며 팔 만한 책이 아니라고 느낍니다. 사랑을 바라고 꿈을 키우려는 작은 출판사에서 입소문으로 천천히 오래도록 따사로운 손길을 받도록 내놓아 읽힐 책이라고 느낍니다. 이 책을 놓고 2003년에 오간 이야기를 다음 주소로 들어가면 찾아 읽을 수 있습니다. (http://blog.aladin.co.kr/hbooks/5203761) (덧말 : 두 어른 글월꾸러미는 2015년에 《선생님, 요즘은 어떠하십니까》라는 새 이름을 달고서 제대로 태어났다)

함께

2018.2.5. '독서회'나 '북클럽'은 뭔가 어렵다. 선뜻 다가서기도 어렵고, 이런 곳에서 골라서 읽는다는 책도 어렵다. 이런 모임에서 나오는 이야기도 어렵고, 다들 그냥 어렵기만 하다. 그런데 '함께 읽기'를 하는 자리는 홀가분하다. 가벼우면서 즐겁고, 재미있으면서 이야기가 술술 나온다. 책을 미리 안 읽었어도 대수롭지 않다. 모인 자리에서 서로 목소리를 내어 나긋나긋 읽으면 된다. 한두 쪽을 읽어도 좋고, 몇 줄을 읽어도 좋다. 함께 읽는 즐거움을 나눈다. 함께 읽으면서 책을 여러 눈길로 바라본다. 함께 읽는 동안 생각을 갈무리하고 말씨를 가다듬고 마음을 차츰차츰 키운다.

함께살기

1994.1.1. 하이텔이란 피시통신이 있다. 천리안도 있고. 하이텔은 형이 드나드는 이름으로 얼핏설핏 구경하는데, 인천에 인디텔이란 곳이 새로 연다. 나우누리란 곳도 문을 연다. 어느 곳은 알파벳으로만 이름을 붙여야 하고, 나우누리는 한글로 이름을 붙일 수 있

다. 나우누리에 어떤 이름을 쓰면 좋을까 하고 생각하는데, 지지난 해에 이웃집 아저씨가 선물로 준 옷에 적힌 "함께 가는 길"이란 글월이 떠오른다. 다섯 글씨를 줄여 '함께가기'로 할까 하다가, 좀 안 어울리지 싶어 '함께살기'로 써 본다. 좋네, 좋다. 어깨동무를 하면서 함께 가는 길에 서로 도우면서 살아가자는 뜻을, 함께 사랑하고 살림하며 살자는 뜻을 '함께살기'란 이름에 실으려 한다. (덧말 : 2014년에 이르러 이 이름을 내려놓기로 했다. 2014년부터는 내 이름을 '숲노래'로 바꾸어서 쓴다. 숲을 노래하는 사랑이 되고픈 사람이라는 뜻으로.)

합니다

1994.5.6. 다들 글을 써서 나누거나 올릴 적에 '-하다' 꼴로 맺는다. 이런 글결이 내키지 않아 '-합니다'처럼 부드럽게, 말하듯이 글을 쓰니 나더러 "무슨 글이 그렇게 공손해? 여자 같잖아?" 한다. 그래서 "저는 일부러 공손하게 글을 쓰지 않아요. 말을 하듯이 썼을 뿐입니다. 우리가 말을 할 적에 '-하다'로 끝을 맺나요? 아니지요?" 하고 묻는다. "아니, 그래, 말을 할 적에 '-하다'로는 안 하지. 그런데 글은 다르잖아. 글에서 왜 '-합니다'나 '-해요' 하고 끝맺으면서 써?" "말을 할 적에 그렇게 하니까요. 글결이 말결하고 다르면 겉을 가리는, 참모습을 숨기는 이야기가 되리라 느껴요."

2002.2.22. 누리신문 오마이뉴스에서 내가 '-하다'로 끝맺는 글을 안 쓰니 매우 거북해 한다. 다른 시민기자는 모두 '-하다'로 끝맺을 뿐 아니라, 다른 어느 신문이든 '-하다'로 끝맺을 뿐인데, 왜 나 혼자 '-하다'로 끝맺지 않고 '-합니다'나 '-해요'로 끝맺느냐고, 내가 쓰는 글결을 고쳐 달라고 한다. "모든 사람이 다 다르고,

다 다른 사람은 말씨도 다를 테고, 말씨가 다른 만큼 글결이 다르지 않을까요? 다 다른 시민기자가 다 다른 자리에서 다 다른 목소리로 다 다른 이야기를 다 다른 글로 실어서 새로운 이야기판을 열겠다는 곳이 오마이뉴스 아닌지요?" "그 말은 맞는데, 아무래도 최종규 기자님 글은 적응이 안 돼." "적응하지 마셔요. 왜 적응을 해야 하나요? 제가 쓰는 글에서 들려주려는 이야기를 읽으면 될 뿐입니다. 저는 '-하다'로 끝맺는 글을 도무지 못 쓰겠습니다. 입으로 그렇게 말하는 일이 없는데, 입으로 안 하는 말을 어떻게 글로 쓰나요?" (덧말 : 내 글결을 도무지 봐주기 힘들다고 하는 편집기자가 많았지만, 시민기자 이웃님은 내 글결을 지켜보면서 한 분 두 분 '-하다'란 글결을 버리고'-합니다'로 넘어왔다. 이제 무척 많은 분들이 신문글에서도 '-합니다'를 쓴다. 사건이나 사고를 다루건 정치나 경제를 다루건 구태여 '-하다'로 쓸 까닭이 없는 줄 느끼는 분이 꽤 늘었다고 느낀다)

해봐

1998.6.7. 서두르지 않아도 돼. 떠오르는 글은 언제나 다 즐겁게 쓸 수 있어. 읽고 싶은 책은 언제나 다 즐겁게 읽을 수 있어. 해봐. 다 되더라.

헌책

1992.9.28. 헌책은 낡은 책이 아니다. 낡은 책이라면 '낡은책'이라고 한다. 헌책은 오래된 책이 아니다. 오래된 책이라면 '오랜책'이라 한다. 헌책은 옛날 책이 아니다. 옛날 책이라면 '옛책'이라 해야겠지. 그러면 헌책은 뭔가? 말 그대로 '헌책'이다. 헌책이란, 누가 먼저 손을 댄 책, 어느 한 사람 손길이 먼저 닿은 책이다. 새책이란

뭘까? 새책이란 아직 아무도 손을 안 댄 책이다. 그러니 도서관에 있는 책이라면 모두 헌책이다. 왜 그러겠는가? 새책집에서 도서관으로 자리를 옮기는 동안 사람손을 탔으니 헌책이지. 책으로 삶길을 배우는 사람이 건사하는 서재에 있는 책도 헌책이다. 책으로 삶길을 배우려 하니 모든 책을 차근차근 손으로 펴서 읽었겠지. 모든 읽힌 책은 헌책이다. 아직 안 읽힌 모든 책은 새책이다. 읽히면서 사랑을 받았기에 헌책이다. 앞으로 읽히기를 바라며 기다리기에 새책이다.

1993.2.20. 헌책이 부르는 소리를 들어 보자. 헌책은 누구나 똑같이 부른다. 가멸찬 사람도 가난한 사람도 부른다. 누구나 배울 마음이 있으면 기꺼이 부른다. 500원짜리 헌책도 5000원짜리 헌책도 5만 원짜리 헌책도 모두 아름답다. 값 때문에 아름답지 않다. 겉이 아무리 허름하더라도 속에 담은 알맹이가 한결같기에 아름답다. 살짝 눈을 감아 볼까? 눈을 감고서 한손에는 헌책을, 다른 한손에는 새책을 쥐어 보자. 손으로 만져서 어느 쪽이 헌책이고 새책인지 가름할 수 있겠는가? 그리고, 둘을 가름해 놓고 나서 무엇이 다른 줄 얼마나 알겠는가? 눈을 감고 귀를 기울이는 나한테, 누가 헌책을 읽어 준들 새책을 읽어 준들 '헌책에 흐르는 이야기'가 헐게 들리거나, '새책에 흐르는 이야기'가 새롭게 들린다고 느낄 수 있겠는가? 우리는 이야기를 읽는다. 헌책은, 우리더러 책을 읽을 적에 겉이 아닌 속을 읽으라고 속삭인다. 껍데기가 아닌 알맹이를 읽으라고 속삭인다.

1994.12.31. "신촌엔 어디에 헌책집이 있나요?" 신촌에 있는 대학

교에 다니는 선배한테 묻는다. “헌책집? 웬 헌책집? 그냥 새책집에 가면 되잖아? 헌책집은 모르겠는데.” 물어본 내가 잘못일 수 있지만, 대학교에 다니는 선배를 보면 꼬박꼬박 그 대학교 앞이나 옆이나 둘레나 가까이에 헌책집이 있는가 없는가를 물어본다. 한 해 동안 오백이 넘는 선배한테 물어보았으나 어느 누구도 헌책집을 가르쳐 주지 못했다. 가르쳐 주지 못한 까닭은 그 대학교 곁에 헌책집이 없어서가 아니다. 그들이 그곳을 안 갔기 때문이다. 선배들은 하나같이 “뭐하러 헌책집까지 가? 새책집에도 책 많잖아?” 하고 대꾸한다. 그러나 다르다. 새책집하고 헌책집에 있는 책이 다르다. 갓 나온 책도 헌책집에 들어오지만, 서른 해나 쉰 해를 묵은 책이 새책집에 들어오나? 미군부대에서 흘러나온 책, 나라밖 책도 헌책집에 들어온다. 때로는 백 해나 이백 해쯤 묵은 책도 들어오는 헌책집이요, 비매품도 어엿이 들어오는 헌책집이다. 헌책집에 찾아가서 헌책을 읽지 않는다면 책을 모르는 셈이다.

1995.8.7. 신문배달 자전거를 몰아 헌책집을 찾아간다. 헌책집 문간에 자전거를 세운다. 헌책집에서 장만한 책은 짐받이에 묶는다. 바람을 가르며 달려와서, 다시 바람을 가르며 신문사지국으로 돌아간다. 한 달 벌이 16만 원으로는 새책 몇 권 사기 어렵다. 외대학보에 틈틈이 글을 보내 받는 글삯을 보태어 헌책집에서 책을 고른다. 똑같은 책이 둘 있으면 조금 더 허름해서 300원이나 500원이 눅은 책을 고른다. 한 권이라도 더 읽고 싶기에 서서 열 권을 읽고 나서야 한 권을 산다. 그렇지만 다 읽은 책도 사서 다시금 읽고 싶다. 언젠가는 오늘하고 다르게 책을 맞이할 수 있겠지. 책집에 서서 부리나케 읽어치우는 길이 아닌, 느긋하게 책칸을 보금자리에

꾸며서 언제라도 되읽을 날이 있겠지.

1996.9.19. 군대에서 휴가를 받아 헌책집에 가서 책을 사읽었다고 하니 중대장이며 소대장이며 행보관이며 분대장이며 아주 미친놈 보듯이 쳐다본다. 지오피 수당이며 담배값이며 알뜰히 모았지. 왜 모았느냐 하면, 군대에서 글 한 줄 읽을 수 없이 지낸 내 머리가 썩지 않도록, 바보가 되지 않도록, 짧은 휴가라 하더라도 이때에 헌책집에 파묻혀 마음을 새롭게 북돋울 책을 만나고 싶었다. 군인옷을 입고 헌책집에 가서 책을 읽었다. 단골로 드나들다가 반 해 넘게, 때로는 거의 한 해 만에 찾아온 젊은이를 본 헌책집 아저씨 아주머니가 깜짝 놀라면서 반긴다. “군인이 무슨 돈이 있다고 책을 사러 와?” 하시면서 책값을 안 받으시기도 한다. 몇 아름 장만한 책을 짊어지고 인천집으로 돌아가는 전철길. 책을 펴서 얼굴을 가린다. 헌책에 눈물자국이 흥건하다.

1998.1.6. 군대를 마치기 앞서 ‘열 해 앞그림’을 그렸다. 이 가운데 하나는 “헌책방 사랑누리”라는 모임을 새로 여는 일이다. 바깥에서는 하루가 다르게 ‘책 읽는 사람’이 줄어든다면서 시끄럽다. 그런데 그럴 만하지 않나? 신문이나 방송에서 다루는 책이란 으레 베스트셀러 빼고 없잖은가? 아름답고 알찬 책이 아닌, 잘 팔리는 책만 소개하고 다루는데, 그 베스트셀러라고 하는 책은 한때 반짝일 수는 있으나 두고두고 마음에 씨앗으로 깃들 만하지는 않다고 느낀다. 이제는 ‘책 읽히는 운동’이 아니라 ‘책을 새로 보는 길’을 마련하고 이야기할 노릇이지 싶다. 책을 책답게 바라보는 길이란, 껍데기 아닌 줄거리를 바라보는 길이다. 공공도서관이며 대학도서

관은 해마다 책을 엄청나게 버리는데, 이렇게 버려지는 책은 대출실적이 적은 책이다. 아무리 알차거나 훌륭한 책이라 하더라도 대출실적이 없으면 그냥 버린다. 헌책집을 다니다 보면 출판사나 신문사나 공공기관에서 버린 엄청난 책을 꽤 쉽게 만난다. 고작 스무해밖에 안 된 책이어도 '낡았다'면서 그냥 버리더라. 한국에는 자료조사부라고 할 만한 곳을 영 못 두는 출판사이자 신문사라고 느낀다. 그래서 "헌책방 사랑누리"라는 모임을 열려고 한다. "헌책방 소식지"도 낼 생각이다. 이레마다 하나씩 내려고 한다. 이레마다 "헌책방 소식지"를 낸다고 해도 한 해에 고작 쉰네 가지밖에 안 된다. 고작 쉰네 곳밖에 안 되는 헌책집을 알리니 터무니없이 적지만, 헌책집 길그림을 그려서 뿌리고, 헌책집 소식지를 찍어서 나누려고 한다. 그리고 모임사람을 이끌고 서울 시내를 비롯해 전국 여러 헌책집을 찾아다니려고 한다. 눈을 틔우고 생각을 깨우며 사랑을 속삭이는 책은 바로 헌책집지기가 먼지구덩이에서 땀흘려 캐낸 헌책 하나에 있다는 뜻을 펴려고 한다.

1999.8.9. 사진찍기를 배웠다. 신문사나 방송사가 헌책집을 늘 고리타분하거나 사라지는 곳으로만 찍는 모습이 매우 못마땅했는데, 그들 기자나 피디를 탓할 노릇이 아닌 줄 깨달았다. 내가 사진을 배우고 사진기를 장만하고 필름을 사서 사진을 찍으면 된다. 헌책집이라는 곳을, 헌책을, 또 책을 어떤 빛으로 마주하면서 담아내어야 비로소 사진이 되는가를 나 스스로 보여주면 된다. 이제 헌책집을 사진으로 찍은 지 한 해가 된다. 처음 헌책집에 사진기를 어깨에 걸고 들어서려 하니 모두들 놀란 눈이 될 뿐더러 사나운 눈으로 바뀌었다. 백 군데면 백 나한테 이렇게 말씀했다. "사진 찍으

려면 책방에 오지 말게!" 헌책집지기가 사진기를 보면 입술이 파래지면서 손사래치는 까닭을 잘 안다. 아주 잘 안다. 그래서 내가 헌책집을 사진으로 찍으려고 한다. 신문기자랍시고, 방송작가랍시고, 헌책집에 와서 벌인 끔찍한 짓을 돌아보면 헌책집지기가 '사진기를 손에 쥔 단골 젊은이'를 싫어하고 꺼리며 얼른 나가라고 쫓아내는 마음을 안다. 이레에 걸쳐 스무 곳쯤 되는 헌책집에서 문간에서 쫓겨나다 보니, 이제 생각을 바꾼다. 헌책집에 들어갈 적에는 등짐에 사진기를 숨긴다. 나는 어느 헌책집에 가도 으레 서너 시간을 죽치고 앉아서 책을 읽으니, 헌책집지기는 으레 나더러 가게를 좀 봐 달라 하면서 바깥일을 보고 오시기 마련. 나는 이 틈을 노리기로 한다. 고작 1분이나 5분이라는 틈을 살려서 사진을 몇 자락 찍는다. 두근두근. 이렇게 찍은 필름을 사진관에 가서 찾으며 여러 자락을 종이에 뽑는다. 그러고는 다음에 헌책집에 찾아와서 책값을 셈하고 나가는 길에 슬그머니 셈대에 사진을 얹어 놓는다. 이 다음에 다시 헌책집에 찾아가니 백이면 백 모든 헌책집에서 웃음으로 나를 반기신다. "저기, 자네가 그 사진 찍었나? 맞지? 그 사진 한참 들여다봤네. 그거 우리 책집 맞지? 우리 책집이 그렇게 멋졌던가? 자네가 사진기 가지고 와서 책집을 찍는다고 해서 쫓아내서 미안하네. 다른 기자들은 몰라도 자네만은 우리 책집을 사진으로 얼마든지 찍게." 헌책집지기가 헌책집을 사진으로 찍히도록 하기까지 모든 책집이 적어도 두어 달, 길면 여섯 달, 어느 곳은 한 해가 걸렸다.

2004.7.1. 모든 책은 헌책이다. 모든 책은 새책이다. 모든 책은 삶이다. 모든 책은 사랑이다. 모든 헌책은 새책이다. 모든 새책은 헌

책이다. 모든 헌책은 웃음이다. 모든 새책은 눈물이다. 모든 책은 씨앗이다. 그냥그냥 말놀이를 해본다. 《모든 책은 헌책이다》를 써냈다. 글삯을 받지 않고 책을 받았다. 글삯 몫만큼 받은 책을 들고 헌책집을 돌아다니는데 한 달이 채 되지 않아 동이 난다. 200권을 더 사서 헌책집을 다니며 마저 드린다. 이 책을 받아쥔 헌책집지기 눈가에 이슬이 맺힌다. 모두 나한테 고맙다고 말씀하시는데, 나도 눈가에 같이 이슬을 맺으면서 말씀을 여쭌다. "제가 고맙지요. 이 책을 쓴 사람으로 제 이름만 적혔지만, 알고 보면 헌책집 사장님들 궂은살하고 눈물웃음이 있었기에 쓸 수 있었어요. 제가 쓴 책이 아니라 모든 헌책집 사장님들이 함께 쓴 책입니다."

2006.4.1. '서울 헌책방 목록'하고 '전국 헌책방 목록'을 붙인 《헌책방에서 보낸 1년》을 써냈다. 두툼하게, 891쪽으로. 고작 한 해치 '헌책집 나들이 일기'이지만, 사진조차 안 넣고 글로만 묶어서 이만큼이지만, 사람들이 책이며 헌책집이며 삶을 부디 스스로 새롭게 읽어 주시기를 비는 뜻으로 이 책을 써냈다. 나는 이 책으로 무슨 말을 하고 싶었을까? 간추리자면 한 마디이다. "영국이나 일본으로 책마실을 다녀도 재미있습니다. 그런데 한국에 '코딱지만 한' 헌책집이 나라 곳곳에 아주 많아요. 참으로 코딱지 만한데요, 이 코딱지만 한 헌책집에 한발을 들여놓으시면 그날 도무지 못 빠져나온답니다. 아마 며칠이나 몇 달 동안 사로잡힐 수 있어요. 크기는 코딱지만 한데, 품은 책이 얼마나 우주 같은지 화들짝 놀랄 만해요. 멀리 책마실 가시기 앞서 가까이 책마실을 해보셔요. 마을에 있는 작은 책집이 바로 우주입니다."

2012.8.28. 책에 눈뜬 지 스무 해가 되는 2012년이다. 1992년 8월 28일은 나로서는 새로 태어난 날이다. 내 몸은 1975년 12월 7일에 두 어버이 사랑으로 태어났다면, 내 마음은 1992년 8월 28일에 비로소 태어났다고 여긴다. 그리고 내 사랑은 곁님하고 아이들이 나한테 찾아오고 보금자리를 가꾸는 하루하루 새롭게 태어난다. 지난 스무 해를 돌아본다. 처음 책에 눈을 뜨면서 마음이 태어나던 그날, 인천 배다리 〈아벨서점〉 책시렁이 건넨 말을 되새긴다. "얘, 나 좀 봐." "응?" "어디 보니? 날 보라고." "어, 어." "넌 사람만 말을 할 줄 안다고 여기니? 바보로구나. 나를 제대로 봐." "……." "여기에 이렇게 책이 많은데, 넌 어떻게 그 독일말 참고서 두 권만 사서 가려고 하니?" "……." "책집에 왔으면 책을 봐야지, 책은 안 보고 참고서만 보고 가는 녀석이 어디 있니?" "아, 미안해. 오늘은 이제 집으로 돌아갈 버스를 타야 해서. 다음에, 머잖아 다시 올게. 꼭 올게." "알았어. 다음에는 책을 보러 와야 해."

후박꽃

2012.4.29. 후박꽃 이야기를 쓰고 싶었다. 지난가을(2011년)부터 후박나무 후박꽃 몽우리를 들여다보았다. 언제 피려나 하고 손꼽아 기다렸다. 아이들하고 마당에 서면, 아침 낮 저녁으로 저기 후박나무야, 저기 발갛게 몽우리가 맺혔어, 언제 피어날까, 하고 얘기했다. 작은아이를 하늘로 휙휙 던지며 후박꽃 몽우리를 느끼라고 해보기도 했다. 이제 2012년 4월 29일. 오늘부터 후박나무 모든 몽우리가 한꺼번에 터진다. 작은아이를 번쩍 안아서 눈이랑 코가 후박꽃 앞에 놓이도록 한다. 큰아이도 번쩍 들어서 후박꽃 내음과 빛깔을 느껴 보라 한다. 푸른 잎사귀도 싱그럽고, 열으며 푸르스름

한 꽃잎도 싱그럽다. 암술과 수술이 노랗고 바알간 빛깔이 앙증맞게 어울린다. 높다란 가지에 피어 높다라니 해바라기를 즐기는 후박꽃은 앞으로 어떤 열매를 맺을까. 싯푸른 잎사귀가 햇살을 받아 반짝거린다. 무르익는 봄날이 좋다. 태어나서 서른여덟 해 만에 후박꽃을 보았을까? 이제부터 해마다 후박꽃을 볼 테지. 해마다 후박꽃을 다시 보고 거듭 보면서 후박꽃하고 사귈 수 있겠지.

엊그제 저녁에 글(동시)을 하나 썼습니다. 저녁 여덟 시 즈음이면 잠자리를 챙기고 아이들하고 하루를 마무리합니다. 누가 보면 저녁 여덟 시에 벌써 자려 하느냐 물을 테지만, 저는 늦어도 저녁 아홉 시 무렵에 꿈나라로 갑니다. 새벽 두어 시에 하루를 열고요. 시골에 살기에 이런 아침저녁을 보내지 않아요. 인천하고 서울에서 살 적에도 이처럼 하루를 누렸습니다.

꽃

나무는 꽃 지고 잎 지며
겨울을 맞아 앙상해도
속으로 꽃을 품어
곱게 푸른 숨소리

할머니는 이 빠지고 주름지며
허리 꼬부랑 느릿걸음이어도
가슴으로 별을 담아
밝게 널리 숨빛

열매는 냠냠 짭짭 꿀꺽
우리가 맛나게 먹어도
작고 단단히 남기는
야물게 깊이 숨씨앗

책은 처음부터 끝까지
낱낱 샅샅 꼼꼼 읽어도
마음으로 이야기 심어
새롭게 방긋 숨꽃

엊저녁에 쓴 글에 '꽃'이란 이름을 붙였습니다. 그날 저녁에 큰아이하고 우리 책숲 마실을 하고 돌아오는 길이었는데, 아이가 문득 "아버지, 나무는 있잖아, 꽃이 지고 잎이 져도 꽃이 있어. 그게, 나무는 언제나 속에 꽃을 품고 살거든." 하고 노래하듯이 말을 했어요. 이 말을 바로 수첩에 적고 싶었으나, 수첩보다 마음에 먼저 새겼어요. 아이가 잇달아 하는 말을 가만가만 듣고는, "그러네, 나무는 언제나 꽃이로구나." 하고 대꾸했고, 밤하늘 별잔치를 올려다보면서 이 이야기를 다시 큰아이한테 돌려주자고 생각했어요. 이 마음 그대로 글(동시)을 썼습니다.

2019년 1월 9일에 《우리말 동시 사전》이 태어났습니다. 큰아이가 곁에 찾아온 2008년에는 동시를 쓰겠다는 생각을 못 했으나, 이듬해인 2009년부터 아이한테 읽힐 글은 어버이가 손수 삶을 짓는 사랑으로 쓸 적에 가장 곱겠구나 하고 느꼈어요. 이 느낌 그대로 그때부터 글을, 동시란 이름인 글을 썼어요. 열 해 동안 쓰고 다듬고 고치고 새로 손질한 글이 동시집으로 태어났는데요, 마침 1월 9일에 뜻깊은 영화가 하나 나란히 나왔습니다. 〈말모이〉예요.

우리 보금자리는 전남 고흥이라는 시골이기에 극장이 없고, 새로 나오는 영화는 못 봅니다. 아쉽지만 디브이디로 나올 때까지 기다립니다. 제 동시집이 나온 이야기를 들은 이웃님 한 분이 영화 〈말모이〉가 마침 같은 날에 나왔다고, 이 영화를 곧 보러 가신다면서 이야기를 들려주는데요, 영화는 '옛날에 말과 사전을 사랑한 사람들 이야기'라면 '최종규 씨는 바로 오늘 말과 사전을 사랑하는 길을 가네요' 하고 덧붙여 주었습니다. 이 말씀을 듣고 찡했습니다. 이웃님 말씀이 고마워서 찡하고, 이 땅에서 사전짓기란 길을 걸은 사람들 이야기를 이쁘게 영화로 찍어서 선보여 주었기에 찡해요.

참으로 고마운 손길이 가득하기에 일제강점기에 씩씩하게 사전을 지은 어른이 있었지요. 오늘 저는 그분들 넋을 헤아리며 새롭게 사전을 지을 수 있구나 싶어요.

사전, 국어사전, 제대로 말하자면 '한국말사전'을 제대로 새로 지으면 좋겠다는 생각은 1992년에 처음 품었어요. 고등학생 적인데, 대학입시를 앞두고 국어사전을 두 벌 읽었어요. 첫 낱말부터 끝 낱말까지. 이때에 두 가지를 느꼈는데, 하나는 한국말을 담았다는 사전에 웬 일본말하고 영어가 이렇게 잔뜩 있나 싶었고, 다른 하나는 이 따위로 엮는 사전이라면 차라리 내가 짓고 말자 싶었어요.

열여덟 살 무렵이 입에서 불쑥 튀어나온 생각이었는데, 참말로 1994년부터 스스로 이 사전짓기란 길을 걸었습니다. 2001년 1월 1일부터 2003년 8월 31일까지 《보리 국어사전》을 새로 짓는 밑틀을 마련하고 보기글이나 뜻풀이를 헤아렸습니다. 2003년 9월부터는 이오덕 어른이 남긴 글하고 책을 갈무리해서 새로 엮는 길을 걸었어요. 그리고 2016년에 이르러 드디어 《새로 쓰는 비슷한말 꾸러미 사전》이라는 한국말사전을 작지만 새롭게 손수 선보였어요.

꽤 걸렸지요. 1992년에 꿈을 품고 1994년부터 한 땀씩 바느질을 하듯 걸어온 길이 2016년에 처음 영글었으니까요. 이 뒤로 《읽는 우리말 사전 1·2·3》을 선보였고, 《새로 쓰는 겹말 꾸러미 사전》을 엮었고, 요새는 '어린이 첫 사전'을 한창 매만집니다.

풀다

손부터 가볍게 풀자
호미를 쥐든 붓을 쥐든
과일칼이나 꽃을 들든
굳은 손을 풀어 보자

수수께끼 같이 풀자
실마리가 안 보이더라도
열쇠를 못 찾겠어도
막힌 머리를 풀어 보자

실타래를 다 함께 풀자
실뜨기놀이를 하고
실잣기놀이도 하며
서로 마음을 풀어 보자

된장을 풀어 국 끓이고
간장을 풀어 달걀찜 하고
소금을 풀어 겉절이 하며
맛난 밥잔치 즐기자

사전짓기란 길을 시골에서 홀로 걸으면 그냥그냥 홀가분합니다. 모든 일을 혼자 맡으니, 이러면서 살림을 도맡고 아이들을 돌보자니 꽤나 벅찹니다만, 호젓하게 낱말풀이를 새로 붙이고, 보기글도 새로 써요. 이러면서 저절로 글, 동시를 씁니다.

제가 쓰는 동시, "우리말 동시 사전"을 얘기해 본다면, 딱딱하거나 재미없거나 삶하고 동떨어진 낡은 뜻풀이가 아닌, 또 동심천사주의처럼 어린이를 바라보려는 눈이 아닌, 어린이하고 어깨동무하면서 삶이랑 살림을 사랑으로 새로 짓기를 꿈꾸는 숨결을 담으려는 글이 되기를 바라면서 써요.

'가다'나 '하다' 같은 낱말은 뜻풀이를 제대로 붙이자면 여러 달 걸려요. 그러나 수수께끼를 '풀'려고 마음을 기울이고, '풀다'처럼 풀어낸 이야기를 아이들이 가만히 받아들일 수 있게끔 동시를 새로 씁니다.

가다

냇가로 가서 물놀이를 할까
하루가 다 간 줄 모르고 놀았더니
더운 날씨에 도시락이 맛 갔네
그래도 목소리가 가도록 노래하며 논다

가는 말 오는 말 상냥한 말
꽃길을 가고 숲길을 오는 마실
하늘로 가신 할아버지가 남긴
우리 집 시계는 똑딱똑딱 잘 간다

마음이 가는 결을 살피면서
술술 붓이 가는 그림
으뜸가는 빛이 아니어도
꾸준히 밝게 가면 반가운 그림

주름이 가는 미움이 아닌
기쁜 길로 가려 한다
너도 둘 나도 둘 가는 몫
깊어 가는 저녁에 밤알 같이 먹자

'가다'라는 이름으로 쓴 글을 마무리하는 데에 열 해가 걸렸어요. 어쩌면 앞으로 더 손질하거나 새로 써야 할 수 있어요. 어쩌면 우리 집 아이들이 아버지 동시 말고 저희 목소리로 새롭게 '가다' 이야기를 풀어낼 수 있어요. 동시를 쓰면서 사전을 짓는 아버지 곁에서 아이들도 저희 깜냥껏 글을 쓰면서 놀거든요.

《우리말 동시 사전》은 모두 264 낱말을 이름씨(명사), 움직씨(동사), 그림씨(형용사), 어찌씨(부사) 네 갈래로 나눈 한국말을 ㄱㄴㄷ 벼리로 짠 동시집이자 사전입니다. 여느 동시집하고 대면 네 권이 될 만큼 두툼한 책이고, 여느 사전하고 대면 좀 조촐하거나 얇다 싶은 책입니다.

저는 264 낱말을 바탕으로 우리가 늘 쓰는 말을 새로 돌아보면서 어린이하고 '어린이랑 어깨동무하는 어른'한테 말씨앗을, 사랑씨앗을, 꿈씨앗을, 노래씨앗을, 이야기씨앗을 심으려 합니다. 이 씨앗을 나누어 받아 주시면 좋겠어요. 저마다 다른 삶터에서 저마다 다른 이야기를 길어올려 온누리 아이들이 말꽃을 가꾸고 글꽃을 지피면 좋겠어요.

이 책《우리말 동시 사전》은 동시로 담은 글마다 끝자락에 뜻풀이를 두 줄씩 단출히 붙였어요. 책끝에는 '말풀이 모둠'을 따로 묶었습니다.

가다 : 여기에 있다가 여기 아닌 곳으로 있도록 움직이기에 가다라고 해요. 다른 데에 있도록 움직이지요.

나 : 바로 여기에서 이 몸을 움직이고 이 마음을 다스리는 사람이 나예요. 저기에서 저 몸을 움직이고 저 마음을 다스리는 사람은 너이지요.

다르다 : 함께 놓고 볼 적에 하나로 느끼기 어려워 다르다요, 하나로 느낄 만하기에 '같다'라고 해요. 다르기에 더 잘 보이기도 합니다.

하다 : 어떻게 움직일 적에 하다랍니다. 옷·밥·집을 마련하고, 몸에

두르고, 악기를 켤 줄 알고, 얼굴빛을 나타내고, 이름을 붙이는 하다예요.

우리말 동시 사전
마음을 움직이고
그리고 가꾸고 짓다
책방심다
소장도서

탐탁하다

1982년 4월 20일치 글이 아마 가장 오래된 '글쓰기' 이야기 실마리였지 싶습니다. 국민학교 1학년 적인데, 그때에는 일기장에 글을 썼어요. 그러나 일기장에 쓸 수 없어 마음에만 쓴 글도 꽤 있습니다. 그 숱한 '마음에 쓴 글' 가운데 하나가 1982년 어느 봄날 밥상머리에서 겪은 일입니다. 차마 일기장에 쓸 수 없고 가슴에 눈물로 쓴 글인데, 어느 날 불쑥 떠올라서 그날 그곳 그 이야기를 적었어요. 1984년 어느 날에는 학교 숙제에 치여 밤 열두 시가 넘도록 잠들지 못하는 가여운 작은아이 숙제를 도운 우리 어머니 이야기를 가슴에 새겨 놓고서 이제 와서 겨우 글줄로 옮겨적었습니다.

저는 이 《우리말 글쓰기 사전》으로 여러 이야기를 밝히려고 했습니다. "우리가 나누는 말"이 어떻게 "생각으로 새로 피어나서 글로 자라나는가" 하는 수수께끼를 "차곡차곡 돌아보고 배워서 갈무리하는 책"을 쓰려고 했어요. 맞춤법이나 띄어쓰기를 틀리지 않게 돕는 글이 아닌, 솜씨나 재주를 키우는 글이 아닌, 문학상이나 백

일장에 뽑힐 글이 아닌, 누구나 저마다 이야기꽃을 지피면서 사랑으로 거듭나는 기쁘며 슬기로운 살림살이가 글이 될 수 있다는 대목을 들려주려고 했습니다.

글은 누구나 쓰고, 누구나 쓸 수 있고, 누구나 쓸 만하며, 누구나 곱게 쓰는데다가, 누구나 눈부시게 쓰는데, 막상 '누구'일 우리 스스로 자꾸 '남'을 쳐다보느라 글멋하고 글맛을 잃고 말아, 글빛이나 글사랑을 놓치기 일쑤라고 느낀다는 이야기를 적으려 했습니다. 1982년 4월부터 2019년 5월 사이에 쓴, '글을 이야기하는 글'을 이렇게 갈무리합니다. 이 꾸러미를 숱하게 되읽으며 손질하고 가다듬는데, 어느 때에는 눈물이, 어느 때에는 웃음이 납니다. 삶은 늘 눈물하고 웃음이 갈마드는 널놀이인 듯싶습니다.

끝말은 노래꽃 한 자락을 붙이고, 이 《우리말 글쓰기 사전》에서 다룬 올림말을 놓고서 '새로운 뜻풀이'를 차곡차곡 달아 놓으려 합니다. 고맙습니다.

글

한 줄 써도 노래
두 줄 적어도 노래
석 줄 그려도 노래
닷 줄 적바림해도 노래

또박또박 글씨를 쓰고
똑똑히 글월을 적고
또렷이 글발을 그리고
오롯이 글자락 적바림하지

마음에 담아서 가꾸는
고요하며 환한 씨앗 같은
생각을 우리 눈으로 보며
같이 나누려는 글이야

말을 담은 그림이지
노래를 실은 무늬이지
꿈을 얹은 사랑이지
뜻을 품은 길이지

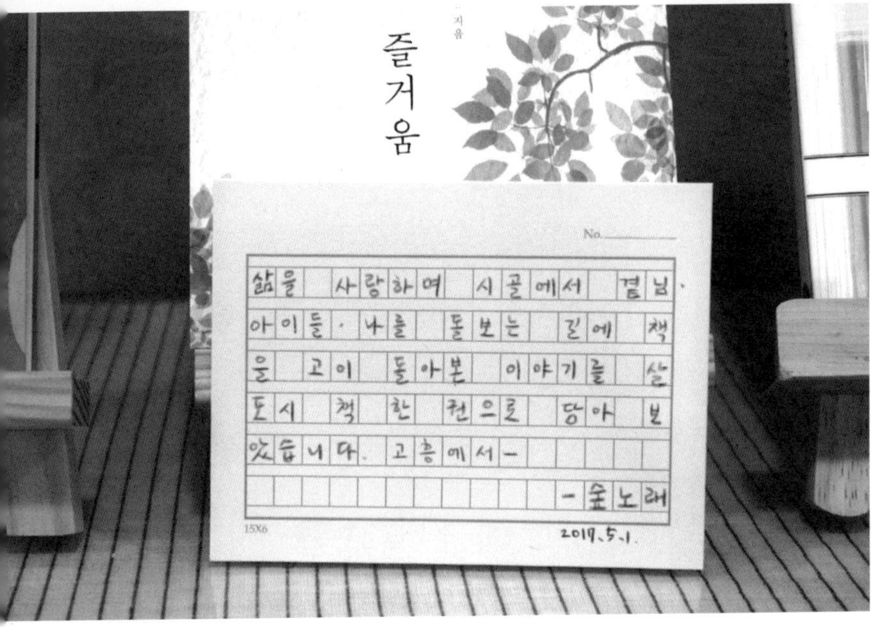
즐거움
No.
삶을 사랑하며 시골에서 곁님·
아이들·나를 돌보는 길에 책
을 고이 돌아본 이야기를 살
도시 책 한 권으로 담아 보
았습니다. 고흥에서—
—숲노래
15X6
2017.5.1.

ㄱ

1 : 1을 한국말로는 '하나'라 하고, 한자말로는 '일'이라 한다. '하나'는 '한'이라고 하며 '하늘'이란 낱말하고 맞물린다. '홀로'하고 '혼자'도 '하나'하고 잇닿는 말. '홀'이 들어간 '홀가분하다'도 매한가지. '하나'는 처음이자 바탕이요, 오직 그대로 있으면서 가장 너른 길이라는 결을 품는다.

1000 : 1000을 한국말로는 '즈믄'이라 하고, 한자말로는 '천'이라 한다. 10은 '열'이라 하며 '열다'하고 맞물린다. 100은 '온'이라 하며 '온 = 모든/빈틈없는/꽉 찬'을 나타낸다.

가을 : 한 해를 철에 따라 넷으로 가를 적에 여름하고 겨울 사이에 흐르는 석 달로, 잎이며 가지이며 줄기는 차분히 쉬면서 모든 기운을 열매를 맺는 데에 쏟는 무렵. 봄에 싹이 트고 여름에 잎이 퍼지면서 한껏 자란 끝에 바야흐로 무르익어서 열매를 선보이는 철. 빛나는 씨앗을 남기고 한동안 느긋하게 푹 쉬는 겨울을 맞이하려고 하는 철.

갑질 : 더 세거나 높거나 크다고 여기는 쪽에서 더 여리거나 낮거나 작다고 여길 만한 쪽을 힘이나 돈이나 이름으로 괴롭히거나 들볶거나 짓밟

거나 억누르는 짓. 이른바 '막질'이요 '막짓'이다.

강의 : 고등학교까지는 으레 '수업'이라 하고, 대학교에서는 '강의'라 하며, 학교 바깥에서도 '강의'란 이름을 쓴다. 우리는 누구나 스스로 어디에서나 배우지만, 누구나 스스로 어디에서나 배우는 줄 잊는 바람에 따로 '강의'를 마련하곤 한다. 어느 길을 오래도록 파헤친 사람한테서 말을 들어야 비로소 배우는 줄 잘못 알기 때문이다. 그런데 '강의'는 외곬로 흐르기 일쑤이다. 틀을 잡아서 줄줄이 읊는 강의에서는 이 강의를 듣는 사람이 섣불리 자르거나 불쑥 묻기가 어렵다. 이때에는 참말로 못 배운다. 줄줄이 읊는 강의에서 하나라도 아리송하거나 모르거나 놓치는 대목이 있으면 뒤엉켜 버리니까. 수업도 매한가지이다. 가르치는 자리에 서는 이가 혼자 아무리 뛰어나거나 훌륭한 말을 솜씨좋게 하더라도 '수업'이나 '강의'가 되면 사람들이 배우기 어렵다. 그래서 '강의'가 아닌 '이야기'를 해야 할 노릇이다. 그때그때 묻고 대꾸하면서 서로 말이 흐르는 자리, '이야기'가 될 적에는 모르거나 아리송한 대목을 환하게 풀고서야 다음으로 나아가니 제대로 배운다.

겹말 : 뜻이 같은 낱말을 얼결에 겹으로 쓰기에 겹말이 된다. 일부러 힘을 주려고 '더더'나 '더욱더'처럼 쓴다면 힘줌말이다. 한국은 한국말이 홀가분하게 피어난 적이 아직 없는 터라, 다시 말해 중국 한문에 짓눌렸고 일본 말씨에 짓밟혔고 영어에 억눌리는 바람에, 이런 말씨가 뒤섞이면서 겹말이 나타난다. "아침 조례"나 "우리말의 언어"나 "언급해 두고 싶은 말" 같은 말씨가 모두 겹말이다. 겹말이 불거지는 까닭은 매우 쉽다. 글을 꾸밈없이 쓰지 않을 적에 으레 겹말이 나타난다. 글치레를 하려고 들면 자꾸 겹말투성이로 번진다. '어울리다'라 하면 되는데 "잘 어울리다"라 하니 겹말이고, '하나씩'이나 '가끔'이라 하면 되는데 '하나하나씩'이나 '가끔씩'이라 하니 겹말이다. 겹말을 깊이 익혀서 가다듬고 싶은 분이라면 《새로 쓰는 겹말 꾸러미 사전》을 장만해서 곁에 놓고서 읽으면 좋으리라.

곁님 : 곁에 있는 님. 가시버시나 짝꿍을 이룬 사이에서 서로 부르는 이

름. 두 어버이가 서로 부르는 이름이 될 수 있고, 아이한테도 쓸 수 있고, 아이가 어버이한테 쓸 수도 있다.

골짜기 : 멧자락하고 멧자락 사이는 골을 이룬다. 이 골이 '골짜기'가 되는데, 멧자락에서 샘솟는 물은 바로 이곳 골짜기를 타고 흐른다. 그저 우죽우죽 높기만 한 멧자락이라면 나무도 짐승도 새도 벌레도 풀도 살기 어렵다. 포옥 패였구나 싶은 자리인, 멧자락하고 멧자락 사이로 골짜기가 있어 물줄기가 흐를 수 있으니 멧골이 기름지고 흐드러지고 아름답고 푸르면서 시원하고 맑다.

교과서 : 학교에서 가르치거나 배울 적에 곁에 두는 책이 교과서인데, 이 나라를 헤아려 보면, 막상 이 교과서만 으뜸이요 다른 책은 '보조 교재'인 듯 여기기 일쑤이다. '교과서'는 우리 삶을 이루는 숱한 살림 가운데 몇 안 되는 토막을 간추려서 담은 책이다. 더구나 학교라는 곳은 나라에서 세워 나랏돈으로 꾸리기에 교과서에 간추려서 담는 토막 이야기는 '나라에서 바라는 흐름이나 길'대로 간다. 교과서는 알맞게 추린 고마운 배움책이기는 하되, 교과서만 들여다본다면 삶도 삶터도 살림도 살림벗도 제대로 못 볼 수 있다. 가볍게 배움책으로 삼되, 교과서는 빨리 떼고서 '드넓은 책나라'로 뻗어나가야 참답고 슬기로이 배우는 길에 설 수 있다.

구름 : 물방울이 하늘에 모여서 구름이 될까? 그럴 수도 있다. 다만, 구름이 있어 그늘이 생긴다. 구름이 모여 비를 뿌린다. 구름이 흘러 바람이 한결 상큼하다. 구름이 드리우니 푸나무도 사람도 숲짐승도 풀벌레도 한동안 낮잠이 들면서 몸을 쉴 수 있다.

국민학교 : 일제강점기에 일본이란 나라는 그들이 '천황 폐하'란 이름으로 섬기는 우두머리를 내세워 '일본 우두머리를 섬기는 나라에서 사는 사람'이란 뜻으로 '국민(國民)'이란 한자말을 마구 썼다. '국어(國語)'란 한자말도 이때에 퍼뜨렸지. 오늘 우리는 '국민'이나 '국어' 같은 일제강점기 찌꺼기를 아직 제대로 털어내지 못한다. 그만큼 우리 삶을 제대로

못 보는 셈이거나, 너무 바쁜 나머지 어영부영 지나가는 꼴이라 할 수 있다.

국어사전 : 낱말을 우르르 그러모았대서 사전일 수 없다. 낱말을 우르르 그러모았으면 '단어장'이다. 오늘날 한국에서 나온 국어사전은 "국어 단어장"에서 못 벗어난다. 모름지기 사전이라면, 낱말이 나타내는 슬기롭게 사랑하는 숨결을 새롭게 살펴서 살림에서 싱그럽게 살아숨쉬는 삶을 뜻풀이하고 보기글하고 모둠풀이하고 이야기를 엮어서 살뜰히 밝히는 책이라 할 만하다. 삶을 짓는 생각을 마음에 담는다. 이러한 생각을 소리로 나타내기에 말이 된다. 이 말을 누구나 알아볼 수 있도록 그려 놓으니 글이 된다. 사전은 사람이 살림을 지으면서 살아가는 길에 생각을 말로 어떻게 나타내는가를 널리 살펴서 나누도록 이바지하고자 차곡차곡 모아 놓은 꾸러미이다. 말 한 마디가 어떤 뜻인가를, 말 한 마디를 어떻게 지어서 썼는가를, 말 한 마디가 어떻게 거듭나면서 오늘에 이르렀는가를, 말 한 마디로 어떻게 생각을 그려내어 서로 어우러지는가를, 말 한 마디에 깃든 삶이며 사랑이며 사람이며 슬기를, 누구나 스스로 새롭게 헤아리면서 익힐 수 있도록 엮는다. 곧 사전이란, 삶을 사랑하는 살림을 슬기로우면서 새롭게 살피도록 생각을 씨앗으로 심은 산뜻한 숨결이다.

권정생 : 이 삶을 신나게 누리면서 함박꽃처럼 피어나고 싶었으나, 뜻밖에 온몸에 아픈 기운이 찾아들어 죽는 날까지 함박꽃보다는 딸기꽃이 되어 살아낸 어른. 튼튼한 몸이었을 적에는 헌책집 일꾼도 했고, 사랑하는 가시내도 있었으나, 여린데다가 폭삭 주저앉는 몸이 되고는 작은 시골 교회 종지기 노릇도 벅차, 이불에 깃든 생쥐를 포근히 안으면서 눈물젖은 나날을 보낸 사람. 문득 쓴 글 한 자락을 이오덕 어른이 알아보고는 '꺼져가는 목숨은 글꽃으로 불사르면 새롭게 살아날 수 있다'고 북돋았고, 아파서 늘 폭삭 주저앉는 권정생 곁에 참다이 동무가 되려는 이가 없었으나, 이오덕 어른 전우익 어른 두 사람은 마지막 숨을 쉬는 날까지 마음벗으로 언제나 아끼는 사이로 지냈다. 권정생은 동화를 쓴 어른이라기보다는, 신나게 살아숨쉬며 활짝활짝 피어나는 씀바귀꽃처럼 노래하고 싶던 어린이 마음이었다 할 만하고, 개구쟁이요 장난꾸러기로 하

루를 보내고 싶었다. 이녁이 딸기꽃 같은 까닭이라면, 이른봄에 눈부시게 새하얀 꽃으로 피어나고 늦봄에 새빨간 열매로 맺는데, 줄기마다 뾰족뾰족 가시가 있어, 냉큼 함부로 따가지 못하게 하는 모습하고 닮았기 때문이다. 고우면서 가시가 있는 말을 들려주고, 환하면서 작고 달콤한, 이 들판을 적시는 들딸기 같은 어른이다.

그림책 : 처음에는 글책보다 그림책이었지 싶다. 글보다 그림이 먼저 태어났다고 해야 할 테니까. 모래밭이나 벽이나 나무에 대고 그림을 그려서 이야기를 빚었다. 이러한 그림책을 기나긴 해를 보고 자란 사람들이 비로소 글이란 무늬를 지어서 받아들일 수 있었고, 글로 엮는 글책이 태어난다. 글책은 글을 알아야 읽고 헤아린다면, 그림책은 글을 몰라도 누구나 읽으면서 헤아릴 수 있다. 그림책은 아기부터 모든 사람이 읽는 책이요, 어느 한 나라뿐 아니라 모든 나라 사람들이 두루 누리면서 기뻐하는 책이다.

글 : 처음에는 말이 있었다. 말에 앞서 생각이 있었다. 생각에 앞서 마음이 있고, 마음에 앞서 넋이, 넋에 앞서 목숨이, 목숨에 앞서 나(별)란 님이, 나에 앞서 고요한 빛이 있다. 말이 있기에 노래가 있고, 노래를 바탕으로 이야기가 피어난다. 이야기를 바야흐로 눈으로 볼 수 있도록 무늬를 단출히 그려서 나누니 글이다. 이제 이 글에서 동시나 동화를 가르고, 동시나 동화에서 소설이나 어른시가 가지를 친다.

글손질 : 쓴 글을 처음부터 다시 읽으면서 얼마나 어울리는가를 살피고 틀린 데를 바로잡고 어설픈 데를 보태고 앞뒤가 안 맞는 데를 추스르고 입으로 읊으면서 매끄러이 흐르는가를 돌아보기에 글손질이다. 한자말로는 '교정'이라고도 한다.

글쓰기 : 아무나 글을 쓰지 못하던 무렵에는 '집필'이란 한자말을 쓰기 일쑤였고, '집필진' 같은 한자말도 썼다. 누구나 글을 쓸 수 있는 이즈음에는 모든 사람이 "쓰는 사람"이나 "짓는 사람"이란 이름을 누린다. 쓰기에 '쓴다'고 한다. '작성'하지 않는다. '기록'하지 않는다. 그저 '쓴다'.

그리고 '적는다'. 그리고 '남긴다'. 글쓰기란 삶을 쓰는 일, 곧 삶쓰기이다. 생각쓰기이면서 사랑쓰기이고, 노래쓰기이면서 꿈쓰기이다. 마음쓰기이면서 살림쓰기요, 너랑 나 사이에 흐르는 빛을 쓰는 길이다.

글씨 : 마음에 씨가 있어 '마음씨'이다. 말에 씨가 있어 '말씨'이다. 글에도 씨가 있으니 '글씨'이다. 우리는 어떤 결이나 무늬나 빛이나 넋으로 글에 씨를 담으면서 노래할 수 있을까.

글짓기 : 글을 짓는 일이기에 글짓기이다. 글짓기는 나쁘거나 몰아낼 만한 일이 아니다. 왜냐하면 '짓기'란 우리 삶자리에 살림을 새롭게 펴며 나누는 일이니까. '만들기'는 '짓기'하고 다르다. 생각을 새롭게 가꾸거나 지펴서 이야기를 새로 들려주기에 '글짓기'이다. 억지로 꾸미거나 누가 시켜서 뚝딱뚝딱 짜맞추는 짓이라면 '글만들기'이다. 한국이란 나라는 오랫동안 '글만들기'를 학교에서 시켰는데, 이런 짓을 하면서 이름은 '글짓기'를 썼으니 매우 엉뚱하다. 이런 판인 터라 참 많은 이들이 '짓다'하고 '만들다'를 똑소리 나게 가르지 못한다. 삶을 고스란히 담아내는 '글쓰기'라면, 삶을 새롭게 바라보며 가꾸는 '글짓기'이다.

기자 : 여느 사람들이 여느 삶을 짓는 동안 좀처럼 알기 어렵거나 미처 알아채기 어려운 일을 씩씩하게 스스럼없이 나서서 낱낱이 밝혀서 둘레에 널리 알리는 일을 하는 사람. 씩씩하거나 의젓하거나 다부지지 못한 채 기자가 되면, 위에서 시키는 대로 거짓글을 쓰기도 하고, 알랑방귀를 뀌는 글을 쏟아내기도 한다. 때로는 뒷돈을 챙기면서 거짓글을 쓰기도 하고, 기자라는 이름을 내세워 '무엇이든 알아보거나 밝힐 권리'가 있다고 외치는데, 여느 사람들은 '기자한테 취재를 받지 않고 물리칠 권리'도 어엿이 있기 마련이다.

김치 : 날배추를 오랫동안 그대로 두면서 먹기는 만만하지 않지만, 소금에 절여서 담그면 두고두고 새맛으로 먹을 수 있다. 절인 푸성귀인 김치는 풀하고 소금이 어우러져 새로운 맛뿐 아니라 숨결로 태어나면서 우리 몸에 스며든다. 갖은 양념으로 더 맛나게 담그기도 하지만, 모든 김치

를 이루는 밑맛은 바로 살뜰히 버무리고 보듬는 손길이라 할 수 있다.

꽃 : 씨앗을 품는 열매를 맺으려고 꽃을 피운다고도 할 수 있지만, 싱그럽게 피어나는 기쁨을 누리고 싶어서 푸나무가 꽃송이를 내놓는다고 할 수 있다. 때로는 열매도 씨도 못 맺고서 톡톡 떨어지는 꽃이 많다. 피어나기만 해도 고운 꽃이요, 지는 꽃도 아름다우며, 미처 피지 못하고 봉오리째 그만 떨어지더라도 눈부신 숨결이다.

꽃바르다 : 꽃처럼 바르다는 뜻. '올바르다'는 "옳고 바르다"는 뜻이요, '곧바르다'는 "곧고 바르다"는 뜻이다. 꽃바른 길을 헤아린다면 빛처럼 바르게 '빛바르다'를 헤아릴 수 있고, 새롭게 바른 길을 갈 수 있겠지.

ㄴ

나 : 네가 아무리 사랑스럽다 하더라도 네가 '너다움', 너로서 보자면 '나다움'을 잊거나 잃는다면 나는 너를 사랑하기 어렵다. 네가 스스로 너다움(나다움)을 가꾸면서 환하게 빛내기에 나는 너를 사랑할 수 있다. 거꾸로 보아도 같다. 내가 스스로 나다움을 돌보면서 눈부시게 밝힐 수 있기에 너는 나를 사랑할 수 있다.

나이 : 살아온 날을 해를 바탕으로 세면 나이가 된다. 그런데 우리는 흔히 몸나이만 세곤 한다. 마음나이는 거의 못 세거나 안 세기까지 한다. 이 몸을 입은 해가 길다고 해서 '어른'이 되지 않는다. 몸나이가 높으면 그저 "나이가 많다"요, 나이가 많은 모습은 '늙다'란 낱말로 나타낸다. 다시 말하자면, "몸나이가 많다 = 늙다 = 낡다"인 셈이다. 이와 달리 "마음나이가 깊다 = 슬기롭다 = 어질다"이니, 우리는 몸이 아닌 마음이라는 나이를 읽는 눈길로 거듭날 적에 사람답다고 할 만하다.

날마다: 사전을 살피면 '날마다'란 낱말이 안 나온다. 어이없다. 한자말 '매일'은 올림말로 있다. 한국말 '나날이'는 올림말이기는 한데, '매일매일'이란 한자말로 풀이한다. 어처구니없다. 아무튼 "어떤 날이든"이나

"맞이하는 모든 날"을 가리키려고 '날마다'라 말한다.

낫질 : 낫을 쓰는 일. 한 손으로는 풀포기 밑동에서 한 뼘쯤 위를 잡고서 다른 한 손으로는 낫을 쥐고는 밑동을 바깥에서 안쪽으로 가볍게 긁듯이 당기는 일. 힘을 써서 하면 손을 베기 쉽고, 힘을 빼고서 석석 그으면 등허리가 결리지 않으면서 부드럽게 나아가고, 풀내음을 싱그럽게 마신다.

네덜란드말 : 네덜란드는 네덜란드말을 쓴다. 이웃 벨기에는 네덜란드말하고 프랑스말을 섞어서 쓰는데, 벨기에가 쓰는 네덜란드말하고 프랑스말은 네덜란드에서 쓰는 네덜란드말하고 프랑스에서 쓰는 프랑스말하고 다르다. 한국사람은 이를 알아채기 어려울 수 있지만, 남녘이 쓰는 한국말하고 북녘이 쓰는 한국말하고 연변이나 일본에서 쓰는 한국말은 모두 다르다. 한국에서는 한국외국어대학교에서 네덜란드말을 가르친다.

노래꽃 : 소리에 느낌하고 생각을 실으면 말이 된다. 이 말에 가락을 입혀서 이야기가 부드럽고 곱게 흐르도록 단출히 다스리기에 '시'라 하고, 한국말로는 '노래'라 한다. 예전에는 '노래'라는 낱말로 뭉뚱그려서 썼다면, 오늘날에는 '노래' 한 마디로 뭉뚱그리기는 어렵다. 그래서 글로 빚어 가락을 담는 이야기를 따로 '노래꽃'이라고 일컬어 본다. 꽃처럼 피어나는 노래이기에, 노래가 마치 꽃처럼 피어나기에, 동시도 어른시도 '노래꽃'이로구나 싶다.

눈 : 여러 가지 눈이 있다. 바라보는 눈, 하늘에서 내리는 눈, 푸나무에서 싹이 트는 눈. 우리는 이 세 가지 눈을 바탕으로 삶을 새삼스레 읽을 수 있으며, 이렇게 읽는 숨결로 하루를 새록새록 가꾸는 기운을 얻는다.

눈물 : 우리는 늘 눈물이 나는 몸으로 산다. 눈물이 살짝이라도 멎는다면 눈이 따끔거려서 뜨지도 감지도 못하고 만다. 기쁘거나 슬플 적에, 왈칵 치밀거나 솟는 느낌이 있을 적에 눈물이 흐른다. 깜짝 놀라서 따끔따끔 찔리거나 호되게 얻어맞아도 눈물이 나온다. 졸려서 하품을 한다든지 아름다운 이야기를 읽으면서도 눈물을 글썽인다. 우리 마음이 고요하면

서도 곱게 흐른다며 '눈깜빡질'이 아닌 '삶을 보는 눈'에서 뜨거운 눈물이 샘솟는다.

느낌글 : 느끼는 대로 써서 느낌글인데, 이를 한자말로는 '감상문'이나 '독후감'이라 한다. 책을 읽어 '책느낌글'이요, 영화를 보아 '영화느낌글'이다.

능금 : 옛말로는 '멋'이라 하고, '능금'이라는 말을 오늘날 쓴다. 한자말로는 '사과'이지. 일본에서는 '링고'라 하네.

님 : 힘으로 억누르던 이들은 그들한테 '-님'을 붙여서 말하라고 윽박질렀다. 그저 '임금'이면 될 터인데 '임금님'으로 부르라 시켰다. 오늘날에도 대통령은 '대통령님'이 되고 시골 군수는 '군수님'이 된다. 교사는 스스로 교사라 말하기보다 '선생님'이라는 이름을 쓰기도 한다. 왜들 그러실까. 다만, 서로 님이라 부르는 일은 좋다. 그런데 '사장님'이 직원을 '직원님'이라 부르면 어딘가 엉성하다. '사장'이나 '직원'이란 말은 빼고서 서로 이름에 '님'을 붙여서 부를 적에 비로소 어깨동무가 되겠지.

ㄷ

대학교 : 고등학교를 마친 뒤에 갈 수도 있으나 굳이 안 갈 수도 있는 대학교이다. 배우는 곳에 '큰(大)'이라는 한자를 붙였는데, 대학교라는 곳은 고등학교까지하고는 다르게 대학생 스스로 모든 길을 찾아서 스스로 익혀야 하는 터전이다. 따지고 보면 중학교나 고등학교에서도 교사가 시키는 대로 배울 노릇이 아닌, 학생 스스로 길을 찾아서 익힐 적에 제대로 알 수 있다. 어디에서나 그렇다. 대학교에서만 스스로 길찾기를 해야 하지는 않는다. 그러나 한국에서는 고등학교까지 입시지옥에 시달리느라 대학생이란 이름을 얻고부터 노닥질을 너무 많이 한다. 노닥질을 안 해야 하지 않다. 노닥질은 노닥질대로 즐기되 신나게 배움꽃을 피우는 마음일 적에 알차며 아름다운 대학생이 되겠지.

더 : '-보다'는 토씨인데 이 낱말을 마치 어찌씨처럼 잘못 쓰는 일이 수두룩하다. 예전에는 이런 일이 뜸했으나 1988년 올림픽을 치르며 "보다 높이 보다 빠르게" 같은 엉터리말이 온나라에 걸개천으로 나붙으면서 확 퍼졌다고 느낀다. '더'를 쓸 노릇이고, '더더'나 '더더욱'이나 '더욱더'를 쓰면 된다.

도서관 : 한국에서는 도서관이 책을 버리는 일을 한다. 깜짝 놀랄 만한가? 그러나 참말 이런걸. 한국에서는 도서관을 지어 놓으면 좀처럼 건물을 안 늘린다. 책은 새로 나오기 마련이요, 예전에 갖춘 책 말고도 새로 들이는 책을 놓을 자리를 넓혀야겠는데, '대출실적이 적은 책'을 바탕으로 우르르 버린다. 이러다 보면 한국에서 도서관은 '책을 돌보거나 지키는 곳'이 아닌 '대여점' 구실로 바뀐다. 도서관을 새로지으려 한다면 앞으로 늘어날 책을 헤아려 건물을 더 높이거나 옆으로 붙일 수 있는 틈을 넉넉히 두어야 한다. 건물을 더 늘려도 새로 나오는 책을 품기 모자라면 새 도서관을 마련해서 갈래에 맞추어 곳곳으로 나누면 된다. 이제는 "버리는 도서관"이 아닌 "품는 도서관"으로 가야겠지.

돈 : 서로 즐겁게 일하면서 나누는 이음고리로 돈이 있다. 내 일삯을 돈으로 받고, 네 일삯을 돈으로 준다. 때로는 마음으로 일값을 치르고, 때때로 푸성귀나 열매나 뜨개옷이나 손글월로 일값을 주거니받거니 한다. 숫자에 매이지 않으면서 단출히 살림을 가꾸는 길을 열어 보려고 돈이 태어난다.

동무 : 마음이 맞아 어울리는 동무가 있다. 나이가 벌어져도 얼마든지 동무가 된다. 어버이하고 아이 사이도 처음에는 어버이하고 아이 사이일 테지만, 아이가 차츰 자라면서 어른 몸이 되면, 이때에는 두 사람이 새로운 동무로 지내기도 한다. 마음이 맞아서 어깨를 겯을 수 있으니 동무라, 어깨동무이다. 일을 같이 할 만큼 마음이 맞아 일동무요, 글을 나눌 만큼 마음이 맞아 글동무이다.

동시 : 어린이부터 함께 누리는 시가 동시이다. 어린이가 읽을 수 있도록

쓰면서 어른 누구나 같이 마음하고 생각을 나누기를 바라며 쓰는 동시이다. 어린이도 스스로 마음하고 생각을 밝혀서 동시를 쓰고, 어린이 동시하고 어른 동시는 둘이 사이좋게 마음으로 만나려는 글꽃이자 노래꽃이라 할 만하다.

동화책 : 동시를 쓰는 어린이는 많은데 동화를 쓰는 어린이는 드물다. 아무래도 어린이가 스스로 동화를 쓰기에는 만만하지 않다. 그러나 글로 동화를 쓰지 않더라도 꽤 많은 어린이는 조잘조잘 수다꽃으로 재미난 이야기를 신나게 지어서 들려주곤 한다. 어린이가 꿈에서 본 이야기라든지, 어린이 나름대로 지은 이야기를 목소리로 담아내어 글로 옮겨도 멋진 동화책이 태어나지 않을까? 동화책은 누구보다 어린이가 마음을 슬기롭고 사랑스러우며 넉넉하고 따스하고 아름답고 참하고 착하면서 환히 빛나는 맑은 숨결이 되기를 바라는 뜻을 줄거리로 엮은 이야기꾸러미이다. 어린이부터 읽을 수 있고, 어른한테도 멋진 이야기밥이 된다. 심심할 때, 마음이 힘들 때, 고단할 때, 괴로울 때, 뭔가 새로운 길을 찾고 싶을 때, 어쩐지 마음이 어두워졌을 때, 동화책을 손에 쥐어 보자. 눈이 번쩍 뜨이리라.

뜨개질 : 바늘하고 실이 있으면 두 손을 다각다각 놀리며 옷을 짓고 이불을 짓고 덮개를 짓고 바구니를 짓고 온갖 살림을 마음껏 지을 수 있다. 뜨개로 지은 옷이 낡거나 작다 싶으면 실을 풀어서 새옷으로 지을 수 있다. 뜨개살림에서는 버리는 실이 없고, 아깝게 흘리는 실오리조차 없다. 모두 알뜰히 쓸 뿐 아니라, 뜨개질을 하면서 수다를 하기도 하니, 도란도란 포근한 집안을 꿈꾼다면 모두 마루에 모여서 뜨개살림을 해볼 만하다.

ㄹ

람 : ㄹ로 여는 한국말이 없지는 않다. '라랄라'라든지 '랄랄라' 같은 말이라면 얼마든지 ㄹ로 여는 말이다. 다만, ㄹ은 첫머리보다 받침이나 사이에 깃들기를 즐긴다. '람'은 첫머리 아닌 끝자리를 든든히 지키는 소리 가운데 하나이다.

'-로/-로써'하고 '-로서' : 토씨 '-로/-로써'는 때나 일이나 물건을 가리킬 적에, '-로서'는 누가 어느 자리나 감으로 어울리는가를 살필 적에 쓴다.

ㅁ

마늘 : 한겨레하고 매우 오랫동안 함께 지낸 푸성귀 가운데 하나로, 단군 이야기에도 나온다. 쑥하고 마늘을 온날에 걸쳐 먹으면 범이나 곰도 사람이 된다 하는데, 참말로 쑥하고 마늘만 이렇게 먹을 수 있다면 몸이 확 달라지겠구나 싶다. 옛이야기는 우리 삶자리에서 더없이 알뜰한 밥이 무엇인가를 넌지시 밝히지 않았을까.

마을 : 사람은 느긋하면서 아늑하게 지내려고 집을 짓는다. 이 살림집이 하나둘 모이면 어느새 마을을 이룬다. 마을이 자라면 고을이요, 고을이 자라면 고장이며, 고장이 자라면 나라가 된다.

마을책집 : 지난날에는 모든 책집이 마을에 있었으니 '마을책집'이었다. 이러다가 커다란 책집이 생기면서 마을마다 조그맣게 있던 책집에 '동네책방'이란 이름을 따로 붙이고, 커다란 책집은 '대형서점'이란 이름을 붙였다. 굳이 멀리 책집마실을 가지 않더라도 마을마다 있는 책집에서 다 찾아서 읽을 수 있었고, 마을책집은 책을 어마어마하게 갖추기보다는 마을 크기에 알맞도록 추려서 건사하면서 오순도순 지내는 쉼터 노릇을 했다. 이 마을책집은 한때 와르르 무너지면서 사라지려 했다. 여러 탓이 있을 텐데 하나는 참고서 탓이다. 마을책집마다 마을살림을 북돋우는 이야기가 흐르는 책보다는 그때그때 한철장사로 목돈을 거두어들이는 참고서 장사를 너무 오래 했다. 요즈음 새로 태어나는 마을책집에는 참고서나 교과서를 들이지 않는다. 이러니 책집이 매우 홀가분할 뿐 아니라 넉넉하다. 재미난 온갖 책을 보기좋게 선보일 수도 있다. 이러면서 큰책집조차 마을책집 책시렁을 따라한다.

마음 : 우리는 누구나 몸하고 마음이 함께 있다. 마음이 없이 몸만 있다면 기계라 할 수 있을 테고, 마음은 있는데 몸이 없다면 도깨비불이라

하겠지. 몸에 깃드는 넋은 마음으로 느끼고 생각하면서 배운다. 넋은 몸을 움직여 온갖 일을 겪거나 맞이하면서 마음에 갖가지 느낌하고 생각을 씨앗처럼 담아서 가꾼다. 몸이 자라듯 마음이 자란다. 몸이 피어나듯 마음이 피어난다. 때로는 몸이 죽듯 마음이 죽기도 한다. 마음이 죽는다면 아무것도 못 느낄 뿐 아니라 생각마저 시든다. 마음이 살아난다면 뭇느낌을 두루 헤아릴 뿐 아니라 뭇생각이 꽃처럼 흐드러진다.

만화책 : 그림을 바탕으로 글을 나란히 놓으면서 이야기를 엮기에 만화가 태어난다. 때로는 말이 없는 만화가 있고, 때로는 말이 많은 만화가 있다. 그림은 그림대로 솜씨있게 빚고 글은 글대로 알뜰살뜰 쓰기에 만화를 그려낼 수 있다.

말 : 우리 마음에 흐르는 생각을 귀로 알아들을 수 있도록 소리를 내기에 말이라 한다. 생각을 담지 않을 적에는 그저 소리일 뿐.

맞춤법 : 처음에는 맞춤법이 없었다. 처음에는 사람들 누구나 스스로 말하는 대로 글로 옮겼다. 처음에 맞춤법이 없었다는 얘기는, 처음에는 고장마다 고장말을 썼다는 뜻이고, 마을마다 마을말을 썼다는 뜻이다. 고장이나 마을마다 삶이며 살림이 다르기에 말씨나 말결이 달랐고, 이 다른 말씨나 말결로 고장이나 마을이 어떻게 다른 삶길이나 살림길을 걸어왔는가를 읽었다. 그렇다면 맞춤법은 언제 왜 태어났을까? 일제강점기에 외국인 선교사가 '사전'을 처음 냈고, 조선총독부도 한국을 다스리기 좋도록 '사전'을 잇달아 냈다. 한국사람이 한국말을 스스로 다루어야겠다는 생각으로 조선어학회에서 '맞춤법'을 처음으로 헤아리면서 틀을 잡았다. 맞춤법은 글로 이야기를 펼 적에 누구나 안 헷갈리면서 알아보기 좋도록 틀을 세우려 했다. 그런데 오늘날에는 맞춤법이 딱딱해졌다. 이 틀을 어기면 안 된다는 듯이 몰아세운다. 이러면서 고장말이나 마을말이 차츰 빛을 잃거나 힘을 잃는다.

맨발 : 예전에는 버선조차 안 신고 살았다. 그도 그럴 까닭이 어디나 흙이며 나무이며 돌이고 풀이었으니까. 오늘날에는 "서양 버선"인 양말

뿐 아니라 갖은 화학제품으로 바닥을 뒤덮고 발을 감싼다. 맨발로 아스팔트나 시멘트를 디디자면 발이 다치기 쉬우니까. 흙하고 나무하고 돌하고 풀을 잃으면서 맨발차림으로 튼튼하게 뛰놀고 일하던 살림을 함께 잃는다.

먼지 : 몸에서 떨어져나온 티끌이 먼지라 할 만하다. '몸'이란 넋이 겉에 입은 옷을 가리키니, 사람몸도 있으나 바위나 책상이나 이불이나 그릇한테도 몸이 있다. 먼지란 이 모든 것에서 가만히 떨어져나와서 바람을 타고 떠도는 티끌이라 할 만하다.

메 : 한국말로는 '메'이고 한자말로는 '산(山)'이다. '멧돼지'나 '멧토끼'나 '멧나물'이나 '두메' 같은 자리에 가까스로 살아남은 말이다. '뫼'라고도 한다. 설이나 한가위에 밥상에 올리는, 차례상이나 제잣상에 올리는 밥도 '메'라고 한다.

모르다 : 아직 겪거나 보거나 듣거나 마주하거나 맞닥뜨리거나 부딪히지 못했기에 '모르다'라는 말을 쓴다. 그렇다고 겪거나 보거나 듣거나 마주한대서 '알다'라 하기는 어렵다. 겪거나 보거나 듣거나 마주하는 일을 곰곰이 짚고 새기면서 배운 뒤에 비로소 익혔구나 싶으면 이제서야 '알다'라 할 수 있다.

문단 미투 : 글밭에서 글힘이나 이름힘을 내세워 막짓을 일삼은, 이른바 '문단 어른'이나 '문단 권력자' 뒷모습이 얼마나 엉큼하거나 시커멓거나 더러운가를 밝히는, 눈물겹고 애틋하면서 아프며 고단했던 목소리를 '문단 미투'라고 한다.

문학 : 삶을 옮겨서 적으면 '글'인데, 이 글이 흐드러지도록 피어나게 가꾼 '글꽃'이라면 '문학'이라는 이름이 붙는다. '문학'을 '글꽃'이라 할 만하다.

문학평론 : 글꽃이라 할 만한 문학을 다룬 글을 문학평론이라 하지만, 막

상 문학평론은 "꽃이 된 글"을 꽃답게 짚거나 다루는 글이 아닌, 일본 한자말하고 번역 말씨로 뜬구름 잡는 소리를 매우 길게 붙이는 글이 되곤 한다.

물 : 우리 몸에서 70%쯤 물이라 하지만, 어쩌면 99.99%가 물일 수 있다. 몸뚱이에서 물을 쪼옥 빼면 살가죽조차 안 남고 뼛조각은 텅텅 빈다. 사람뿐 아니라 뭇짐승이 먹는 밥도 오롯이 물이라 할 만하다. 겉모습을 달리한 물을 먹는다고 할 만하다.

미끼 : 미끼는 먹이나 밥이 아니다. 먹이나 밥처럼 보이지만, 아무 먹이도 밥도 안 되는 눈속임이다. 미끼를 물면 죽음길로 곧장 간다. 미끼를 물면 삶이 끝장난다.

ㅂ

바꾸다 : 그대로 가는 길이 마음에 들지 않기에 바꾼다. 그대로 가던 길에서 새로 배웠기에 예전 길을 내려놓고서 바꾼다.

바느질 : 바늘을 놀려서 짓는 옷살림이 바느질.

바닥 : 속까지 들어가지는 않되 겉에서 가장 밑에 있는 자리. 아무것도 없는 자리. 반반하게 마련해서 세간을 놓거나 드러누울 수 있는 자리.

바람 : 모든 목숨이 언제나 새롭게 살아서 움직일 수 있도록 하는 기운을 꾸준히 베풀어 주는 바람이다. 여느 자리에서 바람이 안 부는 일이란 없다. 바람이 자는 듯이 보이더라도 바람은 늘 흐른다. 바람이 흐르지 못하도록 꽉 막힌 곳에 들어가면 사람뿐 아니라 짐승이나 푸나무나 풀벌레는 미쳐 버린다. 감옥이란, 바람하고 해하고 비를 가로막아서 사람이 미쳐버리도록 내몰려고 하는 끔찍한 칸이다. 그저 숨만 붙도록 하면서, 살아도 삶 같지 않은 나날을 맛보도록 하는 데가 감옥이니, 사람으로서 사람답게 살려면 바람이 잘 들고 해하고 비를 누릴 수 있는 터에 보금자리

를 마련할 줄 알아야 한다.

밤 : 모든 빛이 사그라들면서 몸을 오롯이 내려놓고서 쉬는 때. 모든 빛이 퍼지면서 몸을 기운차게 일으켜 움직이는 때는 낮. 낮에는 빛을 받으면서 스스로 빛을 뿜고, 밤에는 빛을 잠재우면서 몸속에 곱게 품는다.

밥 : 움직일 수 있도록 힘이 되는 밥이다. 몸에는 몸밥이, 마음에는 마음밥을 넣는다. 한국사람은 여러 밥 가운데 쌀로 지은 밥을 흔히 먹었기에 '밥 = 쌀밥'으로 여기곤 하는데, 쌀밥만 밥이지 않다. 나물도 밥이요 국도 밥이다. 그리고 몸을 몸밥으로 살찌우되 마음을 마음밥으로 살찌우지 않으면, 몸에는 힘이 철철 넘치더라도 마음이 가난하거나 메마르고 만다. 몸하고 마음에 알맞게 밥을 주어야 튼튼한 사람으로 선다.

배우다 : 처음으로 마주하거나 맞닥뜨리거나 부딪히거나 겪거나 보거나 듣는구나 하고 받아들일 적에 '배우다'라는 말을 쓴다. 배운 것은 그냥 두면 사라진다. 그래서 다시 배울 일이 꼭 찾아온다. 배운 것을 찬찬히 헤아리면서 몸이며 마음에 새긴다면 '익히다'이다. 어느 일을 '익힌' 뒤에는 솜씨있게 느긋하게 가볍게 다룰 수 있다.

버스 : 표준말로는 '버스'로 적지만 '버스'로 말하는 이는 드물다. 으레 '뻐스'로 말한다. '버스'이든 '뻐스'이든 이 말을 그냥그냥 쓴다. 오늘날 버스는 옛날하고 아주 다르다 싶을 만큼 거듭났어도 이름은 그대로이다. 걸어가기에 멀다 싶은 길을 여러 사람이 넉넉히 누릴 수 있도록 크게 마련한 탈거리가 버스일 텐데, 버스를 타고내리는 삯은 되도록 싸게 매긴다. 더 많이 타고다닐 수 있도록 하는 셈이다. 그러나 그만큼 버스에서 서서 가야 하기 일쑤이고, 버스를 잘 타려면 팔힘도 다리힘도 허리힘도 좋아야 하고, 손님으로 북적이는 버스라면 고단한 몸을 씩씩하게 견디거나 참아낼 줄도 알아야 한다. 멀다 싶은 길을 제법 적은 돈을 치러도 가깝거나 쉽게 가도록 도와주는 탈거리이기는 하되, 우리 스스로 바라지 않는 길을 빙 에두르곤 한다. 손님을 더 많이 태워야 버스회사에서 돈을 버니까. 고마운 다리가 되어 주면서, 때때로 고달픈 짐처럼 흔들리

기도 하는, 두 가지를 맛보는 버스이다.

베스트셀러 : 많이 팔려서 장사가 잘된 책이 '베스트셀러'이다. 사랑을 널리 받은 책이라면 "사랑받은 책"이라고 이름을 붙인다. "사랑받은 책"은 팔린 숫자로 따질 수 없다. 사랑은 숫자로 따지지 않으니까.

볼펜 한 자루 : 예전에는 글을 쓰는 연장이라면 '붓'이라고 했다. 오늘날에는 '붓'을 먹물에 찍어서 슥슥 그리듯 쓰는 연장만 가리키는 자리에 쓰지만, '만년필'이란 '만년붓'이란 뜻이다. '연필'이란 '숯붓'이란 뜻이다. '볼펜'이란 '구슬붓'이란 뜻이다. "글을 쓰는 연장"이 '붓'이기에 "붓을 들다"라 하면 글쓰기를 한다는 소리요, "붓을 꺾다"라 하면 글쓰기를 그만둔다는 소리이다. '볼펜'은 끝자락을 뾰족하게 마감하되 잔구슬 하나를 끼워서 돌돌 구르듯이 글씨를 술술 쓰도록 돕는 연장이다. 예전처럼 그때그때 먹물을 찍어서 쓰지 않아도 되니 무척 수월하게 다룰 수 있고, 손이 덜 가는 "글쓰기 연장"이다. 붓이나 연필이나 볼펜은 작대처럼 생겼기에 '자루'란 말로 센다.

부럽다 : 우리 스스로 얼마나 아름답거나 사랑스러운가를 잊거나 배운 적이 없는 마음이다. 스스로 아름다운 줄 잊지 않는다면, 늘 생각한다면, 어떤 것도 부럽지 않다. 스스로 사랑스러운 줄 생각한다면, 언제나 새롭게 배우는 삶이라면, 우리 스스로도 씩씩하고, 둘레에도 이 씩씩한 마음을 이야기해 줄 수 있다.

붉은 손 : 온몸에 피가 돌기에 일을 할 수 있다. 피가 제대로 돌지 않으면 몸이 굳어지기 마련이요, 굳어진 몸은 움직이기 힘들어 일을 못 하기 마련이다. 일을 하면 할수록 몸에서 핏물이 빨리 돌아 붉은 얼굴이나 붉은 손이나 붉은 팔다리가 되곤 한다. 때로는 몸에서 핏물이 차츰 더디 돌면서 허옇게 될 수 있다. 더 용을 쓰거나 악을 쓰거나 기운을 쓰려고 핏물이 바지런히 돌아 붉어진다. 이제는 좀 쉬어야 할 때이기에 핏물이 슬슬 돌면서 질리는 몸이 된다.

빛 : 해가 비추면서 눈으로 알아볼 수 있는 무늬나 그림이 '빛'이라 할 텐데, 해가 진 밤에는 밤이라는 빛이 흐른다. 어느 쪽이 참빛이라고 잘라서 말할 수 없다. 해가 베푸는 햇빛은 햇빛대로 빛이요, 밤에 마주하는 밤빛은 밤빛대로 빛이다. 지구라는 별을 떠나 우주로 나아간다면 아마 밤빛하고도 사뭇 다른 새로운 빛을 볼 수 있겠지. 눈을 뜨고서 햇빛을 누린다면, 눈을 감고서 밤빛을 누린다. 눈을 뜰 적에는 환하거나 반짝거리는 빛을 누린다면, 눈을 감을 적에는 고요하면서 새로운 빛을 누린다. 눈을 뜰 적에는 겉빛을 바라보고, 눈을 감을 적에는 속빛인 마음빛을 바라본다. 우리한테는 두 갈래 빛이 나란히 흐르는 셈이다. 겉빛하고 속빛을 고이 느끼고 바라볼 줄 안다면, 따사로우면서 너그러운 사랑빛을 스스로 지어낼 만하리라.

빨래 : 우리 몸에 즐겁게 옷을 걸치면서 상큼하고 가볍게 움직이고 싶기에 빨래를 한다. 신나게 움직인 몸에서 나온 땀이며 우리 둘레에서 흐르던 먼지가 묻는 옷이다. 옷이란 우리 몸을 한결 든든히 지키거나 돌보는 몫을 맡으면서 스스로 때랑 땀이랑 먼지를 듬뿍 먹는 살림이라 할 만하다. 이 고맙고 대견한 옷을 다시금 깨끗하게 건사하려고 마음을 기울여서 몸을 쓰는 일이 빨래라고 하겠다.

ㅅ

사람 : 숨을 쉬며 사는 넋이기에 사람이지 싶다. 숨이란 목숨이다. 싱그러이 흐르기에 목숨이요, 곁에서 싱그러이 흐르는 목숨을 받아들이면서 새롭게 살기에 사람이라고 느낀다. 하루에 한끼나 두끼나 세끼를 먹기도 하지만, 입으로 넣는 밥은 한때일 뿐, 모든 사람은 쉬잖고 숨을 쉰다. 숨은 1초라도 끊어지면 죽는다. 어느 것보다 숨을 늘 꾸준히 쉬잖고 받아들이기에 싱그러이 살아가는 넋인 사람이지 싶다. 숨을 쉬지 않으면, 또는 숨을 쉬지 못하면 죽고, 이때에는 넋이 깃들 몸이 없으니 '주검'이 된다. 죽어서 굳은 몸뚱이가 주검인데, 사람은 살아서 숨을 쉬는 싱그러운 몸에 깃든 넋으로 새롭게 살림을 짓는다고 할 만하다. 숨을 쉬는 몸에 깃든 넋으로 살림을 짓는 사랑을 서로서로 펴면서 살가이 어우러질

줄 아는 길에 서는 사람이기도 하다.

사랑 : 사람답게 살아가는 슬기롭고 상냥하면서 새로운 숨결이 드러나는 길이 사랑이라고 느낀다. 아름다우면서 넉넉하고, 흐뭇하면서 가없이 포근한 마음이 사랑이라고 느낀다. 살아서 숨쉬는 모든 자리에는 바로 이 사랑이 있지 싶다. 스스로 사랑이기에 아침에 눈을 뜨고, 스스로 사랑스레 하루를 누렸기에 달콤하게 꿈나라로 가며, 스스로 사랑인 줄 알기에 반가운 이웃이나 동무를 만나서 보금자리를 이루고 싶다.

사서 : 예전부터 썼으니 오늘도 그냥 쓰는 이름 가운데 '사서'가 있는데, 이제는 새롭게 이름을 붙여 주어야지 싶다. 나라도 삶터도 도서관도 차츰차츰 아름다운 길로 거듭나려 한다면, 이런 흐름에 걸맞게 "도서관을 지키거나 돌보는 아름다운 일꾼"을 가리키는 고운 이름을 붙여 주면 좋겠다. 글쓴이는 '책지기'라는 이름을 곧잘 쓰는데, '도서관'을 '책숲'이란 이름으로 담아낼 수 있다면 '사서 → 책숲지기'로 쓸 만하지 싶다.

사진 : 살아가거나 누리거나 지내거나 겪거나 맞이하는 하루를 글 한 줄 없이도 기계힘을 빌려 빛이랑 그림자를 옮겨내어 눈으로 고스란히 보고 느낄 수 있도록 담아낸 이야기.

삶 : 오늘 여기에 있으면서 이루거나 겪는 모든 이야기. 이 이야기는 기쁠 수도 슬플 수도 있다. 반가울 수도 아플 수도 있다. 놀라울 수도 섭섭할 수도 있다. 새로울 수도 뻔할 수도 있다. 시원할 수도 답답할 수도 있다. 어떤 이야기이든 오늘 여기에 있도록 이끄는 밑거름이 된다. "오늘 여기"이기에 바로 삶이다.

삶글 : 삶을 담아낸 글. '생활글'을 풀어낸 말이라기보다는, "삶을 스스로 그대로 바로 우리 나름대로 누리면서 담아낸 글"이라고 해야 어울리지 싶다. 살아온 이야기를 담고, 살아가는 이야기를 담으며, 살아가려는 이야기를 담는다. 어떻게 살았는가를 담으면서 어떻게 살고 싶은가 하는 뜻을 담는다. 모든 글에서 가장 바탕이 될 만한, 또는 밑뿌리가 될 만한,

또는 든든한 씨앗이 될 만한, 또는 나즈막이 사랑이 될 만한 글이 삶글이지 싶다.

삶터 : 살아가는 터이기에 삶터요, 삶을 짓는 터이기에 삶터이며, 삶을 이루는 사람들이 어우러진 터이기에 삶터이다. 사람한테도 풀나무한테도 숲짐승이나 새나 풀벌레한테도, 저마다 보금자리를 가꾸면서 기쁘게 살아갈 수 있는 터가 삶터라고 할 만하다.

상장 : 흔히들 누가 잘했거나 훌륭하다고 여겨서 주는 상장이라 할 텐데, 내가 잘해서 남이 알아보고서 주는 상장이 있다면, 스스로 살림을 기쁘게 일구었다고 여기면서 스스로 베푸는 상장이 있다. 남이 주지 않더라도 좋다. 우리가 스스로 '내가 나한테' 날마다 새롭게 주면서 기운을 북돋울 만하다. 상장에는 따로 틀이 없다. 조그마한 종이에 "참 잘 했어요"라 적고서 내가 나한테 내밀어 보자. 아이들한테 "참 잘 했구나" 같은 글씨를 적은 쪽종이를 곱게 종이접기를 해서 가만히 내밀어 보자. 종이에 몇 마디를 적어서 내밀 뿐이지만, 기쁨을 얹어서 건네는 종잇자락은 멋스러운 상장으로 거듭난다.

생각 : 무엇을 하겠다고 하는, 무엇을 어떻게 받아들인다고 하는 '생각'이다. '생각'이 있을 적에 삶이 있다.

서울 : 나라나 고장이나 고을에서 북적거리는 한복판을 '서울'이라고 한다. 오늘날에는 이 뜻이나 쓰임새는 옅어지고, 한국이란 나라에서 행정이나 문화나 기업이나 사람이 잔뜩 모인 고장 한 곳을 가리키는 이름으로만 쓰곤 한다.

손 : 발이 있어 걷고 다닌다면, 손이 있어 일하고 다루고 짓고 만지고 쓰다듬고 토닥인다.

손글씨 : 2000년대로 접어들기 앞서까지 손으로 쓰지 않은 글씨가 드물었다. 글씨라면 모름지기 손으로 썼다. 어느덧 빠르게 바뀌는 터전이 되

어 굳이 손으로 안 써도 글을 척척 찍어낼 수 있다 보니, 손으로 다루는 글씨를 눈여겨보기도 하고 반기기도 한다. 기계로 찍는 글씨보다 손으로 그린 글씨에 훨씬 손내음이며 숨결이 짙게 밸 테니. '사인'이나 '서명'은 모두 '손글'이나 '손글씨'이다.

솜씨 : 잘 해낼 줄 알기에 '솜씨'이다. 아직 잘 해내지 못한다 해도 차근차근 가다듬거나 갈고닦거나 다스리다 보면 솜씨가 생긴다.

수첩 : 우리가 겪은 일이나 생각한 대목이나 온몸을 기울인 하루는 언제나 낱낱이 마음에 남는다. 그런데 마음에 남긴 이야기를 미처 못 떠올리기도 한다. 마음을 틀림없이 믿기는 하지만, 그때그때 바로바로 신나게 들추어서 돌아보고 싶기에 곁에 두는 종이꾸러미를 수첩이라 한다.

스승 : 가르치는 사람이되 입이 아닌 몸으로 보여주고 삶으로 알려주며 살림으로 비추면서 우리가 스스로 느껴 배우도록 이끄는 사람.

시골 : 지난날에는 모든 곳이 시골이었고, 임금이나 권력자가 살던 곳이나 저잣거리가 있는 데를 서울이라 했다면, 오늘날에는 들하고 숲이 마을이나 집을 감싸는 터전에서 손수 살림을 지을 만한 곳을 시골이라 한다.

실업자 : 일자리를 잃거나 일거리를 쉬는 사람.

싸움 : 한국말사전을 보면 '다투다'를 '싸우다'로, '싸우다'를 '다투다'로 풀이해서 참 엉성하다. 두 낱말은 다르다 '다투다'는 서로 마음이 맞지 않아서 실랑이가 있다든지, 어느 쪽이 나은가 하고 따지는 일을 나타낸다면, '싸우다'는 어느 한 쪽이 이기려고 부딪히는 일을 나타낸다.

ㅇ

아기 : 두 어버이가 사랑으로 만나서 새롭게 보살피고 싶은 꿈을 짓기에 아기를 낳는다. 아기는 두 어버이한테서 모든 빛이며 사랑을 받아들이

고 새로 지피면서 자란다. 두 어버이는 저마다 다른 삶으로 이룬 사랑을 저마다 다르게 아기한테 내주고, 아기는 두 어버이가 다르면서 같은 사랑을 내줄 적에 이를 기꺼이 맞아들이면서 상냥하게 다독인다.

아름다운 : 넉넉하면서 따스하고 즐거운 기운이 흐를 적에 아름답다고 느낀다.

아버지 : 어른은 짝을 만나 아기를 낳으면서 새로운 자리에 서는데, 이때부터 어버이란 이름을 얻는다. 어버이가 될 적에 사내는 아버지란 이름을, 가시내는 어머니란 이름을 새삼스레 더 얻는다.

아저씨 : 지난날에는 사람들이 마을 테두리에서 살았기에 모두 한집안인 셈이었다 할 만하다. '아저씨'란 이름은 낯선 이가 아니라, 한집안인 어른 가운데 아버지가 아닌 사람을 가리킬 적에 으레 썼다. 오늘날에는 나이든 사내한테 으레 '아저씨'란 이름을 쓰는데, 이 이름을 들으면 어쩐지 나이만 많이 먹은 듯하다면서 싫어하는 사내가 꽤 있다.

아줌마 : '아저씨'처럼 '아줌마'도 지난날에는 마을 테두리에서 한집안을 이룬 어른 가시내한테 쓰는 이름이었다. 오늘날에는 나이든 가시내한테 으레 이 이름을 쓰는데, 아직 한국은 가시내를 낮보거나 깎아내리는 버릇이 고스란히 남아서 '아줌마'를 마치 낮춤말로 여기거나 느끼기도 한다. '어른'한테 쓰던 이름인 '아주머니'하고 '아줌마'였는데 그만 이 이름은 한자말 '사모님'에 대면 한참 떨어지는 이름이 된 셈이랄까. 그렇지만 아주머니는 아이를 사랑으로 낳아 돌본 어른이거나, 아이를 낳지 않았어도 살림을 알뜰히 여밀 줄 아는 듬직하고 멋지며 아름다운 어른을 가리키는 이름이라는 대목을 가만히 헤아릴 수 있으면 좋겠다.

어렵다 : 누구는 살아가면서 어떤 때나 자리에서도 '어렵다' 여기고, 누구는 살면서 어떤 때나 자리에서도 '어렵다는 생각이 없'이 마주한다. 둘은 무엇이 다를까? 받아들일 수 없거나 받아들이려 하지 않는 '어렵다'이다. 이 뜻을 바탕으로 여러 쓰임새가 가지를 뻗는다.

어른 : 나이를 제법 먹었기에 어른이라 하지 않는다. 나이가 적더라도 철이 든 사람을 두고 어른이라 한다. 나이는 많이 먹었으나 철이 안 들었으면 '어른' 아닌 '철모르쇠(철부지)'라고 한다. "철이 없다"나 "철이 안 들었네" 같은 말은, 나이만 많이 먹은 사람을 가리킨다. '어른'다운 사람이 되자면 '철'이 들어야 한다. '철'이란 봄 여름 가을 겨울 같은 흐름을 나타내는데, 이 흐름이란, 사람이 살아가는 길이다. 제때에 맞추어 제대로 살림을 지어 살아가는 슬기로운 사랑을 가슴에 품은 사람일 적에 비로소 '어른'이란 이름을 쓸 수 있다.

어린이 : 똑같은 사람으로서 사랑을 받을 아름다운 동무가 어린이요, 이 어린이는 어른 곁에서 신나게 뛰놀고 마음껏 꿈꾸면서 즐겁게 하루를 누리려고 이 땅에 찾아온다. 어른 곁에 머물면서 어른이 짓는 살림을 물끄러미 지켜본다. 앞으로 스스로 헤쳐 나갈 새로운 길을 마음으로 그리면서 어른들 살림결이나 살림솜씨를 어깨너머로 하나하나 배운다. 이러고서 소꿉놀이를 한다. 소꿉놀이란 아직 '일'로 거듭나지 않은 잔몸짓인데, 소꿉을 노는 사이에 차츰차츰 손에 힘이 붙고 머리에 슬기가 붙고 가슴에 사랑이 붙으면서 듬직하고 의젓하고 참하고 살뜰한 새어른으로 피어난다.

옷 : 우리 몸도 옷이다. 우리 몸은 넋이 입은 옷이다. 옷인 이 몸에 천조각이라는 옷을 다시 걸친다. 넋이 입은 몸으로도 넉넉할 테지만, 이 몸만으로는 모자라다고 여기면서 천조각을 두르는데, 이 천조각을 둘러싸고 갖가지 말이 쏟아지고 가지가지 일이 불거진다. 사람으로서 서로 넋을 바라보지 않다 보니 몸이 무엇인가를 잊고, 몸을 잊다 보니 옷을 어떻게 걸치는가 하는 겉모습에 매이고 만다. 생각해 봐야 한다. 이 별에서 사람만 몸에다가 천조각을 뒤집어씌운다. 나무도 풀도 짐승도 새도 벌나비도 물고기도 딱히 천조각을 더 뒤집어쓰려 하지 않는다. 넋이 입은 옷이 몸인 줄 제대로 아는 모든 목숨붙이는 겉모습으로 재거나 따지거나 손가락질하거나 비웃거나 놀리거나 괴롭히거나 위아래를 가르지 않는다.

와이파이 : 어디에서나 줄 없이 누리그물을 누리도록 돕는 와이파이라고

한다만, 이 와이파이는 곧잘 사람뿐 아니라 뭇목숨을 '전자파 통구이'로 옭아매기도 한다.

왜? : 배우고 싶어서 묻는 말이 '왜'이다.

우리말 바로쓰기 : 한국이라는 나라는 꽤 오랫동안 자유도 민주도 평화도 평등도 없었다. 봉건사회 틀로 단단히 억눌렀다. 이러다가 일제강점기를 맞이하면서 새삼스레 짓밟혔다. 해방이 되었으나 이때부터는 미국 등쌀에 시달렸다. 이렇게 억눌리거나 짓밟히거나 시달리던 사람들이 쓰던 말은 제자리를 못 찾기 일쑤였다. 그런데 미국 등쌀뿐 아니라 군사독재가 서슬퍼렇게 노려보니 한국말은 한국말답게 서기 어려웠다. 이리하여 1980년대 끝자락에 비로소 "우리말 바로쓰기"라는 물결이 일어났다.

우리말 살려쓰기 : 요새는 "우리말 바로쓰기"를 살피는 분이 드물다. 그렇다면 이제 한국말이 제대로 선 셈일까? 더없이 튼튼하거나 야무지거나 아름답게 우뚝 선 한국말이니 굳이 바로쓰기는 할 일이 없을까? 아마 '아니올시다' 하고 말해야지 싶다. 그러나 하나 더 이야기할 만하다. 제대로 쓰는 길, 바로쓰기를 해도 좋을 텐데, 이보다는 살려서 쓰는 길, 저마다 다른 보금자리하고 마을에서 저마다 다르면서 고운 사랑으로 스스로 살림을 북돋우듯 말을 살려서 쓰는 길을 갈 수 있다면 무척 뜻있을 뿐 아니라 신바람이 나리라. 바로쓰기는 남이 시켜서 맞추는 일이라 할 수 있다면, 살려쓰기는 내가 스스로 배우면서 스스럼없이 날개돋이를 하는 몸짓이라 할 수 있다.

우리 어머니 : 아이가 자라 어른이 되고, 어른하고 어른이 만나 아기를 사랑스레 낳으니 어버이가 되는데, 아기를 몸에 품고서 열 달에 걸쳐 포근히 어루만지면서 살림을 새롭게 가꿀 길을 생각하며 슬기로운 마음으로 거듭나는 가시내를 두고 어머니라고 한다.

'-의·-적·-화' 없는 : '-의'하고 '-적'하고 '-화'는 일본사람이 빚은 말씨이다. 서양 군함하고 대포에 잔뜩 주눅이 든 일본은 서양 군국주의를 따라

가야 한다고 여겼고, 오랜 일본말은 매우 수수하면서 따스하고 사랑스럽다고 여겨, 이 수수하고 따스하고 사랑스러운 오랜 일본말을 버리고 '군국주의'를 일으킬 셈으로 '-의·-적·-화'를 잔뜩 붙이는 겉멋글을 널리 폈다. 총칼을 쥔 군인처럼 보이려고 하는 말씨를 빚으려고 불거진 '-의·-적·-화'이니, 이 일본 말씨를 그냥그냥 쓸 적에는 우리도 얼결에 군국주의 얼룩이 몸에 밸 수 있다.

이야기꽃 : '말'은 이쪽에서 저쪽으로 흐른다. '이야기'는 이쪽저쪽 사이를 꾸준히 오간다. 수업이나 강의는 이야기 아닌 말로 그치기 일쑤이다. 말만 잔뜩 흐르는 수업이나 강의로 끝나면 서로 배우기 어렵다. 이런 얼거리를 살펴서 수업이나 강의가 아닌 '이야기'를 펴야 즐겁겠다고 느껴 '이야기꽃'이란 낱말을 짓는다. 서로서로 말을 주고받으면서 생각도 주고받고 마음도 주고받아서 새롭게 북돋아 배우자는 자리가 되기를 바라며 '이야기꽃'이란 이름을 쓴다.

이오덕 : 멧골마을 작은 교사가 되어 텃밭을 일구고 새소리를 따라서 부르고 가난하면서 조그마한 아이들이 앞으로 씩씩한 흙지기로 피어날 수 있도록 조용조용 살아가며 가끔 시를 쓰고 철 따라 숲에서 열매를 훑어서 먹으면 넉넉하다고 여긴 어른. 일제강점기 끝무렵에 국민학교 교사가 되었는데, 그때에 누구나 그러했듯 일본말로 가르치면서 멋모르고 살다가, 해방을 맞이하고는 스스로 그때에 얼마나 큰 잘못을 아이들한테 저질렀는지 깨닫고는 1945년 그해부터 다시 태어나자는 생각으로 늘 뉘우치고 되새기는 걸음이 된 사람. 읍내만 나가도 어질거리고, 대구쯤 가면 시끄러워서 몸이 고단하고, 서울이라도 다녀올라 치면 까마득히 어지럽지만, 모든 바깥일을 마치고 멧골자락 작은 학교로 돌아가는 길에 어느새 기운이 샘솟아, 멧길에서 새랑 벗삼아 즐겁게 노래를 부른 사람. 윤이상 님한테서 피아노를 배웠다. 아이들한테 들려주거나 가르칠 만한 동요가 없다고 여겨, 이원수 동시에 스스로 가락을 입혀서 들려주곤 했다. 뒷날 이원수 님이 이를 알고는 이오덕 님한테 "이 선생이 작곡을 해서 내 동시에 가락을 입혔다지요? 한번 그 동요를 들을 수 있겠습니까?" 하고 물었다는데, 어쩐지 수줍은 나머지 노래를 불러 드리

지 못해, 이원수 님이 1981년에 돌아가시고 난 뒤 더없이 가슴아파 하기도 했다. 멧골자락 어린이가 읍내 어린이나 도시 어린이한테 늘 놀림을 받으면서 풀이 죽는 모습을 안쓰럽게 바라보면서 이 멧골 어린이가 스스로 제 삶을 동시로 담아내고 그림으로 그려내면 차츰 기운을 차리리라 여기면서 '글쓰기 교육'을 하다. 돈이 없는 멧골자락 어린이가 많은 터라, 종이에 크레파스를 손수 장만해서 쪽종이에 짧게 이야기를 쓰도록 하고, 그림은 마음껏 그리도록 했다. 이오덕 어른은 네덜란드 그림님 고흐를 사랑해서 집에 늘 고흐 그림을 붙여 놓고서 바라보았는데, 멧골자락 어린이가 그린 해바라기, 어머니나 아버지, 보리밟기, 소뜯기기, 담배따기 같은 이야기를 담은 그림이 마치 '이 땅에 새로 태어난 고흐' 같다고 느껴 늘 눈시울을 적셨다고 한다. 1979년에 엮은 《우리도 크면 농부가 되겠지》는 앞선 《일하는 아이들》에서 한 걸음 나아가, 멧골자락 어린이가 제 앞길을 서울바라기 아닌 숲지기라는 길에서 찾기를 바라는 사랑이 감돈다. 박정희 독재가 서슬퍼렇게 새마을운동으로 모든 시골을 무너뜨리던 무렵, 제발 그런 짓을 멈추고 아이들을 참답게 사랑하며 가르치는 터전이 피어나기를 꿈꾸면서 '참교육'이란 말을 처음 썼다. 뒷날 전교조는 '참교육'이란 이름을 이오덕 어른한테서 얻어서 썼다. 일본말 '작문'을 엉성하게 옮긴 '글짓기' 교육은 반공 글짓기에 터무니없는 꾸밈짓만 가르치는 교과서 틀이기에, 어린이 스스로 삶을 사랑하는 마음을 수수하게 적도록 이끄는 '글쓰기'라는 이름으로 "글쓰기 교육" 첫발을 폈다. 남북녘을 아우르는 어린이문학 역사를 갈무리하는 '어린이문학 사전'을 쓰려고 바지런히 남북녘 동화책하고 동시집을 모았는데, 어느 날 이오덕 어른 집에 놀러온 어느 시인이 월북작가 시집을 허락도 안 받고 냉큼 빌려가더니 뒷주머니에 꽂고서 서울 인사동에서 자랑하고 다니다가 그만 사복경찰한테 붙들렸다. 이때에 이오덕 어른도 나란히 붙잡혀야 했고, 그동안 알뜰히 모았던 남북녘 동화책하고 동시집을 모두 공권력(보안사)한테 빼앗긴다. 어처구니없는 생채기를 어린이문학 비평이며 교육 비평으로 겨우 달래며 초등학교 교장으로 지내는데, 전두환 독재정권이 '교장 이오덕'을 억지로 '불명예퇴직'으로 쫓아내었다. 이오덕이 쓰거나 엮은 책은 모두 불온도서로 삼고. 이오덕 이원수 권정생 염무웅을 비롯한 이들이 함께 엮은 '창비아동문고'도 거의 불온도서로 내몰리고 말았다. 정년을 한 해 남기고 억지로 학교에서 쫓겨난 이오덕이지만, 오히려 속시원하다고 여기면서 조용히 글쓰기를 하며 배움길을 걷는다. 이때에 대학교에서 시간강사로 대학생한테 글쓰기를 가르치며 한 해를 보내는데, 대학생이 그렇게 한국말을 모르는 줄 처음으로 깨닫고는, 이래서는 안 되겠다 싶어《우리 글 바로쓰기》라는 책을 쓴다. 일제강점기부터 군사독재에 이르는 동안 뒤틀린 나라하고 말을 '바로세우는' 길에 말부터 바로잡자는 뜻이다. 군사독재 정권이 쓰러진 뒤에는 이제 '바로쓰기'는 끝내고 '살려쓰기'가 되기를 바랐다. "우리말 바로쓰기 사전"까지는 써내고 숨을 거두고 싶었지만 이 뜻은 이루지 못한 채 큰아들 무릎을 베고 누워서 새벽녘에 작은 멧새가 되었다.

이원수 : 일제강점기에 뜨거운 문학청년으로 하루하루 살면서 뜨겁게 사랑을 불태우고 싶었으나, 학교에서 했던 '반일 독서회' 일로 언제나 감시에 시달리며 쫄쫄 굶어야 했다. 이때에 도시를 떠나 시골에서 땅을 부치는 길을 갔으면 좋았겠다고 여겼으나, 아이를 돌보는 어버이로서 선뜻 새길을 나서지 못하면서 친일시를 썼다. 해방을 맞이한 뒤 부끄럽던 옛일을 어떻게 뉘우쳐야 할까 하고 생각하다가 '참회록'은 어린이문학을 새롭고 참다우면서 아름답게 살리는 길을 걸어가는 삶으로 쓰자고, 온몸으로 뉘우치는 길을 살면서 참회록이 되자고 여긴다. 이리하여 이원수는 동화 창작, 동시 창작, 외국 어린이문학 번역, 어린이잡지 편집장, 젊은 어린이문학가를 키우고 북돋우는 일, 나라에서 젊은 어린이문학가한테 궂은 일(정권 입맛에 맞는 글쓰기)을 시킬라 치면 이를 손사래치는 방패막이 구실을 하였다. 이원수를 따르는 쪽에서도, 이원수가 못마땅한 윤석중 무리에서도, 이원수가 일제강점기에 친일시를 쓴 줄은 다들 알았다. 이원수를 따르는 쪽에서는 이원수가 '입에 발린 겉치레'로 참회록을 쓰기보다는 '온몸으로 참회하는 삶'을 보내기에 너그러이 받아들였고, 이원수를 못마땅하게 여기면서 군사독재 부역자로 지낸 어린이문학가 무리는 이원수 스스로 키운 커다란 문학판에서 딴소리를 하지 못했다. 남북녘 모두 군대와 총칼을 버리고 평화롭게 어깨동무를 하는 새로운 어린이나라를 지어야 한다는 뜻을 밤낮으로 글로 펴다가 몸을 너무 많이 쓴 탓으로 그만 몸져누워서 이승을 떠난다.

이제 말하는 : 때로는 말을 못하고 가슴에 묻는다. 기쁜 일을 밝히지 못하고 묻어두는 일보다는 슬프거나 아프거나 괴롭거나 짜증스럽거나 싫거나 죽음과도 같은 일이기에 가슴에 묻는다고 할 만하다. 그저 가슴에 묻은 채 무덤까지 가려고들 여길 텐데, "이제 말하는" 까닭은 '가슴에 묻기로 한 그 일을 일으킨 사람'이 마치 예전에 아무 일도 없었다는 듯이 활개치면서 헛소리를 펴기 때문이라고 할까. "이제 말하는"하고 비슷한말이라면 "문단 미투"하고 "문단 성추행"이나 "내부고발"이 있다. 끔찍한 짓을 겪던 그무렵에는 차마 말하지도 밝히지도 못하기 마련이다. 아니 끔찍한 짓을 겪던 그무렵에 둘레에 말하기도 하고 밝히기도 하지만, 외려 '네가 그 말을 자꾸 하면 너만 다쳐' 하는, 어처구니없는 대꾸를 들으면서 그만 가슴앓이가 되고 만다. 이 삶터가 조금씩 아름답거나 따뜻한 나라로 거듭난다면, "이제 말하는" 사람이 하나둘 나타날 수 있고, "이제 말하는"보다는 "그때그때 바로 말하는" 사람이 늘어날 수 있으리라.

일기 : 오늘을 어떻게 살아내면서 무엇을 느끼거나 생각했는가를 고스란히 적어서, 뒷날 스스로 담금질을 하거나 되새기는 바탕이 되도록 하는 글. 겪고서 쓸 때에 가장 생생하기에, 일기는 잠자리에 들기 앞서 쓰기보다는 하루에도 틈틈이 쓰면 한결 좋다. 커다란 일기장을 쓰기보다는 작은 수첩을 일기장으로 삼아서 늘 챙기면서 그때그때 적는다고 할까. 오늘을 살아낸 이야기를 쓰면서 어제를 돌아보고 모레를 내다보는 마음을 키우는 글이기도 하다. 스스로 자라고 싶기에 일기를 쓴다. 스스로 되읽으면서 생각을 살찌우고 싶으니 일기를 쓴다. 잊지 않으려고 쓴다기보다 꾸준히 생각하면서 새로운 마음으로 자라나고 싶기에 일기를 쓴다.

ㅈ

자전거 : 바람을 가르는 탈거리. 석유도 전기도 아닌 몸을 써서 달리는 탈거리. 짐도 싣고 사람도 태운다. 어린이도 할머니도 탄다. 자전거가 달리는 길은 호젓하면서 조용하다. 자전거가 흐르는 곳은 정갈하면서 곱다.

잠깨비 : 도깨비란 무엇일까? 도깨비한테는 몸이 따로 없다. 오롯이 넋

으로만 있으면서 사람 곁에서 같이 지내고 사람하고 말을 섞을 줄 알며, 어디로든 깃들어 제 몸처럼 삼아서 움직이기에 도깨비이다. 그런데 일본 '오니'가 마치 이 나라 도깨비라도 되는 듯이 잘못 그리는 사람이 수두룩하다. 일본에 있는 오니는 요괴하고 정령 사이에 있는 목숨이 아닐까? 도깨비는 오니하고 다르니 머리에 뿔이 있다든지 방망이를 든다든지 짐승가죽을 옷처럼 입는다든지 안 한다. 도깨비는 빗자루도 되고 사람 모습도 되고 바위나 나무도 된다. 이리하여 한국에서는 '도깨비'라는 말을 살려 '먹깨비'라든지 '술깨비'라든지 '잠깨비'처럼 우리 살림이나 삶을 그리는 이름으로도 재미나게 받아들인다. 우리 이웃이요 동무인 도깨비라고도 할 수 있다.

저작권 : 우리 나름대로 배우고 살면서 짓기에 '저작권'이 생긴다. 남을 흉내내지 않기에, 남을 따르지 않기에, 남을 엿보거나 베끼지 않기에 '저작권'이 생긴다. 잘나든 못다든 따지 않고서 스스로 기쁘게 지어서 널리 나누려는 몸짓이자 마음이 되기에 '저작권'이 생긴다.

전업주부 : 참 얄궂다 싶은 말인 '전업주부'이다. 집안일만 하는 사람을 가리키는 한자말인데, 가만 보면 집안일을 도맡는 모습을 살짝 낮보거나 얕보는 느낌이 깃들지 싶다. 한자말이라서가 아니라 그리 알맞지 않으니 고쳐써야지 싶다. 어떤 말로? '살림꾼'이나 '살림님'이나 '살림지기'로. 집안에서 하는 일이 얼마나 엄청난가를 생각해야 한다. 생각해 보라. 하루 세끼를 밖에서 사다 먹는다면? 밥값이나 설거지나 그릇 간수는? 옷을 빨고 개고 갈무리하는 살림은? 집안을 쓸고 닦고 치우는 살림은? 이뿐인가? 집안에서 하는 일은 일꾼 서넛을 써도 모자란데, 이 엄청난 일을 으레 한 사람한테 도맡기고는 마치 '전문성이 없는 전업주부'인 듯 여기는 사회 흐름이다. 이래서는 안 될 노릇이니 말부터 바로세워야겠다.

전투경찰 : 말뜻으로 보자면 "싸우는 경찰"인 '전투경찰'이라는데, 이들 전투경찰이 맡은 일이란, 자유랑 민주랑 평등이랑 평화를 바라는 사람들을 두들겨패고 괴롭히는 싸움질일 텐데 싶다.

종이 : 나무는 우리한테 열매를 주었고, 땔감을 주었고, 집을 주었고, 연장을 주었다. 찻잎을 주었고, 나물을 주었으며, 싱그러운 바람을 주고, 종이까지 준다. 종이 한 자락에는 그동안 나무가 사람한테 베푼 온갖 숨결이 새롭게 흐른다. 하루를 살아가며 누리는 이야기를 적어서 물려줄 수 있는 종이란 오롯이 숲이다.

좋은 : "마음에 든다"고 할 적에 '좋다'고 한다. 이 뜻을 바탕으로 '좋다'는 쓰임새가 죽죽 뻗는다. 흐뭇할 적에, 넉넉할 적에, 기쁠 적에, 맛있을 적에, 받아들일 적에, 알맞을 적에, 부드러울 적에 ……. '좋다'는 사람마다 다른 느낌을 나타내기에, 나한테 좋은 글이라 해도 너한테는 안 좋은 글일 수 있고, 나한테는 시큰둥한 글이어도 너한테는 좋은 글일 수 있다. 이러다 보니 "좋은 글"이나 "좋은 책"은 섣불리 말하기 어렵다. "나는 이 글이 좋았어"라고는 말할 만하겠지.

지렁이 : 지렁이가 살 수 있다면 사람이 살 수 있을 만한 흙이 있는 터전이요, 지렁이가 살 수 없다면 사람이 살 만하지 못한 자리라는 뜻.

지저분 : 뭔가 애써서 했는데 깔끔하게 마무리가 안 된다든지, 아직 어설프다 보니 어지럽히기만 할 적에 '지저분하다'고 느낀다. 한 군데에 작게 난 티나 흉 때문에도 '지저분하다'고 느낀다. 비슷하게 '너저분하다'가 있다. '더럽다'는 말은 보기 좋지 않아서 마음에 들지 않는 나머지 가까이하기 싫다는 느낌이 짙다. 글씨가 지저분하면 힘을 들여 반듯반듯 가다듬을 수 있는데, 글씨가 더럽다고 한다면 뭔가 마음에 안 들어서 꾸짖거나 깎아내리는 느낌이 된다.

집밥 : 지난날에는 누구나 집에서 밥을 먹었으니 따로 '집밥'이나 '바깥밥' 같은 말을 쓸 일이 없었다. 이웃집에 놀러가서 밥자리에 함께하더라도 그저 '밥'일 뿐이었다. 오늘날은 따로 밥을 해서 내다파는 일을 늘 하는 사람이 부쩍 는 터라, '바깥밥'하고 '집밥'을 가른다.

짜증 : 마음에 안 들어 확 올라오는 싫은 느낌인 짜증. 이 느낌에 사로잡

히면 이마에 주름살이 지고 무서운 낯빛으로 바뀐다. 마음에 들고 안 들고에서 홀가분하도록 찬찬히 다스린다면 느긋하면서 방긋방긋 웃는 얼굴이 된다.

ㅊ

찬물 : 아궁이로 불을 때어 밥을 짓던 지난날에는 뜨거운물이 늘 있었다. 오늘날처럼 물꼭지만 돌려도 뜨거운물이 나오지는 않았어도, 나무가 몸을 살라서 베푼 뜨거운물은 이 물만으로도 우리 몸을 든든히 다스려 주었다. 나무를 땐다든지 햇볕을 받으면 물이 따뜻하거나 미지근하거나 뜨겁다. 멧골에서 솟아나 흐르는 물은 언제나 시원하거나 차다. 우물물이나 샘물도 늘 차다. 끓인 물을 풀밭에 뿌리면 풀이 아뜨뜨 하다가 죽을 수 있지만, 냇물이나 우물물이나 샘물이나 빗물이라면, 숨결 그대로 찬물이라면 모두 기쁘게 반긴다. 일부러 차게 한 물이 아닌, 숨결을 담은 찬물이란 참으로 놀랍다.

참새 : '참'이란 말은 아무 곳에나 안 붙인다. '참'이란 말은 몹시 곱거나 으뜸이라 할 만하거나 우리하고 대단히 가깝거나 반가운 곳에 붙인다. 아주 조그마하면서 우리 살림집이나 마을에서 어우러지는 새는 '참새'란 이름을 받는다. 사람 곁에서 얼마나 오래 가까이 어울린 이웃이려나.

책 : 사랑스럽고 상냥하고 슬기롭고 새롭게 살림을 가꾸는 손길로 삶을 지으면서 스스로 누리고 겪고 맞이하고 지켜보고 배우는 이야기를 담은 꾸러미. 지난날에는 숲에서 푸르게 자란 나무한테서 숨결을 얻어 빚은 종이에 이야기를 담았고, 오늘날에는 종이로 묶지 않아도 홀가분하게 볼 수 있도록 엮기도 한다. 기쁘게 나누면서 즐겁게 읽도록 이끄는 이야기를 담은 꾸러미로, 두고두고 물려주거나 물려받거나 하면서 오랜 슬기에서 새로운 사랑을 길어올리는 바탕이 된다. 사랑하는 살림을 숲에 새롭게 담기에 책이고, 사람이 서로 슬기롭게 어우러지는 길을 이야기로 밝히기에 책이다.

책숲 : 한국에는 '도서관'이란 곳이 처음부터 있지 않았다. 더구나 "열린 책터"란 아예 없었다. 한문을 아는 권력자하고 지식인끼리 볼 수 있는 작은 칸이 있었을 뿐. 일제강점기에 일본 권력자하고 지식인이 한국에 비로소 '도서관'이란 곳을 세웠고, 이를 바탕으로 오늘날 같은 온갖 도서관이 뿌리를 내리고 가지를 뻗었다. 다시 말해서 '도서관'은 우리 스스로 지은 우리한테 걸맞을 이름이지는 않다. 이를 느낀 어느 분이 '도서관'을 가리킬 새 이름이 있기를 바랐고, 이곳저곳에 여쭙고 다닌 듯하다. 글쓴이한테까지 이 물음이 닿았고, 글쓴이는 곰곰이 생각한 끝에 '책이 있는 건물'을 뜻하는 '도서관'을 나타내도록 처음에는 '책숲집'이라 지었다가, '-집'이란 끝말을 덜어서 '책숲'으로 마무리를 했다. 숲에서 자란 숨결로 책을 짓기에, 또 책이 된 숲이 나라 곳곳에서 푸른 바람을 일으켜 푸른 마음이 되도록 북돋우기에 단출히 '책숲'이라 하면 어울리겠다고 여긴다.

책숲마실 : 도서관이 아름답게 있는 순천시에서 '순천 도서관 소식을 나누는 잡지'를 펴내면서 붙인 이름. 이 이름은 글쓴이한테서 얻어 갔다. 순천시 도서관 담당자는 마땅히 쓸 만한 이름을 찾지 못하다가 글쓴이가 쓴 글 몇 자락을 읽었고, 글쓴이가 쓰는 '책숲마실'이란 이름을 얻어 가고 싶다고 했다. '책숲마실'은 "도서관을 사뿐사뿐 드나들면서 책하고 숲을 나란히 즐긴다"는 뜻이기도 하지만, 도서관뿐 아니라 마을책집이며 헌책집이며 두루 누리고, 책집이나 도서관뿐 아니라, 온누리를 푸르게 아우르는 숲에 흐르는 이야기를 마음으로 읽으려는 몸짓으로 살아가자는 뜻을 담기도 한다.

책쓰기 : 종이 한 자락에 담는 글을 꾸준히 쓰다 보면 어느덧 백 자락이나 즈믄 자락쯤 모으곤 한다. 꾸준히 글길을 걸어 여민 꾸러미가 있으면 알맞게 추슬러서 책으로 묶을 만하다. 처음부터 책 한 자락을 생각하면서 글을 쓸 수 있다. 그러나 이때에도 글을 한 자락씩 차근차근 써서 모으기 마련이다. 글쓰기는 한 가지 이야기를 한 꼭지에 담는 일이라면, 책쓰기는 뭇 이야기를 여러 꼭지로 알맞게 갈라서 두루 담는 일이 된다.

책 좀 골라 줘 : 어떤 책을 읽으면 좋을는지 잘 모르겠구나 싶을 적에는, 책을 꽤 많이 읽었다고 여기는 동무나 이웃이나 어른한테 묻곤 한다. 그러나 모든 책은 스스로 잘 모르더라도 스스로 헤매면서 살피고 찾아서 읽어야 책눈을 트기 마련. 우리 마음은 '책을 아무리 많이 읽은 사람'이라 하더라도 알기 어렵다. 그러나 어떤 책이 있는지 모를 수 있으니 '이런 책이 있습니다' 하고 알려줄 만하다. 책소개나 책추천을 하려는 이는 '이런 책은 꼭 읽어 보자'고 말할 수 없다. 그저 '저는 그런 때에 이런 책을 읽으니 크게 이바지를 하더군요' 하고 밝힐 수만 있다. 책소개나 책추천을 바라는 이라면 소개받거나 추천받은 책을 발판으로 삼아서 책읽기 걸음을 즐겁게 넓히면 되지 싶다. 꼭 그 책만 읽기보다는 그 책 곁에 있는 여러 가지 책에 찬찬히 눈길을 보내면서 스스로 마음눈을 틔워 생각을 열도록 애쓰면 되리라 본다. 바라는 이한테는 맞춤한 책이 반드시 나타나기 마련이다. 기쁘게 맞이하자.

책집 : 떡을 다루면 떡집, 술을 다루면 술집, 차를 다루면 찻집, 꽃을 다루면 꽃집, 빵을 다루면 빵집이다. 자, 책을 다루면 어떤 곳일까? 바로 '책집'이다. 그러나 '서점'이나 '서림'이나 '책방' 같은 말만 오래도록 쓰였다. 요새는 '북스토어'나 '북숍' 같은 영어를 쓰는 이도 부쩍 는다. 우리는 언제쯤 책집을 '책집'이란 이름으로 이야기할 수 있을까?

초등학교 : 의무교육으로 초등학교에 보내야 하고, 중학교도 이와 같다. 의무교육인 초등학교는 무엇을 가르칠까? 살림을 사랑스레 짓는 삶을 가르치는가? 밥하고 옷하고 집을 손수 짓는 즐겁고 신나며 아름다운 길을 가르치는가? 이러한 삶길이나 살림길이나 사랑길하고는 동떨어진 도시 문명 누리기만 가르치는 초등학교는 아닌가?

치마바지 : 바지를 품은 치마. 치마인 척하는 바지. 치마랑 바지를 함께. 마음껏 치마멋을 즐길 수 있는 옷. 자전거를 달릴 적에 든든하면서 거뜬하다. 치맛속을 들여다보려는 응큼한 사내를 한칼에 물리칠 수 있다.

ㅋ

커트·컷 : 영어 'cut'을 한국에서는 '커트'하고 '컷'으로 나누어 한국말사전에 올림말로 덩그러니 다룬다. 일본조차 'カット' 한 가지만 쓰는데, 한국은 왜 두 가지로 갈라서 쓸까? 그만큼 영어 'cut'이 쓰임새가 많다는 소리일 수 있으나, 이에 못지않게 쓰임새가 많을 한국말 '자르다 · 치다'라든지 '칸 · 그림'이라든지 '그만 · 그쳐 · 멈춰'나 '깎아치기 · 가로채기'를 옳게 가눌 줄 모른다거나 찬찬히 헤아릴 줄 모른다고 해야 옳지 싶다.

케빈 카터 : 사진에 삶을 바친 사람이자, 눈물로 몸부림을 치면서 사진을 찍은 사람이자, 총칼을 휘두르며 피비린내가 나는 싸움터에서 목숨을 바쳐 제발 이 싸움질이 끝나기를 빌며 사진을 찍은 사람. 총알이며 미사일이며 탱크가 춤추는 싸움판에서 맨몸으로 사진기를 손에 쥐고 뛰어다닐 적에는 살아숨쉰다고 느꼈으나, 총알도 미사일도 탱크도 없는 북적거리는 나라나 번쩍거리는 도시에서는 도무지 견딜 수 없던 사람.

쿡 : 불쑥, 또는 깊이, 때로는 세게, 그리고 막 찌를 적에 '쿡'이라 한다. 기침이나 재치기나 웃음이 나올 적에도 '쿡' 하는데, 이 여러 가지를 참을 적에도 '쿡'이라 한다. 냄새가 코를 찌르기에 '쿡'이라고도 하는데, 표준국어대사전에서 '쿡'을 찾아보면 영국사람 이름을 둘 덩그러니 올렸다. 아니 왜? 영국사람 이름 '쿡'이 왜 한국말사전에 올라야 하지?

쿨렁쿨렁 : 아직 여느 한국말사전은 느낌말을 제대로 담지 못한다. 사전을 쓰는 사람 스스로 온몸이나 온마음으로 느껴 보지 않은 채 뜻을 붙이니까. 바닷가에서 어린 나날을 보내며 자란 사람하고 서울 한복판에서 어린 나날을 보내며 자란 사람이 느낄 '콸콸'이나 '쿨렁쿨렁'은 사뭇 다르다. 물살을 늘 지켜보면서 물빛이나 물결을 받아들이기에 느낌말을 하나하나 새롭게 빚는다.

큰아이 : 아이가 스스로 보기에는 그저 '아이'일 뿐인데, 어른은 아이를 바라보며 '첫째'나 '맏이' 같은 이름을 따로 붙이고, 둘째를 낳고서는 '큰

아이'하고 '작은아이'로 가르기도 한다. '작은아이'는 처음에는 '작을' 테지만 머잖아 큰아이하고 똑같이 '클' 텐데, 굳이 '큰아이'라는 이름을 붙이니 재미있다. 어른 가운데 '큰어른'이 있다. 큰어른처럼 아이들 사이에서 듬직하고 씩씩하며 야무지고 멋스러운 길을 마음껏 걸어가기에 '큰아이'이기도 하리라.

ㅌ

텀블벅 : 작은 사람들이 작은 뜻을 모으면 얼마든지 작고 알차게 책으로도 전시회나 공연으로도 피어날 수 있다는 길을 널리 나누는 징검돌이 되는 두레자리.

텃밭 : 살림집에 두거나 살림집에서 가까운 데에 있는 텃밭이다. 늘 마주하면서 언제나 마음을 기울이는 밭인 터라, 이러한 느낌을 살려서 '홈'이나 '세력권'이나 '주무대'도 이 낱말로 담아내곤 한다.

토끼 : 열두띠 가운데 하나로 깃드는 숲짐승인 토끼는 커다란 귀하고 굼뜬 몸짓이 도드라진다. 풀을 먹고 사는 짐승이지만 이빨이 무척 억세다. 올무에 쉽게 걸리고, 겨울잠을 따로 자지 않으면서 눈밭을 뛰어다니며 먹이를 찾는다.

토론이나 논쟁 : 서로 스스럼없이 생각을 펼쳐서 한결 나은 길을 찾자고 한다면 토론이나 논쟁을 하지 말아야지 싶다. 이때에는 '이야기'를 해야겠지. 시시콜콜 따지거나 옳니 그르니 가리려고 하다 보니 토론이나 논쟁을 벌인다. 맞서는 여러 길이 있다면 아무리 토론이나 논쟁을 해보았자 뾰족하게 풀 수 없다. 한 발을 물러서면서 뜻을 맞춘다든지 새로운 길을 찾으려 한다면 말다툼이나 말싸움으로 번지는, 아니 처음부터 말다툼이나 말싸움이 되는 토론이나 논쟁이 아닌, 참으로 '이야기'를 할 일이다.

톨 : 열매나 알이나 씨앗을 셀 적에 '톨'이란 이름을 쓴다. 우리 몸에는

'피톨'이 흐른다. 처음에는 작은 '씨톨'일 테지만, 뿌리를 내리고 갓 줄기를 올리면 시나브로 자라서 어느새 아름드리나무가 되기도 한다. 사람도 나무처럼 아주 조그마한 씨톨하고 씨알이 만나서 태어났다. 요새는 '톨'이란 이름을 쓰는 사람이 확 줄고, 하나같이 '개(個)'를 읊는다.

통역 : 이 말을 쓰는 사람하고 저 말을 쓰는 사람 사이에서 두 다른 말에 담은 같은 마음이 곧바로 만날 수 있도록 말로 물꼬를 트는 일을 통역이라고 한다.

ㅍ

파브르 : '풀벌레 이야기'를 쓴 파브르란 분은 '푸나무 이야기'도 썼는데, 풀벌레나 푸나무를 비롯한 뭇숨결이 이 별에서 사람하고 어떻게 어우러지는가 하는 대목을 어린이도 차근차근 알아들을 수 있도록 부드러우면서 쉽고 상냥하게 풀어서 썼다. 논문이 아닌 이야기로 글을 썼다.

팔꿈치 : 무척 단단한 자리인 팔꿈치인데, 손가락이나 팔등뿐 아니라 팔꿈치가 다치거나 저리거나 결려도 설거지를 하기 어려울 뿐 아니라 연필을 쥐기 힘들다.

표절 : 기쁨을 나누면서 어깨동무를 할 마음이 없기에 하는 짓 가운데 표절이 있다. 즐겁게 배우면서 삶을 사랑으로 가꾸려는 마음이 없기에 하는 짓 가운데 표절이 있다. 베껴쓰거나 훔쳐쓴 이는 베껴썼다거나 훔쳐썼다고 안 밝히기 마련. 더 돈을 얻고 싶거나, 더 이름을 얻거나, 더 힘을 얻고 싶기에, 나한테 없다고 여기는 좋거나 훌륭하거나 아름다운 것을 몰래 가로채어 제 이름을 박아서 신나게 팔아치우려는 뜻으로 표절을 한다. 마음에 사랑이라는 씨앗이 아주 조그맣게 한 톨이라도 있다면 표절을 하지 않는다.

표현할 자유 : 자유하고 민주가 아름답기를 바라는 나라인 한국이기에 모든 사람한테는 "표현할 자유"가 있다. 무엇이든 나타내거나 밝히거나 말

할 수 있다. 다만 어떤 말이나 그림이나 사진을 드러낼 수는 있되 제 길미를 챙기겠다면서 다른 이를 나쁘게 말하거나 돈으로 사고파는 짓을 받아들이지는 않는다. "표현할 자유"에는 언제나 "표현 안 될 자유"가 함께 있다. "표현할 자유"에는 "표현한 책임"도 함께 있다.

푸름이 : 아직도 '아동문학'이란 낡은 말을 쓰는 사람이 있다. 일제강점기에 '어린이'란 말을 새로지어서 쓴 뜻처럼, 군사독재가 무시무시하던 무렵 '푸름이'라는 말을 새로지어서 쓴 뜻이 있다. 누구보다 아이들이 시달리고 억눌리고 따돌림받는 모습을 바로세우면서 돌보려는 뜻으로 말부터 '어린이'로 새로지었다. 오늘날에는 누구나 알듯 입시지옥이 판친다. 이런 입시지옥에서 중·고등학교를 다니는 아이들이 더는 시달리지도 억눌리지도 따돌림받지도 않기를 바라는 뜻으로 1980년대에 '푸름이'란 말을 어느 분이 살그마니 지었다. 어린이를 살리는 어린이문학이듯, 푸름이를 살리는 푸름이문학(푸른문학)이 피어나기를, 또 푸른글 푸른책 푸른길 푸른넋 푸른배움 푸른사랑 푸른꿈 푸른나무가 곱게 살아날 수 있기를.

풀싹 : 나무에는 나무싹이 있고 풀에는 풀싹이 있다. 아무리 쓰거나 매운 풀이라 하더라도 풀싹일 적에는 매우 보드랍고 여리다. 풀싹이 돋을 적에는 흙이 살아나거나 싱그럽다는 뜻. 풀싹이 돋지 않거나 못한다면 죽은 흙이라는 뜻.

필사 : 한자말 '필사'는 '베껴쓰기'로 고쳐쓸 해묵은 한자말이다. 다만, 어느 분 글이 마음에 들어 이 글을 가만히 따라서 쓰며 배우고 싶다면 새 이름을 지을 수 있다. 이를테면 '옮겨쓰기'라든지 '배워쓰기'처럼. '따라쓰기'나 '배움쓰기'나 '익힘쓰기'처럼.

ㅎ

하느님 : 한국이란 나라에서는 따로 종교라는 틀에 가두지 않던 먼먼 지난날에도 '하느님'이란 말이 있었다. 이뿐인가. '해님'이며 '별님'이며

'꽃님'이며 '달님' 같은 말이 있었고, '풀님'이나 '돌님'이나 '나무님'이나 '새님'이나 '벌레님'처럼 말하기도 했다. '비님'이나 '바람님'처럼 '하느님'이란 말은, 하늘을 우러러 새파랗고 맑은 기운을 담뿍 받아들이면서 스스로 거룩하고 아름다이 살려는 뜻이었지 싶다.

학번 : 대학교라는 곳에서는 학번을 매긴다. 어느 해에 들어왔느냐를 놓고서 선배하고 후배를 가른다. 마치 군대에서 '군번'으로 위아래를 가르는 얼거리하고 같다. 여느 삶자리에서는 '주민등록번호'로 위아래를 가르고, 여느 학교에서는 '학년'으로 위아래를 가르니, 이 '번호'란 참으로 그악스러운 일제강점기 찌꺼기이다.

한국말 : 한국사람이 쓰는 말이기에 '한국말'이다. 한국사람이 쓰는 말은 '한국어'도 '국어'도 아니다. '말'이니 '말'이라 한다. '국어'란 낱말은 한자말이기 앞서 일제강점기에 일본 우두머리가 이웃 여러 나라를 식민지로 삼으면서 퍼뜨린 낱말로, 그때에 '국어 = 일본말'이었다. 일본 제국주의가 짓밟은 나라 가운데 대만은 한국 못지않게 군사독재로 고단했던 터라 1970년대를 지나도록 한국처럼 '국어'란 이름을 그대로 썼지만 이제는 '대만어(대만말)'라는 이름을 쓴다. 한국은 언제쯤 '국어'를 털어내고 '한국말'이란 이름을 찾을 수 있을까. 더 생각한다면 '한글'이란 이름이 버젓이 있으니 '국(國)'을 떼어내고 '한말'이라 하면 가장 낫다. '한글'하고 '한말'이란 두 마디는 참으로 어울린다. 말글을 묶으면 '한말글'이 될 테지.

한길사 : 한국에 있는 여러 출판사 가운데 하나. 유럽 도서관이 멋있다고 여겨 이를 흉내낸 파주 북시티를 만드는 일에 앞장선 곳.

함께 : '함께하다'라는 낱말이 올림말로 나온다. 예전에는 이렇게 올림말로 안 다루었으나, '연대'나 '연합' 같은 한자말을 '함께하다'나 '같이하다'로 담아내어 쓸 만하고, 또 이렇게 널리 쓰다 보니 어느새 올림말이 된다. 앞으로는 '함께'라는, 여러 사람이 나란히 움직이는 결을 나타내는 이 말을 앞가지로 삼은 새말이 부쩍 늘어나리라.

함께살기 : 사전에 없는 낱말로, 글쓴이가 1994년에 지었다. "어깨동무를 하면서 함께 가는 길에, 서로 도우면서 갈아가자"는 뜻으로 '두레'를 오늘날에 새롭게 바라보려는 마음을 담았다. '연대'나 '공조'나 '공생'이나 '사회관계'나 '연합'을 낱말에 담고도 싶었다. 2014년부터는 이 이름을 내려놓고 '숲노래'란 이름을 새로 지어서 쓴다. 사랑스러운 함께살기란 숲노래라는 몸짓이자 넋일 적에 고운 바람이 되겠다고 느낀다.

합니다 : 흔히들 글을 쓸 적에는 높임말을 쓰지 말라 하고, 이야기하는 말씨를 쓰지 말라 한다. 높임말이나 이야기 말씨를 쓰면 '글에서 품위가 사라진다'고 밝힌 글쟁이가 꽤 있다. 그런데 생각해 보라. 어린이가 어떻게 말하는가? 사람들이 어떻게 말하는가? '다나까'로 끝내는 말씨는 일본에서 제국주의 군대질서를 뻗칠 적에 생기면서 한국에 들어왔다. 다시 말해서 '-다'로 끝맺는 말씨는 서슬퍼런 제국주의에 군사독재 냄새가 풀풀 나는 글이 된다고 할 만하다. 말을 할 적에는 '-다'로 끝맺는 일이 없는데, 왜 글에서만 '-다'로 끝맺어야 한다고 여길까? 이는 '입으로는 홀가분하게 말을 잘 하는 사람'이 글에 섣불리 끼어들지 못하게 막은 울타리 구실을 했다. 말결하고 다른 글결에 참으로 많은 이들이 어려워했다. 고작 '-합니다'를 '-다'로 바꾸는 글결일 뿐인데에도 글쓰기가 어렵거나 두렵다고 망설이거나 두 손을 들고 말았다. "입으로 하는 말씨"가 아닌 "억지로 꾸며야 하는 말씨"로 글을 쓰도록 억누른 글쟁이가 판을 친 바람에 한국은 참 오랫동안 '다나까'라는 매우 재미없는 글이 넘쳐났다. 그런데 글을 모르는 사람들이 "입으로 들려주어 남긴 이야기"를 글로 옮긴 책을 보자. '다나까'로 끝맺지 않는 이야기가 책에 실리니 얼마나 감칠맛이 나고 글맛이 피어나는가. '-합니다'라는 글결이나 말씨는 '다나까'라는 억센 쇠발톱을 고분고분 잠재우면서 우리 입말이 글말이 되기를 바라는 뜻으로 나아가는 징검돌 글결이나 말씨라고 할 수 있다. 어른하고 어린이 사이나, 어른하고 어른 사이에서 서로 높이거나 아낄 줄 알도록 '-합니다'란 글결이나 말씨를 쓴다면, 글을 쓰는 무게가 한결 가벼울 수 있다.

해봐 : "하면 된다"라는 글씨를 붙인 곳이 많았다. 새마을운동이 춤추면

서 곳곳에 이 글씨가 나붙었다. 틀린 말은 아니고, 나쁜 말도 아니지만, "하면 된다"라는 이름을 내세워 너무 끔찍하게 몰아붙이고 짓밟았던 터라, "하면 된다"라는 말은 참으로 거북할 수 있다. 왜 그러한가 하면, '무엇'을 '누'가 '어떻'게 '어디'에서 하면 되는지가 빠진 글월이니까. '해보다'는 "하다 + 보다"이다. 시키는 대로 무턱대고 '하기'만 하기보다는 무엇을 누가 어떻게 어디에서 '하는'가를 똑똑이 '보면서' 나아가자는 느낌이나 몸짓을 담는다. 그냥 하면 외려 안 되기 쉽지만, '해보면 된다'고 할까. 뜻을 곧게 세워서 즐겁게 해보면 어느새 될 수 있다고 할까.

헌책 : 누구인가 살풋 스치거나 담뿍 어루만진 책. 한 사람 손을 거친 책. 새것으로는 사고팔 수 없는 책. 새책하고 똑같은 줄거리를 담되, 어떤 사람 손길을 어떻게 거쳤는가에 따라 값어치가 달라지는 책. 오래될수록 빛이 나는 책. 오래되었다고 꼭 빛이 나지는 않지만, 뭇사람 손길을 고이 타면서 새로운 빛이며 값이며 뜻이 살아나면서 이야기가 흐르는 책. 다시 말해서, 종이에 얹힌 줄거리하고는 아주 다른 이야기, 책을 손에 쥔 사람이 살아냈거나 살아온 이야기가 묻어서 함께 흐르는 책. 사람들 손을 더 거치면 거칠수록 더 낡거나 닳지만 뜻밖에 더욱 아름답게 빛나는 책. 사람들 손때를 타면서 잉크 냄새가 차츰 가시고, 오래된 숲내음이 천천히 피어나는 책. 비록 어제는 읽히지 못했어도 오늘 새롭게 읽힐 수 있는 책. 비록 어제도 오늘도 못 읽혔어도 앞으로 새삼스레 읽히면서 새로운 슬기하고 사랑이란 씨앗이 싹틀 수 있는 책. 이리하여 이렇게 말할 수 있다. 모든 새책은 헌책이 되고, 모든 헌책은 새책이 된다.

후박꽃 : 후박나무에 피는 꽃이기에 '후박꽃'이다. 사람들은 으레 "울릉도 호박엿"으로 잘못 알지만, 울릉도에 '호박엿'은 없었다. 그럼 어떤 엿? 바로 '후박엿'이다. 후박나무는 소금결이 묻어난 바람을 쐬는 포근한 고장에서 자라는 늘푸른나무이다. 후박나무는 우리 몸을 살리는 구실을 하고, 무엇보다 이랑 잇몸이랑 뱃속을 튼튼하게 북돋아 준다. 4월에 후박꽃이 피면서 새잎이 돋고 5월에 꽃이 지면서 6월에 찬찬히 열매를 맺는데, 후박알하고 새로 돋은 잎하고 겉줄기로 후박엿을 고아서 먹는다. 옛날에 뱃길은 터무니없다 싶도록 길었다. 더구나 울릉섬에서 나

서는 뱃길은 끝없이 길다. 나무배를 타고 몇 해쯤 바다에서 살기도 해야 하는데, 이때에 후박엿을 먹으면서 이나 잇몸이나 뱃속을 튼튼하게 지켰다고 한다. 따로 후박엿을 먹지 않더라도 마당이나 마을에 후박나무를 알뜰히 심어서 돌보면, 후박꽃이나 후박잎이나 후박나무에서 퍼지는 기운을 받아서 몸을 튼튼히 돌볼 수도 있다.

6 JUN
7
24
25
26
27
28
29

우리말 글쓰기 사전

초판 1쇄 발행 | 2019년 7월 22일

기획 숲노래
지은이 최종규
펴낸이 이정하
디자인 정제소

펴낸곳 스토리닷
주소 서울시 서초구 방배동 934-3 203호
전화 010-8936-6618
팩스 0505-116-6618
ISBN 979-11-88613-10-6

홈페이지 http://blog.naver.com/storydot
SNS www.facebook.com/storydot12
전자우편 storydot@naver.com
출판등록 2013. 09. 12 제2013-000162

이 도서의 국립중앙도서관 출판예정도서목록(CIP)은 서지정보유통지원시스템 홈페이지(http://seoji.nl.go.kr)와 국가자료공동목록시스템(http://www.nl.go.kr/kolisnet)에서 이용하실 수 있습니다. (CIP제어번호: CIP2019025320)

이번 책은 텀블벅을 통해 제작비 일부를 마련했습니다.
다음 이름은 최종규 작가님이 꾸리고 있는 숲노래 도서관을 특별히 응원해주신 분들입니다.
gangi****, 선술집, 쑬하나, 연재사진관, 전윤희, 철수와영희